散文集

杨金霞 著

三洋河畔

SANYANG HEPAN

江西高校出版社
JIANGXI UNIVERSITIES AND COLLEGES PRESS

图书在版编目(CIP)数据

三羊河畔/杨金霞著.--南昌:江西高校出版社,2022.10(2025.1重印)

ISBN 978-7-5762-3371-1

Ⅰ.①三… Ⅱ.①杨… Ⅲ.①散文集—中国—当代 Ⅳ.①I267

中国版本图书馆CIP数据核字(2022)第174103号

出版发行	江西高校出版社
社址	江西省南昌市洪都北大道96号
总编室电话	(0791)88504319
销售电话	(0791)88522516
网址	www.juacp.com
印刷	固安兰星球彩色印刷有限公司
经销	全国新华书店
开本	880mm×1230mm 1/32
印张	12
字数	300千字
版次	2022年10月第1版
	2025年1月第2次印刷
书号	ISBN 978-7-5762-3371-1
定价	68.00元

赣版权登字-07-2022-1080

序一

一曲农耕文化的咏叹调（代序）

张宝林君给我发来杨金霞的散文，说这是家乡又一位值得关注的散文作家。作为陇县的作协主席，他自然对扶持、推介本土作家充满热情，责无旁贷。

对这位作者我不太熟悉，也不记得在哪儿看过她的文章，但浏览文集目录，看到“牙科乡，华严寺，水坑巷，南河桥”等字眼，却眼前一亮，陡生出许多的亲切和熟稔。我知道，这是我久违故乡的原因。于是，我按动鼠标，顺文而下，一探究竟。

阅读从《陇州的秋天》开始：“陇州的秋天，仿佛是从立秋后那习习凉风开始的；是从水果蔬菜的成熟开始越发神采奕奕的；是从农人那幸福的笑脸上渐渐醉人的；是从一簇簇怒放的花朵中走向五彩斑斓的；是从一片叶子的慢慢蜕变走向波澜壮阔的；是从一条条奔流不息的河流变得稳健而灵动的……”听，多么深情，多么诱惑！她以递进的方式，排比的手法，满怀深情地赞美、吟唱家乡充满希望的田野——从农人的笑脸到山川大地；从花儿朵朵到果实飘香；从河流奔涌到色彩斑斓……一篇短短的开篇文章，就美得如痴如醉，如诗如画。

阅读兴趣被点燃了，接下来就进入了杨金霞的散文世界

——从麦田的守望、劳作，到家乡人文地理风土人情的回忆、描述，人物、事件、传说，纷至沓来。其间穿插着亲情友情、童年趣事、民俗风情。在她饱含深情、绘声绘色的讲述中，一幅幅乡村画卷在眼前徐徐铺开——

以作为书名的“三羊河畔”为例，她在散文《三羊河记忆》中把儿时的三羊河，描摹得意趣盎然，活灵活现。把自己对故乡的感情、思念，化为时间的精灵，好似穿越回到她儿时亲身经历的情景中。她深情地回忆：“自从十六岁外出求学后，三羊河竟成我思念家乡、思念亲人的重要标志，成了我夜晚难以入眠时对故乡魂牵梦萦的记忆。多少次在梦中，我畅饮甘甜的河水，和伙伴们在清澈的河水里追逐嬉戏，仿佛只有在它的怀抱里，我的灵魂才能得到安宁和洗礼。”纯真的文字，深深地感染着读者，能使人身临其境。她的《水坑巷有座德教碑》则资料翔实，人物饱满，叙述严谨，剪裁得当，不光是一篇优美的散文，也是一篇严密的史学范本。当然，对陇县人文及山川地理的熟稔，得益于她对家乡的眷恋和热爱，也得益于她曾参与陇州传统民俗、文化志类书籍的编撰。她把已熟悉的文史知识，用生花妙笔一步步转化成优美的散文作品，这也表现了她对文学的悟性和对文字的驾驭能力。

她回忆儿时趣事的文章也占了很大篇幅，像《儿时的百草园》《南河桥记忆》《掐苜蓿》《童年印象》《思念鱼儿草》等。以《童年印象》为例，在此文中，作者以“六一儿童节”为由头，把思绪带回到四十年前，使“童年那些曾经鲜活的记忆，再一次抖掉岁月的风尘，如电影一样一幕幕浮现在眼前”。这类记忆，在作者心中，刻骨铭心，思念悠长，纯朴率真，回味无穷。在这里，作者将儿时趣事、儿童心态展现得逼真自然，真好似又回到童年时光中……这类文字毫无违和感，读之如饮甘露，如品香茗。我便仿佛跟着杨金霞绘声绘色的描摹、渲染，在家乡的城乡田野间穿行，在故乡陇州的大地上空盘旋。

在对故乡回忆、礼赞的同时，她还穿插了不少的怀人之作，像写大哥、想母亲、思婆婆、怀念文友的文章，篇篇发自肺腑，真切感人。一般而言，写人的文章容易出彩，因为朝夕相处，感情充沛，记忆深刻，加上记忆犹新的瞬间、念念不忘的细节，就会一吐为快，有着强烈的倾诉、抒发欲望。这在她的怀人之作中都能看出端倪。像叙述小时候在大哥背上长大的点点滴滴，一次疑似被蛇咬了时大哥的惊慌失措……婆婆知道“我们”要回家时，就早早坐在门前树下的那个木墩墩上眼巴巴等候的剪影……这样的深情描述，在她的文章中随处可见，都给人留下了难忘的印象。

杨金霞本身是医务工作者，这个工作要求理性、冷静、细腻、一丝不苟；同时她又是一位散文作家，有一种热爱家乡、讴歌家乡的强烈冲动，这需要激情、深情，需要一颗火热的心。这两者结合，就形成了她文章的特点，既浓墨重彩地渲染乡情、乡趣、乡音，描摹当时的心理、情绪，又细心地考证、研究、分析当时当地的人物、事件、资料，既激情勃发，活泼风趣，又丰富细腻，生动具体。像牙科乡的由来及各种亮点，华严寺的形成及地理风貌，水坑巷德教碑的来龙去脉等，无不翔实、扎实，能为人解惑，更引人入胜。

作为他的同乡，我徜徉于她的优美文字和深情叙述中，也一次次被她的质朴乡音所打动。像陇县话中的“老戏、黄儿、白雨、面铺”等，我出外几十年，很少听到有人说这种只可意会，不可言传的，别人听不明白的话，在她的散文里听到如此独特、别致的乡音，久违了，却也倍感亲切。

她还有一些赞美、讴歌医务工作者的作品。她本身就是这支队伍中的一员，当然能深刻体会到这支队伍的酸甜苦辣。白衣天使们奋不顾身逆行，是新时期最可爱的人，这类文章也亲和力强，关注度高，丰富了书的内容，起到了激励人、感染人、打动人的作用。

掩卷长思，我的眼前却出现了一幅画面。画面中，我看见一只文学的精灵，在故乡的上空流连，飞翔。她飞遍家乡的村落、院头、田野、山梁，浅吟低唱，将已逝去的岁月，不断回放，装点，放大……但，岁月不会倒流，这些都一去不复返了！作者呈现在我们面前的，是一曲逝去的时代咏叹，一曲农耕文化的、虽留恋却无可挽回的恋歌。

在作者眼中，逝去的一切都是刻骨铭心的，是欢乐温馨的。那里天高云淡，月朗星明，亲情弥漫，童言无忌，乡情依依，质朴纯真。那里有忘不掉的记忆，有留不住的乡愁。这，应该是从那个年代过来的人的共同体悟，是那个时代人们的共同精神家园。

当然，杨金霞生于斯长于斯，出外求学几年又回到家乡工作，基本上是土生土长，她的散文涉及的题材也都是故乡、亲情、童年……这使她的文章淳朴自然，极接地气。这也印证了她的文学之根必在故乡。我从她的作品中，窥见了她孜孜不倦、义无反顾地追寻心中那个文学梦的初心。但，不足的一面是这也限制了她的文学视野，使她拘泥于地域局限，使她的文章中关注的社会层面不够丰富多元，涉猎面比较单一，文章总体来讲自然会显得单薄。虽然说互联网时代把地球变成了一个小小村落，但人的观念、思维仍会因地域环境的限制和思维定式的禁锢，或多或少受到影响和干扰，这是她在以后的创作道路上应该注意的。

毕竟，时代大潮滚滚而来。作者既要有立足故乡、不舍故乡的情结，也要有跳出故乡、面向未来的宏愿。面对新时期、新时代，作者应继续拓宽视野，拓展思路，和变幻多彩的现实生活更加紧密结合，力争写出人间至理，写透红尘悲欢，为五彩缤纷的散文世界增加广度、厚度，为作者本人引来更大层面的关注度，以期在文坛发挥更大的影响力，吸引更多的读者。

李　涛

2022 年 3 月 4 日

（作者系宝鸡市作家协会副主席，原任宝鸡日报社主任编辑）

序二

热爱与坚持

眨眼之间九月已成历史，十月闪亮登场。十月的山川大地街街巷巷，到处都是迎风绽放的菊花。经过了春天的百花齐放、夏天的花繁叶茂；经历了春与夏的孤独与寂寞、甚至是冷遇，终以“我花开后百花杀”的气势，一路高歌着向世人展示自己生命的顽强。

十月是一个多梦的季节、相思的季节，也是一个欢乐的季节、多彩的季节、如诗如画的季节，更是一个收获的季节，它表示着绚丽与成熟。无论是谁，只要经历了冬藏春生夏长，都会赢得秋的收获。人生也不无例外。

前天在加油站时遇见了堂妹杨金霞，她告诉我，她的散文集《三羊河畔》已经定稿，邀我为之作序。惊喜欣慰之余，还有深深的疑惑，去年底她告诉我要出一本文集，不曾想会如此之快地完稿了！

杨金霞可以说是我看着长大的。她的少年时代是在缺衣少食中度过，其父母兄长都是目不识丁的农民，除了憨厚，就是淳朴、实在和贫困。上初中时，她赶上了改革开放的好时代。但为了生计，为了早日走出农村吃上商品粮，在二十世纪八十年代初，她在参加中考的同级近二百人中以第一的成绩考入了宝鸡卫生学校。毕业后她一直在乡镇卫生院、县中医院工作，从护士、护士长到总护士长、科主任等职已经历三十余年。她在这些繁忙紧张的岗位上做出了优异的成绩，多次受到省市县的表彰奖励，被授予“十佳护士”“优秀科主任”“先进工作者”等多项荣誉称号。

她的第一篇散文于2017年在微信平台发表。2018年开始，她在主流报刊《宝鸡日报》和《秦岭文学》等发表作品。2020年她成为宝鸡市作家协会会员。一个业余作者能够在这么短的时间里公开发表七十余篇作品，形成二十多万字的散文集，不能不叫人惊叹、惊奇、惊疑！

近一两年来，杨金霞的散文竟然火遍了陇州大地。每逢传统节日、重大事件、重要活动等，若没有她的散文公开发表，感觉就如山珍海味无盐一样乏味。在一次县委常委会讨论宣传工作时，不知谁提了一声，参会者异口同声地提出要给杨金霞等以表彰奖励。

翻开《三羊河畔》，映入眼帘的是家乡的山、家乡的水、家乡的人、家乡的事，是对父老乡亲真挚的热爱。字字句句都是乡情、乡音、乡愁的真实写照。那山、那水、那人、那事，写满了对故乡的热爱和古往今来的传统美德，恬淡不失朴实，优雅不失平易，真诚不失善良，勤劳不失智慧，犹如一幅惹人深思的画卷，美了目，醉了心，受了益，让人心旷神怡、流连忘返。她的文字使那些遥远而又熟悉的场景活动翻越了时空的界限，在人们面前展现出来，让人感叹和追忆。

有人说，人生是一场没有彩排的演出。每个人都是演员，只不过，有的人取悦观众，有的人顺从自己，在演出中见识社会，见识人性，认清自己。无论是平淡不惊，还是高潮迭起美丽无比，或是梦碎一地噩耗不断，人生都要一步步地走下去。人就是要在哭声中生出来，在笑声中活下去。

有人还说，人生是一场经过。人生经过了春夏秋冬和山川河流，经过了家庭学校和社会人性的历练，经过了成功的喜悦和失败的磨难，经过了美好的梦想和现实结果的背叛。人生最好的姿态不是顺风顺水马不停蹄地一路飞奔，而是不辜负每一场花开花落，在开花的季节，不辜负自己，更不辜负命运的馈赠，让人生绽放成花，多姿多彩。

金霞的家庭非常贫寒。在孩提时代，由于有兄妹五人，加之母亲因病常年不能参加集体劳动，仅靠父亲的辛劳远远不能满足家庭生存的需要。穷人家的孩子早当家。她从懂事起，就开始帮母亲喂猪喂鸡喂羊割草，并期盼着早日上学。上学后，由于无力购买课本以外的书籍，她就千方百计借别人的书读。参加工作后，再忙再苦再累，她都不曾放弃读书写作的梦想。而这些经历经过经验就化作了她笔下的作品。可见只有对生活和人生经验不断地积累，方能迎来新的亮光。而人生最差的结局也不过是大器晚成。

老舍曾说："经验是生活的肥料，有什么样的经验便变成什么样的人，在沙漠养不出牡丹来。"对金霞来说，还必须加上热爱和坚持。懂得热爱并坚持梦想的人，对这个世界充满着深爱，无论是对亲情、爱情、友情，还是对灵魂深处的自己，都有一种超脱于现实之外的清醒与理解。在热爱和坚持中，会使自己的目光更加通透，思想更加深邃；会用一种热腾腾的心态，对待人生的相遇；会使生活过得更加明朗，万物愈加可爱。所以她会发现学习工作和生活中的美好，创造出美好的作品。能长期保持热爱并坚持的人，必然有坚强的意志和阳光善良的心态。

这一切都可以通过文集中质朴的文字得以充分展现。这可能就是人们常说的文品就是人品吧。

杨治峰

2021 年 10 月 3 日

（作者系原陇县县委党校校长、二级调研员）

目　录

CONTENTS

陇州的秋天

陇州的秋天，仿佛是从立秋后那习习凉风开始的。

在陇州，只要一立秋，哪怕中午骄阳似火，午后太阳稍一偏西，就会让人感受到阵阵凉意，特别是在关山、新集川、八渡、河北等林木茂密的山区，这种感觉就更深切。

陇州的秋天，仿佛是从水果蔬菜的成熟开始越发神采奕奕的。

中秋节前后，陇州大地上，红了苹果、柿子、五味子，板栗、核桃也不甘示弱地成群结队咧嘴笑了，一串串乌黑发亮、果大肉厚的葡萄也如宝石似的在秋阳的照耀下光彩夺目，白白胖胖的大萝卜、翡翠似的大白菜、玛瑙似的红辣椒、金黄的南瓜都赶趟儿似的闪亮登场了。蓬蓬勃勃生长了一个夏季的水果蔬菜，在秋的怀抱里，在陇州的村村寨寨、山山洼洼竭尽全力长成了自己美丽而丰盈的模样。它们好像达成共识一样，齐刷刷带着乡野的万方仪态，亮相于陇州的大街小巷，把陇州角角落落装扮得格外色彩纷呈。不然，怎么陇州人自古就有八月十五吃核桃煮角（饺子）的习俗？那一碗碗白萝卜核桃馅煮角，在红萝卜、绿白菜等丁丁菜的陪衬下，再撒上绿生生的芫荽、黄澄澄的鸡蛋汤花，不就如陇州的秋天一样五彩缤纷吗？

陇州的秋天，仿佛是从农人那幸福的笑脸上渐渐醉人的。

你瞧，那一大片一大片铆足劲龇着黄牙的玉米、鼓着肚子的黄豆以及那芳香四溢的烤烟，在东风、东南、天成、温水、曹家湾等乡镇的田野里，热热烈烈铺展开来，绘成了一幅幅质朴而又华丽的秋之田园画，在蓝天下熠熠生辉。我曾一次次地徘徊在一望无际的玉米地畔，静听玉米叶子在风中沙沙歌唱，面对根根玉米秆上那鼓鼓囊囊的果实，无数次猜想粒粒玉米在母腹中的模样，期待着它们成熟后胡子拉碴的成功和辉煌。我曾把一身的疲惫和孤独，交给像有力的大手牢牢抓紧大地的玉米根须去抚慰，把心底最柔软而虔诚的敬意，投给那些在玉米地里出没的农人，从他们那布满沟壑的面颊上，我知道了什么是艰辛；从他们那醉人的笑容里，我读懂了什么是幸福和希望。望着农人那或矫健或蹒跚的步伐，一次次感激、感动总会在心里暖暖升腾，是他们丰富了大地，温暖了秋天。

陇州的秋天，仿佛是从农人一声声悠长的吆喝牲口声中变得浓烈而奔放的。

“白露高山麦”是陇州人的谚语。白露恰似陇州农人的无声号令。白露节气一过，陇州的农人便陆续从山梁到川原，开始繁忙而紧张的秋播了。平日寂静的山山峁峁、沟沟岔岔一下子就热闹了起来，播种机的“嘟嘟”声，耕牛的“哞哞”声，合着农人们“嘚儿嘚儿”的吆喝声，在空旷的田野上汇成了一曲曲无与伦比的天籁，响彻山涧，响彻河畔，连山雀儿也像趁热闹似的一边“嘎嘎嘎”，一边在天空中盘旋。秋阳下，晶莹的汗水顺着农人的面颊滚落到种子里，滚落到犁铧上，滚落到泥土里。不出几日，广袤的田野便会铺上一望无际的绿色绒毯，将陇州大地装扮成绿色的海洋，让农人充满无限的期望。

陇州的秋天，仿佛是从一簇簇怒放的花朵中走向五彩斑斓的。

山间、田野、沟沟壑壑、阳坡塄坎，雪白的、粉紫色、鹅黄的野菊花和好多不知名的野花都铺天盖地竞相开放了，它们在秋风中摇摇曳曳，别样清新，别样端庄，让人每每看见，总会想起陶渊明“采菊东篱下，悠然见南山”的浪漫诗句，顿生无限遐想和期待。除了漫山遍野的山花，街头巷尾，家家户户的墙角、篱笆旁，那一簇簇一丛丛各色大丽花、鸡冠花、太阳花、格桑花也争先恐后开放了，一时间陇州大地成了花的世界、花的海洋。不然，陇州怎会自古就有农历九月九重阳节送花糕的习俗？那几日，大小道路上，随处都能遇见送花糕的人们，他们提着那在鲜花簇拥下，制作精美，犹如花仙子下凡的花糕，引来无数赞赏的目光。

陇州的秋天，仿佛是从一片叶子的慢慢蜕变走向波澜壮阔的。

秋风吹过，陇州大街小巷、山山岭岭的树叶就一二片、三四片、七八片，慢慢变成或黄或红或褐的了。如果你漫步田间地头，那调皮的各色争奇斗艳的叶子，会如蝴蝶落在你的手掌里、头发上、衣襟上，让你欢笑、深思、静默。稍不经意间，千树万树便排山倒海般变成黄的、红的、褐的了。如果你再去八渡、固关、关山等乡镇，沿途那被叶子装点的山梁、河坝景色绝对会让你如痴如醉。起初，它们是一点黄、一点红或一点褐的，接着便是成簇、成片的红黄相间、红褐相间或红褐黄相间了。再往深山处，一个山头或红或黄或褐，另一个山头红黄褐渐变，再一个山头半边红半边黄了，远远看去，是那么的赏心悦目。当然，最为壮观的当数广袤无垠的茫茫林海，站在牛心山、蝉耳山，或关山的瞭望塔，你定会被眼前万山红遍、层林尽染的大气磅礴所震撼。那随着山峦起伏的茫茫林海如波涛在眼前涌动、翻滚，天地间如此荡气回肠的大美意境会让你刹那间目不暇接、惊异万分。

陇州的秋天，仿佛是从一条条奔流不息的河流变得稳健而灵动的。

一到秋天，陇州的千河、八渡河、糜石河、梁甫河、固关河、石管沟河等各条河流，都不约而同失去了夏日狂放不羁、不可一世的浮躁，变得沉静而内敛，犹如稳重、睿智、不卑不亢的老者虚怀若谷、随意随性；它们如陇州大地深邃而清亮的眸子注视着绚丽多姿的山峦，倒映着它们的秋色，连白云、鱼虾也在它们的怀抱里显得那么自在悠闲。

陇州的秋天，就连蓝天白云也是充满诗情画意的。

天空湛蓝、澄澈而高远，云不再像夏天那样重如盖，疯狂卷滚，而是透着几分秀雅，几分绚丽，几分浪漫。特别是到了关山草原，大朵白云随风飘逸，它们一会如仙女，一会如奔马，一会如小狗，总是那么潇洒自然，总会让人思绪万千、浮想联翩。

啊！陇州的秋天。

麦 子 情

眼前一望无际的金色麦田，在微风吹拂下，麦浪滚滚，伴随而来的是阵阵麦香。几声悠远的“算黄算割”声，让我的脑海再次浮现父亲在炎炎烈日下收割麦子的情景，耳畔响起“嚓嚓”镰刀与麦秆的撞击声。

父亲一生都是视麦子如生命的人。

我小时候，农村还是大集体，庄稼人多数吃的是玉米、高粱等粗粮，那时能填饱肚子就已经很不错了，谁家能隔三岔五吃顿麦面，那可是令人艳羡的事。记忆中，我家的柜门里，有个黑色的双耳陶罐，是母亲专为最小的孩子盛放麦面馍的。我小时，陶罐就是我的专属，有了弟弟后，它又属于弟弟了。记得母亲每次打开柜门给弟弟取麦面馍时，我总是紧跟其后。有时仅剩一小块，母亲就会全给弟弟，而我只能眼巴巴望着弟弟吃。每每这个时候，我就趁母亲不注意，跑过去拉住弟弟的手，狠狠地将馍咬一口，然后飞快跑出家门。我的举动常惹得弟弟大哭。那时，我几乎天天盼望着吃麦面，仿佛能吃上麦面就是我人生最大的幸福。特别是到了每年的二三月，粮食青黄不接时，家里连玉米、高粱等粗粮都很紧张了。那段时日，父亲总是愁容满面，我亲眼见过父亲拿着口袋去亲戚家借粮食。

自从农村包产到户后，麦子连年大丰收，麦面再也不是我向往的“奢侈品”了。但父亲依然视麦子为宝贝，要是我们吃馍不小心掉了渣，父亲总会让我们捡起来，有时，我们嫌脏不吃，父亲就一脸不高兴地弯腰拾起，吹吹上面的土，放进自己嘴里。父亲最讨厌我们浪费粮食了，他常骂我们：“我看是没把你们饿到骨子上！”

每年秋季，麦子播种的时候，父亲都要将他提前用土压好的人畜农家粪，一架子车一架子车运送到田间地头，做好种麦子前的准备工作，父亲常说“粪是庄稼宝，没粪长不好”。而麦子呢，也总是这样，给勤劳的父亲带来丰硕的希望，一旦下种，只需那么几缕温暖的阳光，麦苗便立马摇摇曳曳破土而出，满眼嫩绿，如同我们庄稼人的孩子，简单快乐，没心没肺。土地上的生命，一直都如庄稼人一样，总是直来直去，朴实无华。特别是麦子播种那几日，庄稼人几乎都在忙碌着，他们不是给地里施肥，就是忙着打碎胡基。他们永远践行着“人勤地不懒，大囤小囤满”“胡基满地，跑风走气”等祖宗上千年传下来的古训。

冬季农闲，按理说，父亲完全可以坐在热炕头上，好好歇歇了，但他仍然一天也闲不住，不是拉着架子车给麦地里拉粪，就是早早起床，担着担子赶几十里去拾粪。要是那天早上，父亲在我的睡眼蒙眬中，一边用嘴里的热气呵着手，一边笑眯眯进屋，我不用猜都知道，今早父亲肯定收获不小。记得有次，天刚麻麻亮，父亲就领着十四岁的哥哥到十多里外去拾粪了，早饭时，他们兴高采烈地拉着满满一架子车粪回来了。吃饭时，脸上还冒着热气的哥哥跟我说，他和父亲拾粪时，有的牛粪冻在地上用铁锨铲不动，父亲是用手一块一块搬起来的。听了哥哥的话，我立马放下手中的筷子，说太恶心，不吃了。为这，母亲没少责怪哥哥。以后好长一段时间里，一想起父亲的手是搬过牛粪的，我都不愿让父亲亲近我。

等拾回来的粪在后院堆积成小山，父亲又会一架子车一架子车拉到麦地里，一铁锨一铁锨撒在麦苗上，给冬天的麦苗盖上厚厚的棉被。要是冬天再多下几场雪，父亲和村里的庄稼人，谈笑都就有了话题，他们常望着漫天飞舞的雪花，充满希望地说：“要想吃麦面，九九雪不断。”

冬去春来，杨柳吐绿的季节，父亲等庄稼人又开始在麦地里忙活了，他们不是给麦地锄草，就是给麦子再次追肥，天旱时还要给麦子浇水。在他们的精心料理下，麦子一天天长高了。麦子灌浆时，他们又会念叨“灌浆有墒，籽粒饱壮”，天天期盼着天气一定要好，担心天气突变使麦子减产。

那时候，我最爱吃麦子接近成熟时那种嫩嫩的颗粒。我经常领着伙伴到麦地揪麦穗，拿回家放进灶火把麦芒儿烧掉，用手将麦粒揉搓出来，鼓起腮帮吹去麦衣，然后把麦粒放进嘴里，大口咀嚼，那种满嘴氤氲开来的淡淡香甜至今记忆犹新。不过，父亲总是反对麦子未成熟，我就那样残忍地揪掉，我亲眼见过，我揪麦穗时，父亲嘴角那微微的抽搐，犹如揪去了他的肉般心疼。因此，我每次揪麦穗，都是趁父亲不在的时候，拿回去偷偷烧了，独自坐在灶火门口美美地享用。

“田家少闲月，五月人倍忙”，炎炎夏日，麦子成熟时，庄稼人就格外忙碌了。听庄稼人常说，割麦要在烈日下，这样麦秆干脆，割起来省力。我常见父亲在滚滚热浪里挥舞着镰刀，无数个麦穗摇摇晃晃着脑袋倒在他飞舞的镰刀下，汗水常在他的脊背上渗出一圈圈不规则的几何图形。可父亲呢，面对那满地犹如一个个跃动音符似的沉甸甸麦穗，即便汗珠子顺着他那黝黑而布满沟壑的脸上，滚落到金黄的麦穗上，滚落到亮闪闪的镰刀上，滚落到柔软的泥土里，他都是开心的。

而等夜幕降临，劳作了一天的父亲，又要给因白天大太阳的炙烤而变得蔫头耷脑的玉米、辣椒等秋作物浇水、施肥。那几日，看着父亲一脸疲惫，我总盼望老天赶紧下雨，好让父亲歇歇。可父亲却总是笑着说：“瓜女子，有钱难买五月旱！”

几天后，父亲又将沉甸甸的麦捆，一架子车一架子车拉回场院，在太阳下一簇簇紧挨，一捆捆直立，待到麦穗水分晒干，便开始轰轰烈烈地碾场了。天公作美，“风来了！”父亲便一木锨一木锨将和着麦衣的麦粒抛向空中，我最爱看父亲扬场了，那抛出去的弧线，常常让我想起美丽的彩虹。待到满天星辰，麦粒与麦衣完全分开，父亲总会看着眼前千呼万唤才闪亮登场的圆滚滚麦粒，笑眯眯地拿出他的旱烟袋，此时的父亲俨然一位打完胜仗的英雄。

几日后，父亲又将在场院里晾晒得咬起来“嘎嘣”作响的麦粒，一口袋一口袋扛回家，倒进楼上的麦包里，这时他才会彻彻底底、踏踏实实、舒舒心心地长长出一口气。

随着年岁增长，我常看着父亲日渐佝偻的脊背发呆，我总认为，是一年年一口袋一口袋的麦子将父亲脊背压弯。印象中，父亲和村里所有父辈们，只要一睁开眼睛，永远都面朝黄土背朝天地在麦地里劳作着，在他们的眼里，麦子就是他们的生命和希望。也许是我从小就看着父辈们和麦子打交道的缘故吧，在我心里，庄稼人的任何东西，都具有了麦子的特性，那种土一样的浅褐色，那种简单而直率的脾性，不正如父亲等庄稼人的肤色和性格一样，是一种内敛、深沉而纯朴的本色吗？父亲一辈子都和父辈们一样，是老实巴交的农民，他们虽斗大的字不识几个，但他们却最清楚麦子什么时间播种，什么时间开花，什么时候成熟。对于他们如生命般呵护了一辈子的麦子，他们是再熟悉不过的了。“麦打花，二十八”“四月八，麦子豌豆扬大花”“要扬花了！”父亲每每看着麦田里争先恐后要做母亲的麦子，心里乐开了花。“没几日，就要收割了！”父亲说这话的时候，他如正端详一件宝物似的，端详着一株麦穗上那小小的毛茸茸的淡黄色花絮。而我却总觉得麦子花一点也不好看，还不如路边的野花好看呢，要不是父亲给我说它是麦子花，我根本就不知道麦子还会开花。我打小就常听父辈们聊天，他们的话题永远都与麦子有关，好像只有这样的话题，才能让平时看起来木讷的他们，说起话来眉飞色舞，也正是这个时候，他们一个个就成了驰骋沙场的英雄，成了麦芒一样执剑问天的侠客。

我常想，那些看起来其貌不扬的小小麦粒，以一种看似卑微的巨大力量，让家乡人世世代代顽强地生息在千年光阴中，它不正是辛勤耕耘这片土地的庄稼人，包括我的父亲、我的爷爷、我爷爷的爷爷的一种精神写照吗？人的生命不就如同麦子一样，一茬茬生生不息吗？我的父亲在他生命的最后时刻，虽然心功能衰竭达Ⅲ级，但他还强撑着身体，帮弟弟将麦子晒干，装进包里，才心无牵挂安安稳稳地离开，永远躺在了他种植了一辈子的麦地里。这何尝不是一种生命对另一种生命的交接？那一望无际的金色麦田，又何尝不是我们祖祖辈辈生命的最好底色？

转眼，又是一年收获季，眼前那一望无际的麦田，让我心潮澎湃，感慨万千。一时间，我觉得那些所有逝去的庄稼人都复活了，或者他们就压根没逝去过，他们如那些埋在土里的种子，又一次以成熟的姿态展现，它们又一次在生命的轮回里，挺起了高昂的头颅，以自己的风采丰盈着广袤的大地！

你好，牙科乡

牙科乡是我的故乡。作为牙科乡人，写下这个名字罕见的北方乡镇，是我的一种责任和荣耀。

牙科乡位于陇州城南大约十公里处，系关山余脉由西南向东北走向的高石山北麓一沟（糜石沟）一川道（梁甫川）。牙科乡东临陇州东风镇，南接八渡镇，西至天成镇，北靠千河南岸。高石山是关山支脉余峰，是牙科乡的最南端，也是牙科乡的最高峰，海拔二千二百三十七米。此峰形成了多支水系，牙科乡就是其中两支水系形成的三山（北山梁、南岭梁、杏抱槐梁）两河（糜石河、梁甫河）地形。牙科乡正南属于林区，地形南宽北窄，恰似一只装满宝藏的布袋，到袋口又向前扩展成一片平原和川道，既藏风聚气，又开放包容。

记得十七岁外出求学，到校报名时，要填写家庭住址，“牙科乡”一写出来，周围的同学们都很惊愕，一个嘴急的同学调侃道：“你家住在医院?”我当时有点生气。不过，我后来也慢慢觉得，家乡这地名也确实有点特殊。

我生在牙科乡，长在牙科乡，完成学业后，第一个工作单位还在牙科乡。虽在家乡的怀抱里生活了二十多年，但我却从未认认真真走过它的一沟一壑，仔仔细细触摸过它的一草一木。而今，在生命的年轮一道道镌刻在额头时，我才带着一份热切的渴望，重读牙科乡。

轻轻翻开陈文公老先生等数位上了年纪热爱家乡的人士，历经三年时间，或骑三轮车，或徒步，穿行于乡村、田野、山间、沟壑，访农户、求士人而搜集整理的《牙科乡村记忆》，马家河、杨家坡、磨儿塬、申家咀、梁甫、牙科、李家堎、丁家沟、山西营、予村、马家山、鸡家庄、盘艾、阎家庵、焦家山、宋家岭等十六个传统村落的名字如一个个鲜活的生命映入眼帘，一股家乡沁人心脾的泥土芬芳扑面而来，使我这个在这片大地上土生土长的女儿刹那间泪眼蒙眬，一种对家乡的风景、家乡的文化、家乡的历史由衷眷恋和敬仰之情油然而生。我不止一次感叹：家乡貌似平庸，实则蕴藏着很多不为人知的亮点和韵味！

据《陇州县志》载，牙科乡的大致管辖范围，明代称作“梁甫里”，清代叫作“州南乡”；1933 年取消道府制，改编为保甲制，陇县设六区时，牙科属二区；1939 年，扩大保甲，取消联保，改区为乡，叫“忠孝乡”。1952 年，全县划分十二区七十四乡时，牙科乡地界分别属“八渡区”和“杜阳区”；1956 年全县调整为五区时，牙科乡属于“娘娘庙区”；1958 年撤区并乡，实行政社合一的人民公社体制时，分别由“红旗第三人民公社”和“红旗第四人民公社”管辖；1960 年在公社下设管理区时，属城关公社牙科管理区；1964 年，全县划分十八个人民公社时，公社驻地牙科村，故命名“牙科人民公社”，辖十六个由传统村落命名的大队。1966 年，牙科公社又改名为“光芒公社”，1971 年恢复原名，1984 年改“公社”为“乡”。

牙科村位于梁甫河西岸，距梁甫川口大约两三公里，据说梁甫川也曾是古代丝绸之路的一个通道，那时，该村有驮帮，是牲口交易征收牙税之地，故得名“牙课”，后因“课”与“科”同音，慢慢演变为“牙科”。

牙科乡的亮点，亮在它的“袋口”向前扩展的一片平原和千河川道。这里，自古人称“养马河一带”。据记载，早在六千年前的新石器时代，就有先民在这里繁衍生息。公元前九世纪，秦非子就在此为周室养马。这里地势平坦，气候温和，土地肥沃，水源充足，草肥水美，是养马的绝佳之地。后非子因养马有功，被周孝王封为“附庸”，在养马河的磨儿塬立业建城。至周幽王六年，秦襄公迁都城于汧邑（今陇县），在磨儿塬建起了秦城，成就了陇县历史上最繁荣的时期，这里也成为秦文化的重要发源地。秦人在这里蓄积实力，不断开疆扩土，为大秦以后的发展壮大奠定了坚实的基础。县文物局在磨儿塬村大路边矗立的“春秋战国古城遗址”石碑就是这段历史风云的见证。至今，养马河一带随处都能见到从地下冒出的水质清冽、甘甜可口的泉水。

牙科乡的亮点，亮在千年古刹华严寺的幽静和神秘。华严寺地处梁甫河最上游磨子峡西麓地，它的境内山峰群聚，其中有东南西北中五座山峰如莲花瓣状高耸挺立，华严寺就依中峰而面朝北，其面前两条溪水相互交汇，形成宽滩，故当地人也称其为“宽滩寺”。此地也因山大沟深，植被广袤，林木茂密，道路崎岖，人迹罕至，远离喧嚣而被文人墨客及朝圣者称为“世外幽刹”。据说，华严寺建于北魏时期，清康熙年间法会盛行时，这里光和尚就达二百余人。清同治七年，殿宇被焚毁。改革开放后，政府组织在原址对华严寺进行了修葺。现寺院呈三进大殿，前殿五转七，中殿三转五，后面是五间大雄宝殿，每座大殿四角飞檐下都悬挂有铜铃，微风吹来，如鸣佩环，常年吸引四面八方的善男信女前来感受这座千年古刹的神奇魅力！

牙科乡的亮点，亮在予村的皮影戏。早在民国初期，予村的三老四少为了不让村里年轻人走歪路，就专门组织建起了皮影戏班子。每遇村中婚、丧事，都要唱皮影戏，一来通过戏剧起高台教化作用，二来也丰富乡民单调的文化生活。随着皮影班子的不断壮大，制作皮影的手艺也在村中慢慢兴起，好多人开始刻苦钻研。当时，陇州人就常说：有了予村的皮影戏，才有了著名的皮影挑线人徐升堂、满台转的陈继福、鼓师曹德全、琴师李新泰、唱角王明华。可见予村的皮影戏当时为多少人提供了生存、就业、出名的机会。最具影响力的就要数享誉西府的皮影雕刻家陈招贤，他精心制作皮影的五十年生涯中，在继承民间传统皮影制作方法的同时，大胆创新，形成自己独到的，从选皮到上色一套完整的皮影制作技艺，摘得“西府皮影制作能手”桂冠。1984 年，陈老的皮影代表作进京展出。1987 年陈老的一百零七件皮影作品被中国美术馆收藏。

牙科乡的亮点，亮在阎家庵富有神秘色彩的血社火。阎家庵的血社火已有两百多年历史，相传在清朝中期，一位山东来的逃荒者来到阎家庵，当时因身患疾病，实在不能前行，被阎家庵一阎姓老者收留家中，供养多日，逐渐康复。逃荒者为了答谢阎老救命之恩，就说，您老人家的大恩大德我无力回报，小的有一技之长想传给你们，以报救命之恩。原来，逃荒者自幼跟长辈学过血社火表演，欲将血社火的化妆、表演全过程传给老人的子孙。于是，老人就召集族中年轻人学了起来。听说，民国时期，阎家庵的血社火在陇州是家喻户晓的。但血社火的化妆、卸妆过程是由专人在围起来的简易化妆棚内秘密进行的，化妆时门口有专人把守，不允许外人进入，而且化妆过程神速。如今，阎家庵的血社火已到全国各地多个省、市、县参加过巡回演出，还参与过国内好多电影的拍摄呢。

牙科乡的亮点，亮在李家竣那曾代表梁甫川人崇尚文化的魁星楼。据说，李家垴的魁星楼是古陇州有名的三大魁星楼之一，是牙科乡唯一的一座有关魁星的建筑。它始建于清朝道光年间，坐落于如今敬老院大门口的位置，横跨大路。古时大凡进出梁甫川的百姓、官员，或步行，或骑驴、骑马，或坐轿，均须从魁星楼的文昌和魁星二神坐下经过。魁星楼属土木结构，分上下两层，下层供行人经过，上层供神。楼顶飞檐斗拱，彩绘木椽，五脊六兽。凡读书人经过此地，必顶礼膜拜，以求功名。虽然李家垴的魁星楼已在二十世纪拓宽公路时拆除，但它寄托了家乡读书人的希望，见证了家乡人民自古对文化的崇尚，极大地推动了梁甫川的文化发展。

牙科乡的亮点，亮在杏抱槐那凄美的爱情故事。在家乡杏抱槐梁上，生长着一棵槐树和一棵红杏树，两树紧紧相互依偎，有两百多年历史，杏树在离地面大约一米高处，生出两个枝丫，形似人的胳膊，紧紧拥抱着槐树。善良的家乡人民口口相传，在二百多年前，梁甫川一青年随父亲在八渡镇的大底村经商，路过山梁时遇见了附近正在采桑的姑娘，俩人一见钟情，暗许终身。但因家中门户不当，加之祖辈恩怨而未喜结连理。青年相思成疾，病患中，跑到山梁等候昼夜，不幸离世。姑娘闻知后，暗暗发誓，若有来生，患难与共，永不分离，随后撞墙自尽。后来，在青年和姑娘相遇的地方便生长出一棵槐树和一棵杏树，他们相互厮守，顶严寒、冒酷暑，再也没有分离。如今，两树枝虽已有些干枯，但它们依然用顽强的生命力，诉说着坚贞的爱情故事。

牙科乡的亮点，亮在马家河马如麟老先生为民请愿、独闯督军府的佳话。据说，清咸丰年间，陇州地方各种苛捐杂税使百姓负担沉重，怨声载道。可衙门还向陇州百姓加征马价款，这无疑对老百姓是雪上加霜，激起村民纷纷抗议，多次向州府请求豁免，但都未能如愿。马家河廪增附生员马如麟即与多名绅士商定，组织能言善辩之人，决心越衙向省督军处反映情况。当时，从陇州到西安有五百多里路，全凭步行。途中，数位同仁皆因怕苦怕累或怕得罪官老爷半途偷偷溜走。最后，只剩马如麟一人。他不顾衙门森严，独自闯进督军府，被几个衙役连拖带拽到督军堂前，督军以狂傲的口气质问：众人吃饭，为什么你一人嫌稀？马老毫不畏惧地回答：一人搭桥万人过，道路不平人人可以铲平。督军又厉声喝问：你家马价款能交多少，为何一人冒此险来省城越衙上告，值得吗？马老意味深长地回答：我家负担不过几十斤粮食，可全县二十八里的百姓负担加起来是千万两银子，折粮就是几十万石，三皇五帝治世也不是为他个人，您督军大人十年寒窗，考取功名，身为督军之职，还不是为国家和老百姓？您难道是为了个人私利吗？……在马老的义正词严下，督军终于答应了他的请求，豁免了压在陇州人民头上不合理的马价款。喜讯传回陇州，地方绅士、百姓敲锣打鼓前往千阳将马老迎接回乡。

可在那时，马老回乡后，州府革去了他的生员资格，贬其为庶民。好多百姓多次联名请愿，求恢复马老功名，可一次次都被马老婉言谢绝。后来，马老去世后，陇州乡民自告奋勇为他立碑，颂扬他的伟大人格。

牙科乡的亮点，亮在宋家岭上百年的参天橡树。这棵橡树生长于宋家岭村崖背上，经林业部门鉴定，已有四百八十余岁，它身高二十九米，冠幅二十四米，常作为航空和卫星的标志物。它虽近五百岁，但依然枝繁叶茂，如一位巨人坚挺起脊梁，俯视着家乡的日新月异。

牙科乡的亮点，还亮在梁甫村那色泽艳丽、香气扑鼻的苹果。梁甫村背靠蚂蚱塬。蚂蚱塬属台塬地貌，土质肥沃，日照充足，极适宜苹果栽培。梁甫村人家几乎家家户户都在蚂蚱塬上有苹果园。每当春天来临，满塬素白的苹果花如一片片洁白的云朵，吸引得成千上万的蜜蜂、蝴蝶前来聚会，悦耳的“嘤嘤嗡嗡”声汇成一曲曲春之赞歌回荡在家乡的上空。到了秋天苹果成熟的季节，整个蚂蚱塬到处芳香四溢，大小苹果树上，水灵灵如红灯笼似的苹果让人垂涎欲滴。家乡梁甫村已有三四十年的苹果栽种史，这里的苹果细嫩清脆，酸甜可口，远销全国多个省市。

今天，我怀揣《牙科乡村记忆》，怀着无比激动的心情再次踏上了家乡的土地。站在蚂蚱塬上，我仿佛置身于母亲的怀抱那样心旷神怡。眼面前一望无际平展展的土地、淙淙的泉水及郁郁葱葱的庄稼，让我不由得大声呐喊，你好，家乡！

我想伸手触摸脚下每一棵草木、每一寸土地。我想看看北山梁的挺拔英姿、南岭梁的绵延逶迤，更想看看杏抱槐梁的奇秀俊美。我想用糜石河的水洗去岁月的风尘，我想去梁甫河畔寻找曾经的足迹，更想用养马河清澈甘甜的泉水抚慰童年的记忆。我想捡一块磨儿塬古城的瓦片，我想饮一口养马河的泉水，更想听听家乡亲人温暖的话语。我想站在宋家岭古老的橡树下，静静聆听，聆听家乡吹过的千年古风，聆听大秦的战马嘶鸣。我想去寻觅华严寺的传说，更想一睹牙科驮帮的往昔雄风。我想吼几声秦腔，看看予村的皮影，更想细细品味古丝绸之路的声声驼铃。

哦！夕阳西下，我终于登上了家乡的最高处——高石山，极目远眺，一幅大美的图画呈现在眼前，西南方林海茫茫，东北方一马平川。糜石河、梁甫河如银丝带飘扬。三道山梁层层梯田一片苍翠，梁甫川公路平整逶迤如游龙伸向远方，错落有致的民居星罗棋布，袅袅炊烟在夕阳的薄暮中恣意撒欢，“哞哞咩咩”牛羊回圈的欢喜声，悠远的鸟儿归巢声，和着健身广场上遥远的音乐声，在家乡的大地上汇成了一曲天籁。

阵阵凉风吹动着我的头发，眼前的一切，让我心潮澎湃，感慨万千。我想，家乡牙科乡虽然在2011年实行撤乡并镇时，并入了东南镇；2017年合并村组时，牙科村又合并于梁甫村，“牙科”两个字虽然结束了长达半个世纪的使命，但牙科乡人民自古弘扬勤劳、善良、忠孝、礼仪的传统，以及牙科乡的历史、风景、文化，会永远扎根在这一片土地上，会在民族复兴的伟大道路上越走越远。

你好，华严寺

陇州有个千年古刹，名曰“华严寺”。

打我记事起，父亲就在无数个漫长的冬夜，给我讲过华严寺的传奇故事。

父亲说，华严寺在家乡梁甫河最上游的深山老林里，曾经殿宇宏伟、青砖铺地、古树参天。清康熙年间法会盛行时，光和尚就达二百余人。传说这里有一修成正果的高僧，能“捡石为食，架腿烧饭”，所以乡民就给他起名“燃指和尚”。一日，燃指和尚与当时在龙门洞修行的丘处机在陇州城南的白马寺相会，各抒己见。丘处机说，陇州因连年饥荒战乱，五观失修。他决心在十年内重修五观，即谷神观、天庆观、万寿观、长春观、凝阳观。燃指和尚听了，淡淡一笑说，你十年修五观，我一年修五台，即华严寺的南台、北台、东台、西台及中台。丘处机一听，觉得燃指和尚太能吹牛了，俩人便于说笑中一言为定。丘处机当时就心想，我倒要看看你小小燃指有多大能耐，能一年时间在深山老林修建五台？

眼看一年约定时间将近，丘处机在陇州城组织人马将谷神观重新修起，正准备建第二观时，他想，这个燃指和尚肯定食言了。我在城内人马齐备，他在深山老林，仅有木材，别说交通，人力都是问题，怎能修建五台？约定时间将近，他一点动静也没有，显然牛是吹大了！

结果到了言定期限，燃指和尚亲自邀请丘处机观看他修的五台，当丘处机看到华严寺五个莲花瓣状的山峰巅顶都置有五座石佛龛时，他震惊了！

原来，燃指和尚和丘处机言定后，就开始盘算，等临近时日的前两天，他一人要从四川峨眉山身担、腋夹、头顶、手拿七座糜面石佛龛，直达华严寺。可途经千阳岭时，遇到他曾化过缘的人家，就给了这家人两座，剩余五座担回了华严寺，一夜之间置于五峰之巅。丘处机看了华严寺巍峨的五峰之巅精美绝伦的石佛龛时，连连点头称赞："太美了！你赢了！"后来，有人将信将疑，还去千阳岭查看，千阳岭上果真有同样的两座石佛龛。

父亲说，华严寺远离人家，道路崎岖险阻。传说每遇冬季天寒地冻，和尚们无所食蔬菜，燃指和尚就会一夜之间从四川成都将蔬菜买回，其余和尚和附近乡民都感到很惊奇，根本无法解释。可他们问及燃指和尚时，燃指和尚总是笑而不答。人们都暗自认为华严寺可能有一个秘密山洞能直通四川成都。

父亲还说，华严寺曾有一铁塔，修铸时，因神龙化缘，提前两年半就铸成了，且剩余好些银两，燃指和尚圆寂时，留小诗一首："铁塔对木塔，银两二万八，若然不信，山神为证。"后人不解其意，直到清同治年间，寺庙被焚毁时，银两在山神肚内被劫走，人们才恍然大悟。

每每听父亲讲到这里，我都会追问："爸，你去过华严寺吗？"父亲每次都会说："去过，可现在成一片废墟了！"然后是一声长长的叹息。黑夜中，随着父亲的叹息，我会一边浮想联翩，一边进入长长的梦乡。

随着岁月的更迭，我对四十多年前父亲的故事逐渐淡忘了，唯有这首"铁塔对木塔，银两二万八，若然不信，山神为证"的小诗依然记忆犹新，它常常会和父亲的音容笑貌一起出现在我的记忆里。我也曾多次想从这首诗里详细了解华严寺的前世今生，可均被繁忙的生计打扰，不得不一次次将此事搁置。

直到前年，我有幸参与陇县县委党校主持编纂《陇州传统民俗》一书时，多次奔赴乡间采风调研、查阅好多历史记载后，才对家乡华严寺的来龙去脉有了详细而深刻的了解。

华严寺地处陇州城西南七十华里的梁甫河最上游磨子峡西麓，与我的故乡牙科乡宋家岭村和艾家庄村仅一山之隔。境内山峰群聚，其中有东南西北中五座山峰如莲花瓣状高耸挺立，华严寺就依中峰而面朝北，其面前两条溪水相互交汇，潺潺流过，形成宽滩，故当地人也称其为“宽滩寺”。此地也因山大沟深，植被广袤，林木茂密，道路崎岖，人迹罕至，远离喧嚣而被好多文人墨客及朝圣者称为“世外幽刹”。

据《民国陇州野史》所记，其寺内石碑记载，华严寺建于北魏时期。但据家乡民间传说，自汉代起就有高人在此隐居修行。关于华严寺的传说，在家乡梁甫河那一带就有好多版本，主要是关于金元时期，华严寺高僧“燃指和尚”的故事。

据记载，华严寺内曾有铁塔和木塔。铁塔为燃指和尚所建，身高三丈六尺，共有十三层，塑铸有八十四位佛像，人称佛塔。木塔为寺院后半山上一棵松树，高数丈，形似塔，亭亭如华盖，为燃指和尚所植。清同治七年，匪徒焚毁殿宇，劫走银两，木塔树亦遭焚劫，华严寺一夜之间成了一片废墟。后来，铁塔不远处一棵五角枫树树干周围瘤状突起，形似塔形，与铁塔遥相对峙。清道光年间，家乡予村贡生李遐龄在华严寺原址投资重修。民国初年其后辈贡生李书躬与同村陈善武等乡民再次集资重修，才使华严寺恢复了昔日的香火。后铁塔于 1944 年被国民党军队驻陇骑九师所毁。

了解了华严寺的历史后，我多次下决心，要亲眼去看看从小就植入我梦境中的华严寺，亲手去触摸这个历经沧桑的地方，用一颗虔诚的心去寻找父亲故事中的圣地，去感受这座千年古刹的神奇魅力！

从乡民口中得知，华岩寺每年农历四月初一至初八为庙会期。去年四月初八刚好是个星期天。我提前就和俩朋友约好，初八天一明就动身去华严寺。那一夜我别提有多激动了，睁眼闭眼都是父亲的音容笑貌，都是对华严寺的奇思妙想和对它所经历磨难的感慨和震惊，我一夜无眠。

初八一大早，当第一缕阳光洒向大地时，我们仨就出发了，到了梁甫川内的最后一个村子宋家岭，听人们说前方道路险阻，为了保险起见，我们将车停靠在公路边的一片草甸上，准备下车向村民问路。刚一开车门，一股野花的清香和着泥土的芬芳扑鼻而来，草丛中几只花蝴蝶如小姑娘似的花枝招展，一簇簇小草头顶上颗颗摇摇晃晃的露珠，在阳光照射下晶莹剔透，远处山林里不时传来各种清脆的鸟叫声，让人心旷神怡。麦田里的麦苗在晨风吹拂下如波涛滚滚，个个麦苗顶端都如孕妇似的骄傲地鼓起了肚子，哦！小麦都在抽穗了。几位正在村子的小广场上锻炼的老者告诉我们：华严寺最近几年路比以前好走多了，但路面不是太宽，是那种简易砂石路。他们建议说，如果我们开车技术好，就直接能到寺庙院子；要是技术不行就停在这里，步行去，路也不是太远。我们最后决定还是步行。

临走时，乡民说，上坡路大概就七八里，叫磨子峡，上到半坡就能看到华严寺的五峰。经乡民这么一说，我们激动得连走带跑了起来。道路两边全是不知名的灌木，一棵棵、一片片夹裹着长长的藤蔓映入眼帘，随着道路盘山而上，华严寺五峰如巨人一样慢慢地一个、两个、三个露出它们碧绿的“头颅”，真是“横看成岭侧成峰”啊！到了二岭关，已是早上九点多了，站在最高处，家乡梁甫川的风景一览无余。过了二岭关，崇山峻岭愈加壮美，道路缓慢向下，各种树木遮天蔽日，气温也瞬间低了几度，浑身一下子觉得凉飕飕的。道路一边紧靠石崖，一边是山坡，山坡下全被树木笼罩，只闻淙淙水流声，清脆悦耳。顺着湿漉漉的蜿蜒小路前行，远远就听见前方几声狗叫，我们知道离华严寺不远了，就加快了步伐。急行中，透过树叶的缝隙看见远处一座山峰下两三座飞檐斗拱的房顶，阵阵鞭炮声伴着袅袅青烟在慢慢升腾，我们高兴得不约而同地叫了声：“到了！”

稍往里走，前面地势豁然平坦而开阔，眼前的景色令我们一下子怔住了。碧蓝的天空下，东南西北中五座山峰高耸挺立，厚厚的植被如绒毯一样，将山峰包裹着，呈现出满眼醉人的绿。一座气象庄严、古色古香的四合院坐落式建筑，如璀璨的明珠镶嵌在中峰北麓，东西两条小溪宛如两条飘带在寺庙前打了个蝴蝶结，寺庙上空阵阵香烟缭绕，悠扬的钟声在山谷中回荡。“真是人间仙境啊！”我们仨情不自禁地惊叹道。

激动的心情驱使我们，无暇顾及身边的藤蔓、溪水及野花，径直朝寺院大门走去，大门两边的桃树上星星点点粉红色桃花正笑脸相迎，啊，好一个“人间四月芳菲尽，山寺桃花始盛开”呀！“莫不是‘诗王’白居易也到过华严寺？”我感叹道。

进了寺院大门，一种佛门净土的庄严让我们屏气凝神，生怕稍一发声都会带来尘世的喧嚣。我们小心翼翼、轻手轻脚地到每座庙堂虔诚礼拜，并一一瞻仰了神像们威严端庄的容颜，他们或双膝盘坐，或手捻佛珠，或威风凛凛，均姿态自然、惟妙惟肖。

特别是后面的大雄宝殿更是规模宏阔、雕梁画栋，里面供奉的达五吨之巨的缅甸玉佛在祥云飘升中肌肉丰满，双眉半弯，慈目微闭，尽显普度众生之博大胸怀。

出了殿门，我们到僧房外的凳子上坐下，细细端详起了这座雕檐玲珑的千年幽刹真实容颜。周围五座满山苍翠的山峰如莲花瓣一样盛开着，寺院分明就在花蕊的位置，如一位潜心修行的老者在山风的抚慰下，聆听鸟鸣啾啾、溪水汩汩。寺院呈三进大殿，前殿五转七，中殿三转五，后面就是五间大雄宝殿，大殿四角飞檐下的铜铃在微风中叮当舞动，如鸣佩环。旁边的客房、僧房多达二十间。寺院种植的蔬菜、花卉春意盎然，数只悠闲的花蝴蝶正在菜畦间翩翩起舞。一扇古老的大磨盘静静地躺在场院上，从它那历经风雨的斑驳痕迹中，透露着这里曾经的荣耀和辉煌。

正当我们对这块远离尘世的佛门净土叹为观止时，一个慈眉善目的僧人面带微笑过来给我们倒了茶水，喝茶间，我们从僧人口中得知，眼前这寺院是改革开放后重新修葺，由一个叫释本明的和尚主持重修。钟鼓楼、铁塔、大鼎均是新建。如今供游人来去的道路是陇县旅游局和交通局联合投资新修的。他说，以前通华严寺的道路全是羊肠小道，晴天来回几十里山路，多数人都吃不消，更别说下雨天了。

和这位僧人聊天间，我们说，还想看看五峰之巅的石佛龛，僧人听了大吃一惊，说：你们想看五峰？笑话吧！东南西北中五峰你们一天咋上去？听了僧人的话，我们才仔细琢磨，确实不现实呀！最后，我们还是按照僧人的建议，在原路返回途中上北峰。

坐在寺院远远看着北峰不是太高，可我们整整爬了一个小时。北峰上漫山遍野古树老藤遮天蔽日，厚厚的落叶如棉被一样，脚踩上去有种滑滑的感觉，我们就脚手并用。树叶和各种叫不上名字的昆虫在眼前晃动，“唧唧唧”“啾啾啾”“吱吱吱”的叫声此起彼伏。当我们汗流浃背、气喘吁吁地攀爬到峰顶时，被眼前的情景惊呆了。眼前长、宽、高均约一米的一体石佛龛实实在在、清清楚楚地呈现在眼前，龛体边缘虽说历经岁月的沧桑，已有斑驳风化，可龛内的石佛依然轮廓清晰，尽管他满面尘灰，一脸沧桑，但慈眉善目下，永远以一种宠辱不惊、顽强坚韧的目光注视着日升月沉，注视着眼前这个瞬息万变的世界。不知道石佛龛究竟在这里经历了多少日月星辰和风风雨雨，此时，我们唯有无声而真诚地顶礼膜拜，内心无比震撼、感慨的同时，更多的是感动。

站在北峰之巅，我们激动地放声呼喊“你好！你好！”顿时，整个苍穹下都是渐渐远去的“你好！你好！”极目远眺，湛蓝的天空下，阳光普照，一片清明。西南方是林海茫茫的关山原始森林。东北方是一马平川的陇州川道。家乡梁甫河、千河犹如优雅的银丝带飘扬。就连远处依山傍水的陇州城都如一幅立体山水画一样。脚下的华严寺，一切建筑尽收眼底，它的建筑布局如棋盘一样规则，结构紧凑，玲珑别致，袅袅青烟在微风中慢慢悠悠飘向遥远的天际。

面对浩瀚的苍穹，我默默告诉远在天堂的父亲，他故事中的人间仙境，我来过了！我双手合十，祈祷人间福地华严寺在这太平盛世，永远香火旺盛，护佑家乡人民幸福安康！

您好，陇州

每次查看地图，我都会不由自主地找找家乡陇州的位置。

我生在陇州，长在陇州，工作依然在陇州。可以说，睁眼闭眼都是家乡的山山水水、一草一木。虽然我也去过祖国的大江南北，但我依然热爱家乡、眷恋家乡！

几十年的朝夕相处，我已离不开家乡。每次出差去外地，我都会整夜失眠，直到回到家乡，踏上家乡的土地，闻到家乡的气息，听到家乡的母语，才会长长出一口气，好像紧绷的神经一下子松弛了一样，才会踏踏实实睡个天昏地暗。哦！我知道，家乡已根植在我的生命里。

我的家乡陇州，位于陕西省西北边陲，是古“丝绸之路”上的商埠重镇，素有“秦都汉关”之称，是先秦文化的重要发祥地，因地处陇山东坂而得名。它北依千山，南临渭水，扼“大震”之天险，控秦川之咽喉，西去可以窥陇疆达西域，东进可以据关中取中原，地形复杂，山大沟深，素有“关陕锁钥”之称，自古属兵家必争之地。早在六千多年前的新石器时期就有先民在此居住。

家乡陇州属温带半湿润气候，四季分明，有关山天然林区和千山人工林区绿色屏障调节气候，涵养水源，这里土壤肥沃，故有“富有陇州，十年九收”之誉。这里山川秀美，地势险要，素有关中“小江南”之称。横贯陇州的河流叫千河，是条古老的河流，也是陇州最大的河流，更是陇州的母亲河。它一路汇集来自陇州不同方位的石管沟河、咸宜河、蒲峪河、北河、川口河、梨林河等诸多支流，水势渐涨，流量增大，一路向东，注入渭河，全长约六十公里。母亲河温柔时碧如翡翠、波光潋滟，如母亲柔软而苗条的身段在陇州大地上画出了自然的曲线；一旦发怒，排山倒海，如万马奔腾呼啸而来。

陇州城位于南北两条大河交汇处的上游，三面环水，站在城北的北坡山上俯瞰，县城宛如一叶扁舟荡漾在水中，周围七座桥梁如彩虹将县城与周围村庄、田野紧紧衔接。每当夜幕降临，灯火辉煌，亭台楼阁倒映水中犹如仙界，甚是壮观。

我的老家就位于千河南岸，距县城不到十公里的杨家坡村。小时候，我常听父辈们讲：陇州城原来不在现在的地方，传说不知哪个朝代，准备在千河南岸建城池，旗杆都插好了，夜里却被一只白狐狸将旗杆拔去，插到千河北岸，人们认为这是天意，不能违背，就将县城建在了如今的城址。那时，听着这美丽的传说，我常常想象着那个遥远的曾经，常常责怪那个白狐狸为啥要把旗杆插到河北，要是在河南岸该有多好啊，没有一河之隔的不便，我可以随时去逛县城呢。

老人们讲，我老家那一带叫“养马河”，是过去养马的好地方。不过，那里确实一马平川，土地肥沃，水草肥美。地上汩汩冒水的大小水泉随处可见，每遇天旱，外村的人就来我们村那几个水泉边排队洗衣、拉水，我们常常为老先人选这样的风水宝地而扬眉吐气。

记得小时候，每次和伙伴们站在村子那高高的墩台上摘酸枣玩时，我们总要安安静静地看着呈现在眼前那一望无际的绿色田野和那几条像银丝带似的河水，以及村子西南角那个我们常常坐在它宽宽的土墙上放羊的堡子陷入遐想。每每这时，总有脑袋灵光的伙伴叽叽喳喳互相追问："你说咱村子墩台和眼前的堡子是干啥的呀？"嘴急的伙伴准会说："堡子肯定是打仗时躲避的地方呀！""墩台呢？"伙伴们就面面相觑支支吾吾了。我们常常带着这样的问题，望着眼前缓缓下沉的夕阳，思绪早已飞到了那绵延起伏、影影绰绰的山外。

那时，伙伴们一有时间就去村子无处不见的泉水里抓鱼摸虾，就连下课那点时间都要跑去喝几口甘甜清凉的泉水。有时，一群孩子会一路追逐着泉水，依依不舍地一直看着它注入千河，头也不回地向东流去。

那年月，生活简朴，我们去县城也不方便，毕竟还隔着千河呢，遇着发大水就更难了。孩子们多数时间吃的都是自产的粮食、蔬菜，是母亲做的家常便饭。要是谁能吃上一回从县城买来的油旋或者酥馍，可是惊天动地的事。记得父亲要是哪天去了县城，我总会一直不吃母亲做的饭，站在巷道口望眼欲穿地等父亲回来，因为父亲每次从县城回来都会给我和弟弟每人买一个油旋。那时，我认为世界上最好吃的东西莫过于家乡的油旋了，那香味浓郁的核桃油，那外面焦黄、里面松软而有嚼劲的白面，常常让我一想起来都满口生津。可哪有机会天天吃啊？实在嘴馋得不行，就瞎转悠着看村子哪个石碾子上有人碾辣椒或核桃仁，就飞快跑回家，拿一个大馍（多数时间是玉米面黄儿），等着人家碾完，赶紧将自己的馍掰碎放到碾盘上碾压，生怕谁比自己抢先一步。经过碾压，黏上辣椒或核桃油的饼子馍再撒些盐可香了，往往这时，伙伴们就抢着吃，有时还打架呢！

冬季，遇上过年或重大节日，几乎家家都要装暖锅的。那种土陶暖锅装上自家产的萝卜、白菜、猪肉，有条件的再添些粉条、木耳，在炭火的慢慢熬制下香气四溢，数九寒天趁热吃一口，那种既祛了寒气又解了馋的舒坦是任何美食都无法比拟的。

上初中后，十几个土生土长的家乡老师给我们代课，他们多数是每月只拿几块钱的民办老师，极个别是恢复招考后上了中专，毕业后怀揣着梦想又回来建设家乡的青年才俊。为家乡培养优秀的学生是老师们共同的目标和心愿。他们一心扑在教育事业上，再苦再累都毫无怨言。他们知识渊博，讲课循循善诱、思路清晰。是他们让我们这些乳臭未干的农村孩子知道了山外的世界，懂得了知识改变命运的道理。在他们孜孜不倦的教导和鼓励下，我们快乐地在知识海洋里遨游。我参加中考时由于家境贫寒，连看时间的表都没有，班主任老师怕我掌握不好考试时间，让我戴上他的手表参加了考试。现在每每想起，我为今生能遇到那么多好老师、好乡亲而感到无比的幸运和自豪！

考上学后，每次和同学们说起自己的家乡，我都会理直气壮地向大家说：我来自陇县，我的家乡是山区。我还会给同学们讲好多关于家乡的传说和故事。每次回家，我都会给同学们带去他们根本叫不出名的家乡土特产，使得好多同学都说：你们陇县真好！记得新生刚开学，语文老师就给我们布置了作文：题目自拟，主题是写自己的家乡。我当时就写的“龙门洞”，其实我长那么大从没去过龙门洞，只是多次听老人讲过龙门洞，于是就按我听到的写了，结果我的文章还被老师选为范文在全班诵读，那时甭提我作为山里人有多自豪了。

卫校毕业分配时，有人问我去哪里，我不加思索地回答：回家乡啊！一毕业，我就被分配到家乡一所地段医院从事护理工作，那时条件虽然艰苦，取暖、消毒都要自己生火，可我从来没有后悔过。如今三十多年已经过去，可以说我亲眼见证了家乡卫生事业的发展历程。前一阵子，我因公共卫生服务项目督导跑遍了家乡的村村镇镇，看着村村那干净平坦、四通八达的水泥硬化公路、规范化村卫生室及一个个设施齐全的健身广场上人们洋溢在脸上的幸福笑容，我打心眼里感慨啊！

近年来，随着我对家乡那段烟波浩渺的历史逐渐了解，才知道家乡陇州原来是大秦文化的重要发祥地，是秦非子为周室养马的地方，我们村东边的磨儿塬还是秦早期的都城汧邑所在。了解了这段历史，我才知道了老家为啥叫“养马河”，也恍然觉得我们小时候常常上去玩耍的那个家乡制高点——墩台，很可能就是过去的烽火台。家乡那鲜嫩肥美的水草喂养的战马可为大秦立下了赫赫战功呢！也许是受家乡那厚重的历史感染，我现在只要有闲暇，都会去老家。虽然那个让我小时候登高远眺的墩台已经消失，常坐在宽宽的土墙上放羊的堡子已不复存在，但那几个没日没夜喷涌的水泉还在。我最爱看家乡那如龙王张大嘴日夜不停喷涌的泉水，最喜欢用手掬着那清澈无比的泉水畅饮，最爱听家乡的老人们在水泉边谈古论今，最爱看家乡的孩子们在泉水里打闹、嬉笑。我常常望着那不知疲倦喷涌的泉水陷入沉思，我想着几千年前家乡那牛羊成群、战马嘶鸣、芳草萋萋、流水淙淙的景象该是何等壮观啊！

如今老家“养马河”为朝廷养马的历史虽已成为遥远的过去，但陇州的关山草原、龙门洞已成为国家 AAAA 级旅游景区。关山的林，关山的草，关山的马，关山的蓝天白云，关山那厚重的历史文化都是内陆腹地少有的旅游资源，享有“中国立体草原，东方爱蒙塔尔”的美誉。龙门洞更是融山水风光、人文建筑、文化蕴藏于一身，集险、奇、秀、幽于一体，是大西北乃至神州大地不可多得的旅游胜地，吸引着来自全国各地的游客观光。陇州社火、陇州皮影已走出国门，走向世界。宝汉高速、344 国道、宝中铁路横贯全县。“一带一路”的宏伟蓝图再次给家乡插上腾飞的翅膀。

面对家乡处处繁花似锦、绿树成荫、鸟鸣啁啾的如画美景，我常常感叹：不知是大自然让家乡变得山清水秀，还是家乡给大自然奉献了自己的秀美容颜？我想，这是人与自然的和谐统一，是“云想衣裳花想容”那样自然天成，更是家乡人民为建设美好家园而付出辛勤努力的最好见证。

啊！家陇州乡，您那优美的身躯怎能不让我魂牵梦萦、如痴如醉！

让我衷心地问候一声，您好，陇州！

作为您的孩子我无时无刻不感到自豪和欣慰！

水坑巷有座德教碑

陇州因地处陇山东坂而得名。

陇州城位于千河谷地，处在千水与北河交汇处的Y形交叉上口，三面环水。从城北的北坡山上俯瞰，这座古州城就像是一艘巨大的航母从千余年前启程，一路乘风破浪浩浩向东，从远古驶入今天，正向着未来前行。

这是一方地肥物阜、钟灵毓秀、名人辈出的热土，在陇山方圆、陕甘宁交汇的这方黄土地上颇具影响。

陇州城里有个巷子。这个巷子东西走向，西连儒林巷，东接察院巷，长二百米出头，宽充其量也就四米的样子吧！在陇州城里的诸多巷道中，它算不得长也称不上宽，平平常常，看上去和其他小巷别无二致。如果说它有什么与众不同之处，那就是早年巷子里有一块篮球场大小的水池。过去的城镇也罢乡村也好，地下没有如今密密麻麻的供排水管网，排水只能靠在街路两侧挖的“阳沟”渠。阳沟是露在地面的明渠，它是靠地势落差把城镇外或村外的水引进城镇或村庄，又把城镇、村庄里的雨水、污水排到外面。水渠排水有许多优点也有许多缺陷，最大的麻烦就是一旦遇上低洼地势，水就没法子流往城乡外面，会在镇村形成积水。这条连通儒林巷与察院巷的巷道，中间便是一块洼地。老百姓却有着过人的智慧，他们有时利用自然的本事确实大得惊人。这个洼地水流不畅，人们索性就将它挖成了涝池，用以蓄水，以解决排水不畅之虞。于是乎，这巷子边的涝池就成了它与别的巷子的鲜明区别了。因巷子旁有“水坑”，古陇州人干脆把巷子命名叫成了“水坑巷”。

水坑巷里的“水坑”常年盛着一汪积水，虽说不上深，但也很少干涸。因为有水，这里一年三季草茂花繁、鹅鸭嬉戏，冬天水面结冰、孩童玩耍，成了古城里一道景致。每年腊八，水坑巷附近的农夫还有个不成文的规矩，砸开冰层将冰块用背篓背去倒入麦田。祖辈们口口相传：腊八给麦田“施”了“冰”，来年小麦一定会丰收。当然，这不只是庄稼人的美好期盼，它还符合现在小麦冬灌的理念呢！

水坑巷就是这么一条巷子，除了涝池似乎再没有多少可圈可点之处，而最有名的则是这里住着陇州人常说的“水坑巷宋家”。这不仅因为宋家是陇州城里名门大户，更因为宋家人开办了“训蒙书院”，建了一尊“德教碑”。这尊被陇州人挂在口边的“宋家德教碑”，有 2 米高的碑身、0.8 米碑宽的身坯，坐落于龙头龟座之上；碑阳面遒劲有力的“清廪生宋云生先生德教碑”大字，直观地向世人展示着古人雄厚的书法功力；碑阴面的“清廪生宋云生先生教泽碑记”，则详细记录了此碑的来历、所立年代及立碑人。掐指算来，它已经在水坑巷中段的路边直挺挺站立了几百年。上百年来，它像一位身板硬朗的世纪老人，栉风沐雨、披星戴月、不厌其烦地向人们娓娓讲述着自己的身世，吸引得众多路人驻足“倾听”。

德教碑的主人，是水坑巷宋氏家族中的一员。欲弄清这碑石的前世今生，得先从宋家的先祖说起。

照着史书上的记载，中国的宋姓之人都是从河南商丘发源的。水坑巷的宋家一脉何时辗转至陇州，因年代久远已经没有人能说得清了。宋家人也只能说清他们的老先人先在今之河北镇的大谈湾村，后来又迁到了如今东南镇的宋家岭、张家庄，再往后又搬到了现在城关镇的晁家坡。当然，这些都是老人们一辈一辈口口相传下来的，现只有晁家坡还有族人仍在居住。

宋家人迁居陇州城里的南道巷，大约是在清咸丰初年。那时候，他们的大本营在晁家坡村，家族里出了一位名叫宋仓的官吏。他在州府里干事，担任陇州的仓大使。清代的仓大使是由明朝沿袭下来的官制，主掌仓储。宋仓在州府干事，家室住在乡间，长年累月城里乡下两头跑，他觉得这不是长久之计，便设法把住在乡间的一部分家人迁至州城，安排在了南道巷。宋仓也是位乐善好施之人，在南道巷有着挺不错的口碑。清光绪十年（1884），龙门洞道院大规模扩建修葺，他就一次捐了二十两银子，这件事如今还能在重修龙门洞的记事碑上看到。

清咸丰十年（1860），宋仓喜得贵子，他给儿子起名子予，后来儿子又给自己起了宋承郊的官名。宋承郊自幼聪明伶俐，酷爱书画，考取清末秀才后，他选书画为主攻，所绘花鸟、山水、人物均栩栩如生、惟妙惟肖。他的画作以山水画为多，画风里蕴含着宋代山水画重理法、重写实、重质趣、重人文精神的特点。他的山水画线条苍劲、色彩丰富、浓淡适宜，线条与色彩有机融合，赋予了作品较强的艺术张力。他主张通过自然风景变化反映人文环境与变革，进而表现思想上的独立追求。宋承郊一生以传道授业解惑为生，直到辛亥革命前夕仍在今东风镇梨林川任初小教员，但他在书画上的造诣则誉满陇州，与蒋来麟、刘承基、石孟丹并称为清末民初陇地“丹青四大家”，而他又名列“四家”之首，被誉称为“宋山水”。那时的陇州城里，无论是商家广告牌匾，还是大户人家厅堂书画，到处都能见到宋承郊的笔墨。民国时期陇县县城土地祠墙壁上的巨幅画作《水上拉纤图》，就是他绘画作品中的重要代表作。作品以宏阔的视界、墨线及色彩差异，把“船中人被名利牵，岸上人牵名利船。江水滔滔流不息，问君辛苦到何年”的思想，展示得淋漓尽致，让观瞻者无不因那精美绝伦的构思和蕴含的人生哲理所感慨。他在家中悬挂的巨幅山水画《山雨欲来风满楼》亦是独具匠心，极具艺术冲击力，可惜后来被损毁。

宋承郊育有三子，儿子们长大成人后，各自成家，南道巷的老院子已显得拥挤不堪。此时的宋家，人丁兴旺、家境殷实，已经具备了大兴土木的实力。宋承郊与儿子们商议后，在县城的水坑巷购置了一座明末时期晋商的四合院。这个四合院就位于水坑巷中段，坐南向北，占地宽敞，高大结实。前方是五间大上房，对面为五间下房，东西两侧各为五间厦房。上房是五檩四结构，梁柱有合抱之粗，宽大深邃，十分讲究；下房、侧房均为普通建筑；院内水井、土地祠、照壁及灶房神龛等基本设施一应俱全。只因院内久无人居，长满杂草，需修缮整理。当时，宋承郊的大儿子英年早逝、儿媳改嫁，留有一个三岁的儿子，老人将此院分给了老三宋云生，嘱咐他要待侄如子，抚养其成人后，分给房产半院。

宋承郊的三儿子宋云生是“宋家德教碑”的真正主人。

宋云生，字文锦，生于清同治十二年（1873）十二月三十日。他自小喜欢读书，且记忆过人，七岁就拜南街高师马滢亭为师，进私塾学习。因其聪颖好学，老师十分喜爱和赏识他。马滢亭对自己的得意门生有多赏识？他日后把自己的爱女许配给了这位高足。宋云生在恩师的精心指导下，苦读《三字经》《千字文》《幼学琼林》，还涉猎周公礼仪、四书五经、诸子百家等古籍经典，并兼修琴棋书画；二十出头参加清代岁科，两试皆名列一等，取得廪生资格。他迁居新置院子后，和妻子将院子重新布局，增设了磨房、花园、牲口圈等设施；在前院后院还栽上了石榴、樱桃、林檎、核桃、花椒、紫荆、梨等树木，又在花园里栽种了牡丹、玫瑰、芍药、玉兰、菊花等时令花卉。几年时间就让空旷荒寂的大院四季花香满院，引来无数鸟儿嬉戏，成了林语堂笔下的“宅中有园、园中有屋、屋中有院、院中有树、树上见天、天中有月、人天共享”的世外桃源。

虽然庭院美如花园，但宋云生的内心却很是迷茫。风华正茂的他，本欲考取功名、加官晋爵、光宗耀祖，可他一看位于荒僻之地的古陇州新陇县，在战火纷飞中满目疮痍，学堂因师资缺乏、教法不当、学风不振而无奈停课，文献资料逸散，连初识文字者都寥寥无几的落后状况，他陷入了深深的困惑、矛盾与激烈的思想斗争中。

那时，正值“戊戌变法”的烟火熄灭不久。这次“变法图强”维新运动虽被封建势力绞杀，但其种下的废科举、办新学等新思潮却在华夏大地上生根发芽。宋云生深受变法思想的影响，几度彻夜难眠。他深刻领悟：知识就是力量，人才是兴国之要；只有摆脱愚昧无知，家乡才能兴旺发达……他以“汉朝马融于绛帐设堂传授知识，人才辈出；胡瑗两齐时代的士风渐起，宋代诗文蔚然成风”的事例鞭策自己。一番深思熟虑后，宋云生拿定了主意，他要设馆讲学。他把自己的想法告诉父母后，得到了他们的大力支持。父亲谆谆教导他：“读书之人不做官，就得坐馆教书口传笔授。”听了父母语重心长的肺腑之言，宋云生高兴得几天几夜没有合眼，他开始精心规划自己的人生和事业了。千里之行，始于足下，虽说是万事开头难，但任何困难都是在实干中迎刃而解的。说干就干，他和妻子忙活着腾出下房，置办桌椅，自编教材，在水坑巷风风火火干起了他的“设帐训蒙”事业。很快，昔日的农家四合院，就成了书院，成了学生求知的乐园。一时间，花香鸟语的优雅环境和孩童们朗朗的读书声、悠扬的歌声、欢乐的笑声，吸引得自此路过者翘首内望、流连忘返。

宋云生办学主要接收十岁左右的孩童为“童生班”，每年入学新生二十五人左右，为学生日后入“文生班”奠定根基。他开设的主要课程有国语、算数、历史、地理等。他认为，启蒙教育重在教化育人和奠定各科基础。学高为师，身正为范。宋先生谦谦君子，文质彬彬，品端学正，上孝下慈，克勤克俭，视学生如子侄；他思想新潮，与时俱进，不穿长袍，不戴瓜皮帽，不留长辫子。他要求学生“先做人，再学问”，且自己时时处处用言行举止为学生们做表率。他指导学生“读书要专心，圣贤事业，磨杵铸砚；读书要时习，怠惰因循，可惜光阴；读书要崇正，淫词艳曲，摈不入目；读书要问难，有疑必知，不耻下问；读书要实用，人要修齐，言真行实”，用“读书五要”培养学生良好的学习习惯。他奉行孔子“有教无类”的优良传统，对家境贫寒的学生免收或减收学费。他教学不拘泥于形式，循循善诱，因材施教，注重温故知新。他教学生学习课本知识的同时，更注重实践，做到眼、耳、手、心并用。他在实践中探索出的一整套教学方法，提升了学生们的认知能力，活跃了学习气氛，提高了学习效率，赢得了家长的信任和良好的口碑。

然而，天有不测风云，人有旦夕祸福。就在他的事业如日中天之时，三十出头的妻子却因病撒手人寰，这突如其来的打击给了他当头一棒。面对年幼的孩子和一双双渴望知识的眼睛，他仍然起早贪黑，在安顿好家务的同时，坚持为学生上课、批改作业。

他的老师马滢亭看到他整日萎靡不振的样子，既心疼又难过。是啊，身为人师，他理解学生的艰辛和不易，理解他内心的哀痛和苦闷，当然，老师也更了解他的人品和修养。马滢亭毅然决定，将自己的小女儿许配与他，支持他继续坚守钟爱的教育事业。

老师的小女儿出身书香门第，在家庭的熏陶下知书达理，读过不少古典文学名著，她一有时间就给学童们讲《聊斋》《西游记》里的故事，还常常教他们下象棋。她的到来，无疑使宋云生如虎添翼。宋云生亲手书写“训蒙养正”贴于教堂，将其作为教学宗旨，这一理念与今日的“教书育人”何其相似？他还亲书“勤俭持家要时时守为家训，忠厚待人期常常坐于春风”贴于上房正门立柱，以提醒自己和家人莫忘家风。夫妻俩就这么夫唱妇随，把书院打理得井井有条。

宋云生先生兢兢业业、踏踏实实、不辞辛劳，在陇州（县）辛勤耕耘教育事业四十年，教出了数以千计的学子，民国时期的朱静斋、马俊程、李亨通等陇县达官显贵、绅士名流，均为其门生。他的弟子们，无论从政、从军、教书、经商抑或从事其他职业，均德能俱佳，无误入歧途者。李亨通是宋云生的得意弟子，能文善辩，先从政再从军后从医；学生张维岳、张茂德后来分别任中共陇县县委书记、副县长；学生李觉民为陇县著名书画家、一代名医；学生马公辅、闫秉钧、高耀斗、尹光佐均学业有成，为陇州知名人士。宋云生先生修身明德的大家风范，催人奋进，让人受益匪浅。

1941 年，宋云生先生因积劳成疾，于七月十九日与世长辞，享年六十九岁。学生们得知老师离世的消息后悲痛欲绝，纷纷赶来悼念这位恩师。先生下葬那天，陇县沉浸在一片悲痛之中，送葬队伍达二里有余，时任陇县县长的蔡绍慕赠“热心公益”牌匾一幅，家人将牌匾高悬于他住过的上房大厅中堂之上，以示敬仰。

宋云生先生去世后，李亨通联合数位同学，在老师家的大门外为恩师立了一尊“清廪生宋云生先生德教碑”，以表达学生对老师的敬佩、感激和怀念之情，彰显其公德，光大其品质。碑文由时任陕西省议员朱静斋撰文，前陕西省议员、陇县教育局局长马俊程校阅，陇县财务委员会副主任委员马筱渊书写。

后来，蔡绍慕赠予宋云生先生“热心公益”的牌匾被毁，“德教碑”也险被砸毁，宋家后人连夜将其埋藏地下，方才得以保存。1993 年 4 月，宋家子嗣将牌匾从地下挖出，重新竖立于水坑巷四合院北大门前，供路人瞻仰。县文物局派员对其进行登记，列为县级文物保护单位。据说，有外地文物收藏家曾出资一百万元购买，被宋家人当即拒之门外，因为这碑石见证着他们先祖教书育人的荣光，更见证着宋氏家族上孝下慈、克勤克俭的优良家风。

宋氏家族如今已有上百人。这些宋家后裔，分布于社会各行各业，他们始终不忘祖训，秉承着先祖的优良传统和家风，在各自的工作岗位上兢兢业业、勤勤恳恳地发着光和热，也涌现出了许多德才兼备、事业有成的佼佼者。

“德教碑”告诉人们：一个人的能力有大小之别，职业岗位亦有差别，但只要勤奋敬业、恪尽职守、勇于探索，都能干出成绩，人民都会铭记他们；一种好家风，只要代代相传，且与时俱进，就能使一个家族兴旺昌盛、俊彦辈出，更能够发挥示范效应，为社会注入正能量！

醉美范家营

全国有好几个叫范家营的村庄，而我说的是地处陕西西北边陲的陇州范家营。

陇州范家营是一个历史悠久的古老村落，位居关山脚下，距县城十公里，背靠雷音山，放眼蒲峪河。

别看范家营只是一个辖三个村民小组、一千一百二十五人的小山村，它却曾荣获“省级卫生村”“市级文明村”“市级新农村建设示范村”“最美乡村”“森林乡村”等多个称号。

这，不光是范家营的荣耀，而且还是天成镇及全陇州的亮点呢！

一个小山村，为何具有如此的魅力？还得从它独特的地理、历史及人文环境说起。

范家营不但依山傍水、环境清幽，而且与自古称作陇州八景中的“关山夜月”和“弦蒲名薮”相毗邻，具有得天独厚的地理位置。“关山夜月”就在范家营西侧，处于如蝉翼状的蝉耳山主峰背侧山腰。由于蝉耳山林木繁茂，远观郁郁葱葱，层层叠叠，而在山腰浓密的绿色环抱中，裸露着一大片圆形的银色岩石，由于这个岩石为石英石，晴天或月夜都会反射太阳或月亮的光芒，犹如一面巨大的圆镜或满月，当地人称之为“月亮崖”。月亮崖从早到晚，从春到冬，从古至今一直照耀着其东方那个令人神往的陇州川道。这一景致，自古被文人雅士称作“关山夜月”。而

"弦蒲名薮"就在范家营的西北方向，即现在的天成镇蒲峪川，它东起于神泉河口，西至关山山口，地势平坦，土地肥沃，水草肥美。"薮"本就指沼泽或湖泊。《周礼·夏官司马》记载："正西曰雍州……其泽薮曰弦蒲。"《水经注》记载："水出汧县之蒲谷乡弦中谷，决为弦蒲薮。"据州志载："谷口峰回势阻，入谷平坦，泉甘土沃，桑麻遍野，如太行山之盘谷。"可见，陇州的弦蒲薮在古代就有很高的知名度。加之，这里还曾是明朝成化年间做过兵部尚书加"太子太傅"的阎仲宇的故里，更使当时陇州的"弦蒲薮"名扬天下。不过，后来随着地理环境的变迁，蒲峪川的沼泽和湖泊已消失在历史的云烟中，如今它又变成了山清水秀、平畴沃野的米粮川。

范家营背靠的雷音山上有个混元寺。相传先秦时期，秦非子在陇州养马期间遇上雨涝，蒲峪川数十里一片汪洋。为祈求上苍护佑生灵，非子命人在川口的雷音山建起"禹王台"，以祭祀水神禹王。大水退后，当地人在禹王台址修建了禹王庙，唐开元十四年（726），又增建佛殿，殿宇辉煌，香火缭绕，取名"混元寺"，供奉混元老母及诸佛菩萨。可惜清同治年间，混元寺在战火中被焚毁。改革开放后，在当地村民倡议和政府支持下，范家营居士范天良又主持对寺院建筑布局进行全面规划，重修了混元寺。如今的混元寺，绿树掩映，环境幽静，布局精巧，香火旺盛。

据说，范家营还是范仲淹对抗西夏时期建立的一个军事据点。陇州是陕甘宁的通衢，古称陇关。范家营处于关山、咸宜关、固关三个关口的交汇之地，是阻止西夏进攻的重要关口。这个村子的村民都姓范，而且大家都知道自己是范家军的后裔。宋朝的康定元年（1040），范仲淹不顾以前遭贬，临危受命，出任陕西经略安抚副使。范仲淹在西北边塞抵御西夏的几年时间里，固寨修堡、重振士气，既号令严明又爱抚士兵，并招徕诸将推心接纳，深为西夏所惮服，称他“腹中有数万甲兵”。当时，在他的努力下，西北好多边防线上屹立起一道道坚固的屏障，使得边疆形势转危为安。范仲淹在戍边期间深深体会到战争给边关老百姓带来的痛苦和灾难，不但减免科差徭役，而且还妥善安置灾民使其安居乐业，受到了广大边民的拥护和爱戴。据记载，范仲淹的词作《苏幕遮·怀旧》就是他在西北边塞的军中任陕西四路宣抚使时所作，抒发了作者面对眼前萧瑟的秋景而产生的浓浓思乡之情。

碧云天，黄叶地，
秋色连波，波上寒烟翠。
山映斜阳天接水，
芳草无情，更在斜阳外。
黯乡魂，追旅思，
夜夜除非，好梦留人睡。
明月楼高休独倚，
酒入愁肠，化作相思泪。

范家营还有近年来在县委县政府的大力支持下建成的雷音山景区。去关山草原旅游，必经雷音山景区。远远看去，那古色古香的石牌坊，青砖黛瓦的建筑，绿树环绕、气势恢宏的混元寺，以及位居雷音山顶那精致玲珑的雷祖亭，总会让过往的人浮想联翩。特别是雷音山下那宽阔平整的混元广场上，几十棵百年以上布满青苔、盘根错节、裂痕斑驳的老柿树，无时无刻不在用它那茂盛的枝叶向世人诉说着岁月的沧桑和范家营的古往今来，就连那篱笆墙的田园牧歌式农家院落，都与这里的环境和悠久历史相得益彰。

今天是重阳节，连日来阴沉着脸的老天也揭去了它的满面愁容，太阳早早就从东边的山顶露出了笑脸。我和爱人临时决定，趁这大好天气去范家营的雷祖亭登高望远。

我们一路向西，各色花花草草在秋风中将宽阔平坦的关山大道装扮得绵延如彩带，田野里刚出土的嫩绿麦苗在微风中摇曳，静静的蒲峪河波光粼粼、蜿蜒流淌，几只野鸭像似在河滩乱石中侧耳倾听河水的欢唱。不出二十分钟，我们的车子就到了范家营村口，停下车，我们一路步行。只见干净的村道两旁，姹紫嫣红的矢车菊恰似一张张笑脸在欢迎我们，几位老人悠闲地坐在路边石凳上，边拉家常边享受着温暖的秋阳。几个年轻媳妇在家门口晾晒那金灿灿的玉米、黄豆，两只小狗伸长腿卧在路边进入梦乡，一切那么自然，那么安静而祥和。远远望去雷音山俨然正张开双臂将范家营拥入怀中。半山上那红墙灰瓦、飞檐斗拱的混元寺，恰似巨人的胸章一样耀眼夺目。雷音山顶那造型玲珑的凉亭在蓝天下如英俊少年般挺拔秀美、玉树临风。混元广场上，游人稀稀疏疏，红、黄、褐等彩色的柿树叶子给广场铺上了一层五彩斑斓的绒毯，树上一串串的柿子在阳光下如红灯笼一般，吸引得一群群喜鹊在枝丫间叽叽喳喳、闹闹哄哄。农家美食柴火鸡的香味窜出篱笆氤氲在村子上空。

我们没在广场上过多停留，径直沿着蜿蜒的水泥路上到半山腰的混元寺，经过“天王殿”，拾级而上，攀登向雷音山最高处的雷祖亭。

抬头望去，脚下的台阶像“天梯”一样陡峭，台阶两侧树木遮天蔽日，感觉一下子凉爽了许多，各种鸟儿的叫声在树林间回荡。当气喘吁吁、满头大汗的我们，上到雷祖亭脚下俯视来路时，脚下一级级台阶让恐高的我一阵眩晕。眼前三层高的雷祖亭要远比我们在山下看到的高大雄伟许多，沿着亭内旋转楼梯上到最高处，眼前的美景将我们惊呆了。碧蓝如洗的天幕下，几丝丝轻盈的白云在慢慢悠悠飘移。山环水绕的大美蒲峪川，宽阔平坦的关山大道和波光潋滟的蒲峪河如两条相依相伴的长龙游向远方。绿黄相间的平展展农田，星罗棋布的村落，错落有致的房舍，阡陌纵横的交通尽收眼底。脚下的雷音山景区，倒映着蓝天白云的水上乐园如镜面与月亮崖遥相呼应，相得益彰。混元广场上鲜艳的五星红旗在蓝天下迎风飘扬。弯曲的盘山公路如蛇形灵动。混元寺庙宇的飞檐翘角在树缝中若隐若现。婉转悠扬的梵音和着青烟在空中缭缭绕绕慢慢升腾。向西眺望，远处峰峦叠嶂，近处的蝉耳山层林尽染，半山腰那圆圆的银白色月亮崖如明镜高悬；东边，远处高楼林立的陇州城如海市蜃楼，层层梯田鳞次栉比，蔚为壮观；身后，远山逶迤起伏，绵延不断，近处万山红遍，薄雾轻笼，美不胜收。

眼前的一切多么壮观，多么让人震撼。不由得，我想起了范仲淹那篇脍炙人口的《岳阳楼记》，想起了那句“先天下之忧而忧，后天下之乐而乐”的名言。我想，要是范公今天也站在这里，面对眼前如诗如画的锦绣河山，不知又会发出怎样的感慨和感叹。

啊！范家营，关山脚下一颗璀璨的明珠，你的魅力已深深让我陶醉，让我迷恋！

三羊河记忆

“我思念故乡的小河，还有河边吱吱唱歌的水磨，噢，妈妈，如果有一朵浪花向你微笑，那就是我，那就是我……”每当听到这首深情而悠扬的歌曲《那就是我》，思绪总会被歌声轻载着飘向家乡的三羊河，泪水总会禁不住溢满眼眶。

我的故乡在陇州千河南岸的杨家坡村，这里自古水草肥美、水源充足，地下随处都能见到汩汩冒出的泉水。据记载，早在六千年前的新石器时代，这里就有先民繁衍生息。公元前九世纪，秦非子就在此为周室养马，因此，陇州人自古就将家乡方圆称作“养马河一带”。

打我小时候，我们村庄周围，由东到西就有五眼水泉，老先人还均给它们取了很有文化底蕴的名字——鱼龙泉、兰蕙泉、西瑞泉、鸳鸯泉。鸳鸯泉就在我家房屋后，它不像鱼龙泉、兰蕙泉、西瑞泉那样显山露水，鱼龙泉、兰蕙泉、西瑞泉都位于宝平公路南线的大路畔，如张大嘴的龙头日夜喷涌。而鸳鸯泉则如深居闺阁的大家小姐，位居村庄正西水沟的沟口，是一左一右两眼冒水泉。路人很难见到它的真实容颜，南来北往的人，只能见到村子西边淌出的涓涓清流，从早上流到晚上，从春天流到冬天，从过去流到现在，一刻也没有停息过。这条涓涓清流，就是鸳鸯泉水出泉后在地上画出的自然曲线。听老人说，关于这条河的起名有两种说法。一种是村子最早时，只有杨姓、魏姓和陈姓三姓人家，人们就将这条河取名“三家河”，后来又借“三阳开泰”之意，取名“三羊河”。还有一种说法是，很久以前，在水沟沟口，人们每天天黑都能看见一把明光闪闪的宝剑悬挂在一棵大树上，后来宝剑被人在一个星稀月黯的晚上盗走了。人们见三只金羊从水沟口一路狂奔向东而去，金羊跑过的路线形成了河流，从此，人们便将此河称作“三羊河”。

记得儿时，三羊河清澈见底，河水甘甜，河两岸全是杨树、柳树、榆树等树木，河水主要供村子第四、五、六生产队人、畜饮用及灌溉村子周围三四百亩农田。那时，我们生产队的立轮水磨和第四生产队的横轮水磨，就是用三羊河水带动的。我常跟着大人去我们生产队的磨房磨面，一到磨房，我就“咚咚咚”踩着那悬在河上的木地板，直奔磨房窄窄的后门，既胆怯又兴奋地把头伸出后门，眼睛眨也不眨地看那硕大的磨轮。只见那磨轮在河水的推动下，不紧不慢地吱扭吱扭转动，那种水花四溅、飞流直下的气势让人记忆犹新。

那时，每到春天来临，三羊河畔的树木就一点点被春风染绿了，远远看去，犹如蜿蜒的绿色长龙。此时，河畔也就成了伙伴们抓鱼摸虾、打猪草、扭柳笛的最好去处，就连河里的鸭子、鱼儿、虾儿也像赶趟儿似的，显得格外欢乐了。一时间，树上各种鸟儿敞开喉咙呼朋引伴，河里鸭子的“嘎嘎”声，夹杂着伙伴们柳笛的“嘟嘟”声，汇成了一曲曲无与伦比的天籁，响彻河畔，响彻田野，给寂静了一个冬天的田野带来了生机，带来了希望。炎热的夏日，河畔又会成为田里劳作人们乘凉、解渴的好去处，乡亲们总是在劳作疲惫时，拔腿跑到河畔，畅饮甘甜的河水，坐在河畔树下，享受凉风吹拂的舒畅，就连爱美的大姑娘也会在清澈的河水里，清洗她们那乌黑的秀发。夜幕降临，河水又会为田间归来的人们洗去一天的风尘和疲惫。秋凉时节，蜿蜒的河畔，各种树叶次第变成黄、橙、红等不同的色彩，在如镜面似的河水倒映下，宛如彩色的丝带伸向远方，在两岸绿油油刚出土的麦苗映衬下，如一幅巨大的油画，让人心旷神怡，吸引得南飞的大雁也时不时驻足观望，“咕呱咕呱”的叫声像是在诉说征程的疲惫。那时，我们常坐在河畔看大雁南飞，唱那不知啥年月流传下来的古老歌谣：“咕噜雁，长脖子，我给掌柜家拉骡子，掌柜嫌我吃得多，我一石头砸破掌柜家的锅……”歌声伴随着凉凉的秋风，飘向田野，飘向蔚蓝的天际。而到了滴水成冰的冬天，特别是大清早，远远望去，鸳鸯泉周围就如刚揭开的蒸笼，被白白的雾气笼罩得宛如仙境，整个河流上远远看去如白色的长龙在慢慢升腾，而升腾的水蒸气在河畔的树上、野草上又遇冷凝结成各种形状的冰凌，在阳光照耀下，晶莹剔透，如梦如幻。这时，就连河床的黄胶泥都成了孩子们暖柿子、软枣的最佳选择，因为，泉水是温热的，河水也是温热的，就连河边的淤泥也是温热的。到了过年前几天，河畔就更是另一番热闹景象了，姑嫂婆姨们几乎把家里所有能清洗的东西都拿到河边，那几日，河畔从早到晚都被孩子们的叫声、妇女们的说笑声、揉搓衣服的嚓嚓声、棒槌捶打的咚咚声笼罩着。

自从十六岁外出求学后，三羊河竟成我思念家乡、思念亲人的重要标志，成了我夜晚难以入眠时对故乡魂牵梦萦的记忆。多少次在梦中，我畅饮甘甜的河水，和伙伴们在清澈的河水里追逐嬉戏，仿佛只有在它的怀抱里，我的灵魂才能得到安宁和洗礼。

成年后，我常给我的孩子们描述我儿时的三羊河，可无论我怎样绘声绘色，他们不是一脸狐疑，就是瞪大眼睛觉得不可思议，他们总会一脸愕然地反问一句：“您说的那个水渠，原来还这么美?”我不怪他们不像我一样，一说起三羊河就神采飞扬，因为，他们没有见过三羊河的曾经，我真为孩子们感到遗憾和惋惜。

前段时间回老家，我怀揣着满满的童年记忆，顺着三羊河走了走，河水已经瘦得我认不出来了，河两岸零零星星的白杨树像是在寒风中瑟瑟发抖，几片干枯的树叶随瘦瘦的河水漂向远方。返回途中，我遇见了八十高龄的叔叔，我和叔叔说起我记忆中的三羊河，没想到，一向木讷的叔叔，一下子来了精神，他给我讲述起了他记忆中的三羊河。叔叔说，他小时候，鸳鸯泉周围树木遮天蔽日，成群白鹭和红嘴鸭在树上筑巢、嬉戏，每到傍晚，白鹭和红嘴鸭“叽叽嘎嘎”的叫声老远都能听见。他还说，那时候，只要太阳一落山，家家户户大人就不让孩子出门了，因为村庄周围有狼。他记得，村民曾先后在三羊河上建过四座水磨呢。看着叔叔说起他记忆中的三羊河时，那满脸兴奋的表情，我知道，叔叔是陶醉在儿时的记忆中了！

我想，我的孩子没见到二十世纪六七十年代三羊河的风貌，而我，也没见到叔叔小时见过的白鹭、红嘴鸭，以及三羊河上建四盘水磨的壮观。我不得不感叹，三羊河确实如人一样是在时间的轮回中慢慢老去了！

看着叔叔远去的背影，我失落极了。我知道，三羊河曾经的风韵只存在于我们的记忆中了。我又忽然觉得，我和叔叔是多么的幸运啊！起码，我们会在记忆深处，不断重温儿时三羊河的容貌，因为在那个家园环境还未遭到破坏的年代，虽然生活艰苦，但孩子们可以尽情地接触自然，用一颗纯净的心灵去感受自然，拥抱自然。

在我的脑海中，三羊河畔无论春夏秋冬，都是孩子们美丽的童话世界，我们在那里看湛蓝的天空，看柳絮飞扬，看鱼虾自由自在游荡。每当蝴蝶从我身边飞过，我定会停下脚步，屏气凝神看它在花丛中飞舞；而当有雨滴飘落时，我还喜欢看河面一圈一圈的涟漪，就像仔细琢磨一页页动人的图画……这一切，难道不是我一生的财富吗？

如今，无论我走到哪里，只要看见大小河流，都会想起儿时家乡的三羊河，我常感慨，如果不是我们这些亲历者，又有谁能证明家乡三羊河曾经的魅力？我只有一次次和我的长辈、我儿时的玩伴描述三羊河的景致时，才会像小时候一样嘴急：“哎呀！那两个水泉！哎呀！那清澈的河水！还有河里嫩绿嫩绿的水草、暖暖的黄胶泥、清亮的鹅卵石、弯弯柳树……”也只有此刻，我们这些在三羊河畔长大的孩子们，才会如回到母亲的怀抱一样，无比舒心和惬意。

啊！三羊河，你何时才能回到我儿时的模样？

儿时的百草园

随着年龄渐长，我对故乡的眷恋渐深，总被许多难以忘怀的情愫所萦绕。那清清的泉水、长长的巷道、高高的墩台、粗壮的古槐、舌尖上的味道、儿时的玩伴，所有这些总在不经意间从脑海里一股脑儿蹦出来，温暖着心田，丰盈着记忆。而对于我，忆及最多的，莫过于故乡长长的巷道里，陇州名中医叔叔家的三进式院落了。

自从上初一，学了鲁迅先生的《从百草园到三味书屋》起，我就一直认为，叔叔家那别具一格的三进式院落，就是我儿时的百草园！

说起身为陇州名中医的叔叔，可以说是无人不知无人不晓的。记得小时候，无论去哪个村子走亲戚或玩耍，只要有人问：你家在哪个村子？一听说杨家坡，那人下一句肯定会接着问：你知道杨大医吗？那时，我总会骄傲地回答："当然知道啊！我们都住在一个巷道里，按辈分，我叫杨大医叔叔哩！"

我打小就常听父亲讲，叔叔家是祖传中医，是陇州为数不多的中医世家之一，叔叔的父亲——爷爷，爷爷的父亲——太爷爷都是陇州名医。父亲说，民国初年盘踞在吴山的土匪因大范围患上传染病，死亡率很高，找了很多医生都控制不了，太爷爷那时，由于医术很高明，土匪就强行将太爷爷从家中掳走。当时，村上人都认为太爷爷此去肯定凶多吉少了，家里上上下下哭作一团。

可一家人做梦都没想到，两三个月后的一个黎明，太爷爷竟然骑着马毫发无损地回来了，土匪还给太爷爷装了些银两作为报酬呢。原来，太爷爷到了吴山，竟用中草药将流行的传染病给控制住了，病人在太爷爷的治疗下一个个痊愈。土匪头子王友帮见太爷爷医术高超，想让太爷爷留在吴山，可太爷爷婉言推辞了。无奈之下，土匪因感激太爷爷的救命之恩，就将太爷爷趁天黑安然无恙地送到了我们村口。此事虽已过去百年，但至今仍在家乡陇州大地上广为流传着。

不过，我从没见过爷爷和太爷爷，我小的时候叔叔就已经是县上医院很有名的中医大夫了。我们在巷道玩耍时，只要遇着星期天，常见远道而来看病的人，他们将骑来的驴或马拴在叔叔家大门口的电线杆上，有时连对面的碾道里都有，那些马或驴身上都搭着厚厚的花被子，一看就知道是驮着病人来看病的。这些牲口在等待主人的当儿，也像来赶集趁热闹似的，互相大声叫嚷起来，一个若高声喧哗，其它则随声附和，那刺耳的叫声常常吓得我和伙伴们跑得远远的。

叔叔身材微胖，中等个子，皮肤黝黑，平时看起来少言寡语，一脸森严。不知道叔叔脾气的人，总以为叔叔很难接近，其实叔叔对待病人可平易近人了，从没有高高在上的架子。记得我的母亲那时经常生病，加之腿脚不灵便，每次看病都是趁叔叔星期天回家时。母亲每次去叔叔家看病，我都会跟上，这也就有了我近距离接近叔叔的机会。叔叔看病可认真了，望、闻、问、切每个环节都不会轻易放过，每个疑点他都会深思熟虑，开张处方要好一阵子呢。可每次看完病，母亲给叔叔一毛或两毛钱处方费，叔叔是从来都不收取的。记得有次，母亲可能觉得老麻烦叔叔，实在过意不去，非要将两毛钱塞给叔叔，叔叔反而生气了，脸立马阴沉下来，本来叔叔脸就黑，一生气更显得威严了，我吓得赶紧躲在母亲身后。叔叔将两毛钱接过去，又毫不犹豫地塞进我手里，说：“囡囡拿着，买本子，好好念书!”打那以后，母亲再找叔叔看病从不敢提给钱的事了。

小时候，巷道里和我年龄相仿的女孩共有七个，奶奶、大大（方言，大妈或伯母）们都称呼我们为“七仙女”，其中就有叔叔的小女儿和一个侄女，她们都比我小点，叫我姐姐。我们七个成天在巷道里一起抓石子、踢毽子、玩沙包，一起在小河边洗衣服，去田间挖荠菜、掐苜蓿，反正多数时间是形影不离。当然，大多时候对于我们这些浅门浅户的孩子来说，叔叔家就是我们玩耍的最好去处，因为叔叔家的院子是三进式的，院子里还有我们平常没见过的花花草草，对我们这些满怀好奇心的娃娃充满了无限的诱惑!

那时，我常常跟着两位妹妹去她们家玩。不过，多数时间都是趁叔叔不在家时，因为我们都怕叔叔那严肃而黑黑的脸。伙伴们每次找妹妹玩，都要远远地看看叔叔家大门口电线杆上有没有拴牲口，或者站在巷道里从大门向里张望，若发现院子里有叔叔的身影，我们就逃之夭夭，绝不进大门半步。当然，多数时间，都是妹妹给我们发信号，当我们得知叔叔不在家时，就毫无顾忌地放心大胆跑进院子，玩个天昏地暗。

故乡长长的巷道呈南北方向，巷道口朝北，就开在千陇南线上。巷道由北向南稍有一定的坡度，从巷道口进去东西两边全是住家。叔叔家的院子就位于巷道的中段东边，大门朝西开，临巷道的院墙很高，上面有青瓦，大门的门楼是土木结构，门楼上也是青瓦，和高高的院墙和谐统一，让人看一眼就知道这是一个殷实人家。那时候，也许因年久失修的缘故吧，叔叔家的大门看起来是土土的自然木纹，门楼也不是飞檐，和临巷道的院墙一样是简单的有点坡度的式样，不过坡度都向里倾斜，雨水会流到院子里，这也许就是讲究的“肥水不流外人田”吧！两扇大门是足足有两寸厚的宽大门板，大门紧闭时，上面两排碗底大的炮钉就如衣服门襟纽扣一样整齐排列着。门扇后面有很结实的门闩，门后两面墙上相对各有一处凹陷，就是门担窝，门背后常年靠着一根粗粗的木椽，就是门担。叔叔家的这两扇大门，给我们这些乳臭未干的孩子提供了最理想的玩耍场所。我们常常两人一组，一个人踏住门担窝站到门闩上，手把住门扇顶，一个人掀着门扇来回转动，转够了又互换位置。那种如荡秋千一样飘飘欲仙的感觉到现在我都记忆犹新。

进了大门就是叔叔家宽敞的前院了，抬眼望去，二门与大门遥相呼应。大门通往二门的是约一米宽、用青砖铺就的引路。引路左边是一棵有些年月的老林檎树，树冠足足有两丈多，右边是一段矮墙圈出的菜地，菜地里白菜、韭菜、豆角等家常菜应有尽有，菜地与邻家相隔的院墙根有一排树木，好像是白果树、楸树、杏树、桃树。

二门门楼就没大门那么气派了，门后只有门闩，没有门担，两扇门也是自然的木纹，但没有大门的厚重，上面的炮钉也要比大门上的小得多，但也显得简单而雅致。

进了二门就是中院了，中院比前院更宽敞。一进二门，抬眼间，就能远远望见崖背，崖背与南面高高的墩台相连。中院左右两侧是两座门对门的三间厦房，厦房都是用青砖青瓦瓦过的，房上一片片青瓦肩并肩、膀挨膀地挤在一起，不给风雨任何可趁的机会。两面厦房中间的院子及脚地都是用青砖铺就，只有厦房门对门的地方有一个用青砖镂空成矮墙的花坛，花坛里有很大一簇牡丹。叔叔就住在南边的厦房里，一头隔房是叔叔和婶婶的住处，一头是孩子的住处。中堂是叔叔给病人看病的地方，中堂靠后背墙放着一张古老的方桌，方桌两边面对面放着两把太师椅。方桌上除有笔墨纸砚外，还立着一个有古色古香座子的相框，相框里镶着一张老人的黑白半身像，老人看起来清清瘦瘦、精神矍铄。第一次看见这个相框，我就断定那老人肯定是爷爷。北面的厦房则住着奶奶和二叔二婶及孩子们。

中院再稍往里走，南边厦房的房山花旁是井房，井房内有一眼不太深的水井，井里常年水源旺盛，甘甜清冽，沁人心脾。井房地面及水井四壁均是用石头箍成，轱辘就镶嵌在井房的后背墙上，轱辘上面粗粗的井绳不到两层，井房周围及厦房的后背墙与邻家的后背墙之间窄窄的空地上全是竹子，一年四季翠绿翠绿。井房对面就是依北边厦房而建的灶房。

中院再往里，与崖背之间还有一片很宽敞的空地，这里要高出砖铺的院子一台，这片地方虽没有用青砖铺就，但上面长的全是树木，有桑葚树、梧桐树、榆树、杏树、楸树、椿树等，树下有供人乘凉的石桌石凳。特别让我难以忘怀的是那棵笔直高大的桑葚树，桑葚成熟的季节，我每天早上叫妹妹上学时，都会跑到树下拾落了一晚上的桑葚吃，那种黑黑的胖乎乎的果肉，吃起来满嘴清凉而甘甜，到现在一想起来，都让人垂涎欲滴。以后几十年里，我好像再也没有见过长得那么笔直而高大的桑葚树，也再没有品尝过那如饮琼浆似的桑葚了。

三门在中院的左侧，紧挨崖背，通向三门的引路我记得好像是用碎石子铺的，三门结构和二门差不多，只是来了个九十度转向，方向成南北的了，进了三门就是后院，后院是狭长的南北向。刚一踏进三门，右边就是座依崖背而建的两层木楼，面积不太大，楼顶和单面厦房形式一样，有坡度，但高出崖背，上到二楼通过窗户可以看见崖背上的庄稼、墩台和住在堡子上的人家。

记得，有次妹妹将我领上了木楼。由于长那么大，我还从未上过楼，当脚踩在木楼板上发出沉闷的“咚咚咚”声时，我心里害怕极了，眼睛都不敢从楼梯口往下看。可当我紧紧张张抬头观察楼上四周时，我惊呆了，靠墙几乎全是书，厚的、薄的、发黄的、手抄的，各式各样，目不暇接，我长这么大还从没有见过那么多书呀！太震撼了！我一下子明白了，这肯定是太爷爷、爷爷、叔叔为啥成为陇州名医的缘由了！看到书的刹那，我反而一点紧张感都没有了，正当我准备伸手取一本书瞧瞧时，妹妹却急匆匆地“咚咚咚”跑下楼去了，我一个人又觉得有点紧张了，赶紧缩回手下楼。就在我迈开步子时，眼睛余光看到书架上一张三四寸大的黑白照片，好奇心驱使着我再次停下脚步，伸手拿起照片，仔细端详起来。照片上是位英俊青年，年龄也不过二十出头，青年的穿着看似军装，但又和当时我见过的军装根本不一样，那种黑色的大檐帽，白色的裹腿，看起来可英武了。我仔细看了看青年的面貌、眉目，觉得和叔叔方桌上的爷爷像极了，我大声问已到楼下的妹妹：“这是谁的照片？是爷爷吗?”妹妹已在楼下催促我了，我没听清妹妹的回答，但我断定那是爷爷年轻时的照片。由于照片上的人穿着太特殊了，几乎印在了我的脑海里。后来，随着年龄渐长，当我在电影里看到这身衣服时，我才知道那是辛亥革命时期的军装，是爷爷在西安上大学时的照片。

三门进去后，再往里走，有三间顺着院子长盖的单面厦房，这座厦房看起来就没有中院那两座宽敞而精致了，从窗户看进去，里面放的全是杂物。再顺着厦房往里走就是依着北边院墙盖的两三间矮房，一间是厕所，一间是磨房，磨房内是有些年月的石磨，石磨的两层磨盘直径足足有一米多。后院虽然没有前院和中院那么显眼和气派，但我每次去后院玩，总要多待一会儿，这里瞧瞧，那里看看。也许是因为我曾听母亲说过，大食堂那会儿，我家那位于上巷道人群容易聚集地方的单面厦房被生产队用作食堂了，当时队上就安排我们全家在叔叔家后院居住过两年时间呢！

记忆中，叔叔家的三进院子一年四季都是我们巷道最有趣、最好玩的地方了！

每当暖暖的春风吹来，那粉红的林檎花、桃花，紫粉的桐花，肉粉的楸树花，淡绿的榆钱，雪白的白果花、杏花，还有碗口大的红牡丹花竞相开放，满院花香四溢，从那高高的院墙飘出，氤氲在长长的巷道里，使整个村庄上空都弥漫着那沁人心脾的花香，惹得蜜蜂、鸟儿和我们这些孩子们都赶趟儿似的来了。特别是站在叔叔家的大门外，一眼就能看见前院的那棵林檎树，花开时满树小小的粉红花朵在微风的吹拂下摇摇曳曳，犹如星星在眨眼，再远远地从二门望进去，那碗口大娇艳而雍容华贵的牡丹花宛如大家闺秀。我们常常不请自来，在叔叔家的院子追逐蜜蜂、蝴蝶，聚在一起用书包拾树下的花瓣穿手链、做发卡，我们成天快乐得成了真正的七仙女。

炎炎夏日，叔叔家中院的树荫下又成了我们玩耍的最好场地，我们躺在树荫下的石桌石凳上等待桑葚落下，看浓密的树叶间各种鸟儿嬉戏，拾泡桐花吹喇叭。偶尔，发现一不小心从树上掉下的“装娃娃”，我们就会一拥而上，可在我们伸手的瞬间，“装娃娃”就会瞬间收起它的腿和触角，任凭你怎样摆布它都装得如死去一般。这时，小伙伴就用手捏住“装娃娃”那黑而坚硬的外壳，将它那白色的屁股在石桌上轻轻摩擦，且边摩边叫：“装娃娃，醒来吧！装娃娃，醒来吧！”叫喊声从中院传到崖背上，飘到墩台上，一直飘向遥远的天边。如果那天运气好，我们还能在树下遇见如蝴蝶一样美丽的“花媳妇”，“花媳妇”灰色的翅膀下，那对红艳艳布满小黑点的翅膀，常常让我相信母亲讲的故事：“花媳妇”是冤死的新媳妇变的，那红翅膀是她的新婚袄儿，所以，每次看到“花媳妇”，我都会顿生一种惜香怜玉的柔情，放“花媳妇”一条生路。

伙伴们玩渴了、累了，妹妹就会去厨房提来那个有铁丝鋬的铝饭盒，从井里吊上清凉的井水，我们争先恐后咕噜咕噜喝下，那种凉到心里的舒坦，又让我们懒懒地躺在凉凉的石桌石凳上看蓝天上白云飘飘，看树叶慢慢悠悠落下。

果蔬飘香的秋天，我们就聚集在叔叔家的前院，天天盼望林檎变红、白果长大，有时转悠着在林檎树下，捡那落得满地都是的红林檎，那种酸中带甜的味道刺激着伙伴们的味蕾，让我们久久不肯离去。特别是院墙根那几棵白果树，果子还没成熟就早早成了我们的猎物，常常由妹妹领路，我们到邻家的院墙根，一人搭架，一人踏住搭架人的肩膀上到院墙上，偷偷摘白果。这个时候是绝对不能发声的，可往往院墙上摘的人总是经不住诱惑，摘一个自己先“咔嚓”咬一口，惹得下面等待的人急不可耐地咽着口水催促：“给我摘一个，给我摘一个……”这时，准会惊动在院子里做活计的奶奶，奶奶就会在院里呐喊：“崽娃子！别急，等熟好了再吃！”可孩子们才不理会奶奶呢，你喊你的，我吃我的。可如果瞥见叔叔的影子，我们则会赶紧从院墙上溜下，假装是在邻家院墙根找“九蜂甲”，大声吆喝“九蜂甲开门来！九蜂甲开门来！”将我们偷摘白果的行为蒙混过关。

寒冷的冬季，叔叔家宽敞的前院又成了我们打沙包、踢毽子、跳方格的地方了，我们常常在这里玩得小脸通红，满头大汗，忘了寒冷，忘了回家，忘了吃饭。

如今，我每次回到故乡，踏进长长的巷道，路过叔叔家的大门，我都会不由自主地向里张望，我真想走进那深深的庭院，再去看看那笔直的桑葚树、古老的林檎树、高高的木楼，再去呼喊我的“装娃娃”、我的“九蜂甲”，可惜它们全不见了！

昨夜，我忽然做了一个梦，梦见我又踏进叔叔家的三进式院子了，我们一群伙伴在院子里看牡丹、吃桑葚，我一个人上了木楼，这次我没怕，我在木楼上看了好多好多书，还看了那位英俊青年的照片，可不知咋了，书上的字我一个都不认识，我在焦急地喊叔叔和妹妹时，惊醒了！我的额上渗出一层细细的汗珠，两行泪珠顺着眼角流到耳朵碗里了。

啊！我的故乡，我儿时的百草园。

南河桥记忆

南河桥是横跨于千河之上，连接千河南岸与陇县县城的石拱桥，它犹如彩虹横空将一马平川的千河南岸与宛如一叶扁舟的县城牢牢地连接了起来。

听说，明天南河桥就要被拆除重建了。我这个无数次经过南河桥的千河南岸人，冒雨也要再看南河桥最后一眼。细雨打湿了头发，河风吹凉了脸颊，但我心中的热血，脑海中的记忆犹如这滚滚千河水，一发不可收拾。

我的家在距县城不到十公里的千河南岸，姑姑家在县城北边的赵家坡。记得小时候一到夏收完，姑姑就要来家里住好长一段时间，听大人说，多数原因是千河发大水了，南河桥冲断了，回不去。那时，幼小的我就常常想，县城到底有多远啊？千河水到底有多大啊，竟能将桥冲断？看来人常说的“隔山不算远，隔河不算近”的确如此啊！

我第一次过南河桥是五岁那年。具体时日已记不清了，只记得父亲要和隔壁叔父去县城卖啥东西，他们要拉架子车去，东西放到架子车上，后辕太重，不好拉。前面要是有点东西压住就平衡了。他们就让我和叔父家小我没几月的弟弟坐在架子车前面，这样，让我们两个长这么大还从没进过县城的娃娃就有了大饱眼福的机会。我和弟弟一路坐在架子车前面高兴得手舞足蹈，父亲和叔父一个在架子车前面拉着，一个在后面推着，一路不停告诉我们，这里是边家庄、这个村子叫高庙。我和弟弟叽叽喳喳像小鸟一样，路边的树木、草儿、花儿都统统向后退去，父亲、叔父有节奏的脚步声，还有架子车轮轧在砂石路面上发出的“沙沙”声在耳边回响。坐在架子车上那种有人拉、有人推的感觉，让我第一次感到自己像凯旋的将军一样威武。当穿过一片挂满红灯笼一样果子的树林时，父亲告诉我们：“这是柿子林，附近那个村子叫菜园。”哦！长这么大，我还是第一次见柿子树哩，树干粗壮，树皮粗糙，接近黑色，弯弯曲曲的枝条上，那为数不多的红色叶子在微风的吹拂下像美丽的蝴蝶在空中飞舞。红叶当中，那一疙瘩、一串串、一嘟噜的柿子在阳光的照射下格外惹眼。透过柿子林能远远看见村庄的房舍及袅袅炊烟。我和弟弟闹腾着下了车，跑到树下捡了几个落下来的柿子，发现个个上面都有洞儿，用舌头一舔，好甜啊。父亲告诉我们，那洞是鸟儿啄过的，鸟儿啄过柿子才落下来，鸟儿啄的都是最甜的柿子。

不一会儿，父亲就对我们说：“要过南河桥了，过了桥，就是城里。”我和弟弟急切地东张西望着。哦！看见了，河水比我们村的泉水大多了，虽然没有我们村的泉水清澈，但那略显绿色的河水“哗哗哗”地流淌着，河水里大小石头影影绰绰，两排粗壮的木桩整整齐齐地深深插入河底，木桩上面整整齐齐铺着厚厚的木板，远看就像一条巨大的蜈蚣伏在河面上，熙熙攘攘的人群在桥面上穿梭来往。桥下水流平缓处，一群群白花花的鸭子正在水面上悠闲地嬉戏，老远就能听见它们“嘎嘎嘎”的叫声，桥下不远处有好多妇女用棒槌捶打着洗衣服。我们的架子车上了桥，略微能感觉到桥的震动，车轮碾过木桥时发出“咚咚咚”的声音。我一看桥下流水，眼前一阵眩晕，吓得赶紧闭上眼睛，两手紧紧抓住架子车，生怕自己一晃掉入水中。

过了桥没走多少，父亲就说：“这下到城里了，你俩好好看!”啊！街道好宽呀。街上人来人往，有步行的、拉架子车的、骑驴的，偶尔还有骑自行车的，真是让人眼花缭乱。我和弟弟坐在架子车上，瞪着好奇的大眼睛说：“呀！城里人比咱们村的人多多了。”说话间，弟弟突然说：“姐姐、姐姐，你看，城里人的房子咋都是黑色的，像快要倒了一样?”我这才往两边一看，真的呀！街道两边所有房子不管高低，无一例外都是黑色的，而且房子挨着房子，一律倾斜着，好像随时都有倒塌的危险。我给弟弟解释说：“城里人多，每天要做好多饭哩，也要生好多次火，肯定是烟把房子熏黑了吧，房子快倒了是……”父亲听了我俩的对话，笑着说：“房子斜着，听说是很多年前地震摇的来，街面的房子是用黑漆刷的。”我们似懂非懂地听着，心想，城里一点也不好了，房子黑，还地震哩。

把东西卖了，父亲和叔父对我们说：“这下把你俩领到陇县最好的地方逛逛。”我俩兴奋地异口同声问：“啥地方?”他们表情略显神秘地说：“别急，到了就知道了。”不一小会，我俩眼前一亮，呀！这个房子咋和别的颜色不一样，白灰灰的，而且又高又大，有两个红色镶着玻璃的大门，门上面还有几个红色大字，好气派啊！我俩高兴得几乎要在架子车上跳起来，“爸，这是啥地方？快说嘛。”我大声喊。父亲和叔父笑着把我俩一边从架子车上往下抱一边说：“这是楼房，是百货大楼，走，进去看看。”我俩抬起头，后脑勺几乎贴着脊背看了好半天，啊！楼房好高呀。我们怯生生地拉着大人的手跟了进去，哇！里面太大了，比我们村供销社大多了，四面墙白得耀眼，周围玻璃柜台里摆放着各种各样的东西，琳琅满目，有的我连见也没见过。我和弟弟在摆放玩具的柜台前，干脆一屁股坐在地上，额头贴在玻璃上，一个个慢慢仔细端详着，直到父亲催促，领我们上了二楼。

二楼那各种颜色的布料，令人目不暇接。呀！好看的花布太多了！我大声对父亲说：“我以后要是做花布衫就来这里买布呀!”逛完二楼，我和弟弟下楼又到玩具柜台前坐下，闹着要买玩具，父亲不愿买，我俩就坐在地上不起来，小嘴噘得老高，眼泪在眼睛里转着圈儿，任凭父亲和叔父怎样哄着说，一会给你们吃油旋、吃糖、吃面条都无济于事。没办法，他们就只好给我俩每人两毛钱买了个小小的花皮球，才把我俩从大楼内领出来，抱上架子车。我记得那个皮球有红、绿、黄三种花纹，可漂亮了。

沿街返回时，父亲和叔父还把我俩领进一个食堂，每人吃了一碗臊子面。那个食堂门、窗都是黑色的，连里面的方桌和长条凳子好像也是脏兮兮的黑色，父亲付了钱和粮票，手里拿着两个满是油污，似黑似红的小木牌过来坐下。一会儿，叔父就端着两碗热气腾腾的面条过来，放在我和弟弟面前。我们眼看着面前这碗一堆臊子、红绿相间的丁丁菜、油花花的油泼辣子漂在上面的臊子面，口水早已不能控制了。由于个子太矮，我俩干脆爬上去跪在板凳上，狼吞虎咽地吃了起来。父亲和叔父笑着说：“看把你俩香的，别急，小心烫着!”他们则从口袋里掏出从家里带的“黄儿”馍啃了起来。那臊子面太好吃了。那种劲道的口感，酸、辣、香的味道，至今想起来都让人回味无穷。打那以后的几十年里，我好像从未吃到过如此香的臊子面了。

八岁那年我第二次跟着父亲过南河桥。这次是从桥北往桥南回家。那时，我上二年级，放暑假，父亲将我从我们村对面的马家河蹚水背过千河，送到河北岸仝刘家的舅家，让我在舅家多玩几天。可偏偏天公不作美，父亲走后第二天就下起了连阴雨，整整下了七八天。我这个从小在平川里长大、从来没在亲戚家住过的娃娃，在那种阴雨连绵、四周被大雾笼罩的山里，只待了两三天，就心急得哭闹着要回家。每天天一亮我就坐在舅家的门槛上，望眼欲穿地等着父亲来接我，且一等就是一整天，外婆为了让我进屋，成天叨叨说：“雨这么大，河水肯定涨了，你爸咋来接你哩？都这么大的娃娃了，咋就不听话？再哭就在山里找个女婿，留在山里算了。”外婆越说我越流眼泪，就是不进屋。直到第八天早上，我从睡梦中醒来，扒着窗户往外一看，啊，雨停了！我赶紧跳下炕，跑到村口那条羊肠小路路口去等父亲了。不到早饭时间，我就远远地看见父亲的身影出现在了羊肠小路的那端。“爸……”我大哭着向父亲跑去，好像几十年没见父亲面一样，一下子扑进父亲的怀里！父亲把我搂在怀里，抚摸着我的头说：“爸知道你长这么大没出过门，肯定心急坏了。可几天连阴雨，河水涨了，从咱对面过不来，爸今早天不亮就起来，是从县城南河桥过河，绕道专门来接你的。今儿爸领你从县城回家，顺便你还可以看看新建的南河桥呢。爸还准备在城里把咱家那几斤辣面卖了，等开学给你交学费哩。不过，路有点远，你得乖乖走路，不能动不动就让爸背哦。”父亲拉着我的手，边走边说。我这才看见父亲背上还背着个裹得严严实实的布袋子。

我们匆匆在外婆家吃了早饭，父亲就领着我沿山间小道上路了。可能是因为回家心切，心里高兴吧，一路上我跟在父亲身后，像撒着欢儿的羊羔一样蹦蹦跳跳，还采了好多好多不知名的野花，没让父亲背着走一步，硬是自己撑着步行到了县城。记得快到县城时，呈现在我们面前的是座不太宽的木桥，没有我以前见过的南河桥大，桥下泥浆一样的洪水翻滚着，两河岸齐刷刷全是柳树，柳条垂到水面，斜斜地顺着水流漂浮着，河岸上有好多人在看洪水。“爸，这就是南河桥吗？”我问。父亲说：“这是东河桥，南河水没这么浑，过桥就是东街了。”哦！我第一次听说，县城还有一个东河桥。

我紧紧抓住父亲的手，过了桥。街道两边摆满了卖菜的、卖瓜果的摊点，各种叫卖声此起彼伏。父亲领着我，来到一个屋檐下阴凉的西瓜摊跟前坐下，花了五分钱买了一牙西瓜给我，让我解解渴，也顺便歇歇脚。我记得那西瓜是黄沙瓤，大大的黑色瓜子镶嵌在黄瓤里，犹如一个个黑色的小眼睛，吃起来好甜啊！吃完西瓜，我急不可耐地问父亲：“爸，你不是要卖辣面吗？咱就在这儿卖吧。”话音刚落，父亲就用眼色示意我，不要多说话，领着我匆匆离开了。我心想，是不是说错啥话了，就乖乖跟着父亲一直走了好长一段路。大概是到了南街，父亲安置我坐在街道阴凉处的台阶上，叮嘱我不要胡跑，在这里等他。我看见父亲背着辣面进了对面的小巷子。不一会儿，父亲就从小巷子出来了，背上的辣面袋子不见了。我当时真纳闷，辣子是我家自留地种的，父亲咋还要那样偷偷摸摸地卖哩？我满脸狐疑地看着父亲，父亲过来也没多说什么，只是叮嘱我：“回去卖辣面的事不能给村里人说。”看着父亲那严肃的脸，我更觉得一头雾水了。这件事一直深深埋藏在我的心里。直到长大后，我才知道，在那个年月，是不允许私人倒买倒卖的。

出了南街。我的眼前一亮，啊！一座宏伟的大桥一下子映入眼帘。我断定，这就是南河桥了！它像横跨在千河之上的彩虹，桥面好宽阔啊，能并排走七八辆架子车呢。桥上人来人往，络绎不绝。两侧灰白色的栏杆像两条银色的飘带。我惊呼着飞快跑到桥上，两手扒在栏杆上，栏杆高低刚好在我的下巴处，我踮起脚尖往下看，呀！雨后的河水好大呀，桥墩都快被淹没了，仔细看，整座桥从桥墩到桥身全是用四四方方的大石块严丝合缝地堆砌而成的。河水也失去了我上次见的那种温柔和清澈，如万马奔腾冲向桥墩，又在桥墩上猛撞一下形成漩涡，呼啸着从桥的五个大拱中拥挤而过，“轰轰轰”的吼声淹没了我的惊呼。我激动得一会跑到这边栏杆往下望望，一会又从那边往下瞧瞧，桥下浑水那种排山倒海、一泻千里的气势如千军万马在冲锋陷阵。

第三次过南河桥，是我十二岁那年，我独自一人过了南河桥。那时听村里大人说，好多年没有唱的“老戏”在县剧团上演了，我当时就问父亲，老戏是啥，父亲只说是秦腔戏，比样板戏好看多了，像我这么大的孩子是从来没见过的。父亲的话，坚定了我非要去县城看一回“老戏”的决心。那天一大早，父母拗不过我，就只好给了我两毛钱，让我背着装有两片馍和一小瓶水的花布书包去县城看“老戏”了。临走时，他们怕我走丢，千叮咛，万嘱咐，还给我戴上一顶新草帽，一来遮阳，二来防雨。大约吃早饭时间，我就到南河桥上了。我站在那银色的栏杆跟前，栏杆到我胸部了，我摘下草帽，掏出花布书包里的水瓶喝了几口。阵阵河风吹在我微微出汗的脸上，好舒服啊！放眼望去，蓝色的天空下，墨绿色的远山绵延起伏。河水在太阳的照耀下，泛着粼粼波光，缓缓地向东流去。几群野鸭正在远处时不时一头扎进河水里觅食。忙碌的小燕子在河面上飞来飞去，叽叽喳喳。河边洗衣服妇女清脆的笑声飘向远方，河床周围鹅卵石上晾满了她们花花绿绿的衣裳。桥拱下一群孩子们的嬉闹声瓮声瓮气地传到桥上。我虽看不见他们的身影，但我想，他们定是在桥下抓鱼摸虾。啊！好一幅美丽的图画，我站在桥上久久不肯离去，那种感觉绝不亚于我长大后站在南京长江大桥上。

等到了县剧团门口，看戏的人已经很多了，门票刚好是两毛钱。可人太多，瘦小的我根本挤不到卖票的窗口跟前。我急得正在人群中左顾右盼，一个身穿绿色军装的军人笑着走到我跟前：“小姑娘是不是也要看戏呀?”我怯怯地低头看着手里那因攥得时间太长而皱皱巴巴的两毛钱，小声回答：“就是，我买不上票。”那位军人弯腰听完我的话，说：“我这里有张票，给你，拿去看吧!”说着就把票塞进我的手里。

进了剧院，里面人太多了，我踮起脚都看不见台子上是啥，就只好从人群缝隙中往里挤，由于个子瘦小，几下就从剧院周围的木栅栏挤了进去，站在有座位的人跟前了。我这才抬头一看，呀！戏台上的人物扮相和布景一下子将我惊呆了。演员那种穿着打扮、一招一式我从未见过啊！惊奇间，只听座位上一位老人说，这戏名叫《逼上梁山》，台上的人物叫林冲，身上穿的是团花战袍，腰里系的是龟背银带，脚上穿的是黑帮白底厚底靴。随着他的一招一式，台子上锣鼓、镲、暴鼓也有节奏地咚呛、咚呛、咚呛敲着。我根本听不懂演员唱的什么，但我第一次感受到前所未有的震撼。哦！原来“老戏”是这么唱的啊！这也许是后来我对秦腔戏情有独钟的一个重要原因吧。

长大后，我在县城工作，无数次经过南河桥。就连成家后租住房子也要租在南街，因为离南河桥近啊！特别是有了儿女后，我常常和爱人领着他们在南河桥下抓鱼、摸虾、洗衣服。记得有次我正在桥下洗衣服，无意中抬眼向桥上望去，看见父亲那瘦弱的身子正背个蛇皮袋子从桥上走过来。我赶紧端起盆子，上河堤，气喘吁吁地朝父亲跑去。我一边责怪父亲来县城咋不提前打个招呼，一边接过父亲背上的袋子，袋子好沉啊。父亲一边擦汗，一边笑着对我说：“袋子里是你娘早上起来蒸的馍，还有咱家地里产的红萝卜、白菜。”看着父亲那花白的头发和脸上细细的汗珠，我的眼眶湿润了。打那次回去后，没多长时间，父亲就离开了我们。

离开父亲的那段日子里，我常常一个人去南河桥，在河堤上一坐就是大半天。我无数次往桥上张望，目光无数次在穿梭的人流中寻找，无数次在无望的希望中等待，无数次泪水模糊了双眼。

而今，突然间发现，随着我的长大，南河桥已经苍老了。不知是南河桥见证了我的成长，还是我见证了南河桥的苍老。谁能想到，四十多年的飞速发展，南河桥已经不能满足需要了。当年为它的建成而欢呼的千河南岸人，会想到它的生命如此短暂吗？明天，曾经雄壮一世的南河桥就要烟消云散了。我想，一年后，新建的南河桥肯定是设计精巧、造型优美、气势恢宏。而我，永远怀念那个家乡能工巧匠用四四方方的大石块砌成的石拱式南河桥！

剪 窗 花

陇州的窗花很有名气。特别是那些用棉纸刻制、颜料涂染过的彩色窗花，不但誉满陕甘宁交界处的这一方天地，就是在全国也算是极富特色的。每当腊月，我在年集上看见那碗口大的窗花，五颜六色地“开”满一街两巷，不由得就被它拖住了前行的脚步，思绪一下子就飞到了几十年前。

陇州人过年，贴窗花算是最讲究的一大风俗。

农历腊月二十三小年一过，窗花就成了年集上一道靓丽的风景线。在寒冬里，那盛开的“花朵”，染靓的不只是县城的街道，乡下的村镇也被它们染得姹紫嫣红。

小时候，我最爱跟着姐姐去县城逛年集。逛年集，各人有各人的职事，各人有各人的心事，老婆婆、老汉们要么是卖家里的出产，要么是去办年货；小伙子、姑娘们多半是去看红火、看热闹，开开眼界，消遣滋润心田。我和姐姐操心的却是街上那在黑布陪衬下，花花绿绿的花花、草草，栩栩如生的小猫、小狗……我们在窗花的海洋里畅游徘徊，久久不肯离去，直到太阳落山，窗花摊子陆续撤去，才恋恋不舍地回家。

那时候，农村人住的都是土瓦房，窗户都是一个个方方正正的格子“拼”成的，一般上房窗户格子稍大，厦房窗户格子稍小些。过年糊窗户时，最上面一排格子贴的都是用红、绿、黄、紫等彩纸镂空成的图案，这叫烟格。烟格，顾名思义它的作用是排烟透气。下面方格就得用白纸糊严，防风防冷。用白纸糊好小格子后，就轮到贴窗花了。我们家的窗花都是我和姐姐小心翼翼、一格一格“用心”贴上去的。新糊过的窗子，白生生、亮堂堂的，再贴上用刻刀精雕细琢、又用各种颜料印染而成的窗花，一下子就像姑娘们换上了漂亮的新衣，干净透亮里散发着浓浓的喜气，年的气息顿时扑面而来！

那时候，乡里人虽然还不富裕，贫富差距也不悬殊，可毕竟还是有钱多钱少之别。有钱人家过年多买些窗花和烟格，将个个窗户打扮得花色相间、色彩斑斓，一进院子就让人有种耳目一新的感觉，一看就能知道是个殷实人家。没钱人呢？也就只能少少贴几对窗花应付一下，要那么点意思就是了。我家就属于后者。

我已记不清具体是哪一年了，姐姐为了把家里那小小的窗户打扮得既绚丽多彩，又少花钱，就去商店买了些各色彩纸，拿起剪刀自己学着剪窗花了。我记得姐姐将买的那些彩纸，比画着窗户格子大小裁成正方形，有的对折成四层的小正方形，有的对折成三角形，拿起剪刀左一下、右一下地剪了起来。我丈二和尚摸不着头脑，坐在姐姐跟前瞎看。一会儿工夫，姐姐就剪完了一沓。她细心地一层层撕开，放在手掌上压平，再提起来仔细端详。啊！奇迹出现了：一撮撮水草跟前，一圈胖嘟嘟的青蛙好像正在嬉戏玩耍。我高兴得拍着小手跳了起来，这不就是我们在集市上看的那个青蛙烟格吗？

“快来看！快来看！姐姐剪出青蛙烟格了！”我的大呼小叫惊动了在院子做活计的父亲、厨房里的母亲。他们闻讯赶来，左眺眺，右看看，异口同声地说：“好看，确实像！”姐姐在父亲、母亲的鼓励下，又用剩下的碎纸片剪了好多的花花草草、小猪、小鸡、小猫、小狗等窗花。

那年过年，我家的窗户上全贴的是姐姐亲手剪的烟格和窗花，惹得邻居嫂子、婶婶们眼热得不得了，都夸奖姐姐说：这女子确实心灵手巧！哦，其实姐姐常常领着我去逛窗花集，并不只是走走看看。所谓“外行看热闹，内行看门道”，原来姐姐看的是门道呢！

翌年，姐姐又学着刻染色窗花了。

我们村里有一家刻染色窗花的，是祖传。冬闲的时候，他们全家一起上手，在家里的热炕上，订的订、熏的熏、刻的刻、染的染……年集开了，就拿到街市上去卖。姐姐一有闲暇，就往人家家里跑。那年快过春节的时候，姐姐拉着我的手说：“走，买棉纸和颜料去，姐给咱家刻染色窗花！”我和姐姐买回了棉纸，选了红、黄、蓝、绿等各色染料粉末。姐姐将棉纸用刀子分割成手掌大小的方块，经过熏样、雕刻、染色等一道道工序，还真的刻染出了像儿童画一样色彩丰富的窗花了。粗看上去，姐姐做出的窗花，和年集卖的那些几乎分不出上下。

打那以后，姐姐每年都要剪窗花、刻窗花，剪的是单调的窗花、烟格，刻的是染色窗花。腊月二十三一过，姐姐就是我们家大忙人了，家中炕上、柜子上到处都放着左邻右舍拿来的花花绿绿彩纸，排着队等着姐姐剪窗花哩。姐姐呢？从未推辞过，她坐在炕上，先把彩纸折成窗户格那么大小，用割麦子的“刃镰片”将整张彩纸裁成窗户格那么大小的正方形，折叠，稍稍思量，就“咔嚓咔嚓”剪开了，剪刀飞舞，彩纸移动，时而大刀阔斧，时而聚精会神。姐姐眼睛一眨不眨的时候，一定是剪到细腻处了，那是生怕一剪刀下去不是鸟爪子断了或是兔子耳朵没了呢！遇到几层纸折在一起的厚实地方，姐姐的嘴都扭动着，那种专注的神情我至今记忆犹新。姐姐还把她刻染的窗花送给左邻右舍、亲朋好友，你三五对，她五六张。那几天，我家可热闹了，大姑娘、小媳妇们进进出出，送彩纸的，取窗花的，还有学剪纸手艺的……炕上摆满了各种旧书旧本子，都被姐姐的烟格、窗花夹得圆鼓鼓的。姐姐剪的窗花图案有莺歌架、鱼儿闹莲、蜘蛛结网、兔子吃草、小鸡捉虫……多极了。在最忙的日子里，姐姐几乎连吃饭的时间都没有，都是母亲做好让我给端去，被窝里、炕席上、席缝里、炕沿下全是各种形状的彩色碎纸屑。那些碎纸屑掉在炕上钻在席缝中可难扫了，常常弄得我一觉起来头发上沾满了彩纸屑。轮到姐姐给我家剪窗花，得到大年三十。邻里们的窗花剪完了，姐姐才能腾出时间给自家剪窗花、剪烟格、糊窗户。这时候姐姐手上早已磨出好多个大水泡，可她脸上从未浮出过抱怨、厌烦的神色。我见到的，是她享受的满足和欣慰。

长大后，我常常想，姐姐虽然比我大六岁，可由于家境贫寒，连一天书也没念过，可姐姐心里咋就能装下那么多东西？那种纸折在一起要剪成啥图案、啥比例，她在脑子里到底是咋构思的啊？

如今，农村老式大屋顶瓦房已不多见了，家家户户都是小洋房、大玻璃窗。窗花成了年集上的凤毛麟角，用彩纸刻制而成的镂空烟格、染色窗花也几近消失。越是这样，我越怀念小时候姐姐的烟格、窗花，不只是因为那里有我快乐的童年和美好的回忆，更因为那里面凝结着老祖宗的聪明才智，是我们中华民族的优秀传统文化呢！

儿时的冬天

下雪了，在这略显肃穆的日子里，我伫立窗前，眼前鹅毛般洋洋洒洒的雪花让我又想起了故乡，想起了儿时的冬天。

儿时的冬天，我最依恋的就数那热腾腾的土炕了。从天刚一黑钻进被窝，直到天亮，我都赖在被窝里不愿出来。记得我常常闭着眼睛，听父亲天麻麻亮就挑着水桶去担水的声音，那“咯吱咯吱”的扁担和水桶撞击声，会随着父亲的步伐，从家门口绕到屋后，直到三羊河畔。

快天亮时炕已经不热了，我听见母亲将柴火塞进炕筒，那柴火和炕面“嚓嚓”的摩擦声就在我的耳朵下，母亲仿佛是贴着我的脊背将柴火塞进炕筒似的，等到听见“刺啦”一声，那是母亲划火柴了，紧接着炕筒里就有了噼里啪啦的柴火燃烧声，慢慢地，满屋子都是燃烧柴火弥散开来的烟火气味。有时，遇着吹西北风，烟筒出烟不畅，土炕细小的缝隙就开始漏烟了，看着那丝丝缕缕的轻烟袅袅娜娜在炕上慢慢升腾，我就赶紧将头缩进被窝里，以躲避烟呛。而弟弟呢，常用小手去抓那丝丝飘浮的轻烟，可不出几分钟，便被烟呛得咳嗽不止。听到弟弟咳嗽声，母亲准会进来责备我：“咋不让弟弟也把头缩进被窝里?”

不一会，辣椒炒酸菜的气味和着烤馍及玉米糁子的香甜味一并钻入我的鼻孔。肚子也开始咕咕叫了，屋外的麻雀也好似在梦中般“啾啾啾”乱叫起来，“快起来！吃饭了！”母亲的声音从厨房传来。

我睁开眼睛，觉得屋里格外亮堂，纳闷间，端着饭菜进屋的父亲笑眯眯地说：“下雪了！”我和弟弟则连棉袄都顾不上穿，就爬上窗台隔着玻璃往外看，可玻璃上冻了一层厚厚的冰凌，急得我和弟弟就用嘴直往玻璃上呵热气，我们一会对准这个窗格呵，一会又对准那个窗格呵，慢慢地，窗户玻璃上冻得严严实实的冰凌渐渐融化成水，顺着玻璃淌了下来，窗外的一切都看清楚了。“下雪了！下雪了！”我们惊呼着，房檐上的积雪瞬间也好像被我们的呼声惊动了一样，扑簌簌落了下来。院子里，毛茸茸厚棉被似的白雪上，留下几行竹叶似的鸡爪印，几只麻雀正在吵吵嚷嚷争抢鸡食盆里的残羹冷炙。

儿时的冬天，我最喜欢和哥哥姐姐一起帮父母储存过冬的蔬菜。立冬前后，生产队就组织社员挖萝卜、起白菜了。那几日，白菜地、萝卜地里可热闹了，大人们忙着用镢头挖，孩子们则一边帮着拾地里未挖干净的萝卜、白菜，一边将各自分得的蔬菜装进架子车或背篓里。那刚从地里挖出来的红萝卜既鲜红又水灵，特别好吃！伙伴们常在地里随手拾一个，用绿绿的萝卜叶子擦去上面的泥土，就大口大口咀嚼，那种脆脆甜甜的滋味至今似乎还在嘴里。

我家姊妹多，光生产队分的萝卜、白菜根本不够一个严寒的冬季。那年月，父亲每年都要在自家院子里种上白菜、萝卜、芫荽、大葱、菠菜等蔬菜以补贴不足。立冬后，哥哥姐姐负责挖，我和弟弟负责将菜抱成堆，母亲则负责将旋得瓷实的白菜及大而直溜的萝卜挑拣出来。我们听着母亲边挑拣边说，大而好看的是过年吃的，小的是现吃的，没包住叶子的白菜是用来压酸菜的。

每次我们几个挖菜时，父亲就开始在空菜地里挖菜窖了。父亲常常先挖一个长方形的大坑，再在大坑上面铺上厚厚的玉米杆和谷草帘，上面再铺上土。等父亲最后将菜窖出口留好，我们就按照母亲说的顺序往菜窖里抱菜了。我们先将母亲挑拣出来的大而好看的萝卜、白菜、芫荽、菠菜一点点抱进去，放在菜窖最里面，摆放整齐，最后再将小而不好看的放到菜窖口。我最爱下菜窖了，要是母亲哪次说让下窖取菜，我总会抢先揭开菜窖门的草帘，踏着父亲挖窖时特意留的脚窝下去。冬天菜窖里可暖和了，我常一下去就待在里面不愿出来，直到母亲催促，才会慢慢腾腾爬出窖来。

儿时的冬天，我最害怕的就是上学。那时候上学，早上六点就得起床，六点半学校就开始早操（跑步）了。冬天的六点钟，天还黑黑的呢，那时有钟表的家庭也是极少的，但家家户户房檐下都装着有线广播，多数孩子都是听有线广播开始唱《东方红》就起床。如果哪天广播出现故障，父亲叫我起床时，总会说："快点，东方都亮了！"

那时候的冬天何止是"冷"，简直就是"冻"了。而孩子们能穿上棉鞋的却是少之又少，多数孩子只要能穿上棉裤棉袄就已经很不错了。因为，那年月，棉花、布料都是凭票供应，有的家庭，就是有票证，还掏不出那个钱呢。我上小学时，就从来没有穿过棉鞋。

每遇冬天，同学们脚、脸、手、耳朵冻肿是最常见的情况。有的家长就用废旧搪瓷碗或用过的铁皮罐给孩子做个小火炉，有小火炉的同学每天早上五点多就得起床，用柴火烧几块煤炭放在小炉子里，提到学校取暖。我那时太羡慕有小火炉的伙伴了，常跟着父亲嘟嘟囔囔要小火炉，可每次都以父亲一句"烧锅做饭都缺煤，哪有生炉子的"而告终。我那时上课，如果脚实在冻得不行，就干脆把鞋脱了，换着把脚夹在对侧腿的腘窝取暖。下课铃一响，我便赶紧跑到教室外蹦蹦跳跳，以缓解脚冻得像无数蚂蚁啃噬似的疼痛。我记得，我的脚几乎年年都有冻疮，好在我的冻疮从没有溃烂过，只是肿得走起路来总感脚下垫着厚厚的棉垫。最难忘的是到了晚上，将有冻疮的双脚放在热被窝里那种钻心的奇痒。

儿时的冬天，我最快乐的就是和伙伴们无忧无虑地玩耍。因为，那时候，孩子们几乎没有什么家庭作业，加之冬天也不用到地里给猪拔草，放学回家就是疯玩。家乡巷道里孩子们最爱玩耍的地方是碾道、生产队的场院里、墩台上和三羊河畔。男孩子们玩滚铁环、打面包（用纸折的方形玩具）、打木猴（陀螺）。女孩子就玩踢毽子、跳方格、跳绳。要是到了三羊河畔玩，大家都爱搬河边水滩的冰凌，有时会搬到一大块连野草都冻在里面的冰凌，我们就把整块冰凌放进那清澈而温热的河水里，不一会儿工夫，冰凌就会被河水清洗得干干净净，拿在手里晶莹剔透。这时，伙伴们常会将那坚硬的冰凌你咬一块、我咬一块，含在嘴里咀嚼得“嘎嘣”作响。

儿时的冬天，我最爱跟着父母看做醋了。那时冬季，庄稼人家家户户都要做醋的。我虽已记不清父母做醋的具体环节，但他们炒小麦、洗石头等片段依然印我的脑海中，至今记忆犹新的就是那没日没夜“汩汩汩”的淋醋声了。我记得父亲将装有醋糟、底部带有竹筒的黑色瓮放在一个小桌子上，再在桌子下面接一个大盆，然后抽开竹筒的塞子，醋就源源不断地流到盆里。那几日，满屋子都会弥散着一股淡淡的酸，轻轻的醇，弱弱的香。我最爱蹲在大盆跟前看竹筒里醋流出的样子，它们时而“汩汩汩”，时而“叮当叮当叮当”，几天几夜下来，家里的盆盆罐罐就都装满醋了，然后父亲就会把这些醋集中倒进母亲准备好的一个大瓮里。

每顿饭前，母亲让舀醋，我都会争抢着去。可每次去时，母亲都会叮嘱我，拿个干净碗，并叮嘱揭盖子时小心点，不要把灰尘等杂物掉进醋瓮里。在母亲的叮嘱下，我每次都是小心翼翼地揭开盖子，一股酸酸的醇香直冲入鼻孔，每次下碗前，我都要用瓮中那如深邃的眸子似的醋照照我的影子。有时醋瓮里还会结一层薄冰，我就顺手拿起一块放进嘴里，那种又酸又凉的感觉总会让我打个寒战。那时，隔三岔五听街坊邻居的婶婶、大大们说，这家把醋瓮冻破了，那家把醋瓮冻破了，我总是百思不得其解，心想：醋瓮怎么会和我的脚一样能冻破呢？

如今，每每看见学校门口成群接孩子的家长们，和个个冬天包裹得如粽子似的孩子们，及孩子们脊背上那沉重的大书包，我的心里总会有种无法言说的滋味，总会觉得这些看似幸福的孩子们好像缺了点什么！

远去的房檐水

早上起床，打开窗户的刹那，一股湿漉漉的空气迎面扑来，几滴冰冷的雨点飘落在我的胳膊上，哦！昨夜下雨了，住在楼房里的我竟浑然不知。

看着院子里进进出出打着雨伞的人和雨滴掉落在水泥地面坑坑洼洼积水中那一圈圈波纹，我仿佛看到了儿时隔着故乡的木格窗户看见的那如断了线珍珠般滑落的房檐水，仿佛听见房檐水叮叮咚咚落在木桶里的声音。瞬间“房檐水叮叮当，油饼馍馍泡肉汤”的古老歌谣便从唇齿间蹦了出来。啊！我已好久没看过那滴滴答答从房檐瓦槽落下的房檐水了。

小时候，家乡农村都是青瓦房，家家户户院子里无论上房、厦房，还是灶房，都有宽宽的房檐，可以乘凉，可以避雨，还可以在下面无忧无虑地玩耍。房顶上都细密而整齐地摆布着如黛青瓦，那规规则则如鱼鳞似的波纹，那一条条端端正正的瓦楞，那古色古香的屋脊，总显得那样安静而素雅，祥和而大气。

有的殷实人家连院墙上、柴房上、猪圈上、茅厕上都整齐地铺着青瓦，只要遇着下雨天，家家户户满院子大大小小房檐都有房檐水滴滴答答，如一曲曲美妙的音乐在唤醒沉睡的庄稼。我最爱站在房檐下，伸手接房檐水了，我常常看着房檐水顺着瓦槽滴落下来，在我的手心溅起一朵朵小水花，水花溅到我的脸上，有时还会钻进我的衣领，冰冰凉凉。我还爱戴着大人的草帽，光着脚丫在房檐水形成的“小河”里来回走动，倾听房檐水打在草帽上发出那沉闷而有节奏的声音。我喜欢用脚踩踏那让我眼花缭乱的一朵朵不停盛开的水花，我甚至常安安静静地蹲在一个水窝前，望着那不断开出的水花出神。有时我还会找来蚂蚁或花瓣放在水窝里，看它们在“大海”里乘风破浪。那时候，若遇上几天连阴雨，家家户户吃水就成了问题，家里有水井的人家还罢了，没水井的就要到泉里去挑水，虽然我们村子的水泉也离得不太远，但毕竟下雨天，道路泥泞，挑水就不是一件容易的事了。那几日，家家户户为了节约用水，母亲们就将家里盆盆罐罐等凡是能盛水的家当，放在房檐下接“天爷水”，以备洗锅、洗菜、洗衣用，而此时的村庄也格外宁静，家家户户满院子叮叮咚咚、乒乒乓乓此起彼伏的房檐水滴落声，清晰而悠长，如古老的琴声单调而不失婉约。当然，对于我们这些贪玩的孩子来说，这段时日却是最好不过的了，男孩们挽起裤腿光着脚丫冲入雨幕，在泥泞的巷道因坡度形成的水流中，用泥巴修筑他们想象中的水坝，女孩们则个个忙忙碌碌用泥巴学“做饭”、玩过家家，直到被淋成落汤鸡，才在大人心疼的骂声中依依不舍地回家。

最让人记忆犹新的是夏天的午后，若遇着大白雨（雷雨），站在房檐下看房檐水，那可是极壮观而震撼的了。天空中乌云如大大的黑幕渐渐压下来，顷刻间狂风大作，电闪雷鸣，村庄、树木笼罩在一片迷迷蒙蒙中，斜斜密密的雨点急促地打在干涸的青瓦上，发出噼噼啪啪的声音，远远看去，大小房顶恰似瞬间被烟雾笼罩。过不了几分钟，滂沱大雨便在房上的瓦槽汇聚，形成水柱从房檐飞扬着落下，砸在房檐下土地上那浅浅的圆圆的小坑里，这小坑用家乡话叫房檐水窝窝。随着几股丝丝缕缕的烟尘从房檐水窝窝漫延开来，雨水立马会将房檐水窝窝装满，溢出，与满院子白白的水花结伴而行，一路高歌着从院墙下的水窗眼流出，汇入巷道奔腾汹涌的排水渠里。

往往在这个节骨眼上，上了年纪的爷爷奶奶是最忙的了，他们总怕庄稼被冰雹或暴雨糟蹋，会迷信地，一边不厌其烦地望着正在向大地黑着脸发威的老天念叨，一边将锯子、斧头、切菜刀等家里的“凶器”扔进院子的瓢泼大雨中。听爷爷奶奶讲，他们这样做是要吓唬老天爷。我常一脸狐疑地看着爷爷奶奶那不可思议的举动发呆。不过，在我的印象中，爷爷奶奶的做法多数时间还挺管用的，“凶器”扔到院子不一会，老天就会控制住它的坏脾气，连雷声也会听起来温柔许多，房檐的水柱也会如悬崖勒马似的渐渐变缓变细，最后直到滴答滴答。那时的我，常一边看着房檐水，一边想《西游记》中孙悟空的水帘洞，想父亲给我从小讲的那个遥远而令人深思的故事。

父亲说，不知哪个朝代，有一家财东，家产万贯，良田百亩，锦衣玉食，庭院深深，钱多得实在无处用。财东为了让他家的庭院更显得雕梁画栋与众不同，就想了个别出心裁的点子。他找来技艺超群的工匠，要求给他家所有房檐下房檐水窝窝的位置用石头雕刻一只头朝上张大嘴的青蛙，且要设有机关，只要天下雨，房檐水滴入青蛙嘴里，青蛙都会发出如真青蛙似的呱呱声。工匠接到这个艰巨的任务后，经过精心设计，历时三年，终于大功告成。从此，这个财东家只要遇着下雨天，满院子“呱呱”的青蛙叫声就一浪高过一浪，比夏天的池塘还要热闹。特别是秋季遇着十天半月的连阴雨，满院子呱呱声就吵得主人心神不安、彻夜难眠。就从那时起，不知啥原因，财东家人开始病的病，亡的亡。不出两时间年，这个富得流油的财东家就衰落了。所以，我每次看见房檐水，都会想起财东家房檐水窝窝那一排排石青蛙，想起那一浪高过一浪的呱呱声。长大后，随着对世事的了解，我慢慢觉得，那个财主家道中落的原因，也许正犯了人们常说的“宁静才能致远”的大忌吧！

而到了冬季，房檐水滴滴答答的情景虽然不像夏天那样多见，但一旦有房檐水，却又是另一番景致了。最让人难忘的是，若安安静静一夜落雪后，早上一出门，真是“忽如一夜春风来，千树万树梨花开”，高低不等的大小房顶就都盖上了洁白而厚厚的毛茸茸的“棉被”，连场院里的麦草垛都一夜之间仿佛变成一个个洁白的大蘑菇。这时，只要太阳稍稍一露脸，银白色的天地就如童话世界一般，满村子大大小小的房檐上就开始有房檐水慢慢悠悠滴落，常惹得我们这些顽皮的孩子站在房檐下，像青蛙一样张大嘴，静待那冰凉冰凉的雪水滴落到嘴巴里，那种冰彻透骨的感觉至今想起，都会让人不由得打个激灵。而到午后，太阳稍一偏西，气温下降，房檐水又会一滴滴在一排房檐的瓦槽下凝结成冰凌。待到第二天清早，门一打开，房檐下悬挂的那一排排长短不一的冰柱在太阳光的照射下晶莹剔透，如梦如幻。那时，冬天这样的情景，随着房屋阴面、阳面冰雪融化的时间长短不一，往往要持续好长一段时间呢，有时，雪都下过去好长时间了，房顶上残存的斑驳积雪仍然在太阳光的照射下，滴答着房檐水。

如今，房檐水滴滴答答的情景只能一次次出现在我的梦里了。前天出门散步，忘了带雨伞，刚走到东门广场，白雨来了。急得我走也不是，回也不是，情急之下，我多想找个房檐避避雨呀，可一看四周，都是钢筋水泥建的楼房，哪有房檐可供避雨啊？没有房檐的房檐水，也只能顺着排水管，杂乱无章、肆无忌惮地倾泻而下，砸在那冰冷而僵硬的水泥地面上，消失得无影无踪。

唉！看来，虽然儿时所期盼的“油饼馍馍泡肉汤”已不是奢望了，但房檐水叮叮当当滴落在房檐水窝窝的情景还是渐渐远去了。

掐苜蓿

看着细雨中河堤上淡黄色如烟如雾的柳丝，猛然间想起韩愈的诗句：“天街小雨润如酥，草色遥看近却无。最是一年春好处，绝胜烟柳满皇都。”啊！好一个草色遥看近却无。不过，只要你耐住性子稍等几日，走过那像牛毛如细丝的春雨滋润过的大地，去苜蓿地拨开那荒芜了一个冬天的枯黄草丛，绝对会发现那绿中带紫的毛茸茸的苜蓿芽已探出头了。此刻的你，定会惊叹，哦！又到掐苜蓿时节了。

记得小时候，每到这个乍暖还寒的早春时节，伙伴们下午一放学就手提竹篮，拿着铁铲，三五成群去村子周围苜蓿地掐苜蓿了。这个时节与其说是掐苜蓿，倒不如说是孩子们成群结伙到地里去疯玩，他们好像要把憋了一个冬天的劲一下子使出来一样。不信你看，孩子们像出了笼的小鸟欢叫着、嬉闹着，在蓝天下干枯的苜蓿地里，打着滚儿、唱着曲儿、撒着欢儿，阳光暖暖的洒在身上惬意极了！

伙伴们玩够了，疯够了，才会蹲下身子，刨开枯草，睁大圆溜溜的眼睛。哦！枯草下面刚从土里钻出来的苜蓿芽柔弱娇嫩，根部半截还是白胖白胖的呢，犹如小孩子刚长出的乳牙，它们胖嫩嫩的身姿吸引着伙伴们的视线，满心欢喜的伙伴小心翼翼地一手捏住苜蓿芽，一手拿着小铁铲从苜蓿芽根部剜下去，苜蓿芽就到手了。可这个时候的苜蓿芽，由于太短太少，就是专心致志地掐半天，也只有那么一小撮。有时，若遇天气变卦，伙伴们一个个小手、小脸就冻得红中带紫了。即便这样，我们的心也是热乎乎的，因为明天又能吃上母亲做的苜蓿拌汤、苜蓿面片或苜蓿麦饭了！

那时候，生产队种的苜蓿是专门喂牲口的。不过，刚出土的苜蓿芽没人看管，等苜蓿长起来，就有人专门看管了，因为这可是牲口一年的口粮呢！可在那个时期，特别是每年二三月，粮食、蔬菜都处在青黄不接的时候，人也没吃的啊，就只能从牲口嘴里夺食了。由于我们这些川道里，人多地少，粮食相对紧张，各个村子生产队在北山或南山都有山庄。一开春，山庄就安排有专人常住着种庄稼了，当然也有苜蓿。山里的苜蓿地不但面积大，而且多数时间没人看管，等苜蓿长到能用手撅，伙伴们就把掐苜蓿的地点又往山里转移。

去山里掐苜蓿可不是天天都能去得了的。伙伴们只能等到每周六下午一放学，匆匆忙忙回家撂下书包，提上竹笼、袋子向山里进发。由于多数山庄路远，一天赶不回来，必须在山里住一晚上，山里有亲戚的伙伴就直接到亲戚家去住，没亲戚的就只好跟随掐苜蓿大部队去山庄住一宿。记得那时，只要遇着周六下午，不管南山或北山，山山洼洼的羊肠小道上几乎都是叽叽喳喳成群结伙去掐苜蓿的孩子们，他们的笑声、叫声、唱歌声一下子就会使寂静了一个冬天的山岔沟洼热闹起来。

我的舅舅家在北山，每次娘都让我去住舅舅家掐苜蓿，不让我跟随伙伴们去山庄，因为山庄路太远。记得，十二岁那年的一个周六下午，我一个人提着竹笼、拿着袋子去舅舅家掐苜蓿了。星期天清早，外婆就早早给我吃了饭，领着我到屋后的山坡上掐苜蓿。有外婆的帮助，袋子、竹笼很快就满了。中午返程前，外婆给我做了苜蓿面，让我吃饱，趁早回家。临走时，外婆还给我装苜蓿的竹笼里放了十多个鸡蛋，让我拿回去换几张白纸订本子，并叮嘱我一定要好好念书。正当我肩上背着袋子，胳膊上挎着竹笼出门时，外爷从地里干活回来了，责怪外婆说："我看你这老婆子糊涂了，你咋放心让娃一个人走啊，山里野狗多得很。"说着一手接过我肩上的袋子，一手拉着我的手，领着我出门了。就这样，外爷领着我边走边给我讲他小时候的故事，一直将我送出山，到了能看见坡下大路的地方，才将袋子给我背在肩上，并一再叮嘱我，路上不要贪玩，早早回家。然后，外爷就坐在山坡的最高处，说他要看着我过了桥。当我下了坡走上大路回头望时，外爷还在那里坐着。我过了千河上的木桥，再回头时，外爷还远远地望着我，在我的不断回头中，外爷成了我视线里一个小黑点。打那以后，娘说什么，我也不去舅舅家掐苜蓿了，我实在不忍心麻烦那么大年纪的外婆、外爷了。

后来，我去山里掐苜蓿都是随伙伴们的大部队去山庄，那可比去舅舅家要远好多路呢。我们周六下午带上干粮浩浩荡荡去，周日下午再归来。那种热热闹闹如行军一样的壮观场景，在当时我们这些孩子眼里可荣耀了！

记得有次，十二岁的我竟然领着年仅七岁的弟弟也去山庄掐苜蓿了。走时，娘怎么也不让弟弟去，可在我的鼓动和其他伙伴影响下，弟弟哭着闹着非要去，娘实在没办法，就只得让弟弟跟着去了。走时，娘给我千叮咛万嘱咐要我把弟弟领好。我当时也想着有弟弟帮忙，就多拿了个小袋子。那天，我们十多个伙伴在天黑前走到了山庄。我已记不清当时队上派住在山庄的是哪个伯伯，只记得伯伯可能早就知道孩子们要来掐苜蓿的缘由吧，我们到山庄时，山庄那烟熏得黑乎乎的土房里，那个很大很大的炕已经烧得热腾腾了，十多个孩子睡在炕上，虽然被子小得根本盖不上，可打的打，闹的闹，说的说，笑的笑，使一直一个人在山里种庄稼的伯伯也跟着孩子们笑得前仰后合。那晚，静谧的山庄由于孩子们的到来一下子有了生机。我们直闹到后半夜，几声山鸟的怪叫声才将我们吓得安静下来，弟弟紧紧抱住我的胳膊一动不动地睡着了。等到天亮，孩子们一边喝着伯伯为我们烧的开水，一边吃了些自己带的干粮，就一窝蜂似的直冲苜蓿地。山里的空气可新鲜了，各种鸟叫声如山歌响彻山谷，满眼嫩绿的苜蓿在微风吹拂下，如波光粼粼的湖面，苜蓿叶子上挂的露珠，在初升的太阳照耀下晶莹剔透。踏进苜蓿地，孩子们个个眼疾手快地就撅了起来，小手被露水打得湿湿的、冷冷的，不知不觉裤腿也被露珠打湿了，连弟弟也不甘示弱地提个袋子跪在地里用手撅着。直到中午时分，伙伴们的竹笼里、袋子里满满的全是绿油油的苜蓿，才停下手里的活计，一起坐在地里歇息。孩子们有的吃干粮，有的去沟底喝泉水，有的就干脆伸长腿躺在苜蓿地里，任凭太阳晒着打瞌睡。直到地畔核桃树上几声阴森的乌鸦叫声，才让我们意识到该回家了。

孩子们将苜蓿背的背、提的提、抬的抬，又组成浩浩荡荡的队伍上路了。刚开始走，我们还有说有笑，可走着走着，苜蓿就好像越来越重，队伍也越来越沉默，竟没人说话了。伙伴们一个个累得脸像熟透了的苹果，一缕缕头发都被汗珠贴在额头上。去时那种欢呼雀跃的快乐气氛消失得无影无踪。我和弟弟刚走时就找了一截棍子将一大一小两袋子抬着，我的胳膊上还挎着竹笼。没走多少路，弟弟就说走不动了，想停下来歇歇，我胳膊也发麻了，只好坐在路边歇了一会。歇完后抬起苜蓿没走几步，弟弟又说走不动了，我看面红耳赤的弟弟好像随时就要哭出声来。没办法，我只得又停下来。这次歇息后，我把抬的苜蓿袋子朝我这头挪了挪，弟弟也看他那头棍子长出许多，就又不太情愿地抬着走。这次我在后面鼓励着，我和弟弟咬住牙走了好长一段路，直到我感觉棍子好像在左右摇晃，一看是弟弟脚步都乱了，我知道弟弟这次是实在走不动了，就又停下来。这次歇了好长时间，我把袋子挪得几乎挨着我的胸部了。就这样，我们一路走走停停、停停走走，虽然像落花流水的败兵一样，但伙伴们没有一个掉队的，也没有一个人说太重而舍得把苜蓿扔掉的。当我们从山沟里出来，走上大路时，天都黑了。直到月亮升起，我们才进了家门，我和弟弟把两袋子苜蓿往院子一扔，扑通一屁股坐在地上，好长时间都起不来，娘过来一看袋子，惊讶地说："掐那么多！你俩咋拿回来的?"说着赶紧把袋子里的苜蓿倒进早已准备好的筐篮里，用手一抓，竟说热得烫手，苜蓿装得太瓷实，发烧了！

第二天早上去上学，我腿疼得走路一瘸一拐，可等放学一进门，一阵阵苜蓿的清香扑面而来，看见满院子娘用席子、麦包晾晒的绿生生的苜蓿，一切苦和累都烟消云散了。我也为终于能通过自己劳动减轻父母的负担而长长地出了一口气。

如今，虽然三四十年已过去，但每年到这个时节，我都会想起苜蓿的味道，想起儿时掐苜蓿的情景，忆起那段永远难以忘却的片段。

童年印象

今天是六一儿童节，晨起打开手机，头条和朋友圈就被节日的信息刷爆了，有的是给小朋友的节日祝福，有的是成年人对已逝童年的追忆和感叹。一幅幅似曾相识的图片和一段段感人肺腑的话语，也将我带回到了四十年前。童年那些曾经鲜活的记忆，再一次抖掉岁月的风尘，如电影一样一幕幕浮现在眼前。

第一次照相

我十岁那年，才第一次照相。

记得那年春节前，我们巷道里五六个年龄相仿的女孩就商量好，将过年压岁钱攒下，去县城照合影。因此，我们天天都在盼望着过年。

正月十五，伙伴们才将各自攒下的压岁钱报了数，最多的五毛，最少的三毛，当然钱数最少的就是我了。不过，我们一起到村里在县城上班的叔叔家打听了一下，五六个人合照张二寸半身照，费用也大概就五六毛钱，听了叔叔的话，我们格外高兴，因为压岁钱已经绰绰有余了。

二月二前后，我们准备选个星期天去县城。可当回家把这个消息兴奋地告诉各自的母亲时，母亲们几乎都建议，过了清明去。因为按家乡传统习俗，清明节女孩子要剪头发，母亲们的意思是让我们把头发剪整齐再去。于是大家都幸福地期待着。

清明过后的第一个星期天，我们就约好一起去县城，可在准备出发时，有俩伙伴不愿去了，只剩我们三人，一个是大我一岁的姐姐，一个是小我一岁的妹妹。

进了县城，当看见照相馆门上白底的木牌上“陇县照相馆”那几个黑色大字时，我们反而不敢进去了。我们站在门口你推我搡向里张望，这时，照相馆里一个说话柔声细语的女人看见我们，出来问：“你们要照相吗？进来！”我们仨怯怯地点了点头，小心翼翼地走了进去。“照几寸？”那个女的问，“二寸。”我们声音小小地回答。“五毛六。”女的边说着开起了发票，我们仨每人从兜里摸出两毛钱交给女人。“加洗不？”女人又问，我们都木木地互相望了望，不知道怎么回答。“加洗就是给你们每人一张外，还再多要不？多要就要加钱！”听了女人特别拉长的声音，我们不约而同地边摇头，边声音低低地说：“不加洗。”

照相间光线很暗，四周窗户全用黑布遮着，房子中间一个三条腿的架子上撑着一个方方正正的黑色家伙，上面还好似农村老太太顶头巾一样盖着一层厚厚的黑布，黑布四面都自然下垂着。我们瞪大眼睛窃窃私语：“这就是照相机吧！”墙根一张桌子前的椅子上坐着一个男人，像在埋头看着什么，桌子上的灯光很暗。男人见我们进来，起身接过票据，指挥我们仨并排坐到照相机的正前面，并将我们的肩膀和头扶了扶正，用手指了指照相机黑布下那个正对我们的方框，说：“就看这个方框，不要眨眼，听我的指挥。”说完男人就很快到照相机后面去，将头伸进黑布里。这个时候，不知其他俩伙伴怎样，反正我紧张到了极点，连自己咚咚的心跳都听得一清二楚，觉得手心都在冒汗，我一眼不眨地看着那个方框。就在我屏气凝神地等待那个男人发出指令时，男人的头又从黑布内出来了，走到我们跟前，将我们仨的位置调整了一下，让我和妹妹坐到前面，姐姐站到后面。这次，男人的头进入黑布前，再三叮嘱我们："很好，就这样，别动！"我再一次屏住呼吸，努力睁大双眼看着那个方框，"笑一笑！"男人的声音从黑布内传出，随着男人的话音，"咔嚓"一声后，男人从黑布内出来了，满意地微笑着对我们说："好了，一星期后来取！"

一踏出照相馆的门，我们仨如释重负般长长出了口气，"原来照相是这样的呀。""吓死我了。""谁还能笑出来，我心都提到嗓子眼了。""唉！肯定照坏了。"我们叽叽喳喳议论着。

过了一个星期，我们仨去县城取照片，当照片从小小的纸袋里抖出的刹那，我们都满意地笑了。虽然每个人脸上都没有笑容，但那怯生生的样子，睁大的双眼，再配上乌黑而整齐的留海以及齐肩的辫子，在树叶似的照片上显得那么分明，那么清晰。那天，我们将照片一拿进巷道，伙伴们就互相传阅了起来，惹得几个没去照相的伙伴羡慕不已，她们又约好，下一个星期天无论如何都要去照张相。

又一个星期天，那几个伙伴从城里照相回来，一进巷道就气喘吁吁跑来告诉我们："你们仨的照片在照相馆的玻璃柜台下面压着呢！"听了伙伴话，我们将信将疑。为了证实，到了下一个星期天，我们仨又去了趟县城。一进照相馆大门，我们的目光就停留在玻璃柜台下面的照片上了，三个农村女孩聚精会神睁大眼睛朝一个方向看的照片，安安静静在玻璃柜台内展示着，不过，这照片要比给我自己的那张大好多呢！

从那以后，我和小伙伴每次到县城，都要去照相馆看看自己的照片。记忆中，那张照片在照相馆柜台内放置了很多年。

第一次穿裙子

小学四年级那年，我们庆祝六一儿童节的活动是全公社学生集中到牙科公社梁甫大队一个土场里进行的。

记得那时，我们杨家坡小学和初中在一起（叫七年制学校）。那年，我们排练的舞蹈有三首歌曲，一首是《公社花儿向阳开》，一首是《背起冲锋枪》，另外一首歌名我记不清了。参加舞蹈训练的学生大多都是从初中生中挑选的。从小学只选了不到十人，而我就是这不到十人中唯一的女生，我当时感到既骄傲又害怕。骄傲的是，平时在班上连话都不敢大声说的我，这下终于可以扬眉吐气了；害怕的是，和那些高年级同学在一起，我怕人家欺负我，同时也怕舞蹈学不会。

就这样，我在忐忑不安中参加了学校舞蹈队的训练。每天下午一放学，别的同学都书包一背玩去了，而我还得到操场参加训练。不过，我还是很快就学会了，且样样不比大同学差。可就在老师准备正式编排队形时，发现我的个子比别的同学矮一截。几个老师就当场商议，决定换人。当听到老师正式通知我，明天不用来训练了，要换一个初一的女生顶替我时，我啥话也没说，强忍住眼泪，出了校门，站在大槐树下委屈地哭了。我想，这下没脸见同学了，他们以后肯定会嘲笑我。

第二天，我一整天都闷闷不乐，萎靡不振。下午放学，我正准备默默背着书包回家时，学校负责舞蹈训练的老师进教室叫住我说，他们试过了，那个初一女生乐感不行，让我继续回队参加训练。他还说，这次学校决定了，就让我排头，并叮嘱我，在第一排，一定要认真细心，随时听从指挥的口令和口号。从那天起，我就在学校庆祝六一儿童节舞蹈队的第一排，每天认认真真参加训练。

记得，我们学校“庆六一”文艺表演队服装是统一的，男生白上衣蓝裤子，裤带是统一的“武装带”，看起来英姿飒爽。女生白上衣花裙子，花裙子是学校统一制作的。那年月，农村女孩根本连裙子见都没见过。其实，说是裙子，也就是用花绸子缝一个简单的筒筒，一端再缝上松紧而已。“六一节”前一天下午，老师就将裙子发到每个人手里，让我们拿回去试试，并叮嘱，穿裙子必须将小腿亮出来。我领到裙子后，飞快跑回家，把裤子挽到膝盖以上，穿起了裙子。我领的裙子是粉红底色、上面有不同色小花花，穿上可好看了。惹得村里好些娃娃都一脸羡慕地跟在我后面东家出来、西家进去。那可是我人生第一次穿裙子，别提有多自豪了！

“六一”那天一大早，同学们早早就到校整装待发，男女生手里都拿着老师用各色皱纹纸做的大花，穿裙子的女生统一将裤子挽到膝盖以上，头上戴着老师用各色皱纹纸做的发带，微风吹来犹如蝴蝶翩翩起舞。不过，男女生都没有化妆，统一素颜。

九点左右，我们的队伍就在有节奏的口号声中，挥舞各色纸花到达牙科大队和梁甫大队交界处的一个大场里，场周围看热闹的人已围得人山人海。队伍停下后，站在第一排的我左顾右盼间，看见了姐姐，姐姐那年十五六岁，我知道她是来看我们表演的。姐姐看见我后，示意我，她带着馍，让我吃点。我使劲朝姐姐摇头，让她别过来！

就在轮到我们学校表演节目时，天空突然乌云密布，狂风大作，一时间大场上尘土飞扬，有同学手里的纸花、头上的发带都被大风吹掉了，围观的群众乱作一团，指挥的吹哨声全被风声和群众嘈杂的声音遮盖了，同学只能远远看着指挥的动作，跳了一曲又一曲。就在最后一曲时，我忽然觉得眼前发黑，天旋地转，耳朵什么也听不见了，脚下也不听指挥。这时，我右侧的男生用胳膊肘撞了我一下，大声对我说："你跳错了!"我这才猛然间回过神来。

表演一结束，姐姐就赶紧跑过来让我吃了几口她给我带的"黄儿"馍，并一脸紧张地说，她见我脚下不听指挥时，脸色难看极了，她当时真为我捏了一把汗，真怕我晕倒在表演场上!

那天下午一回家，父亲就领我去看病了，医生说，是"营养不良性贫血"。

第一本连环画

我小的时候，农村娃娃能看上课外书的寥寥无几。那些家庭殷实的伙伴，有连环画就已经是很骄傲的了，他们常常吸引得我们这些没连环画的伙伴，成天像跟屁虫似的跟在人家后面转悠。

记得我们村有位大我一岁的姐姐，她家就有十来本连环画呢，什么《鸡毛信》《半夜鸡叫》《地道战》《地雷战》等等，惹得我一天除了吃饭睡觉才回家外，几乎天天都在她家。

姐姐家那时喂着一只奶羊，她每天下午都要去放羊。而我家那时虽没羊可放，但为了看姐姐的连环画，我每天都陪姐姐去放羊。我们最爱放羊的地方就是新堡子。那时，新堡子墙周围生长着各种野草和枣刺，不但是放羊的理想场所，也是看连环画的好去处。我们将羊牵去，找个草多的地方拴起来，羊自己吃草。我就和姐姐坐到堡子墙最高处安安静静看连环画，偶尔也看看蓝蓝的天空、白白的云朵以及天边飞着的晚霞。直到太阳沉下山，姐姐要赶羊回家，我才会依依不舍地将连环画还给姐姐。那时的我，最盼望的就是拥有一本自己的连环画！

记忆中，为了这本连环画，我可是绞尽脑汁，费了九牛二虎之力。那段时间，只要家里没有盐或者煤油，我都是争着抢着去合作社，一来为了让父母夸我勤快，讨父母开心，要起钱来容易，二来为了给自己“截留”。因为我多次去合作社，看见玻璃柜台内最便宜的连环画也要八分钱。到截留够八分钱的那个下午，一放学，我就径直背着书包跑向合作社。一路上我思量，一定要买本《鸡毛信》，虽然那海娃将信件拴在羊尾巴上给八路军送信的故事，我早就在姐姐家看过了，但我还是觉得不过瘾，我常常幻想着应该有一本自己的《鸡毛信》。

一进合作社大门，我一眼就看到《鸡毛信》，可它的价格是一毛三分钱，当即一种失落感就袭上心头。无奈，我的脸贴住柜台的玻璃，目光从这头扫视到那头，又从那头扫视到这头，我在柜台前来回徘徊了几次，都没有找到价值八分钱的连环画。视野里，《鸡毛信》《渡江侦察记》《地道战》等等十几种连环画价格都在一毛钱以上。就在我急得差点要掉泪的时候，发现柜台的角落里，《地道战》下露出了一本薄薄的连环画边缘，是8分钱，且只露着连环画封面右侧的一竖排黑字“柳下跖痛骂孔老二”，我当时心想，柳下跖和孔老二这名字我一个都没听过，肯定不好看吧。我站在柜台前犹豫了好一阵子。买吧，不知道好看不好看；不买吧，又觉得不甘心。经过一番思想斗争后，我咬牙买下了。结果，连环画拿回家，我只看了几页就看不下去了，内容云里雾里，看得我丈二和尚摸不着头脑。

不过，那时我想，虽然看不懂，但我终于拥有一本自己的连环画了。

第一次进食堂

我小时候，农村人多数吃的是玉米、高粱等，能填饱肚子就已经不错了。那时，如果邻居谁家能隔三岔五吃顿纯麦面，则是令人艳羡的事。

记得有年春天的中午，我吃完母亲做的玉米面搅团，提上竹篾笼笼，叫对门一个伙伴一块去地里剜荠儿菜，刚一进人家院子，就看见伙伴坐在灶房房檐台上，端着半碗干面吃着。我过去并排坐在伙伴跟前，眼巴巴看着伙伴将面条一根根挑起，吸进嘴里。那被油泼辣子染红的宽面条，陪衬着丝丝缕缕翠绿的韭菜，让我馋极了。当时，我多想也吃一口啊，哪怕一根也行！可伙伴只顾自己吃，连理也没理我一下，看着伙伴贪婪的吃相，我真想夺过碗来狼吞虎咽。

那天下午一回家，我就在父母跟前不停嘟囔着想吃面。可父母连考虑都不考虑就说，只剩几斤麦面了，等有亲戚，或队上派住队干部来才能吃！听了父母的话，我就天天盼着家里来亲戚，或住队干部轮派到我家吃饭。

不久，在一个星期六下午，我和几个伙伴玩耍时，大家约好星期天去逛县城。晚上，在我再三恳求下，父母才同意让我去，并给了我二毛钱作为盘缠。那晚，我别提有多高兴了，连做梦都打算天明去县城第一件事就是去食堂美美吃一碗面。

星期天一大早，我就装着二毛钱和伙伴们去逛县城了，走时母亲千叮咛万嘱咐：“把钱装好！”一路上，我几乎每走一段路都要摸摸兜里的钱，生怕它不翼而飞。

一到县城，我们就从城东往城西挨着门市逛，逛到“红卫食堂”门口时，几个伙伴就决定在这里吃一毛三分钱一碗的臊子面。可当我们几个进了食堂，掏钱准备买牌子时，我发现兜兜里，两毛钱不见了。我紧张得头发都竖了起来，情急中，我又掏了两个裤子兜，仍空空如也，我急哭了。伙伴们见状都七嘴八舌地说肯定让小偷偷去了。我流着眼泪出了食堂门，正无助地擦眼泪时，发现另一个伙伴也跟着我出来了，她虽然没哭泣，但也满脸愁容，我以为伙伴的钱也被偷了，哭着问她：“你钱也被偷了?”伙伴低下头，脚蹭着地面小声说：“我来时，我娘只给了五分钱，连一碗素面钱都不够。”她说这话时，眼泪在眼眶里打着转。

那天，我和这个伙伴一分钱也没花，就走上了回家的路，一路上，我们俩都很沮丧，也很少说话。走到张家庄时，我俩又饿又困，实在走不动了，就坐在路边房檐下歇息，我的手不经意间在装过钱的兜里摸了一下，咦！二毛钱安然无恙地在口袋的角落里，且皱皱巴巴犹如胆小的毛毛虫一样躲藏着，我如获至宝似的站起来又蹦又跳，激动得拿着两毛钱一边让伙伴看，一边大声说：“我的钱没有丢！我的钱没有丢!”

又一个星期天，我为吃碗面专程拿着这两毛钱去了趟县城。

第一双雨鞋

四年级那年秋天，我有了自己第一双雨鞋。

之前，只要天下雨，我和伙伴都是光着脚、踩着雨水和泥泞去学校。放学回来，用清水一冲，穿上鞋子就行。

那是一个阴雨连绵的午后，我光着脚在巷道自然形成的水渠里和伙伴玩耍，一不小心，脚踩到一个锋利的三角石头上，当即脚心就一阵钻心的疼痛，低头间，脚下泥水瞬间被血染红了，我当时心里害怕极了。我强忍住疼痛单腿跳进家门，一屁股坐到门槛上，将受伤的脚心反过来压住伤口。这才哭着喊叫正在屋里做活计的母亲，母亲见我脚上、手上的血，一边叮嘱我压紧，一边到厨房去舀了盆清水，将我手上、脚上的血冲净。直等到不见伤口再流血，母亲才让我松开手指，只见一个小小的裂口像小鱼嘴一样在脚心张开着，里面还有血水往外渗。母亲见状赶紧去拿来她的针线笸箩，找了一疙瘩棉花，用火柴点燃，将棉花的灰烬压在伤口上。然后，母亲用她平时缝衣服剩下的一块布条将我的伤口缠裹了起来，并一再叮嘱我："这下脚绝不能见水，不然伤口就会发炎的。"

母亲正向我叮嘱时，父亲戴着草帽、披着塑料袋子冒雨进门了，父亲是给生产队看菜园回家吃饭来了。看见父亲进门，我赶紧把受伤的脚压到腿下面，生怕父亲看见骂我。可谁知父亲好像早就知道我的脚受伤了一样，一进门就说："这下倒好，脚成那样，明天咋上学呀，让你好好在屋里，就不听话。"父亲边说着边将我压在腿下的脚拽了出来，用他的食指和拇指像量长短一样在我的脚上拃了一下，说："走，爸把你背到菜房里，你替我看一会菜园，我给你去买双雨鞋。"听了父亲的话，我不敢相信自己的耳朵，因为那时有雨鞋的伙伴可是屈指可数啊，父亲见我一脸狐疑地望着他，笑着说："瓜女子！看啥呀，明天就不用光脚了，穿雨鞋上学去。"听了父亲的话，我连脚疼也忘了，高兴得赶紧爬到父亲背上。

雨还在下着，雨滴落在菜园里那坑坑洼洼的水滩里，溅起大小不等的水花，菜园里绿绿的白菜、大葱、萝卜在雨水的滋润下青翠欲滴，风伴着雨滴时紧时慢的沙沙沙声如舒缓的音乐响彻菜园，我一个人坐在菜房里，想象着我的雨鞋，静静地等待着父亲的脚步声。

父亲终于笑嘻嘻地夹着一个纸盒进来了。我急不可耐地打开盒子，哇！一双黝黑锃亮的浅腰雨鞋如两只小船呈现在我的眼前，我赶紧将雨鞋捧在手里，里里外外反复端详，雨鞋底子上那微微隆起的“29”，以及雨鞋里面白白的里衬上，脚心位置椭圆形印章内的“29”和生产厂家，让我这个平时只穿母亲做的布鞋的孩子，知道了鞋子还有大小尺码，我的雨鞋是29码。眼前这双精致的雨鞋，让我想象着自己穿上它，走在泥泞的路面上是多么的快活呀！后来，这双雨鞋一直陪着我上完小学，又陪弟弟上到小学四年级。

时光荏苒，岁月蹉跎。我的童年虽然农村还是大集体，温饱问题都没彻底解决，吃饭穿衣才是头等大事，但并没有因为物质匮乏，而让我的童年苍白无趣。改革开放四十年，好多过去我们认为很时髦、很渴望的东西都已淡出视线。但童年的经历、岁月留下的记忆，就像乡村缕缕炊烟一样，依旧深深地印在了我的脑海里，时不时在月明星稀、万籁俱寂的夜晚突然间一跃而出，使我浮想联翩，思绪万千。

童年啊！是梦中的真，是真中的梦，是回忆时含泪的微笑。

柴　火

傍晚时分路过村庄，一股久违的柴火味扑面而来，轻闭双眼，记忆的闸门瞬间被打开。关于冬天、关于童年、关于柴火的点滴记忆袭上心头。

我小的时候，庄稼人不但缺吃少穿，就连烧锅、烧炕的柴火都经常是紧巴巴的。无论是山上、沟洼，还是崖畔、路边，抑或地堎、河坝，凡是生长出能作柴火的植物，就早早被庄稼人割去作为柴火堆放在自家院子里了。每遇冬天来临，谁家院子里码放着一垛小山似的柴火，那就预示着他们这个冬天，内心是踏实而温暖的。

那时候，庄稼人家家户户全家大小一年四季都在为柴火奔波着。

当大人们正忙碌着参加种麦、起萝卜、挖白菜等生产队的劳动时，拾柴火这项轻体力劳动，就成了孩子们义不容辞的责任。只要刚犁过的地里有玉米茬、麻茬等能作柴火的庄稼根须，放学后，孩子们就匆匆忙忙扔下书包，不是背着背篓，就是提着鋬笼，拿着镰刀或小锄头去田野拾柴火了。蓝天下，满地拾柴火的孩子们，一下子会让寂静的田野沸腾起来。家里姊妹多的，大的还领着小的。我就经常领着五六岁的弟弟在地里拾玉米茬、麻茬。我和弟弟每次都是分工协作的。别看弟弟年龄小，拾柴火可眼疾手快，弟弟常负责把带有泥土的玉米茬、麻茬堆成堆，而我则负责用镰刀把上面的土打干净，再装进背篓。在我和弟弟的密切配合下，我们总是第一个将柴火装满背篓。当然，有时伙伴们也会为拾柴火而发生口角。记得有次，我领着弟弟在清水河拾麻茬，一群伙伴一进地就一窝蜂似的抢着将带土的麻茬拾成小堆，先占为己有，最后再打上面的土。可谁知，由于我和弟弟拾的麻茬堆太多，且没标记清楚哪些是自己的，我们就为一两个麻茬堆和一个伙伴发生了口角。我当时很气愤地和伙伴争执着，弟弟却一麻茬扔过来不偏不斜正好打在伙伴嘴上，瞬间伙伴嘴唇出血了，伙伴见血哇哇大哭，我立马意识到大事不好。为了避免惹出更大的麻烦，我灵机一动，边骂弟弟边将我们拾的好几个麻茬堆都给了伙伴，并帮忙把土打干净，装进伙伴背篓里，这才换得伙伴闭上哇哇大哭的嘴。

有时，伙伴们将背篓拾满后天色尚早，我们就在那空旷的田野里玩打沙包、抓石子、老鹰抓小鸡等游戏，常常玩得满头大汗，满脸是土，直到夜幕降临。特别到了寒冷的冬天，伙伴们拾柴火的小手个个就皲裂得像娃娃嘴，可只要一看见堆放在院子里柴火，我们心里总是乐滋滋的，我们为自己能帮衬父母而感到欣慰。

秋天来临，树叶又成为孩子们拾取柴火的最佳选择。“秋风扫落叶”瑟瑟秋风将树叶带到房前屋后、路边河畔。凡是有树木的地方都会成为孩子们成群结伙拾柴火的好去处。大点的孩子拿着耙子搂，抑或笤帚扫，小点的孩子则用根扫帚棍，一端插个玉米芯，另一端削得尖尖的，一片片将树叶扎在扫帚棍上，等各色树叶将竹棍串成毛茸茸的彩棒，就将树叶捋到背篓里，如此反复。当然，我大多时间都是用耙子搂，而弟弟就用扫帚棍扎串。我和弟弟那时常在生产队水磨旁一个白杨树林里扫树叶，常常一下午要扫几背篓呢。待到晚上，我们睡在母亲用我们扫的树叶烧得热腾腾的土炕上，总是那么的幸福，那么的惬意！

可是，对于寒冷的冬天来说，指望孩子们拾的柴火抵御风寒，那可是杯水车薪啊！多数时间，大人们常常趁大雪还没封山，就要到南、北二山去割柴火。记忆中，父亲每次和哥哥去山里割柴火，都是鸡叫头遍、月亮还挂在中天就起床。每每这个时候，母亲也总会提前为他们擀好玉米面节节，说这吃了耐饱。每次割柴火前，父亲和哥哥匆匆忙忙的吃饭声，总会打断我甜甜的梦，我常常隔着窗户，看着父亲和哥哥吃完饭，在朦胧的月光下，将一个装有玉米面黄儿的花布袋子绑到架子车辕杆上，背影急匆匆地消失在月光中。而每次父亲和哥哥出门后，我都会躺在热被窝里陷入长长的遐想，我想象父亲和哥哥在如刀割似的寒风中艰难行路的身影，我担心着他们进山林会遇到狼，我在被窝里无数次默默祈祷，祈祷他们头顶那轮清冷的明月永远挂在天上，照亮他们前行的道路……

这一天，常常直到天黑，月亮又挂上天空，早已钻进热腾腾被窝里的我，才见父亲和哥哥汗流浃背地拉着一架子车小山似的柴火垛进门。此刻，母亲又会将一碗碗热气腾腾的煎搅团端给父亲和哥哥，在他们的狼吞虎咽中，我又一次进入长长的梦乡。

那年月，虽然我们县上娘娘庙（现在叫东风）也有煤矿，但对于庄稼人来说，烧煤可是件极其奢侈的事。对于一笔不菲的买煤钱来说，庄稼人总是望而却步的。我九岁那年冬天，大哥被抽调到县上修营沟粮站，二哥上中学，弟弟才四五岁，父亲又是生产队的饲养员，家里实在无人能脱开身到南北二山去割柴火，眼看院子的柴火垛一天天消瘦下去。情急之下，父亲牙一咬，决定先到煤矿拉些煤烧锅，以贴补柴火不足。同时父亲还决定，他带上我和姐姐利用晚上去煤矿拉煤。决定好后，父亲就提前给队上当时在煤矿上班的一个哥哥捎话，要买四五百斤煤——那年月，买煤必须提前排队的。就在煤矿哥哥捎回话来的那个晚上，父亲半夜起床给生产队的牲口添好草料，把饲养室门锁上，叫醒我和十五岁的姐姐连夜到煤矿去拉煤了。我记得，当时父亲笑着说，他本不想叫我，可又一想，“搭一个驴屎蛋还轻一半”呢，何况娘娘庙离我们村二十来里路，几乎都是上坡路，加之姐姐也嫌她和父亲俩走夜路有点害怕，因此，父亲最终决定也叫上我。父亲叫我起床时，我正睡得糊里糊涂，还以为该去学校了。

我至今记得那晚月亮好圆好亮啊，亮得我一路上连周围延绵不断的山峦、天空银钉似的星星眨巴眨巴眼睛的模样都看得清清楚楚。父亲开始让我坐到架子车上，可我只坐上去一会，还没到杜阳，就觉得脚指头像有无数蚂蚁在啃噬似的疼了。我对父亲说，脚冻得太疼了，父亲又让我下来，跟着他们走，并鼓励我，快跑跑，活动活动脚就会发热了。一路上，我们一个人也没遇见，深冬千河两岸的田野安静极了，回响在耳畔的只有我们三人“沙沙沙”的脚步声和远处村庄偶尔传来的鸡叫、狗咬，以及千河里时不时传来的几声野鸭怪叫，这些声音使那个寒冷的冬夜显得更加空旷而寂寥。

我们一口气走到娘娘庙煤矿，打门摇窗户把哥哥叫醒，哥哥打着哈欠开门，吃惊地对父亲说：“叔，你咋来得这么早呀！现在才四点多！”哥哥看见我，瞪大眼睛望了望我那一缕缕被汗水浸湿，又冻得贴在额头的头发，疑惑地问：“这么冷，你跟着走来的？”

回来时，父亲驾辕，姐姐在架子车后面推，而我，在前面将父亲绑在辕杆上的绳子搭在肩上拽。那一早，我们六点半就把五百斤煤拉回了家，我还按时到校上课了呢。长大后，我一记起这事就问父亲，为啥那么冷的天，要把我们叫得那么早，父亲每次都会笑着说："早起一时，轻松一天！"每每想起父亲说这话时那平静的表情，我的眼圈总会热辣辣的，父亲一生为了我们一大家人的生活，已将艰辛视为平常或平淡了。以后的岁月里，父亲的话一直影响着我，无论在单位还是家庭，我都是兢兢业业，勤勤恳恳，勇往直前。

如今，烧柴火的年代已永远成为历史，庄稼人不再会为做饭、烧炕、取暖无柴火而发愁了，而乡间地埂上、山梁上、河坝里到处是能作柴火的植物在蓬蓬勃勃、生机盎然地丰盈着大地。庄稼人的厨房里电磁灶、电饼铛、电水壶等家用电器都应有尽有了，就连炕也成带电的了，客厅更是空调、电热取暖一应俱全，有没有柴火已经不是庄稼人所关注的问题了。

久违的柴火味，确实渐行渐远了！

耳畔的礓窝声

深夜，窗外几声沉闷而有节奏的“咚咚咚”声，让我想起了儿时那遥远而清晰的礓窝声。礓窝（方言，意为石窝或碓窝），又让我想起了母亲、婶婶、大大们。

记忆中，在那个物质匮乏的年代里，我家那口看起来敦敦实实的青石礓窝，永远是母亲、婶婶、大大们为一家大小生活而忙碌的一个重要家什。

那时，每年到五六月天气炎热时，母亲、婶婶、大大们就为一家大小能吃上那既解渴又香甜的麦仁或玉米糁子忙活开了。她们总是利用傍晚或下雨等闲暇时间，将一撮撮小麦或玉米端到我家，倒进院子的礓窝里，淋上水，一点点捣舂成麦仁或玉米糁子，好给一家人整个夏天熬粥喝。炎炎夏日，不管大人还是小孩，只要在外面热得满头大汗跑回家，准能看见母亲那熬煮得浓稠而香气扑鼻的麦仁或玉米糁子，都会端起大碗狼吞虎咽，那种软绵而滑腻的口感，那种糯香而甘甜的味道，常给一家人在酷热难耐的夏日里带来舒心和惬意。

而到了秋冬季节，新辣椒一下来，礓窝又会成为母亲、婶婶、大大们为一家人捣弄辣椒面或辣椒酱的器具。那时，庄稼人冬季缺乏新鲜蔬菜，每顿饭都离不开辣椒酱或辣椒面。母亲们每次做饭时，用热油泼辣椒面，或用葱花炒辣椒酱时，那种略带呛味的香气，常常会窜出厨房，飘出院子，氤氲在村庄上空，散发在整个冬天寒冷的气息里。在这种香喷喷的气息里，疯玩的孩子总能听见母亲的呼唤，即便天气再寒冷，心里也是暖洋洋的。

最让我记忆犹新的，就是每年中秋节前一天，那天就是我家的礓窝一年内最受欢迎的时候了。母亲、婶婶、大大们为了让一家大小中秋节吃上核桃煮角，天一明，就在院子里闹闹哄哄排队，等待捣舂核桃仁了。这一天，院子里除了“咚咚咚”的礓窝声，夹杂着婶婶、大大们的说笑声外，就数孩子们的吵闹声了。孩子们个个手里拿着馍，簇拥在礓窝周围，时时准备着用大人捣完核桃的礓窝，捣自己的馍，如果哪个眼疾手快的孩子，将馍在礓窝里捣成了核桃饼，其余孩子则会一拥而上，常常惹得抢不上的孩子，望着人家吃核桃馍而哭闹。有时，连小狗也会紧跟在孩子们左右，眼巴巴不停地摇着尾巴。用小火焙黄的核桃仁在礓窝里被婶婶、大人们一点点捣成核桃油时，散发出的那种醉人的、浓郁的香味，实在是太有诱惑力了！这一天，常常直到天黑，我家的礓窝才会歇息下来，那时，它浑身会被核桃油浸润得愈加黝黑，在月光的照耀下，便油亮油亮地发着黑色的光泽。

记得有一年，大婶婶傍晚忙完生产队的活计，才端着一大碗黄灿灿的核桃仁来我家院子，这时，伙伴们早都回家去了，只剩我一个人拿着馍，蹲在礓窝跟前，看婶婶捣核桃仁。婶婶将核桃仁捣成糊状，往她拿来的大碗里舀核桃油时，给我专门在礓窝底部留了些核桃油，并笑着拿过我手里的馍说：“来，婶子给你砸核桃馍！”婶婶将馍掰碎放进礓窝里，“咚咚咚”几下，就将馍捣成黑黝黝的核桃饼了，婶子看着我狼吞虎咽的样子，爱怜地摸了摸我的头说：“我娃慢慢吃，婶子给你再舀点核桃油。”婶子边说着，起身到我家厨房，取了个碗，将她碗里近一半核桃油都倒给了我，母亲看见后，不好意思地对婶子说：“哎！你给倒那么多干啥？你明天给娃做煮角不够了。”大婶婶笑着说：“我给他们少放些不就是了，让娃吃去！”大婶婶那晚，给我捣制的核桃馍，让我回味了几十年。这几十年来，我再没吃出来过大婶婶那晚给我用礓窝捣制的核桃馍香味了。

如今，儿时经常使用礓窝的母亲、大大都相继离去了，就连年近九旬的大婶婶，也于前段时间离我们而去了。我家的青石礓窝也倒扣在旮旯里，风吹日晒好些年了。我每次回家看见它，都要把它翻过来，轻轻摸摸那舂槽，我总感觉，那舂槽里永远留有母亲、婶婶、大大们曾经的辣椒或核桃油的痕迹，我的耳畔也总会回响起她们使用礓窝时，那爽朗的笑声和温馨的话语。

乡愁缕缕，亲情浓浓，永远让我在思念中回忆……

思念鱼儿草

我有二三十年没见过鱼儿草了。

前段时间，办公室一个同事说他养鱼，想给鱼缸里买些菹草，一来净化水质，二来美化鱼缸。

听了同事的话，我感到很是新奇，就问同事，菹草长啥样，让我见识见识，同事顺手把手机递给了我。

啊！真是不看不知道，一看惊一跳呀。

那菹草在水里如海带似摇摇曳曳的长长枝条，细长而带锯齿的叶片，一下子将我惊呆了，“哈哈，我还以为你买的是啥珍贵植物呢，原来不就是我老家三羊河的鱼儿草嘛，这烂草还卖钱？我们三羊河里多的是！”我感叹道。

同事听了我的话，将信将疑地看了我半天，“姐，你说的是真的？那改天你回娘家给我捞些。”同事放下手机，瞪大眼睛说。

我不屑一顾地说：“没问题，这烂草我们河里多得很，叶子带齿，猪都不吃，随便捞！”

说完，我立马拿起电话，打给老家的二哥，我对二哥说改天我要回来捞河里的鱼儿草。可说了几遍，二哥都像没听清楚似的，连问了几次“你要捞啥？”我最后放慢速度，几乎是扯着嗓门说：“鱼——儿——草！就是咱家房后三羊河里那种颜色像海带一样，叶子长长的，前端圆圆的，两侧有锯齿似的花牙牙，一年四季都在河水里，一缕缕顺水流生长的那种草。”我问二哥：“你记得不？咱小时候经常在河里给猪捞那种绿绿的胖乎乎的水清芽和像芹菜叶子似的水芹菜，就是不捞鱼——儿——草，因为鱼儿草猪都嫌扎，不吃！”

我把话说完，只听电话那头，二哥叹息了一声，说：“唉！我还以为你要捞啥哩，你说的那个鱼儿草咱河里很多年都不见了，难道你不知道吗？咱小时候，这种草河里确实多的是，随便一个地方下去捞几鋬笼不成问题，而且这个草里经常藏着好多鱼虾，我们男娃玩耍时，把鋬笼逆着水流和鱼儿草的方向猛地压下去，准能搂好多鱼虾呢。那时候，光着脚下水，小鱼小虾常钻进脚趾头缝，把人痒痒的。不过，现在河里啥都没有了！”

我以为是二哥在搪塞我，怕让他捞鱼儿草，就说：“不会吧，我记得从水沟泉一直到河里，一路水底全是顺水流漂着的鱼儿草，咋会没有了呢？我就问问，不要你捞，是同事要呢，我改天回来自己捞。”

二哥好像听出了我不高兴的口吻，说：“哎！我说的你咋就不相信哩，这几年，麦地里经常打除草剂和农药，每个打了除草剂和农药的人，都将喷雾器拿到河畔，不是兑水就是清洗，有多少鱼儿草也被除草剂和农药杀光了。何况十多年前，村上为了保护水源、兴修水利，把泉底和河底及两边都用水泥铺了，泉和河上游都用水泥盖板盖住了，你想想，就是有鱼儿草往哪里扎根去？”

二哥的话，一下子让我如梦初醒了，“是啊！这些变化我咋就忘了呢？”我自言自语。

几天后，我有事去了趟老家的邻村磨儿塬，由于这里也和老家一样，到处是泉水，我就想，在这里也许能找到我记忆中的鱼儿草吧。办完事后，我就专门把车停在路畔，拽着爱人一起顺着泉水寻找起了鱼儿草。

我们一路拿着手机，随时准备好拍照。我们沿着河水仔仔细细一直找到另一个村子马家河，沿途遇见好几个熟人，问我们干啥。我们说寻鱼儿草，年轻人都说不知道，没见过。只有一个上了年纪的人说，你们找的那个草，我小时候河里多得很，现在没有了。不过，水清芽和水芹菜还有，你再往前走走看。听了熟人的话，我们一直往前走了一段，只见河水里一簇簇水清芽或水芹菜没精打采地在河底的淤泥中或水泥板的缝隙中有气无力地生长着，就是一根鱼儿草的影子都没看到，我愕然了！

前天寒衣节，我趁着回娘家给逝去的亲人送寒衣，到承载着我太多太多童年记忆的三羊河畔，又认认真真寻找起了我日思夜想的鱼儿草。

我到鳖盖顶二台亲人长眠的地方祭扫后，径直下坡来到用水泥栏杆围起来的水沟泉上。可惜，童年记忆中那树木遮天、鸟雀啁啾的景象已荡然无存了，围栏内只有满眼的枯枝杂草和稀稀疏疏的芦苇在风中轻舞，给人平添了几分萧索和荒凉。此刻，我清楚，我的脚下就是记忆中昼夜不停喷涌且两泉仅隔几米的泉水啊！我的心狂跳着，我无数次在心底呐喊，你好，养育我的母亲泉！我多想再看看你昔日那绿树环绕、清澈见底的秀美容颜，多想再领略一下你昔日喷珠吐玉、浪花飞腾的磅礴气势，多想再听听你欢跃叮咚、四季潺响的优美歌声！可回答我的，只有眼前随风摇曳的荒草和耳畔呼呼的风声。

我在离泉大约几十米位置的河流上游，顺着工匠们用水泥盖板盖泉时留的台阶下去，蹲到河边，专心致志地看了看比我儿时记忆中少得可怜的泉水，洗了洗我那带着泥土的双手，掬着喝了几口那虽少，但依然那么甘甜、清冽的泉水，朝着泉水流出的方向望了望，盖板内一片漆黑。

我起身一直跟着时隐时现的河水走了大约四五百米，河底及两边除了那深绿的苔藓外，没有一丝儿时记忆中鱼儿草的影子，我失落极了！我知道，鱼儿草在老家三羊河里那种蓬蓬勃勃、袅袅娜娜、自由自在生长的年代，只属于回忆了。

下午回家，我一进门就打开电脑，搜索了一下有关菹草的信息。原来水生植物分沉水植物、浮水植物和挺水植物。菹草就属沉水草本植物，也叫虾藻、虾草、麦黄草，属于眼子菜科眼子菜属，是单子叶植物。菹草多生长于池塘、湖泊、溪流中。茎呈扁圆形，具有分枝。叶披针形，先端钝圆，叶缘波状并具锯齿。菹草具叶托，无叶柄，花序穗状。秋季发芽，冬春生长，四五月开花结果，夏季六月后逐渐衰退腐烂，同时形成鳞枝（冬芽）以度过不适环境。冬芽坚硬，边缘具有齿，形如松果，在水温适宜时再开始萌发生长。菹草全株可入药，清热解毒、消肿止痛是它药用价值的最好体现。现如今，人们不但常用菹草作水中鱼类的天然食物，把它栽种在鱼塘中，能让鱼长势更加良好，还常用它绿化环境，净化水质。

看着电脑上菹草那熟悉而又陌生的样子，我几度陷入儿时美好的回忆中。

那一夜，我做了一个长长的梦，梦见我和几个儿时伙伴提着竹笼打猪草。我们沿着蜿蜒的三羊河跑啊跑，一会抓蝴蝶，一会扭柳笛，一会又挽起裤腿下河，捞那一拨拨嫩生生、水灵灵的水清芽、水芹菜，阳光透过河两岸树叶缝隙的斑驳阴影洒在清澈的河面上，河水中鱼儿、虾儿、鹅卵石都看得清清楚楚。我一脚踩进河底那厚厚的顺水漂流的鱼儿草上，脚周围全是游来游去的鱼儿、虾儿，冰凉的河水让我打了个激灵。梦醒了，原来我的脚露在被子外了！

梦醒后，一种绵绵思念在脑海中慢慢氤氲开来。啊！鱼儿草，我们何时才能在家乡的三羊河里相见？

野　菊　花

每到深秋，黄叶飘落，北雁南归，百花凋谢时，那漫山遍野的野菊花就相互簇拥着竞相开放了。

我最喜欢在秋高气爽、天高云淡的日子里，趁着温暖的秋阳，去田间地头、阳坡地塄看那一簇簇、一丛丛在秋风中如喝醉酒般摇摇曳曳、体态轻盈的野菊花了。在我的眼里，它们就如铺天盖地的笑脸一样，在秋阳微风中轻舞、歌唱，给寂静的山野带来了无限的生机，带来了新生的希望。

我从小就喜欢野菊花。小时候，每年秋天，当大人们汗流浃背地在家乡干沟、水沟、鳖盖顶等田野里，忙碌地吆喝着牲口辛勤播种时，我们这些孩子则会像趁热闹似的聚在一起，不是到崖畔打酸枣，就是到地畔或盖塄上折野菊花。当然，折野菊花的大多都是我们这些女孩子，我们常把野菊花顺着长长的茎秆折下，编成花环戴在头上，好似自己瞬间变成了“公主”一样得意扬扬，惹得麻雀、喜鹊也在头顶嫉妒似的“叽叽叽”“嘎嘎嘎”地叫个不停。

记得有次，我和几个伙伴一边放羊，一边在鳖盖顶的二台崖畔折野菊花，当我们把野菊花汇集成堆，准备坐在一起编织花环时，一只调皮的羊羔竟肆无忌惮地跑过来衔了一大口野菊花，任凭我们几个左赶右赶，它就是捉迷藏一样不肯放下，眼看我们的“战利品”就要被它糟蹋殆尽，我急中生智，捡起崖畔一个石子打在了羊羔的肚子上。这一下，也许把羊羔打疼了，它逃跑了，就这样，羊羔跑走时还没忘又飞快地叼了一口野菊花。刹那间，看着那嫩生生、金灿灿的野菊花又被羊羔无情地糟蹋，我火冒三丈，捡起石头朝那讨厌的羊羔跑去，可机警的羊羔，一个跨步从崖畔上飞也似的跳到另一个盖堎上去了。而我，却一脚踩空从二台摔到了一台。幸亏鳖盖顶的二台并不是太高，但我的脸上还是多处被蹭破了皮，而脚踝当即就扭伤了。我疼得“哇哇”大哭！我的哭声惊动了正在一台种麦的父亲，父亲赶紧跑过来将我抱到地畔，查看我的脚踝，并让我活动活动，说：“看样子没有骨折。”然后，父亲拿起镰刀，上到半崖上给我割了一大堆野菊花，将我和野菊花一起背回了家。那几日，我在家里编了好多花环，母亲还用野菊花捣成泥，天天给我敷受伤的脚踝，不出几日我的脚又能蹦蹦跳跳了。

在我的心目中，野菊花就像我们农村娃娃一样无拘无束、没心没肺，它们不需要精心呵护，不需要施肥浇水，只要秋风一吹，便赶趟儿似的开放了。所以，我打小都认为“野火烧不尽，春风吹又生”是描写野菊花的，它们虽没有园丁精心栽培下牡丹的雍容华贵、玫瑰的芳香扑鼻、月季的绚丽多彩，也没有青松的挺拔高贵，更没有盆中菊花的一枝独秀，但它们身居贫瘠，迎风而立，自由自在，随心随意，只是一味地团结一致绽放，它们绝不矫揉造作，绝不向命运低头的坚强品格是任何花朵都无法比拟的。不信你瞧，秋风中，她们在阳坡里、在地堎上像眼睛、像星星，还眨呀眨的，像霞一样的粉，雪一样的白，特别是那金灿灿的黄，在蓝天下显得更是那么的大气、那么的尊贵、那么的吉祥，把秋风扫过的寂寥田野装扮成了花的世界，花的海洋。

长大学医后，我对野菊花有了更深的了解，原来野菊花除属菊科多年生草本植物外，还性苦、味辛、微寒，具有疏散风热、消肿解毒散瘀、清肝明目、降血压之功效。它全身均可入药。近年来，临床多用于防治流行性脑脊髓膜炎、流行性感冒、高血压、肝炎、痢疾、痈疮等疾病。它的浸液还对杀灭孑孓及蝇蛆有很好的效果，对夏季蚊虫叮咬后的红肿脓包具有杀菌去肿的作用。怪不得小时候，母亲给我用野菊花敷受伤的脚踝呢，原来庄户人早知道野菊花的功效啊！

近年来，随着自己对文学的爱好加深，了解的知识逐渐增多，才知道从古至今赞美野菊花的文人墨客也不胜枚举。比如晚唐著名诗人李商隐，从一片苦竹园漫步向南，来到起伏的椒坞边，野菊花的微香四处飘散，花上的秋露似泪珠点点，他觉得野菊花寂寞无伴，如同寒风中飞行的孤雁，就写下了“苦竹园南椒坞边，微香冉冉泪涓涓。已悲节物同寒雁，忍委芳心与暮蝉。细路独来当此夕，清尊相伴省他年。紫云新苑移花处，不取霜栽近御筵。”以表达他欣赏野菊花的高洁情怀。还有南宋著名诗人杨万里的《野菊》写道：“未与骚人当糗粮，况随流俗作重阳。政缘在野有幽色，肯为无人减妙香。已晚相逢半山碧，便忙也折一枝黄。花应冷笑东篱族，犹向陶翁觅宠光。”更是独创性地赞美了野菊花在无人看重的情况下，悠闲自得，不减妙香，不慕赏识之坦荡。

每每读到这些脍炙人口的赞美野菊花的诗句，我的眼前总会浮现那些在沟沟壑壑、山山洼洼，密密匝匝、重重叠叠、潇洒自如、顶着寒风舞动的野菊花，它们顽强的生命力，平凡朴素的精神一次次鼓舞着我，感染着我，使我在生活中，无论遇到什么困难都不畏艰险，勇往直前。

如今每年野菊花盛开的季节，只要有闲暇，我都要到田野里、到山梁上去看看。每次回来，我都要采撷好多野菊花，回来扦插在多个瓶子里，让它们在装点居室的同时，默默散发出淡淡的菊香，等那些小骨朵似的花朵干枯后，我又会轻轻摘下，装在瓶子里，喝茶时捏一小撮，看它们在沸水里悠闲地舒展，自由地升腾。

啊！野菊花，我喜欢你；野菊花，我要赞美你！

指 甲 花

炎炎夏日，指甲花就竞相开放了。

每当我看见指甲花那嫩红的枝丫，锯齿般细长的叶子，以及枝丫间如蝴蝶飞舞的轻盈花朵，我总会想起儿时老家院子的指甲花，想起我和姐姐用指甲花染的红指甲。

在所有花朵中，指甲花当数我认识得最早的了。打我能记事起，父亲每年春天在院子里种上白菜、菠菜、芫荽等蔬菜的同时，总要在地畔或地垄上种上指甲花。待到骄阳似火的夏天来临，一簇簇盛开的指甲花常常吸引得蝴蝶也赶趟儿似的来到院子里上下翻飞、翩翩起舞。

那时，每年暑假，指甲花开得最旺盛时，我和姐姐都要用它染红指甲。我们常选一个天晴的日子染红指甲，因为指甲花在烈日照耀下，才会开得最旺，颜色也红得最正。那天午后，我就和姐姐挑选几株胖嘟嘟如小树苗似的指甲花，拨开那浓密的叶子，将开得如红灯笼般干净而艳丽的花朵一个个小心翼翼摘下，放进一个干净小碗里。然后，飞快跑到村上药铺买二分或五分钱的白矾，回来再到村子的制高点——墩台上，去摘些大而干净的构树叶子回来。

墩台，据父辈们说是过去防土匪时的瞭望台，站在那里可以俯瞰村子的全貌。我小时，墩台虽然不再用作防匪瞭望，但却是生产队队长通知社员出工的最佳场所，也是孩子们最爱玩耍的地方。墩台的崖畔周围生长着好多构树、柏树和酸枣树。由于构树叶子柔韧性很好，包手指不易破，也就成了家乡女孩染指甲时包手指的理想材料。

我和姐姐将一切用物备齐，夜幕也就降临了。这个时候我们就开始染指甲了。我们将买来的白矾撒在碗里的指甲花上，用蒜槌像捣蒜一样把指甲花捣成深红色的泥团，然后，相互挨个给需要染的手指甲上放一团指甲花泥，再用构树叶子一个个将手指包好，最后，用母亲缝衣服的棉线在指头上缠绕几圈将构树叶子绑牢，染指甲的工序就算完成了。

记得我和姐姐每只手只染四个指头，大拇指是绝对不染的。因为，在家乡自古就有一个忌俗，说大拇指染了死舅舅。所以，我和姐姐染指甲时，母亲会不离左右在一旁叮嘱。而指甲能否染红，就要看包的时间长短了。母亲常让我和姐姐比赛，看谁到天明指甲染得红，我为了比过姐姐，常常硬撑着不睡觉，将两手小心翼翼地放到胸前，眼巴巴看着几个指头，等待天明。这期间，偶尔要是身体某个部位痒痒，吓得我连手指动都不敢动，生怕在这个关键时刻挠掉指头套。可我无论怎样硬撑，却总是不知不觉就睡着了。

一觉醒来，我的指甲总比不上姐姐的红，母亲常说我的指甲是“屁红”。因为姐姐直睡到大天亮，构树叶子都完好无损地包在指头上。而我呢，不到半夜，指头套不是炕东一个，就是炕西一个，有时连脊背下、头发上都是指头套。惹得母亲常说，你这女子睡觉不安稳，根本染不了红指甲！而我就偏爱用指甲花染的红指甲，常要母亲在第二个晚上，给我帮忙染第二次。我最爱染着红指甲去家乡的小河边洗衣服，看我那红红的指甲在清澈的河水里显得是那么的水灵，那么的圆润！

记忆中，父亲虽然每年在院子里都种蔬菜和指甲花，但父亲每次给蔬菜施肥时，好像从来没有给指甲花施过。在我的心里，指甲花就像没娘的孩子一样，让人生怜。可指甲花呢，好像从未在乎过这些。只要下种，有那么几缕阳光和水分，就依然乐呵呵地没心没肺疯长起来，从来没有让我和姐姐失望过。所以，我一直认为，指甲花就像野草一样，是“春风吹又生”的。它既没有牡丹的雍容华贵，也没有蜡梅的傲骨峥嵘，更没有兰草高洁坚贞。我也更偏执地断定，自古赞美指甲花的文人墨客肯定是少得可怜吧。

谁曾想，随着年龄渐长，了解的知识越来越多，我才对指甲花有了重新认识，才知道指甲花并不像我狭隘意识中那么卑微，它不但有很重要的药用价值，还受到好多文人墨客的赞誉呢。

原来，指甲花有一个仙风道骨般飘逸的学名，叫凤仙花。药书上说，凤仙花味甘、苦；性微温；具有祛风除湿、活血止痛、解毒杀虫的功效。

唐代诗人李贺的《宫娃歌》中“蜡光高悬照纱空，花房夜捣红守宫。”就是描述妇女用凤仙花“美甲”的最早记录；还有唐代诗人吴仁壁的《凤仙花》写道：“香红嫩绿正开时，冷蝶饥蜂两不知。此际最宜何处看，朝阳初上碧梧枝。”活灵活现地描写红花绿叶的凤仙花开得正旺，蜜蜂、蝴蝶还没有发现，朝阳初升时最适宜观赏，此时的凤仙花犹如栖息在碧绿的梧桐树上的凤凰一样美丽。宋代诗人杨万里的《金凤花》则描述了凤仙花颜色的丰富，即便是红色，也有从深到浅的四种变化：“细看金凤小花丛，费尽司花染作工。雪色白边袍色紫，更饶深浅四般红。”元代女词人陆琇卿的《醉花阴》更是描绘了少女们用凤仙花染指甲的方法和玉指的美丽：“曲阑凤子花开后，捣入金盆瘦。银甲暂教除，染上春纤，一夜深红透。绛点轻襦笼翠袖，数颗相思豆。晓起试新妆，画到眉弯，红雨春心逗。”看来，我的孤陋寡闻和对指甲花的偏见，确实令人汗颜啊！

前年，我专程咨询了一位种花多年的朋友关于指甲花的来龙去脉，才对指甲花有了更翔实的了解。朋友说，过去农家种植的指甲花大多都是单色单瓣，现在科学培育的指甲花可长到一米左右，光花色就有粉红、大红、紫、白、黄、金等几种。有的品种同一株上还能开数种颜色的花朵呢，而且有单瓣和重瓣之分，重瓣的称凤球花。朋友还说，据古花谱载，凤仙花有上百个品种，不少品种现已失传。但因凤仙花有善变异的特性，现经人工栽培，已产生了一些很好的品种，如五色当头凤、十样锦等。听了朋友的话，我对指甲花确实刮目相看了，一种无以言表的敬仰之情油然而生，我感叹：“看来，指甲花如有的人一样确实不可貌相啊！”

回家后，我买了好几个花盆，专门用来养指甲花。每年花开时节，我都会想起父亲，想起儿时的老院。我常望着那一簇簇挨挨挤挤如展翅飞翔的蝴蝶似的花朵陷入深思。我想，在那艰难的岁月，我们姊妹多，加之母亲又常年有病，一大家人的生活重担全压在父亲一个人身上。可父亲好像从来没有在我们面前表现过苦和累，他一生都在不声不响地劳作着。而且每遇春天来临，他就是再忙，也要在院子里种上指甲花，这又是怎样一种情怀，怎样一种心境啊？也许，父亲喜欢的是指甲花那种如庄稼人一样，内敛含蓄、朴实无华、不娇柔、不做作的坚强品格吧！

我打算长期种植指甲花，因为，我已深深地爱上它！

怀念柳笛声声

春分前后，和煦的春风就如画家一样一天天给河岸的垂柳描摹颜色了，不出几天，满眼望去，河岸的垂柳就由若有若无的灰绿变成淡淡的新绿了，丝丝垂下的柳丝在微风吹拂下如少女婀娜多姿、载歌载舞。啊，好一个“碧玉妆成一树高，万条垂下绿丝绦”！看来，不管寒冬多么冷酷，桃红柳绿的春天依然如期而至了。

蓝天下，潺潺东流的河水和着岸上随风飘荡的柳丝，如抚琴的纤细手指撩拨开了我记忆的长河，思绪一下子随着轻舞的柳丝飞到了几十年前故乡的春天里。

那时候，故乡三羊河畔的春天别有一番诗意。春分一过，碧蓝的天空下，田间地头不是乡亲们赶着耕牛春耕，就是我们这些孩子成群结伙在铺了层绿毯似的麦田里剜荠儿菜，抑或在露出绿莹莹小脑袋的苜蓿地里掐苜蓿，就连清澈的河水也会顷刻间像松开了手脚一样活泛起来，开始了它“嘻嘻嘻哈哈哈”的欢唱。蜿蜒的三羊河畔往日稀稀疏疏只露筋骨的树木也就一棵棵苏醒了，好似脱掉往日暮气横秋、如烟如雾的外衣，换成欢呼跳跃的嫩绿。别的树木还在羞羞答答、扭扭捏捏时，柳树就舒展着它那婀娜多姿的腰身，披着它那迷人的秀发闪亮登场了，常常吸引得我们在它周围嘻嘻哈哈、叽叽喳喳。

记得小时候，我家房后离河畔不远处有棵弯柳树，也刚好在我家的自留地边上，树干也就碗口那么粗，树皮长得斑斑驳驳，疙里疙瘩，手摸上去一点也不舒服，有时还会把手蹭得生疼，不过它的树干是弯弯地伸向河对岸的。每到春天来临，柳枝抽出嫩芽绽放翠绿时，这棵弯柳树下就成了最热闹的地方。胆大的男孩子爬上弯柳树，坐在较粗的枝丫上折下一枝枝小拇指粗细的柳条，给小一点的孩子扭柳笛。这时，坐在树上的大孩子在淙淙流水的河面上得意扬扬地晃晃悠悠，如王者一样向小一点的孩子显摆，惹得胆小的孩子在树下眼巴巴地望着树上羡慕不已。树上的哥哥们会以“不听话不给扭柳笛”吓唬树下的弟弟妹妹们，弟弟妹妹们绝对会乖乖地屏气凝神瞪大眼睛看哥哥们在树上的一举一动。他们折下一两截通直、泛嫩的柳枝，从柳枝这头用手指用力一扭，柳皮便与木芯分离了，再从这头一点一点慢慢地扭到柳枝的那头。然后将柳枝的一端柳皮撕开，露出一截润白的木芯，用牙咬住白白的木芯，两手拿着柳枝慢慢用力一抽，青绿色的柳皮便与白白的木芯完整地脱离了。故乡的方言将扭柳笛叫“扭咪咪”，等一个咪咪扭成，大孩子会从树上将这个长长的管状柳皮扔给树下的孩子们，让他们自己截取咪咪，然后他们又坐在树上继续扭下一个。

树下的孩子会用小刀将柳皮管截成几节，用大拇指指甲或小刀将一节柳皮端口边沿处的外层粗糙厚皮轻轻刮去一段，每每这个时候，孩子们手里一边用指甲轻轻刮着柳皮，嘴里还一边唱着不知哪辈传下来的歌谣，“邹邹邹咪咪，咪咪不响，喇叭响”“邹邹邹咪咪，咪咪不响，喇叭响”，直到刮去柳皮管外面的粗皮，露出下面细皮嫩肉的翠绿色内皮，一个柳笛才算大功告成。

接下来，孩子们将刮去外皮的一端含在嘴里，一种淡淡的苦味会立即在嘴里弥散开来，但这点苦，孩子们才不怕呢。他们噘紧嘴唇，鼓起两腮用力一吹，“嘟嘟嘟”“嘀嘀嘀”的声音便在河边荡漾开了。柳笛的声音如柳枝一样有粗细之分，一般哥哥们给树下弟弟妹妹们扭的都是比较细的柳枝，吹起来不费力。等到最后，他们绝对要给自己扭一个特粗的，以吹起来“哞哞哞”如牛叫一样粗犷而沉闷的声音作为压轴。有的大孩子还在粗粗的柳笛侧面特意用小刀开几个小孔，吹的时候用中指、食指、无名指轮番开合，宛如吹笛子和唢呐一样形成各种不同音调。那几日，故乡三羊河畔到处是“嘟嘟嘟”“吱吱吱”“啾啾啾”此起彼伏的柳笛声。有时，几十个孩子凑到一起吹响柳笛的磅礴气势，绝不亚于世界著名交响乐团，常常惹得河里的鱼儿也会趁热闹似的吐泡泡，就连河两岸耕地的牛儿也会竖起耳朵，时不时地鼓起大眼睛驻足观望，发出“哞哞哞”的喝彩声。

柳笛吹累了，孩子们就用手掬着清澈见底的河水牛饮一番，男孩子们到河边去抓鱼摸虾；女孩子则折下细细弱弱的柳丝，捏住木芯顺着柳丝将柳皮向下捋到尖端，瞬间一个鹅黄色的绣球就成了，她们将在风中上下舞动的绣球用草秆扎成一束拿在手里或插在发间，顷刻间就变成了翩翩起舞的仙女一样。

那时候，伙伴们常常会在弯柳树下玩得忘了回家，忘了吃饭，直到远远听见母亲在门口扯开嗓门呼唤，才会慢慢腾腾离开小河畔。晚上，睡在热腾腾的炕上，才会感觉腮帮疼痛，喉咙发干。一觉醒来，兜里倒出长短粗细不一的柳笛，会让母亲发出一声亲昵的感叹。

听大人说，柳树能扭咪咪也就刚发芽的那几天，等叶子一长大，柳枝就成了“铁骨”，扭不成咪咪了。听了大人的话后，我也试过多次，确实柳叶一长大就扭不成了，不是根本扭不动，就是一下将柳皮扭破了。我常常感慨，柳笛永远和春天一样短暂，它把属于自己的歌声藏在了浓密的枝叶中，藏在了姹紫嫣红的鲜花中，藏在了孩子们纯澈的瞳孔里。只有生长在大自然中的孩子，才能在柳树下，在小河边找到真正属于自己的童年欢乐。

而今，时代发展的步伐早已将那时孩子们的快乐踩踏成了一缕缕尘烟，故乡的弯柳树也早已无影无踪，就连三羊河也如满脸皱纹、失去风韵的老妇人一样变得瘦弱不堪，我也多年没见过孩子们扭柳笛或吹柳笛了，那一曲曲远去的“嘀嘀嘟嘟”柳笛声，只能成为我在烟雨霏霏中多愁善感的美好回忆了。

又是一年杨柳绿。每年到这个时节，儿时的柳笛声声都会响彻在我的记忆里。

榆　树

我已多年没见过榆树了。

在我的记忆中，榆树总是笔直挺拔、郁郁葱葱、绿冠如云的，它常常遮蔽烈日，为儿时的我撑起一片清凉的世界。

前两天我有事去了趟乡下。正值仲春时节，和煦的春风吹过原野，一望无际的麦苗在春风的抚慰下如绿色的海洋，金黄的油菜花也适时地给大地镶上了金边，广阔的田野如一幅巨大的油彩画让人目眩，天地间一派春和景明。

我们的车子途经一个小山村时，不知谁家院墙上几根斜斜的树枝调皮地探出头来，树枝上一簇簇一串串挨挨挤挤似叶非叶、似花非花的嫩绿一下子吸引了我的眼球。

“榆钱！快停车！快停车！”我不由得惊呼。

“哎呀！我还以为你发现金元宝呢，一惊一乍的！”爱人一边嘟囔，一边靠边刹了车。

我匆忙下车，三步并作两步跑到这家院墙根下。阳光中，一簇簇榆钱在蓝天的陪衬下绿得晶莹剔透，绿得熠熠生辉。我赶紧拿出手机，镜头前那泛着新绿的榆钱好似枝头的小鸟在闹闹哄哄，童年尘封的记忆一下子被这些小精灵唤醒了，榆钱树下伙伴们叽叽喳喳的情景，瞬间在这满眼新绿中荡漾开来了。

小时候，故乡的村庄，远远看去永远是在一片生机勃勃的树木笼罩下的，而那顶着圆圆的树冠，如勇士一样昂首挺胸的，就是榆树了。

每到春天，小燕子在家家户户屋檐下呢喃时，村庄里大小榆树下就成了孩子们最爱去的地方。因为这个时节，榆树上那一簇簇一串串如铜钱似的榆钱就前呼后拥地露出了头角，它们在轻轻的春风里青翠欲滴、欢呼跳跃，那秀色可餐的样子刺激着孩子们的味蕾，我们常常望着在风中如招手似的榆钱“望树兴叹”。

此刻，必有胆大的哥哥勇敢地脱掉鞋子，脚手并用，两腿夹紧树干，两臂使劲连抱带爬，在那粗糙的树干上如猴子般上攀，到了高高的榆树分叉处，找一个较粗的枝丫或踩或坐上去，将挂满榆钱的枝条一个个折下。树下的小伙伴们会屏气凝神地向树上投去羡慕的目光，只要有哥哥从树上扔下带有一串串榆钱的枝条，我们便会一拥而上，抢个精光，不管脏净先捋一把榆钱填进自己嘴里，大口大口咀嚼，顿时满嘴甜丝丝的榆钱清香味弥漫开来，惹得抢不上的孩子眼巴巴看着直咽口水。在孩子们一阵阵嘻嘻哈哈哄抢下，不一会工夫，榆树下到处都是横七竖八孩子们吃光榆钱后只剩零星尖尖的锯齿形叶子的枝条。机灵的伙伴会飞快跑回家，将自家的羊也牵到树下尝新鲜，那露出嫩绿头角的榆树叶子只要卷进羊儿那粉红色的嘴唇里，羊儿们也会和孩子们一样狼吞虎咽，“咩咩”的叫声夹杂在孩子们的笑声中。

榆钱刚长出来那几日，村庄榆树下经常有孩子们抢吃榆钱的情景。我最羡慕那些院子里有大榆树的伙伴了，只要春天一来，榆钱挂上枝头，我都要讨好似的和人家拉好关系，目的是能天天在人家院子吃榆钱。那时，我是多么盼望自家院子里长出榆钱树啊！

盼星星盼月亮中，我家院墙根的石头缝里终于长出一枝孱孱弱弱的榆树苗，可父亲嫌它影响院墙根基，准备拔除，在我的极力反对下，父亲还是留了下来。两年后，我家的榆树也如小孩胳膊那么粗了，树梢都超过了院墙。不过，也许是生长在石缝中的原因吧，我家的榆树看起来总是“面黄肌瘦，弱不禁风”。有年春天来临时，小小的榆树上竟长出了稀稀疏疏几枝榆钱。记得有天午后，我谁也没告诉，一个人端来家里高高的杌子，从杌子上到墙根小椿树上，借助椿树爬到院墙上，拽住榆树那又细又嫩的枝条，将上面挂的榆钱一个个全部捋来吃光。可准备下来时，才发现自己没胆量了，只得在院墙上哇哇大哭，直到父亲听见哭声才站在杌子上将我抱下。

那年月，我常常怨恨榆钱能吃的时间太短了！眼看着它们一天天失去嫩绿而变得干瘪泛黄，转儿如纸片在风中飘舞，如天女散花一样被风无情地带到房前屋后或阴沟水渠，我都会无比心疼。

那时，我也常听大人说，榆树浑身都是宝，榆木结实耐用，木性坚韧，是做家具的好木料。就连榆树皮都有妙用，那还是我亲眼见过的呢。

六七岁那年的二三月，粮食正青黄不接。有天，父亲将房后檐墙上挂的一捆干树皮取下来，说要拿到石碾上去碾，我当时很惊奇。其实那捆粗糙而丑陋的树皮在墙上已经挂了好长时间了，我总以为是等干透了，用来烧柴的。

“爸，这些柴放碾子上碾了干啥啊？”我疑惑不解地问。

“瓜女子，这是榆树皮，碾细和上面粉做面条可好吃了。你等着，爸碾回来，今中午就让你娘做顿榆树皮面条，给你解解馋。”父亲一边说，一边拿上棍子和箩儿。

我也蹦蹦跳跳跟着父亲来到碾子旁。父亲将那如干柴一样的榆树皮均匀地摊在碾盘上，用棍子推着碾子转圈碾压，干燥的树皮在碌碡的碾压下发出噼里啪啦的响声，几圈下来，榆树皮就服服帖帖地爬在碾盘上了，父亲一边推碾子，一边用小笤帚搅动碾盘上的榆树皮，转了一圈又一圈，榆树皮很快就成粉末了。父亲将碾盘上的榆树皮粉扫成堆，全部用箩儿过了一遍，细的粉末装进盆子里，剩下的粗渣再碾，再过箩儿。这样几次，那丑陋而粗糙的榆树皮就在我的眼皮底下变成细细的粉末了。那天中午，母亲和面时，在少量的麦面里掺和了些榆树皮粉和玉米面，做成了细细长长的榆树皮面条，母亲特意还调了些汤，让我们吃了顿另汤面。在我的记忆中，那顿面条是几十年来最好吃的了，那种光滑顺溜、柔韧劲道的口感至今一想起都会满口生津。十多年后，我曾对父母说还想吃小时候榆树皮做的面条时，父母当即就苦笑了，他们说，那年月因粮食欠缺，是实在没办法，人才将榆树皮掺和在面粉里增加饱腹感的，并说，现在生活这么好谁还吃那玩意儿。

参加工作后，我利用闲暇查过关于榆树的资料，资料上说榆树还具有一定的药用价值呢。《本草拾遗》记载，榆钱可和牛肉做羹食之；《全国中草药汇编》中记载，榆钱安神健脾，清心降火，止咳化痰；《本草省常》记载，榆钱养肺益脾，下恶气，利水道，久食令人身轻不饥。可见，榆树浑身都是宝一点不假啊！

如今，村子别说高大的榆树，就连小榆树也很少见了，面对眼前一串串挤挤挨挨如绿色翡翠似的榆钱，我真想捋几把塞进嘴里大口咀嚼，再次体会一下儿时吃榆钱那种酣畅淋漓的感觉，可惜使出浑身力气跳跃了几下，都没有够着那在春风中舞动的榆树枝。车子启动了，我只能遗憾地，眼巴巴望着那嫩绿的精灵摇摇曳曳，在我的视线中渐渐远去。

啊！榆树，我儿时舌尖上的美好记忆。

梦

我打小就是一个爱做梦的人。

七岁那年，一个雨后的黄昏，我在家乡那长长的巷道里和几个小伙伴玩泥巴，从巷道口走来三位大姐姐，她们大约十八九岁，个个头扎两个乌黑的小辫子，辫子长短正好齐肩，看上去活力四射。姐姐们都穿短袖衬衣，其中两个粉色，一个白色，裤子是清一色藏蓝，脚蹬黑色偏带皮鞋。她们的穿着素雅得体、潇洒脱俗，乍看第一眼，觉得好像是从年画上刚下来似的。姐姐们的到来霎时给那个泥泞的巷道增添了一道靓丽的风景。

看到姐姐们，我们这群灰头土脸的孩子们顿时愣住了，不由得停下手里正玩的泥巴，呆呆地看着她们从我们身边经过。一个姐姐停下脚步弯腰和蔼地摸了摸我的头，微笑着说："小朋友，你们用泥巴做啥啊？捏小动物吗？"伙伴们则怯怯地看着手里的泥巴，吓得连眼皮也不敢抬一下。姐姐们那银铃般的说话声音和语调，让我们这些未见过世面的毛孩子不知所措了。这时，穿白衬衣的姐姐笑着说："看你把娃娃吓得，走吧！我娘肯定把饭做好等咱吃呢！"

看着姐姐们婀娜多姿的背影，伙伴都不安心玩泥巴了，小声互相追问："她们是干啥的啊？""说话咋那么好听？""喂！你看见她们手腕上的手表没？就像我布衫上的扣子那么大点！""唉，我咋没看见那个手表呀？"我一脸失望地说。"走，咱偷偷跟上，看她们到谁家去了。”不知哪个脑袋灵光的伙伴提议说。于是，好奇心驱使着我们放下手里的泥巴，远远地跟在几个姐姐后面，看着她们进了叔叔家的大门。

我赶忙跑回家，把刚见到姐姐的事给父亲绘声绘色地描述了一番，父亲笑眯眯地说：“瓜女子，那是对门你叔叔家上凤师的二女子放假带着几个同学来咱这里玩来了。你咋连你二姐姐都不认识了？”我惊愕得半天合不拢嘴：“二姐姐漂亮得我都认不出来了！”我又问：“爸，凤师是啥？”“凤师是凤翔师范学校，从凤师念书出来就是老师！”我似懂非懂地听着父亲的话，想着刚见到姐姐的穿着、声音、气质，还有那个小得如纽扣般大的手表，我暗下决心：我长大了也一定要上凤师，像姐姐那样当个斯斯文文的女老师。那一夜，我做了个梦，梦见自己背着书包上凤师了。从此，“凤师”两个字就深深地烙在我的脑海里。

上学后，只要听说哪个老师是凤师毕业的，我都会投去羡慕的目光，上这个老师的课也就注意力格外集中。初三那年，学校来了几位凤师毕业的老师，他们那清爽而得体的穿着，渊博的知识，清晰而透彻的讲课思路，循循善诱的讲课风格，最大限度地激发出了我们这些农村孩子对知识的兴趣和热情，在他们孜孜不倦的教诲下，我们如饥似渴地汲取知识的养分。他们的到来再次坚定了我上凤师的决心。当时我就决定，中考填报志愿，第一个就填凤师。我也要站在讲台上给同学们讲好多好多新知识，我甚至想象着自己站在讲台上，面对那一双双纯稚而清澈的目光，是何等的自豪啊！

可就在这关键时刻，老天却和我开了个大大的玩笑。初三第二学期，才四十五六岁的母亲得了“脑中风”，当时我心里害怕极了，我真害怕母亲就在这个节骨眼上离我而去，那样，我的凤师梦将会永远成为泡影。每每想起这些，我都会偷偷躲起来流泪。那时，我只有一个信念，无论如何都要坚持天天给母亲打针、吃药，配合医生治疗，我也坚信母亲绝对不会在这个时候撇下我们！所以，在繁重的学习任务下，我每天放学第一件事就是飞快地跑回家给母亲做康复锻炼，尽可能多挤点时间给母亲喂饭、梳头、洗脸。

真是功夫不负有心人啊！在我的精心护理和母亲的积极配合下，不出一月时间，母亲就能拄着棍子为我做饭了。这时，我也只剩一月时间就要中考了，眼看同学们都高高兴兴填报志愿，我却纠结了起来，填我从小就梦寐以求的凤师吧，母亲的病让我着实担心啊。从我记事起，母亲就是个病身子，长年饱受疾病折磨的母亲让我看在眼里，疼在心里，何况这次还得个这么严重的病，我要是学医的不就方便了吗？还有我七岁那年，眼睁睁看着五岁的弟弟，患病几天就离我而去的情景如电影一样在脑海里浮现。我反复思考，如果当时家里有人是医生，对弟弟的病情早发现、早治疗，一定能挽救弟弟，我也不会因多次想念弟弟而在梦中哭醒！经过反复的现实与理想斗争，我还是在第一志愿填上了“宝鸡卫校医士专业”。

中考成绩出来后，我以超出分数线六十多分的好成绩上榜了。母亲也高兴得格外精神了，几日后竟不用拄手里的棍子就能为我们做饭了。看到母亲康复，我既高兴又难过，一连几日忧心忡忡，其实我内心深处真想上凤师啊！我成天坐卧不宁，父母好像看出我的心思，问我是否身体不适，我吞吞吐吐告诉他们，自己不想上卫校，想上凤师。母亲看我一脸茫然的样子，竟说：“你从小喜欢凤师就去上吧，卫校不去了！”唉！我可怜的母亲，哪里懂得其中缘由啊，听了母亲的话，我哭了：“你说得轻松的，志愿都填了，肯定改不了了！”看着我伤心的样子，默默抽烟的父亲说：“明天让你堂哥带你去招生办问问，看能否把志愿改了，他是教师，他们同行里的事，也许能行哩。”那一夜，我未合过眼，听着窗外不知疲倦的蛐蛐叫声，看着深邃的夜空中如钩的明月，陷入了漫长的期盼之中。

天一明，堂哥就用自行车带着我去县招生办了。听了我的情况，办公室的人说他们做不了主，领导开会去了，下午才能回来。我就和堂哥坐在大门口，直等到领导下午开会回来。记得堂哥给人家赔着笑脸点了根烟说：“我这妹子成绩不错，就是志愿填得没遂心愿，她打小就想上凤师，结果填成卫校了，您看能否给改一下？”站在一旁的我更是眼巴巴地，几乎是用乞求的眼神看着这位领导，我多么盼望他能开开恩说，行啊！可是人家慢条斯理地说：“看你们说得轻松的，考试有考试的规则，填志愿有填志愿的原则，现在档案都报到市里去了，绝对改不了了！”任凭堂哥怎样说，人家都只反复一句话：“改不了，时间不早了，赶紧把娃带回去等通知吧！”一路上，我昏昏沉沉，怎样到家的，一点印象都没了，只记得我坐在自行车上，一句话也没说，只是不停地默默流泪。

没过几天，录取通知书就到大队了，当我取回拆开信封，一眼看到“宝鸡卫校护理专业”时，头脑“嗡”的一下，我“哇”地哭了。“不是报的医士专业吗？咋录取到护理了？”我哭着暴跳如雷地质问父母，可一辈子面朝黄土背朝天的父母知道啥呀！他们只是一边当我的出气筒，一边不停地安慰我：“听话！不管啥能上就好，多数娃娃考不上还咋办啊？只要能跳出‘农门’就不错了！”看着大病初愈的母亲，和又要为我的学费而辛苦奔波的父亲，我恍然明白，父母说得对啊！对于我这个农村孩子来说，还说啥想与不想呢?!

卫校三年时间里，我多次趁放假到凤师同学那里玩耍，而且每次离开时都依依不舍，我觉得凤师的一切都那么的新鲜，那么的亲切。我羡慕那里的每一个同学，就连校园中那如披着秀发一样的垂柳都觉得是那样的可爱、清新，别有韵味!

参加工作后，也许是从小对凤师和老师这个职业有特殊的感情吧，只要得知病房哪个病人是老师或凤师毕业的，我都会多和他们聊聊，听听他们津津乐道的故事，分享他们的快乐。

如今我已身为白衣天使三十余载，也多次体会到了“医者仁心，生命至上”的真正内涵，但我仍喜欢利用业余时间书写生活，感悟生活，这也许源于我打小对老师、对凤师魂牵梦萦的情愫吧!

昨夜，我又梦见上凤师了。我站在高高的讲台上，正给同学们慷慨激昂地讲解范仲淹的《岳阳楼记》。“丁零零”一阵清脆的闹铃声将我的梦瞬间粉碎了，醒来，我静静地望着天花板，想起四十多年前在家乡的巷道里遇见的那几位如出水芙蓉般的凤师姐姐，心情久久难以平静!

唉！我的凤师梦。

回家的路

爱人接到公公的电话，说堂哥家女儿明天出阁，让我们尽快回来，要不然就赶不上早晨的喜面了。电话临了，公公还再三叮咛说陇县离家远，近二百里路呢，最好就现在动身。挂了电话，爱人和我商量："要不咱就下午回去吧?"我扑哧一声笑了出来："爸还想着几十年前的事吧，不知道宝鸡和陇县之间早都通高速公路了？唉！爸真是老了!"爱人也笑了："那我们明天早晨出发!"

第二天是星期天，我们早早起床，洗漱一番后，七点半就出发了。

深秋的早晨，天气格外清爽，太阳从东边的山巅露出了笑脸，湛蓝的天空没有一丝云彩。车子刚出县城就上了高速公路，一路飞驰起来。道路两侧翠绿的田野、墨绿的远山，急速地向后退去。公路两边各种野花和那些披着红、黄、褐、绿等色彩的树木，让人陶醉，好一个天高云淡、金风送爽的秋天!

车子在高速公路上飞驰了快一个小时，一路驶过宝鸡、阳平，快八点半的时候，我们便到了老家村口。阵阵微风吹来，臊子面的香味穿过打开的车窗，直入鼻孔，我不由得猛吸了几下，哇，好香啊!

在表哥家的婚庆彩棚内，刚吃了碗香喷喷的臊子面，还来不及擦嘴，公公和正在给表哥家帮忙的哥哥、姐姐就闻讯过来和我们打招呼，他们瞪大眼睛，很是惊奇："这么早就回来了？天不亮就起身了吧?”

“七点半上的高速，一个多小时就回来了。”我们回答。

一旁的公公听了我们的话，惊愕得合不拢嘴:“那么快?我还以为十点以前你们都回不来哩。”说着又感慨起来，“唉!陇县是个好地方啊，就是交通太不方便了!”

1952年夏天，公公去陇县赶集卖眼镜。从家里出发时还是晴天，到宝鸡却下起了雨。好不容易乘坐上去陇县的汽车，到了县功车却不走了，司机说去陇县的路是砂石路和山路，弯多沟深，怕车打滑，太危险。车上乘客齐声哀求，司机只管摇头摆手，死活不同意，他还说，像这样的雨可能两三天都不会通车的。没办法，一车人只得灰溜溜地下了车，有的扭头返回，有的硬着头皮，步行前往陇县。公公为了赶上陇县夏收时机，也硬着头皮步行。走到天黑才到千阳，脚上穿的布鞋底子早磨透了，每走一步，石子就硌到脚掌，钻心的疼!在千阳住宿了一晚，第二天一早，公公买了双黄胶鞋换上，才继续赶路，到达陇县时，已是下午，太阳都快落山了。他找个旅社住下，第二天早上准备去赶场，一下炕才发现，双腿竟肿得走不成路了!

公公的故事刚讲完，旁边的爱人就按捺不住了:“爸，你这么一说，我倒记起我刚毕业那年，分配到陇县基层卫生院工作的事。那时，陇县的公路倒是修成柏油路了，可宝鸡到陇县，一天只通几趟车，车次还是固定的。记得有一次我休假回家，早上天刚蒙蒙亮，我就从乡下步行到陇县城，搭车到宝鸡，从宝鸡倒车去阳平，再从阳平步行回家，进家门时都下午五六点了。在路上整整走了一天!在家只待了一天，第二天又得回单位。从咱们家到宝鸡已是中午十二点了，长途汽车站的售票员却说去陇县每天只有四趟车，车票售完了。没办法，我又背着干粮坐车返回阳平，下午一进家门，给我娘一说，我娘就流泪了。唉！休三天假，两天在路上！”

听了爱人的讲述，我也记起我的一段感受。

1990年，我在老家休完产假，准备回陇县上班。那天早晨，我们抱着才七八十天大的女儿，穿着长筒雨鞋，撑着伞，深一脚浅一脚走在满是泥泞的村道上。村子里养猪的人多，村道上到处都是猪粪，臭水横流，一到夏天臭气熏天。到了下雨天，脚下踩的不知是泥还是猪粪。那天，我们步行到阳平，然后又换上自己的鞋，让爸和娘将长筒雨鞋提回去，村子到阳平虽然只有五里多路，但我觉得那路特别漫长。

那天我们早上就动身，回到陇县已是下午四五点了。

现在看来，公公不停地提醒我们提前回家，是按几十年前的“老皇历”来计算了。如今到处都是高速公路，县道、村道都是又宽又平的柏油路和水泥硬化路，砂石路、村庄土路早已成为历史了！

“啪啪啪……”一阵鞭炮声打断了我的思绪，眼前一辆鲜花装扮的黑色奥迪小轿车排头，后面紧跟着十几辆一模一样的红色小轿车，从村子那宽阔平整的水泥路上缓缓驶过来了。

夜幕降临，我们依依不舍地踏上了回家的路，汽车在宽阔的高速公路上平稳地飞驰。公路两旁的村庄已华灯初上，一派万家灯火的景象，就连蜿蜒崎岖的山路上都有太阳能路灯。眼前的一切看起来是那么的安静而祥和，让我不由得又想起中午和公公的谈话，新中国七十年斗转星移、七十年历尽崎岖、七十年砥砺前行、七十年日新月异，已使沧桑酸楚、满目疮痍永远成为过去，美丽的家乡已华丽转身，将幸福、美满、祥和永留在了这片富饶的土地。

我想，以后一定要多回老家看看。回家的路已不再像以前那样让人望而生畏。这个飞速发展的时代，回家的路不但变得宽敞平坦，还缩短了城市与乡村、亲人与亲人之间的距离，曾经崎岖的路程和难以忍受的漫长时光，都弯曲、折叠成了一段短短的距离。

剜荠儿菜

不知什么原因，猛然间就想吃荠儿菜了，也许是前天途经菜市场时，看见有人卖荠儿菜了吧。那卖荠儿菜的人说，他的荠儿菜是家种的，现在麦地里每年都打除草剂，野生荠儿菜已经很少见了！也许是听了这话，我才愈加想念儿时和伙伴们剜荠儿菜的那些事了。

记得小时候，每当农历二月二一过，阴坡斑斑点点的积雪还没融化，阳坡嫩绿的荠儿菜就已经昂起头来给我们这些剜荠儿菜的孩子带来了新的希冀。

那时，物质匮乏，家家生活拮据，特别是年一过，到了二三月，粮食处在青黄不接时，就连蔬菜也就青黄不接了。那时大人们要在生产队的安排下开地、播种，而我们这些小孩子就自动帮大人干起了力所能及的劳动以贴补家庭生活了，剜荠儿菜就成了我们义不容辞的责任。

下午一放学，伙伴们就急匆匆跑回家，将书包往炕上一撂，各自提着竹笼，拿着挑刀或锅铲去麦地里剜荠儿菜。

记忆中，那时候的天格外蓝，蓝得那么清澈、那么纯粹，像随时都能挤出蓝水一般，太阳照在身上暖洋洋的，春风吹拂着女孩们的发辫，花花绿绿的蝴蝶结在田野里如彩蝶翩翩起舞。麦子还没有起身，如给大地铺了一层厚厚的绿色绒毯。伙伴们多数都选城壕坡、干沟、新堡子、鳖盖顶等村子周围一些阳坡麦地里剜荠儿菜。我们三五成群进了麦地，绿茵茵的麦苗间荠儿菜可多了，一簇簇、一撮撮，有勺勺菜、花叶菜、麻荠荠，反正都是我们能叫出名堂的荠儿菜。孩子们一旦发现荠儿菜，就会赶紧蹲下身子，小心翼翼地拨开麦苗，一手捏住荠儿菜的叶子，一手用挑刀或锅铲从荠儿菜根部剜下去，感觉“噌”的一下，准是将荠儿菜的根剜断了，顺手一提，一颗嫩绿的荠儿菜就到手了。心细的女孩子，还要将荠儿菜周围的黄叶和根上带的泥土抖落干净才放进竹笼。而那些粗心大意的男孩就不一样了，他们不是大半天找不见荠儿菜，就是找见了，也匆匆将剜下的荠儿菜连泥土带黄叶就放进竹笼。男孩们有时因在麦地里用土疙瘩打仗、玩耍而忘了剜菜，等到太阳快要下山，女孩的竹笼已经装得满满时，他们才会慌慌张张胡乱剜起来，有时间连麦苗都连根剜出来了。有些爱恶作剧的男孩还趁哪个女孩不注意，偷偷将女孩笼里的荠儿菜抓一把放进自己笼里，若被女孩发现，惹来的必定是女孩不依不饶夺回。

那些背风的盖堎底下，荠儿菜就更多、更密、更嫩而且更大了，有的竟然如碗口那么大。有的伙伴眼看着剜到手绿得嫩生生的荠儿菜，竟不管脏净塞到嘴里吃了起来，吃得嘴角绿水都流出来了，那种和着清香的淡淡辣味至今都让人回味无穷。

遇着荠儿菜多的地块，伙伴们很快就把竹笼剜满了。我们就围着圈儿坐在软绵绵的麦地里看连环画、讲故事、猜谜语，什么“麻母鸡，早上起来刨土去”“后头院一树杏，到明落得干干净”“黑驴卧水滩，头湿尾巴干”“石板摞石板，石板口里趟白矾”等等，反正都是我们早就知道谜底的谜语。这时，如果谁猛然间抬头看见一群人字形排列的南归大雁，大家又会仰望天空，歌唱不知哪辈传下来的古老歌谣：“咕噜雁，长脖子，我给掌柜家拉骡子，掌柜嫌我吃得多，我一石头砸破掌柜家的锅。”歌谣伴着大雁

“咕——呱，咕——呱”的叫声飘向遥远的天际。

记得有次，我们几个伙伴在鳖盖顶一块麦地里剜荠儿菜，不知道生产队给麦地里刚撒过化肥，我们找荠儿菜时发现麦地里零星还有类似冰糖之类的东西。那年月孩子们一年半载也吃不到几块糖，看到这些晶莹透亮的“糖块”，我们几个就每人捡起一颗放进嘴里。刹那间，那种似麻似辣的刺激味让人吐都吐不急，我们赶紧撇下竹笼，撒腿跑到水沟泉畔，用泉水将嘴涮了好几十遍。以后的几十年里，我一想起那种怪怪的味道都觉得舌头不舒服。

夜幕降临时分，伙伴们就都提着满满一竹笼荠儿菜到河边去淘洗了。竹笼不太满的就将竹笼连荠儿菜一起放进清澈的河水里，用手一下一下将荠儿菜在竹笼里压压，流经竹笼的河水一下子就成一溜子泥糊糊，但竹笼里的荠儿菜却瞬间干干净净了。而竹笼装得太满的伙伴，则用石头和树枝垒起一个小小的水坝，将荠儿菜倒进河水里，先将竹笼清洗干净放在一边，再将荠儿菜一把把掏干净放进竹笼里。此时，是家乡小河边一天最热闹的，淘荠儿菜的伙伴叽叽喳喳的叫声，大人们赶着牛羊到河边饮水的吆喝声，还有牛羊“哞哞”“咩咩”的叫声，一下子让暮色中的小河畔就热闹了起来。

待到第二天，只要母亲有时间，准会和好面，将已淘洗干净、控干水分的荠儿菜切细放进瓦盆，撒上葱花，打三四个鸡蛋摊成鸡蛋饼切碎放进去，再烧些菜籽油泼到葱花上，最后放上盐，将荠儿菜做成饺子馅。那金黄色的鸡蛋在翠绿的荠儿菜陪衬下如鲜艳的彩色图画，加上菜籽油扑鼻的香味，常常诱惑着我，总要先夹一疙瘩荠儿菜放进嘴里。每次饺子出锅，都是我和弟弟先吃，我总是迫不及待地夹起一个饺子边吹边轻轻咬一口饺子皮儿，等咬到第二口时，我也顾不得饺子烫了，一口就将冒着热气的绿色荠儿菜和金黄色的鸡蛋吞进嘴里，那种满口清香的快感立刻激励着我，再继续下一个。母亲每每看着我狼吞虎咽的吃相，总要笑着说：“慢点！别噎着，锅里还多着呢！”笑声合着荠儿菜的香味弥漫在灶房里，久久不肯散去。

而赶上忙时，母亲就没有时间包荠儿菜饺子了，荠儿菜拌汤就成了不错的选择。我看着母亲将淘洗干净的荠儿菜直接下进拌汤里，搅动几下，一碗清香诱人的拌汤就可以下肚了。有时母亲也将荠儿菜和着红萝卜丝在开水里焯一下，放些盐、醋、辣面一起凉拌，让我们就着吃玉米糁子也是再好不过的了，那一碗金黄的玉米糁子，在红绿相间的荠儿菜和红萝卜丝点缀下，简直就是人间至味了。那年月，我们时常为能吃上一两碗母亲做的荠儿菜拌汤或玉米糁子而感到无比欣慰和满足，常常吃得肚儿圆圆的、打着饱嗝儿又去找伙伴们到麦地里剜荠儿菜。我们在麦地里撒着欢儿、打着滚儿、唱着曲儿，待到日头西坠时又提着满满一竹笼荠儿菜回家。等不得天黑，玩了一天的我们就累得一头倒在母亲烧得暖暖的热炕上进入了甜甜的梦乡。梦里，阳光洒在身上好惬意，蓝天白云下一群大雁唱着歌儿向我们招手，一望无际的绿色田野里，荠儿菜猛然间长成了参天大树，伙伴们在树枝间玩耍嬉戏，热了在树下乘凉，饿了捋着荠儿菜叶子充饥。

而几场春雨过后，麦苗就像雨后春笋一样挺起腰杆，荠儿菜也就开出小小的紫色花朵了，夹在一片碧绿的麦浪里像眼睛、像星星，还眨呀眨的。这个时候，大人也会告诉我们，麦苗起身了，不能再踩塌了，荠儿菜也要开花结子了。

前几天，为了证实菜市场卖荠儿菜人说的话，我特地回了趟老家，去儿时常常剜荠儿菜的干沟、城壕坡、鳖盖顶等阳坡地里仔细寻觅荠儿菜，我还奢望着能剜些荠儿菜，回家解解馋呢，可惜连荠儿菜的影子也没找见，我只能满怀失望地感叹，时代确实不同了，荠儿菜都被除草剂除掉了。但我永远怀念儿时和伙伴们剜荠儿菜的情景，永远回味荠儿菜那清香四溢的味道！

吃 暖 锅

如果您有幸在数九寒天来陇州，无论如何，一定要品尝一下陇州暖锅，那种吃一口就暖到心里的舒坦，绝对会给您留下刻骨铭心的记忆。

陇州暖锅历史悠久，起源于民间，流行于民间，具有浓郁的陇州地方特色。暖锅是过去陇州民间过年或冬季重大节日必吃的一种既方便、体面又实惠的美食。

陇州暖锅最早是以手工特制的古陶砂锅为炊具，膛中有火，中间有空心火筒，周围烧煮一圈本地常见的白萝卜、豆腐、粉条、木耳及肉类，真可谓“味从煮中来，香从火中生”啊！

记得小时候，每遇过年，父亲都要将在角落里沉睡了一年且上面覆盖了一层厚厚尘土的砂锅一样的灰色暖锅早早清洗干净，等到大年初一中午，让我们姊妹几个美美地吃上暖锅。

每遇父亲装暖锅时，我都会不离左右等待着开吃的那个时刻。我眼睛眨也不眨地看着父亲在暖锅中间的空心筒子里放进早已烧得通红的炭块，往锅里倒上煮过肉的汤，再在汤里放进去母亲提前准备好的白萝卜块、粉条、木耳、豆腐等家常菜，最后在最上面覆盖一层提前煮好的肉片、肥肠、丸子等肉食。当然，多数时候没有多少肉的，都是母亲把豆腐用油过一下，切成和肉一样大的片，丸子也是用碎馍渣和着一些肉末做的，害得我常常误以为那是肉，抢着吃，有时还为吃“肉”和弟弟打架呢！

等暖锅装好，一切准备就绪，父亲就轻轻地从暖锅侧面的圆孔里吹几口气，有时随着吹气就能看见火苗从中间的空心筒里探出头来，这样反复吹几次就能听见锅内发出“呲呲呲”的声音，是锅内开始熬煮了。这时，在一旁最急不可耐的就属我了，我也会急切地学着父亲的样子对着暖锅侧孔吹几口，可每次都弄得满脸炭灰，有时连锅内的菜上也落上灰了，气得哥哥、姐姐教训我一顿，三下五除二将我拉得远远的。那时候我觉得等待暖锅煮沸是一个相当漫长的过程！等锅内开始翻滚，白气氤氲、香味弥漫时，站在老远的我口水都要流出来了。我总是带着哭腔大声嚷嚷着催促父亲：“赶紧往炕上端，我饿死了！”父亲则会笑眯眯地将暖锅小心翼翼地端到炕上，我们姊妹几个则会毫不留情地一拥而上，当然飞速不见的就是最上面那一层盖面子肉了。这天，即使外面寒风刺骨，那种周身的寒气也会在几口暖锅菜下肚后荡然无存。若是吃暖锅时遇着下雪，那种外面飘着雪花，偶尔还夹杂着鞭炮声，里面一家人在热炕上围着暖锅而坐的惬意，在刚糊过的白生生贴满五颜六色窗花、烟格的窗户陪衬下，更是给这年增添了不少喜气，那种欢声笑语、热气氤氲、其乐融融的景象至今历历在目。

记忆中的冬天是寒冷而萧索的，而在那些寒冷的冬日，最温暖的时光莫过于一家人围在暖锅旁无拘无束、说说笑笑了吧！

如今，陇州暖锅依然在家乡的冬天盛行着，且有越做越大之势。市场经济让陇州暖锅完全从小家碧玉出脱成了大家闺秀，暖锅的样式也更加多样，配菜更加丰富，营养搭配更加合理，特别是在冬季越来越受到各类人群的青睐。

前几天，因强冷空气袭击，天气乍寒，我们几个朋友相邀到陇州宾馆吃了回暖锅。多年一直很少在外就餐的我，想象着宾馆的暖锅大概也就和我小时候吃的差不多吧！期待中，我们走进了陇州宾馆的大门，到了预订的房间，服务员热情礼貌，房间干净卫生，环境温馨。在我们等待暖锅上桌的当儿，朋友打趣地说："好长时间没来这里吃过饭了，走，去里面转转。"说话间便领我们出来了。我们出来没走几步，眼前就是一条长长的玻璃过道，仔细一看，哦！里面竟是后厨啊！师傅们正衣帽整齐、戴着口罩、全副武装地操作着，隔着玻璃我们能看到他们忙碌的身影。我抬起头将整个过道详细一看才明白，原来他们将食品加工从污到洁、从生到熟的流程标记得一清二楚，就连每个室间的拖把和每个员工的喝水杯子、吃饭饭盒都在操作间外的过道统一编号、统一摆放着，人站在玻璃走廊可以将师傅们的后厨操作尽收眼底。我和朋友都震惊了，这种完全透明的食品加工过程，作为卫生人的我还是头一次见呀，真是大开眼界了，我们几乎异口同声地感叹："这，还有啥不放心的呢？"

感叹间，服务员过来轻声细语地说："您好！暖锅好了。"我们赶快回到房间，好家伙！餐桌上一个比我记忆中老家那个砂锅暖锅要大出好几倍的铜暖锅稳坐在餐桌上，它两耳下垂，腹部肥肥胖胖，像个罗汉似的，上面还冒着热气呢，仔细一听，正发出"嗞嗞嗞"的煮沸声。暖锅最上面严严实实覆盖着排骨、肥肠、小酥肉等厚厚一层盖面子肉，足足有两寸厚，让人根本看不到下面煮的菜。随着暖锅的"嗞嗞"声，浓浓的汤汁渐渐沸腾，金黄色的油汁顺锅边慢慢溢出，白白的水蒸气不断升腾，香气早已弥漫得满房子都是了。我早已垂涎欲滴了，不由自主地咽了几下口水，不管三七二十一，赶紧坐下拿起了筷子。首先来一口小酥肉，哇，香而不腻！再尝一个手工丸子，更是香浓味美。肥肠也是筋嫩并兼，越嚼越香。当我们正吃得满口流油、浑身冒汗时，暖锅下面的白萝卜块、粉条、豆腐、木耳显山露水了。夹一块萝卜放在嘴里，舌头一压就没了，只留下满口的滑润，再挑一股龙须一样晶莹剔透的粉条，噗噜噜吸在嘴里，更是软绵滑润，一下子就溜进了胃里。豆腐更不用说了，在锅内浓汤的熬制下，放在嘴里已经细腻得如丝一样嫩滑了。最后舀一小碗浓白的汤喝上一口，哇！真是鲜美爽口，如饮琼浆啊！我们吃吃喝喝，喝喝吃吃，整整两个多小时，来前的寒意早已消失得无影无踪了，朋友们个个满面红光，自由自在地说说笑笑，谈古论今，谈天说地，那种惬意绝不亚于记忆中儿时家中的暖锅。

透过暖锅内那氤氲得满屋子都是浓郁香味的白气，我仿佛回到了无忧无虑的童年，仿佛看见了父母慈祥的笑脸，仿佛听见了爆竹声声，仿佛看见了漫天飞舞的雪花。哦！定睛一看，外面没有飘雪花，实感遗憾。我期待着，在一个飘雪的日子，再去陇州宾馆享受暖锅带给我儿时记忆中家的温暖！

远去的声音

我又踏进故乡长长的巷道了。

虽时值中午，巷道里却安静得只剩下我走在水泥路面上“咣咣”的皮鞋声了。巷道两侧一座座水泥到顶的砖瓦房整整齐齐矗立着，而多数人家房门紧锁着。咦！原来巷道里叔叔家门口那古色古香的老门楼和门墩上的石青蛙哪儿去了呢？还有婶婶家院子里的老桐树、桑葚树呢？石碾子跟前围着头巾碾米、碾辣椒的嫂嫂、婶婶呢？

他们和它们全不见了！只剩下石碾子还有气无力地静静守候在那里。碾盘上几个年迈的父辈佝偻着身子，正无精打采地坐在上面晒太阳。从他们那苍老而浑浊的眼里，我看到一种从未有过的寂寞和无奈，顿时一股凄凉与萧条感袭上心头。

我的眼圈湿润了。唉！不知从何时起，这个我儿时的乐园如父辈们那弯曲的脊背一样变得如此颓废和荒凉了。

打开老家锈迹斑斑的门锁，轻轻推开房门，父母在世时用过的那台当时还算时髦的家具，也是家里唯一看得过眼的家具——枣红色木柜像一位老态龙钟的老人一样孤零零地守候在那里，柜面上斑驳的脱漆证明了它已饱经沧桑。

轻轻揭开柜盖，伴随着“咯吱”一声清脆的响声，我的大脑好像猛然间激活了密码似的，思维瞬间活跃了起来。哦！这不正是我寻觅了多年的声音吗？我反复将柜盖闭合揭开、闭合揭开，我真想好好听听这个永远让我朝思暮想的家的声音啊!

低头再看柜中，母亲在世时用过的那个木撮撮和少一个耳朵的黑色瓦罐映入眼帘。顿时记忆的河流如洪水决了堤一样一发不可收拾，冷清的巷道也仿佛一下子热闹了起来，伙伴们的打闹声，隔壁婶婶、叔叔们的说笑声，牛儿、羊儿、猫儿、狗儿的叫声汇集成了一曲无比美妙的交响乐在我的耳畔荡漾开来。

一声浑厚而沙哑的“豆——腐——噢”，将还在母亲热炕上做梦的我一下子惊得睡意全无了，哦，是卖豆腐的伯伯来了。我揉了揉惺忪的眼睛，赶紧穿好衣服，跳下炕。

“娘，卖豆腐的来了，我给咱换豆腐去。”我一边说，一边拿起木撮撮去撮口袋里的玉米。

“今天家里不来亲戚，不换了，改天换。”娘说。

“我不，我想吃豆腐嘛!”没等娘说完，我已经端着满满一撮撮玉米跑出了门。卖豆腐的还是以前常来的那个伯伯，看上去胡子拉碴、憨憨厚厚。伯伯看着我端着撮撮来了，笑嘻嘻地一边放下手里的旱烟袋一边问我：“又想吃豆腐啦?”我怯怯地点了点头。伯伯将撮撮里的玉米倒进他的称盘子里一称，又倒进扁担那头装粮食的箩筐里，然后从扁担这头揭开箩筐木板上面湿漉漉的笼布。下面四四方方、白白嫩嫩的整块豆腐便如新媳妇一样露出了它娇美的面容，我的味蕾被瞬间刺激了，不由得咽了几下口水，卖豆腐的伯伯好像看出了我的心思，用一把刃镰片切了一块豆腐放在秤盘子里，秤杆明明已经很高了，伯伯还再切了一小块摞在了大块的上面。我明白，这一小块豆腐是伯伯特意送给我吃的。所以，每次等不到伯伯把豆腐放在我的撮撮里，我就毫不犹豫地伸手拿起那一小块豆腐放进嘴里大口咀嚼。那种淡淡的豆香满足着我的食欲，侵蚀着我的大脑，使儿时的我，总认为世界上最好吃的东西莫过于豆腐了。那时候，我就常常想象着，长大一定要当个卖豆腐的，好好吃吃豆腐。时至今日，那种不含任何调料的豆香味依然令我回味无穷。

再看看母亲用过的黑色瓦罐，轻轻触摸它仅剩的一只耳朵，又一声特色而悠长的“箍瓮——嘞——箍盆”声将我的思绪拉到了从前。巷道里一群叔叔、婶婶们正围观着操一口河南口音的箍盆匠，看他正给哪个叔叔或婶婶家箍着盆或瓮。篾刀在箍盆匠的手里飞舞着，竹篾如绸缎一样乖巧服帖，箍盆匠娴熟的动作让在场的叔叔婶婶不断发出赞叹。活计结束，叔叔、婶婶们定要当场给箍好的盆或瓮里倒些水试试，结果总是滴水不漏，往往会惹得在场的人们再次七嘴八舌夸奖一番。每每这时，箍盆匠脸上的笑容总是显得格外灿烂，连挤在人群中看热闹的我们也会被他的笑脸感染。

然而，每每这个时候，总有如集结号似的响亮而悠扬的“当——当——当”上课铃声挤进耳膜，在人群中看热闹的我们，则会一下子撤出人群，如脱缰的野马从巷道冲出，直奔小学。当我们上气不接下气地冲进教室，总会迎来同学们惊异的目光，从他们那狐疑的眼神中，不用问，都知道是在追问：“又看啥热闹去了，咋不叫上我?”可等待上课的老师早已不耐烦了，他们总是清清嗓子告诫我们：“来迟了就尽快安心听课!”而我们冲进教室，看似以最快的速度掏出课本，认真听讲，可魂还被那悠长的“箍瓮——嘞——箍盆”声勾引着。

记忆中，等待那声响亮而悠扬的下课铃响是一件相当漫长的事。每次上课走神时，我都会从教室窗户的缝隙中往外偷看，只要看见值周老师走到学校最中心的那个教室房檐下，我就会喜出望外，我知道是值周老师打下课铃去了！果不其然，我的思维还没来得及停顿，那响亮而悠扬的“当——当——当——”的下课铃声就响了，我的心儿也就随着铃声飞向田间、地头、水泉边。

说起儿时小学的铃声，倒不如说那是钟声更确切些。记忆中儿时的小学里，八九座土木结构的教室基本呈放射状排列。最中间那个教室房檐一角下，挂着一口看起来有些年月、如瓦盆大的铁钟，钟身表面好像还有花纹，钟锤如纺锤悬挂在钟心，钟锤下面拴了根长长的麻绳，人拉住麻绳左右或前后一甩，钟锤就撞击钟身，发出响亮而悠长的声音。当时，这口钟一旦敲响，那清脆、响亮而悠扬的声音在学校周围好几个村庄都能听见。这个声音从我能记事起，就伴随着我在巷道里玩耍，看着哥哥、姐姐们上学、放学，直到我小学毕业。

我的印象中，儿时小学那口钟是神圣而有灵性的，除了上下课值周老师去敲打外，从没有那个调皮捣蛋的孩子敢随意去敲。那时，听父辈们讲，敲这钟还是有讲究的，一般是“三上二下”，意思就是连敲三下停顿一下，就是告诉孩子们快回教室，振作起来，要上课了。连敲两下停顿一下就意味着，下课了，放松放松，可以活动了。

我一直认为，儿时故乡小学的钟声是永远印在了我的脑海里的。自从上了初中到现在几十年时间里，我好像从没有听到过如此悦耳动听，如此让我魂牵梦萦的钟声了。

如今，记忆中故乡巷道里那浑厚而沙哑的卖豆腐声、特色而悠长的箍盆声及响亮而悠扬的上课铃声，都随着岁月渐渐远去了。我儿时的小学也拆除了好多年。我不知道故乡的巷道从何时起变得如此冷清而萧疏。我只知道，那些逐渐远去的声音将如同我逐渐远去的童年一样，一去不复返了，但却永远留在了我的记忆里！正如有位文人说的：生命中总会有一些记忆，伴随着我们成长的岁月，它们隐藏于内心深处，稍一拨弄，便荡漾开来。那些远去的声音，曾如此欢快着我的年少时光，如今虽已渐行渐远，但每每忆起，仍如在耳边，且愈久愈清晰。

家乡的泉水

“泉水叮咚、泉水叮咚、泉水叮咚响……”

每当听到这首脍炙人口的曲子，我都会不由自主想起家乡那清澈、甘甜的泉水。她养育我长大，永远滋润着我这个对家乡魂牵梦萦的女儿心田。

我的家乡位于陇州千河南岸的杨家坡村，距县城不到十公里，宝平公路南线横贯村庄。听父辈们讲，这里曾因地势平坦、水草肥美，被秦非子选为养马的地方，陇州人常称这里为“养马河”。我虽未考证过那段遥远的曾经，不过，我的家乡泉多、水多却是真的。我们村所有的耕地几乎全是水浇地，水源就是村子周围的泉水。遇着干旱年份，家乡的粮食必定丰收；可遇着雨水多的年份，粮食反而减产了，那是因为庄稼受不了水的浸泡。

记得过去每逢干旱，周围村子的井水、泉水都干枯了，而我们村子的泉水依然不知疲倦地喷涌着，使得周围十里八村的大人小孩都会赶来拉水、洗衣，那像会场一样的场面甭提有多热闹了。乡里人淳厚朴实，大人们总是礼让着让外村的人先洗漱，可小孩就不一定了，噘着个小嘴还不停嘟囔着：“回你村洗去!”惹来的必定是大人一顿训斥。每遇那样的场面，我都会生出几分骄傲：“老先人也真是太有眼光了，竟然给我们选择了这么好的一块风水宝地!”

我们村子不算大，也说不得小，自东向西有六个生产小组，大概也就二百来户人吧！村子周围那些水泉，虽然不像济南的趵突泉那样，有名得让天底下人都知道，但光大的水泉就有五眼，还不算那些田间地头随处可见、汩汩泛着水泡的小小的冒水泉，所以在附近还是很有名的。宝平公路北边那三眼泉水，是村子最大的泉。老先人为了把泉水聚集起来，用碗口粗的水管从地下将水接出来，又在水管落水口下用石头箍了一大一小两个水池子。上面的小池子是用来吃水、洗菜的，小池子的水流到大池子再供村里人洗衣服、饮牲口。三个水泉相隔不到百十米，很像三个张大嘴的龙头日夜不停地吐着水。那泉水是大地母亲的乳汁，清澈甘甜，过路人常在泉边停留，或喝水，或洗漱，或给车马加水，无论春夏秋冬，也不分白天黑夜，我们的泉边都是热闹的。小时候，我无数次和伙伴们顺着泉水一路东去，走过大片的庄稼地，看着泉水注入千河。

和那三个大泉相比，村子里另外两个水泉就不是这样显山露水的了。它们像大家闺秀一样，匿藏在村子西边的“水沟”沟口。那两个被父辈们唤作“水沟泉”的，是一大一小两个露天冒水泉。我的家就住在“水沟”沟口，水泉就在我家屋后不远处。路人很难见到那泉的真面目，看到的只是村西边“清水河”长年不断淌出的清流。而我们这些在泉边长大的孩子，童年的记忆却被“水沟泉”和“清水河”塞得满满的。

打开记忆的闸门，我满脑子都是一幅幅流动着的图画，它们像水沟泉水一样喷涌而出，一发不可收拾。两个水泉在水沟口是一东一西摆布，相隔不到十米，岸上全是茂密的树木，树冠遮天蔽日。天晴时，太阳光从树冠缝隙中射进来形成斑斑点点的阴影。东边的泉水量大，我们叫“大泉”，西边的出水较少，我们称为“小泉”。大泉方圆三十多平方米，泉水被密密匝匝的水草屏护着。不过，人站在岸上还是能看见泉底中央几个冒水的地方，用心听就能听见“咕咚咚、咕咚咚”的出水声音。呀！这哪里是冒水，简直就是喷水了。这水清得连泉底有多少小鱼、小虾、石子都能看得一清二楚，精灵的小鱼小虾一般不会游到喷水口。它们总是小心翼翼地在离出水口远一点的地方，自由自在地遨游着。倘若一不小心游到喷水口，刹那间定会被水冲得人仰马翻，倾刻间躲到水草下面，让你好久都见不到它们的踪影。泉里的出水口，看似涌动如喷，其实是看不到口的，能看见的只是几股清亮无比的水流从一堆堆碎石缝隙中不停地、毫无休止地喷涌着，周围的砂石被冲击得形成了一股股滚动着的水柱，水面上几个盆大的水花不停地翻滚着，波纹不停地向周围扩散着，大泉平时水深足足有一米多呢！那水出泉后就成了“大河”，成了人们做饭、洗菜的水源。每天天不亮，泉边就能听见“咯吱咯吱”的水担和水桶的撞击声。哦！那是早起的乡亲们在挑水。

聪明的乡亲们利用落差的原理，将大泉水引进了水磨。说来，那水的力气还真是大得惊人，硕大的磨轮被它冲打得日夜不停地转动着。小时候，我常跟着大人去磨房磨面，一去就好奇地盯着那大磨轮不紧不慢地吱扭吱扭转动，一看就是大半天。那飞流直下、水花四溅的气势让我至今记忆犹新。上学后，我读李白“飞流直下三千尺”诗句，第一个想到的就是大泉水打动磨轮的场景。也许是大泉水流量大，且要供人吃的缘故吧，所以大泉从“泉”到“河”从来没有人下水嬉戏、抓鱼摸虾，那“河”永远看上去像位胸有成竹的父亲一样老成持重。

与大泉相比，小泉就没有那样的气势了。它的面积大概也就二十来平方米，水深平时也就七八十厘米，泉水周围被嫩绿的水草覆盖着，人在岸上，只能看见泉中央无数个细细的水柱从缝隙冒出，形成一连串小水泡，好像是鱼在不停吐泡泡。水流将泉底那细细的泥沙冲击着形成了无数的细水柱，小鱼、小虾在水柱的冲撞下慢慢悠悠地游来游去，好像在荡秋千，好惬意、好自在！水面如果不遇风吹或顽童们投石子，平静得几乎如镜面一样，偶尔才有小鱼、小虾追逐嬉戏惊出波澜。小泉冒出的水，出泉在地面上画出了自然的曲线，我们叫作“小河”。小河位于大河的西边，与大河相对，恪尽职守地供人们洗衣、饮牲口。小河俨然一位温柔贤淑的母亲了。

大小河两岸全是白杨树、柳树、洋槐树、榆树，远远望去，宛如两条绿色的长龙。一进入春天，小河边就成了孩子们的乐园。清晨，清脆的“布谷布谷”声划过寂静的夜空，将人们从熟睡中惊醒，安静了一夜的河畔又热闹起来了。树上各种鸟儿敞开喉咙呼朋引伴，河边挤满了洗衣、说笑、捞猪草的人们。牛羊渴了一夜撒着欢儿跑到小河边“咕咚咕咚”地畅饮着，时不时还抬起头互相“哞哞”“咩咩”地打着招呼。不知谁家的孩子早已爬上河边的歪柳树上，“嘟嘟”的柳笛声从树上传来，惹得一伙不敢上树的孩子嚷嚷着“给我扭一个，给我扭一个”。大点的男孩子则挽起裤腿，光着脚跳到河水里用盛猪草的竹笼捞起了鱼，搅得小河水时不时泛起泥糊糊，孩子们还时不时发出“咯咯咯咯”的笑声，说鱼咬了他的脚指头了，好痒痒！惹得河岸上小伙伴阵阵哄堂大笑。河边洗衣服的妇女则时不时唠叨着，让孩子们别把水再搅浑了。女孩子就没有那么野了，整天学着母亲的样子在河边洗衣服，洗净了家里所有能洗的衣物，还嘟囔着问母亲要，母亲就只好把家里的洗脸毛巾扔给她们。直到夜幕降临，在母亲们一遍又一遍的呼唤声中，孩子们才会恋恋不舍地离开河边。那时，娃娃们穿的鞋子特容易坏。那是母亲手工做的布鞋，又成天湿水，能不腐烂吗？唉！要是那时我们有双塑料底鞋，该有多好啊！

那年头，夏日里大人去远一点的田里劳作，手里都提着个大瓶子或者瓦罐罐，到大河把水灌得满满的，用作田间解渴。在水泉附近干活的人们，歇息时就拔腿跑到泉边，用双手掬着或用河边大草叶子折叠成漏斗状的水杯，“咕咚咕咚”喝个肚儿圆，喝完水又长长出一口气，脸上那种表情早已告诉你，凉到心里去了！喝足水还嫌不过瘾，他们还要坐到河边树下，静静地任凭凉风吹拂，那种掩饰不住的惬意露在脸上。

午饭后，河畔树下就成了人们乘凉的好去处了，老人咂巴着烟锅谈古论今，女人们做着针线活，孩子们用树叶编制帽子遮阳，爱美的大姑娘在河水里洗着自己乌黑的长发，任长发在河水里形成一缕缕黑色的绸缎，等头发干了又以河水为镜子，照着“镜子”将发辫梳得整整齐齐。连小狗也张大嘴巴耷拉着舌头跑到树下“呼呼”睡起了大觉。夜幕降临，田里归来的人们定会到小河边洗洗一天的风尘和疲惫，就连带着泥土的劳动工具也要洗得干干净净才拿回家。

秋凉了，河边孩子不多了，只剩树上的麻雀、喜鹊和乌鸦好像在无休止地争吵着。黄、橙、红不同颜色的树叶轻轻漂在水面上，成了小鱼、小虾捉迷藏的小花伞，有的则随着水流打着转儿漂啊漂……一直漂向远方。水泉周围刚出土的绿油油麦苗像给大地铺上了一层绿色的绒毯，远看宛若一幅巨大无边的油画。南飞的大雁也常在水泉边饮水、歇息、停留，歇足喝饱又会排着“人”字飞向远方。那时，我常坐在小河边看大雁南飞，心里常想，我要能是像大雁一样去好远好远的地方，看看外面的世界该有多好啊！

数九寒天，滴水成冰。早晨起来一眼望去，水沟泉周围酷似刚揭开的蒸笼，整个沟口被白色的雾气笼罩得如同“仙界”，泉水流出的小河、大河像两条白色的长龙在慢慢升腾。哦！泉水是温热的，河水也是温热的，怪不得河边一大早就有人在洗菜、洗衣。就连河边那些淤泥也是温热的！孩子们常把软枣偷偷地埋进淤泥，做上标记，三两天后挖出来洗净，咬一口大声说：“甜了、甜了！”惹得吃不上的孩子直咽口水。

每年腊月二十三后，大小河边就更是另一番热闹景象了。老婆婆、媳妇们几乎把家里所有能洗的东西都拿到河边，大河边洗灶房用的蒸笼、笼布、锅盖、馍笼、猪肉等，小河边则洗床单、被子、衣服、门帘等，也有外村子人用架子车拉了该洗的东西来排队清洗。那段时日，河边几乎从早到晚都是热闹的，孩子们的叫声、妇女们的说笑声、揉搓衣服的嚓嚓声、棒槌捶打的咚咚声汇成交响乐响彻田野。快要过年了，最开心的那是孩子们了，他们整天掐指头算着时日，等着吃肉菜、穿新衣呢！

说不清从何时起，大小泉的水流量变少了。或许是那泉水也知道现代人不再用水磨面，它的使命也完成了吧，乡亲们就将两泉水改道流到一起了！就这，水量还不及从前小河的三分之一呢！前几年，为了保护水源，在环保机构的安排下，村里人在水泉周围修筑了栅栏，又在泉上盖了水泥板，砍掉了上河段的树木，还用水泥板铺了河底、盖了河面，覆上土，种了庄稼。然而，不但泉水没有增加，连鸟儿也少了。前一阵子，村里又来了一帮穿西装打领带的人，听说他们要在这里开发矿泉水，我真不知道对于家乡的水泉来说，这到底是福还是祸。

我虽已离开家乡三十余年了，但儿时的记忆常常犹如海浪在大脑里翻腾，时不时卷起狂澜。睡梦里，我常忆起家乡的泉水。前年我在宝鸡做手术，全麻意识尚未清醒，嘴里自言自语不停地说：“我要喝杨家坡的泉水，我要喝杨家坡的泉水……”弄得手术医生、护士丈二和尚摸不着头脑。等术后清醒，他们笑着告诉我这些时，我的眼圈湿润了。我知道，家乡的泉水已经在我的血脉里流淌，成了我生命的一部分。

今年清明，我回家上坟，站在水沟泉西边的梯田二台上亲人们长眠的地方，回头瞭望，村子里青砖红瓦的房子错落有致，脚下是清澈的泉水缓缓流过，水泉周围是一望无际的绿色麦浪。哦！我恍然明白了亲人们在世时千叮咛万嘱咐，等他们走后要长眠于此的缘由了。那是因为，他们深深眷恋着这片生养过自己的热土啊！

大　哥

凌晨，一阵阵清脆的“布谷布谷”声，将睡眠质量原本就不好的我，一下子从蒙眬的睡意中惊醒。睁开惺忪的眼睛，顺手打开手机，5 月 17 日，3 点 20 分。顿时，我仅存的一点睡意全无了，头脑猛然间比什么时候都清楚了。哦！后天，5 月 19 日，就是大哥一周年的祭日了。也就是去年的今天，我最后一次见了大哥的面，最后一次和大哥拉了家常，最后一次陪大哥看家里麦子是否黄透，最后一次跟在大哥后面拍下了他的背影，最后一次……一切都像刚发生过那么清晰。

大哥是去年 5 月 19 日下午，在自家院子里收完晾晒的麦子，突发心脏骤停离开了我们，走时连一句话也没有留下。

那天下午，我正和往常一样在陇州大道走步锻炼，突然接到侄儿带着哭腔的电话：“姑姑，你赶快回来，我爸病重。”“不是前天还好好的吗？还……”没等我把话说完，电话那头就是忙音了。我一阵眩晕，心里浮出了从未有过的恐惧，急忙叫来朋友的车往娘家赶。

当我上气不接下气冲进大哥家的院子时，院子里站着好多人，个个手忙脚乱，表情严肃。我跌跌撞撞进了家门，看见大哥脸色刷白，毫无血色，嘴唇不受任何控制地微张着，如安详地睡去一般，身上穿的还是我前天见面时那身衣服，衣服上面多了不少隐隐约约的汗渍，我真不敢相信自己的眼睛，一下子瘫软在地上，大声呼喊着："哥哥，你醒醒，看看我……"任凭我千呼万唤，大哥都永远听不见，看不见了。我勤勤恳恳、吃苦耐劳、坚韧不拔的大哥，就这样永远地倒下了。

我们家姊妹五个，我排行老四，大哥比我大十一岁。小时候，生产队按劳力分口粮，由于母亲患有严重的大骨节病，只能从事简单的家务劳动，父亲一个人养活一家大小七口，实属不易，生产队分的口粮常常就接不上茬。那时，每到二三月粮食青黄不接的时候，父亲都要去山里舅家借粮食，让我们度过那个饥饿难耐的时节。

大哥只读了小学五年级，就辍学参加生产队劳动了，那是为了减轻父亲的负担不得已而为之。大哥年龄太小，干不了重活，队上就安排他看管苇子。生产队一个青壮年劳力一天计十分工，队上给大哥只评三分。看苇子是轻活，大哥有时间还可以帮母亲哄哄我。母亲在世时常说：你是在大哥背上长大的。我只记得，小时候大队每次放电影，都是大哥领着我去看；长大后，虽然不再跟着大哥去看电影了，但看电影回来还是要和大哥讨论电影的故事、人物。我与大哥之间，好像有种无法言说的默契，对好多事情的看法乃至解决方法，都如出一辙的相似。只要我和大哥在一起，我们就有拉不完的家常，说不完的话。村上人都说，我和大哥连性格、脾气、长相都是那么的相似。

大哥看护队上清水河的苇子地时，才十二岁。那活儿，也算是队长为他量身安排的，早饭、午饭间去苇子地转一圈，看着不让人偷就行。大哥常背着我去看苇子。有一次，大哥和往常一样吃完早饭就背着我去苇子地畔，可去了不大一会工夫就光着膀子、满头大汗、惊慌失措地又背着我跑回来了。我若无其事地坐在大哥的背上，手里拿着一把野花玩着。大哥一跑进门，就把我放到炕上，哭着对娘说：“妹妹可能被蛇咬了！娘，你快看看咋办？”娘吓了一跳，仔细将我浑身上下查看了一遍，都没发现异常痕迹，我还和往常一样欢实，啥反应都没有。娘详细问大哥到底咋了，大哥才放下手里捏着的布衫，一边哭一边说，他把我背到苇子地畔后，给我折了一把野花，他脱了布衫铺在小草上，让我坐在上面玩野花。他绕苇子地转了一圈，没发现有人割苇子，就过来抱起我。在提起布衫的瞬间，他惊呆了。呀！布衫下面的草丛里，一条红色的蛇正在吐着信子望着他。啊！妹妹刚就坐在蛇身上，大哥断定我被蛇咬了，眼前一黑，差点晕倒，背起我，拔腿就往家跑。娘说，那天她和大哥一直没吃饭，哪里也没去，观察了我整整一天，都没发现啥异样，说我的命真大啊！

大哥十三岁时，就被队上派往关山老虎沟修路了。那时，口粮十分紧张，可修路的人还能十日八日吃一回白面馍。每遇吃白面馍的时候，大哥就把给他分的那份留出一些，放在石头上晾干，找机会带回来给我用开水泡着吃；吃不完的，娘就用家里那个黑色瓦罐装起来放在柜子里，作为我的营养加餐。有一次，大哥跟着大人从关山走回来，已是后半夜了。一进门，他就从花布兜兜里掏出早上工地发的软白面馍，摇醒熟睡中的我，将馍在我眼前晃了晃。我睁眼看见白馍，一咕噜翻身坐起，两手抱着馍就啃了起来，弄得脸上、炕席上全是馍馍碎屑，娘说她看浪费心疼，想掰一块放下，让我天明吃，我哭着死活不给。可惜，这些零零碎碎的事情我都是听娘说的，我自己没有留下任何记忆。

我只隐隐约约记得有这么一件事。那是一个收完麦子后的下雨天，夏收干乏了的父亲疲惫不堪地躺在炕上睡觉着，母亲做着针线活。大哥不知从哪里弄来一套木匠用的锤子、凿子、锯子、木板，在家里叮叮咣咣折腾开了，我还跟在大哥后面叽叽喳喳问这问那，大哥又锯又凿干了一个上午，圆圆的小凳子做成了。我坐在小板凳上，高兴地又喊又叫。我的叫声惊醒了父亲，他下炕一看，二话没说把大哥做的凳子和那些木匠用的工具全扔到雨地去了。大哥一边哭，一边从雨地里一件件捡回扔了一院的东西。那次，大哥确实哭得很伤心！长大后，我问大哥，父亲那时为啥要那么做？大哥说，他想学木匠挣钱，减轻家里的负担，可老人嫌木匠活太累，不愿让他干。大哥第一次做的那个圆圆的小凳子，我从上小学一年级在教室的“水泥台台”上写字时就坐着，它一直陪伴我读完了小学。

我能清楚记事的时候，大哥已经成了生产队的精壮劳力。他不善言辞，但打胡基、割麦、扬场、垒墙等十八般武艺样样通，干多苦多累的活他都毫无怨言。大哥干的活，队上没有人不夸奖的。大哥挣了工分后，每年过年都要以长者的身份，给我们姊妹几个发五分或者一毛的压岁钱，我们几个小的，则经常争着给大哥端饭、洗衣，大哥让干啥就干啥，可听话了。

我十二岁那年，大哥作为从大队抽调的俩人之一，参加县上营沟粮仓修建。修粮仓要长期住在工地，没有节假日，我不知那时大哥每月挣多少钱，反正只记得大哥说他一般不去灶上吃饭，每周要家里给送馍，多数时间吃冷馍、喝开水。每到星期天，无论晴天雨天，母亲就会半夜起来发面，早上早早蒸那全是玉米面的“黄儿”馍，等到八九点钟，“黄儿”馍在案上晾凉，母亲就用刀切成四四方方一块一块，装满一竹篾笼笼，上面盖上个潮潮的笼布，让我步行着给大哥送到十几里开外的营沟工地。每次出发前母亲都要千叮咛万嘱咐：“不要在路上贪玩，一定要早早回家，见了大哥就说家里好着，别操心。”后来，只要我提着笼笼准备出发，没等母亲把话说完，我就一溜烟跑了。我每次去工地上，大哥都会早早发现我，跑过来接住挎在我发麻的胳膊上的馍笼笼，领我到他那简陋的工地住处，把那四四方方的“黄儿”馍从笼笼里一块块掏出来，又一块块放进他墙上挂的花布兜兜里。然后，再从他床上的褥子下面，取出用纸一层一层包得紧紧的工钱，拿出两毛钱给我，并叮嘱我，要好好学习！他常以谁家娃娃又考上学了来激励我。我呢，就会乐滋滋地拿着大哥给的钱，朝县城快步走去。每次，大哥都要目送我提着空笼笼过了营沟桥。我从县城西边一个店挨着一个店逛到县城东边，常常是拿出一毛三分钱或八分钱去食堂吃一碗臊子面或者素面，剩下的钱就买了本本、连环画、铅笔。给大哥送馍，一直持续了近一年时间。年长后，我常想，大哥整天干那么重的体力活，那放凉就硬得连咬起来都困难的“黄儿”馍，不知他到底是咋样伴开水下咽的啊？我问大哥时，他只是淡淡地说，那时候只要能填饱肚子就很好了，“黄儿”馍也挺香的。哥说，每到星期天他都等着我给他送馍哩。

后来，大哥还是当了木匠，也许是大哥终于干上了他从小喜欢的木工吧，无论是村上谁家叫他盖房、做案板、做棺材，他都从来不惜力气，活做得又快又好。有时候，大哥正端着碗吃饭，有邻居找他安装铁锨把或者修理晒耙，他都会毫不犹豫地放下饭碗，修理好后，再吃饭。村上无论谁来借用他的木工工具，他都会毫不吝啬地让人家用。大哥人缘好，木工活在村上也是很旺的，他的为人在村上也一直享有很好的口碑。

1983 年收完麦子，我该参加中考了。那时候，中考得先预选，只有预选中胜出的才有资格参加中专考试。预选中，我取得了全县前几名的好成绩，大哥高兴得连走路都哼着秦腔戏。那是十几年间，我第一次看到大哥脸上一连几日都不消退的笑容。可是，在正式中专考试中，我感冒发烧。在县城那个浴池旅社里，我和同学俩人合睡一张木板床，挤在那窄窄的床板上，好长时间都不能入睡，一直到半夜，才好不容易迷糊了一阵，还掉到床下把脸都碰破了。结果，我以二分之差名落孙山。成绩公布后，我当时心灰意冷到了极点。眼看秋季开学的日子要到了，我还窝在家里。我万念俱灰！心疼我的大哥提出要我复读。那年月，考中专是几百里挑一，难得无异于摘天上的星星。我真怕再次失败，给家里再增加经济负担，许多好心邻居也上门说："女娃娃念书有啥用，还不如早早找个好婆家嫁出去算了。"可是，大哥坚决不同意，他说这样太可惜，会毁了我一辈子的。大哥掏出他身上仅有的十元钱，让我先去学校报名。

又是 一年点灯熬油，我终于以优异的成绩考上了市里的卫校。开学时，大哥一直把我送到学校，他带我在我们校园转了一大圈后，告诉我："你看这学校多大，一定要安心学习。"临走时，我把大哥送到学校门口，我哭了，大哥眼睛也红红的。放假回来，我听母亲说，大哥回来后，有好长一段时间，一有空闲就坐在我写字的小桌桌前发愣，说我走后他觉得家里空了一大截。

参加工作后，每遇休假回娘家，我都要和大哥去拉家常。要是哪次大哥不在家，没见上面，我就总觉得心里缺了什么。大哥家里做了什么好吃的饭菜，他常让嫂子送到我县城的家里。我常常想：父母虽然不在了，可大哥还在，大哥过早地承担起养育我们的家庭重担，是我一辈子都无法报答的，等我退休了，要领大哥好好看看外面的世界。可谁能想到，我尊敬和爱戴的大哥就这么匆匆地走了，给我留下的是无边无际的思念和懊悔。

大哥走得太仓促，又是收黄天，家里撂下一大堆农活。可村里好多人宁愿放下自家的活，也要前来帮忙，送大哥最后一程。看到满院子前来送大哥的邻里乡亲，我知道这是大哥一辈子用他那诚实、宽厚的人品换来的。

看着手机里至今保存的、去年的今天我给大哥在金黄的麦地边拍的背影照，泪水早已湿透了衣衫。

我默默祈祷：大哥，安息吧！如有来世，我们依然做兄妹！

怀念婆婆

明天，婆婆就离开我们整整四十九天了，我和爱人回老家给婆婆过尽七。

老家的大门虚掩着，门前的石榴花开得火红，地上落了一层厚厚的红花瓣，树下婆婆在世时常坐的那个铺着她亲手用五颜六色花布拼成坐垫的木头墩墩依然孤零零守候在那里，只是上面多了一层厚厚的尘土，木墩墩跟前婆婆时常喂的那两只小狗无精打采地东张西望着，好像在等候久别的主人。一切都是那么熟悉而又陌生！

轻轻推开老家大门，凌霄花已经悄悄爬上二楼了，落下的叶子被风吹得满院子都是，屋檐下一群小燕子正在叽叽喳喳，巢穴下一堆黑白相间的鸟粪证明院子已经有段时间没有打扫过了。

“爸……爸……”我和爱人异口同声叫了两声，八十六七高龄的公公，耳朵本身就不好使，以前都是婆婆给公公当耳朵。今天我们特地大声叫了两声。“哎……”公公终于听见我们叫他了，顺着声音，我才看见公公正在婆婆的遗像前颤颤巍巍地点蜡、上香。几十天不见，昔日那个精神矍铄的老人好像一下子苍老而木讷了，外套下面的白衬衣领子黑乎乎的，一领角在外一角在里。爱人哽咽着赶紧过去接过父亲手中的蜡烛，一边抹眼泪一边责怪：“让你跟我们走，你就不，你看你一个人在家咋过哩？”我鼻子酸酸的，赶紧放下行李打扫卫生，生怕自己的眼泪也不争气地掉下来!

进了灶房，婆婆烧过的柴火，坐过的板凳，用过的围裙等一切都原封未动。轻轻触摸每件婆婆用过的锅碗瓢盆，我仿佛看到婆婆正满脸笑容、佝偻着她那瘦小的身躯在给我们擀长面、包包子、蒸面皮；我仿佛听到婆婆让我们赶紧放下行李，嘘寒问暖的声音；我仿佛闻见婆婆已做好的臊子面香味；我仿佛……面对今天这显得格外清冷的灶房，一种从未有过的凄凉感油然而生!

要是在往常，婆婆知道我们今天回家，她肯定早早就做好我们爱吃的饭菜，早早坐在大门口的木墩墩上，望眼欲穿地等待着我们。只要我们的车停到门口，她就赶紧起来从锅里端出她早已蒸好的面皮、熬好的珍子、做好的煎饼……反正每次都是我们爱吃的。可今天面对这空荡荡的院子和冰冷的锅碗瓢盆，泪水一下子模糊了双眼!

我过门近三十年，虽然与婆婆住一起的日子加起来不足两年，但婆婆留给我的印象总是半夜睡五更起、不知疲倦地操劳着。只要我们有时间回家，她总是早早就起来给我们做好吃的，临走时还要想方设法让我们带得满满当当，生怕我们在外挨饿受冻一样。

我的婆婆是陈仓区阳平镇野寺村一位平凡而普通的农村妇女。她活着时默默无闻，离去时悄无声息，一生虽无辉煌的业绩和轰轰烈烈的壮举，可她留给我们后辈的美好印记，永远是我们做儿女的学习榜样。

婆婆一生勤劳俭朴，忠厚善良，心里总是装着别人，唯独没有自己。只要家里来了要饭的或者邻里乡亲需要帮忙，她都有求必应，绝不会让人空着手回去。一片纸她也要捡起，一粒米她也能看见，一寸破布她也要设法利用，家里大小凳子上都有她亲手用碎布缝制的坐垫。八十多岁的人了，还和公公住在老家种着二亩地，院子里种的各种各样蔬菜自己吃不完，常常送邻里。我们做儿女的不放心，想接来一起住，每次都会被婆婆婉言谢绝，她老人家认为：只要自己能动，就不给儿女们添麻烦！

去年冬天，我和爱人实在不忍心婆婆公公那么大年纪，还要自己天天用柴火烧炕，在我们的再三央求下，他们终于来我们这里住了，而且说好只住三个月，农历二月二物资交流大会一过，就回去！可我们做梦也没想到，婆婆正月十六却永远离开了我们！

那天，婆婆中午还给我们擀了手工面，下午还热了些水把自己和公公的头洗干净，脚洗干净。就在她离开我们的前几分钟还在给我用针线缝补那因穿的时间太长而磨破的棉衣袖口。以至于到现在，我都觉得婆婆是出去串门了，现在想想，也许婆婆的心里早就知道她那天要出远门了……

直到我和爱人一边流泪一边手忙脚乱地将婆婆送回老家，打开箱子，找婆婆给她自己准备的寿衣时，我才恍然断定，这一切婆婆早就安排好了！

箱子里，婆婆的寿衣从内到外按顺序整整齐齐、层层摆放，就连按讲究人殁了用的那些手帕、寿钱都用线拴在寿衣纽扣上了，一切都是那么井井有条！这是婆婆怕她哪天突然走了，我们这些不常回家的孩子乱作一团……连这，婆婆都为我们考虑到了！

婆婆虽然是农村妇女，斗大的字不识一个，但她善于言谈，喜欢给儿孙们讲故事，只要他们喜欢听，她就会不知疲倦地讲，讲神话故事、讲戏剧故事、讲她的亲身经历。孩子们小的时候，只要一看见婆婆闲着，就闹腾着让奶奶讲故事，有的故事都讲了好几遍了，孩子们还喜欢静静地听！

婆婆给我讲过她亲身经历的三件事，让我对婆婆这个瘦小而不起眼的农村妇女有了发自内心的敬佩！

婆婆说，1958 年一个下雨天，生产队不出工，她和隔壁的婶婶带着邻家只有十二岁的小叔子准备去逛西安市。他们早早起来，背上干粮，坐上火车，大约十点多就到西安了。当时西安的兴庆公园很有名，他们决定先到那里逛逛，又怕时间紧，他们不知道有公交车，当然也不想花那钱！三个人就说好往兴庆公园跑，他们三个一跑，前面不远处有一个人好像怀里正抱着个啥东西，回头一看，也跑了起来，他们三人跑的有多快，前面的人就跑多快，他们跑慢了，前面那人也就慢了，好像你追我赶一样。当他们三人跑到兴庆公园门口停下来时，前面那个人看他们停下来了，实在跑不动了，也气喘吁吁地停下来，回过头来看他们。婆婆说这时她才看清楚，前面那个人怀里抱的是几个馍。他们顿时恍然大悟，哦！原来那人是怕他们抢走馍！他们这才示意，别怕，我们是要去兴庆公园的！每每当婆婆说到这里，我和儿女都会捂住肚子笑得前仰后合，可婆婆从来都不会笑，她每每说到这里都会抹眼泪，说那个时候人人都饿着肚子，太可怜了！那时只要能填饱肚子就是很幸福的事了，那个好不容易拿着馍的人，也许正拿的是给孩子们一天的口粮哩……

就在婆婆她们那天下午逛完西安市，到火车站准备坐火车回阳平时，婆婆带着小叔子和婶婶走散了。当时婶婶说她去上厕所，让婆婆和小叔子等她，可婶婶刚走，火车就来了，婆婆又不识字，看人家都往上挤，也就和小叔子跟着被人流挤了上来，他们还给婶婶占了座位，可左等右等都没见婶婶上来，火车就开了，没办法，他们就想，婶婶可能得坐下一趟火车了。火车开了大约十多分钟后，婆婆说她觉得好像方向不对，宝鸡阳平应该向西，咋这火车好像是不停往东开着，婆婆这才赶紧问周围乘客去哪里，乘客有的说去渭南、有的说去河南，婆婆意识到坐错火车了。当时小叔子一听火车坐错了，吓得哭了起来，婆婆说她心里也很紧张，眼看天快黑了，周围乘客也七嘴八舌地说：“火车启动就不能随便停了，只能等到下一站下车了！”婆婆说她打听了一下，下一站是渭南。到了渭南，婆婆就领着小叔子下了车。一出车站，黑灯瞎火的了，往哪里去呀？住店吧，身上的钱也花光了，肚子也饿得咕咕叫着，小叔子也哭得更伤心了。情急之下，她又领着小叔子进了火车站，径直去找车站领导，她向领导反映了情况，说他们把火车坐错了，那领导责怪她：“坐火车咋不操心？”婆婆说：“这不光是我的错，车站也应该负一定责任，我一个农村妇女，大字不识一个，车站检票的人为啥不检票，害得我们坐错车！”。听了婆婆的话，车站领导二话没说就叫工作人员给婆婆和小叔子找了住处，还送来了白面馍和开水，领导走时还特意叮咛工作人员，明早五点有趟去宝鸡的火车路过，务必安排二位客人坐上车，第二天九十点钟，婆婆和小叔叔平平安安回到了老家阳平镇野寺村。俩人一进门，就看见婶婶在院子等着他们。这段故事一直在老家被传为几十年的佳话。每当婆婆说起这事，我都会开玩笑说：“怪不得现在坐火车检票那么严，看来都是您的功劳啊！”婆婆听了总是笑而不语。

婆婆还给我说过一件事情，让我对扭曲的人性有了更深的了解。婆婆说具体时日她已记不清楚了，只记得当时村里有一人家孩子得了肺炎，镇医院让尽快转县医院治疗，不然孩子随时可能有生命危险，可家长连一块钱都拿不出！无奈之下，那家男人跑来向公公借钱，婆婆一听是给孩子借救命钱，就赶紧催促公公给借了二十元钱，孩子就很快治愈出院了。当时公公时不时给人做些手工，搞些小生意，所以手头比别人活便些。可后来生产队开会时，那个借钱的男人毫不犹豫地站起来揭发，说他借钱时看见公公兜里装的钱多得很，一沓子哩！气得公公几天不吃不喝……

在那艰难岁月里，婆婆一个弱小的农村妇女硬是将一家老小四口人的生活撑了下来！当时年迈的祖母还在世，孩子都在上学。每遇冬天天冷，婆婆都是早早起来趁生产队还没上工就给孩子们做好热腾腾的早饭，好让他们按时到校。每天下午生产队一收工，婆婆都会背着背篓去村外的小树林扫树叶、去芦苇地里铲青苔，回来给孩子们将炕烧热。就这样，婆婆一个人坚持着，没让一个孩子辍学！每当婆婆平静地给我讲她这段艰难的经历时，我都有种欲哭无泪的感觉，我都会沉思好久好久。

爱人中考那年，以优异的成绩考入宝鸡虢镇中学（当年是第一届在全县范围内选拔招生），可到九月开学，别的娃娃都报到了，爱人还没收到录取通知书，婆婆心急如焚，干脆领着儿子上县教育局问去了！

那天早上，娘俩拿着干粮步行到二十里开外的县城，一家挨一家打听，到县教育局已经是中午十一点多了，婆婆向人家说明来意，工作人员查了档案，说孩子是考上虢镇中学了，可当时教育局由于疏忽把这个学生漏了。工作人员给婆婆开了介绍信，说让领着孩子去杨家沟中学上学，婆婆坚决不答应，可人家说完就锁上门走了，说下班时间到了。

婆婆失望地拿着介绍信，在空荡荡的教育局院子站了好一会，没说一句话。儿子看着母亲那失落的样子，安慰说："娘！咱回吧，就在杨家沟中学念算了！"婆婆坚定地说："不行，这是他们干事不操心造成的！"娘俩坐教育局院子吃了些自带的干粮，到院子水龙头喝了些凉水，一直坐等到两点多人家上班。那个工作人员一进大门，看见娘俩还在那里坐着，就大声说："看你这女人，事情都给你解决了，咋还没回去？"婆婆一没吵二没闹，只是平静地说："漏录是你们干事不操心造成，是你们的错。我儿考到虢镇中学就在虢镇中学上，哪里也不去，事情解决不了，我娘俩就不回。再解决不了，我就找你们的上级！"那个工作人员听了婆婆那态度坚决的话语，就去找领导了。不一会儿那个工作人员领着领导满面笑容地来到婆婆跟前说："对不起了，是我们失职，现在就给孩子重新开介绍信！"每每想起这件事情，我都会和老公开玩笑："要不是娘像秋菊打官司一样执着坚持，你能不能考上学就不一定了！"

正月二十我们安葬了婆婆，我和老公在整理婆婆的遗物时，从婆婆一个大箱子里整理出了四袋新里新面的小孩子棉衣，每袋里面装有三套，一看就是一套比一套大一点，最小的半岁孩子能穿，最大的两岁能穿，看着这些可爱的花花绿绿小棉衣，我恍然大悟，哦！这是婆婆为她还在上学的四个孙子将来的孩子准备的吧。我忽然记得婆婆在世时说过："你们现在年轻人，不会缝棉衣，看儿媳妇给你生下孙子没穿的咋办呀？"想起这些，泪水再次夺眶而出，哦！我苦命的婆婆，怪不得经常不出门，原来她连她重孙的事都为我们准备好了！这不正是"慈母手中线，游子身上衣"的最好诠释吗？

婆婆走得太突然了，公公和我们这些儿女们怎么也不会相信，她真的会停止呼吸。就在婆婆入殓的那天，掀开盖脸纸，看着她慈祥安睡的面容，公公像孩子一样和我们一起放声痛哭，哭得肝肠欲断，惹得满院子的亲戚邻里一边抹眼泪，一边劝说："别难过了！这是老人家一辈子心地善良积来的福报！"我想，确实是啊！婆婆活了八十四岁，到走都自己收拾得干干净净、利利索索，这不正是多少人都吃斋念佛、梦寐以求的吗？

办完婆婆的丧事，我们决定带公公来和我们一起住，可公公坚决不跟我们走，他像个孩子一样哭着说：“你们回去上班吧，我哪里也不去，我要给你娘点蜡、上香一百天，你娘才殁了，我知道她会回来的……”

婆婆的突然离世，对公公打击很大。他们做了近七十年的夫妻，已经将各自融入生命里了！公公平时从里到外穿的每件衣服都是婆婆安排的。每次饭熟了，婆婆都要先给公公端去。就在我家住的那几十天里，我常常安静地听他们坐在阳台上大声说他们共同经历过的人和事，偶尔也听他们争吵几句，可一会儿就又和好了，每当婆婆遇到不懂的问题，就大声问公公，有好几次我都听见公公明明回答错了，可婆婆还是那么信任地回答：“哦，原来是这样！”有好几次惹得我差点笑出声来，要不孩子们怎么会开玩笑说：“我婆是我爷最忠实的粉丝呢！”可今天，面对公公的孤独、无助，我真不知道该怎么安慰……

轻轻擦拭婆婆那慈祥的遗像，我心里默默祈祷：婆婆，安息吧！您放心，我们一定照顾好父亲！您留给我们勤俭节约、忠厚善良、吃苦耐劳的美德，我作为儿媳一定会传承下去！

生命的壮歌

上初中时，我就学了《钢铁是怎样炼成的》一书中保尔·柯察金那享誉世界的名言：“人，最宝贵的东西是生命。生命属于我们只有一次。人的生命应该是这样度过的：当他回首往事的时候，他不因虚度年华而悔恨，也不因碌碌无为而羞愧。”当时，年龄小，对这段名言没有过深的理解，直到我与宝鸡西合中药饮片有限公司总经理李军虎认识二十年后的今天，我才对这段旷世名言有了更深的理解和体会。

我和李总认识还是二十年前的事。那时，爱人在西安进修，李总在西安做中药材生意，常来陇县收购中药材，我们常常托李总来回捎东西。李总这人呢，为人诚实善良，办事又特热心，这样一来二往就熟了。加之爱人是中医，李总搞中药，李总中医上有不懂的问题常常问爱人，爱人中药上有不懂的问题常常问李总，二人有时还为切磋一些问题而争执，有时因工作忙，面谈不了，就电话上讨论。就这样，他们成了二十年来无话不谈的朋友。起初，我听说李总只有小学文化程度，也想着不过是个老农民吧。可在以后的点点滴滴交往中，我才对这位“老农民”有了更多的了解，他的为人及事迹也常常激励着我，努力拼搏、勇往直前。

2003 年，国家加强中药材市场管理，为了适应新的发展机遇，李总认为他再也不能采用小作坊经营模式了，决定建中药饮片厂。经过再三比较、考量，通过几十年对全省乃至全国各地药材市场了解，他认为陇县这个地方山大沟深，有立体气候，林密草茂适宜多种药材生长，天然药材品种繁多、量大质优，人工种植有地有劳，方便得很，是理想的厂址候选地。加之当时陇县政府面向全社会招商引资，对外来落户的新型产业给予极大的帮助和支持，这事就这样尘埃落定了。

2004 年 3 月，西秦春风化雨、百草吐芽的季节，李总的公司在县城东南镇经济开发区正式动工了，为了使工程保质保量按期完成，李总亲自监工，和工人们一起在板桥沟砖场吃住。当时有吃“公家饭”的人第一次去工地，向他打听李总在哪里，他说他就是，把人家惊愕得半天合不拢嘴。

翌年 5 月，千河两岸杨柳青青、油菜金黄、刺槐洁白的季节，关山下的千水边到处氤氲着扑鼻的芬芳。在这陇县一年最美的季节里，宝鸡西合中药饮片有限公司建设工程完工了。可当李总正筹备开业等事务时，他一连几天觉得吃饭咽馒头时食管好像不舒服，且每咽一下都觉得好像不顺畅。当时，我和爱人以医务人员高度的警觉性让他尽快去西安大医院检查，可他说工地太忙，根本离不开，等过一段时间再去。过了几天，在我们的再三劝说下，他勉强答应第二天就去，还说等检查完，下午就赶回来。

可等到第二天晚上，爱人打电话问情况，他才说他在等病检结果，医生说他食道上长了一个鸡蛋大的瘤子，当时，我记得爱人听了这话，放下手里的碗筷，好长时间都没有说话，一种不祥的预感顿时让我们沉默了！

又过了一天下午，就在我们既想知道结果又怕知道结果的时候，李总回电话了，说医师给他本人说了，病检结果是“食管鳞状上皮癌”。说完他自言自语叹息道：“唉！怎么会是这个结果？我该咋办啊？”很明显，他在说这段话的时候，声音是颤抖的，我们断定他流泪了。

以后接连几天时间，我们电话联系，他都不接，都是孩子们哭着说话，说他爸这几天饭也不吃，谁也不见，不是一个人出去漫无目的地走，就是回来一个人睡在床上流泪。听了这些，我们的心都要碎了，我和爱人都认为李总这下精神可能首先垮了，作为医者，我们真为他难过啊！

可没想到，又过了四五天的一个下午，李总却和平常一样拿着病检报告单来了，说他经过这几天翻来覆去地想，他就不相信他的命会这么苦，总想着以前把一辈子的苦都受完了，谁曾想到这次还来个惊心动魄的，看来是老天诚心和他作对啊！他说他就不信这邪了，他这次豁出命拼了，他要跟这个“食管鳞状上皮癌”认认真真做一番较量。他还说：“不就个食道癌吗？我倒要看看它有多厉害。”他说他回来把事情先安置一下，明天就回西安，已经和医师联系好了做手术的时间，医生说，手术做了，化疗几次就好了。他还说他急着做完手术回来筹备开业的事哩。说完就和平常一样风风火火地走了。看着他远去的背影，我和爱人眼圈都红了，我们不知道等待他的将是怎样的苦难啊！

做完手术第七天，我们去西安看望他，一进病房，看见他人已消瘦了一大圈，面色晦暗，说话明显很吃力，胸部、腹部还插着几个管管，背上有个七八寸长的刀口，可他还躺在病床上和人开着玩笑。他说这次手术医生把他一根肋骨取去喂狗了，医生给他用钢丝把食道两端接在一起了，牢固得很，还说医师怕他势翻（乱动），才用钢丝线给他缝的伤口，边说边还揭起衣服让人看。他说：“管他的哩，不就个癌症吗？老子豁出去了。反正今天起码活着，能活一天就好好活一天……”在场的人无不被他的精神所感染，都感觉心里一下子豁然开朗了。我们来时那种悲天悯人的情绪早已消失得无影无踪，就连邻床上插着氧气的病友都受到感染脸上露出了笑容。

最难熬的是术后二十天开始的每二十一天一次的化疗。每次去化疗四五天后，他人就像去了一趟地狱一样，化疗药物的副作用使他上吐下泻，乏困无力，头发脱落，眼窝凹陷，面色晦暗，茶饭不思。刚过了二十一天才缓过神来又得进行下一次了。就这样，一连五次化疗下来，他瘦得不成人样了，头发全部掉光，近一米八的个子、一百四十多斤重的高大汉子，被病魔折磨得只剩下八十多斤重了，打肌肉针都找不见地方，每次只得将皮捏起来打，皮包骨头的身子睡觉得铺两床被子。加之手术切除了食道，将胃提升到胸腔，稍微吃一点就发胀，不能平躺，一平躺胃内容物就会反流到气管，出现毙命式的呛咳。即使这样，他每次从医院一化疗结束，就急匆匆赶回来，强撑着羸弱的身体，筹备开业事宜。看着他骨瘦如柴的样子，好多亲朋好友都奉劝他好好休息，有的甚至劝他趁厂子还没开业，开价卖了算了，可他却笑着说："好坏办个厂子哩，老天不把我考验考验还行，天下哪有办啥事都一帆风顺的，我不但要开业，还要好好干几年哩。"这就是他作为一个农民企业家的朴素认识吧，所有人被他的坚强意志所震撼。他说的对啊！"天降大任于斯人也，必先苦其心志，劳其筋骨，饿其体肤，困乏其身"不正是他的写照吗？

李军虎，1953年春节前两天出生在商州区西荆乡李村一个地地道道的农民家里，父亲是个老实巴交的驼背农民，母亲是小脚，只能从事简单的家务劳动，家里唯一的劳力就是连一天书都没念过的姐姐。他的出生可以说给父母带来了新的希望。那时候，父母常常看着虎头虎脑、浓眉大眼的他说："二十八，福疙瘩。看来这娃娃是个有福气的娃娃哩！"可在他的记忆中，自己有啥福气啊？从能记事起，他就总是饿着肚子，连做梦都在找吃的。1958年，吃食堂饭时，已经四五岁的他，饿得皮包骨头，走路都不稳。母亲每次提着个瓦罐罐去分饭时，他都要挣扎着跟上，他是想抢着早些吃上那玉米糁子啊！可每次去，人家都是每家每人一勺，母亲每次把分得的四勺玉米糁子提回来还要倒在铁脸盆里再掺些水烧开，才能保证每人喝一碗稀得能照镜子的玉米糊。那时候，家家都没有锅，家里只剩下一个铁脸盆能放在火上烧。所以他现在常常说，那时候别说穿啥戴啥了，能吃上一碗稠稠的玉米糁子就是梦寐以求的事了。

后来食堂解散，生产队又按劳力记工分粮，可他家只有姐姐一个劳力，一年到头老是缺粮。本身他们那里就人多地少，即使有劳力的人家每年每人才能分六七十斤小麦、四五十斤玉米，到年终核算一个工才值一毛六分钱，最高也就两毛钱。那时，生产队白天都忙着搞生产，分粮、核算大多都在晚上，缺劳户能否分到粮都是在最后看情况而定。他家四口人，只有他姐姐一人劳动，一年到头分粮时还要倒给人家交十多块钱的缺粮款，才能分上粮，可家里一分钱也拿不出呀。实在没办法，就只能厚着脸皮跟那些劳力多的余粮户借钱了，如果哪家余粮户发发善心借给他家钱，他家多少还能分些粮食。可如果余粮户也手头比较紧巴，没人借钱，他就是等一晚上也只能空手而归。每当娘儿几个等了一晚上都空手而归时，小小的他看着满脸失望的母亲和偷偷哭泣的姐姐，他都会跟在后面，强忍住泪水，他多么盼望自己快快长大啊！

十二岁那年，他终因家境贫寒，只上到小学四年级就辍学了。为了减轻姐姐的负担，他和大人一起到一二十里以外的山上割柴、拉木头，到距家十多里的黄山煤矿和大荆煤矿挑煤。由于个子太矮，担子担起来老碰脚后跟，父亲就专门为他量身定作了小扁担和两个小竹笼。每次去挑煤都要翻越两座大山，等回来肩膀早已磨得红肿疼痛，有时连皮都揭起来了，实在疼得无法忍受，他就号啕大哭。那年春季，有次天刚下过雨，家里也没啥活计，他和几个伙伴提着竹笼准备去山里拾地软，刚走到离家有四五里地的山口，他无意中低头看见草丛中一张皱皱巴巴的五毛钱纸币，赶紧过去假装蹲下拔草把纸币攥在手中，他那时甭提心里有多高兴了，那可比现在拥有几百万乃至上千万都令他兴奋啊！他强装平静地起身向伙伴们撒了个谎，说自己不想拾地软去了，就提着空笼一口气跑回家，把手里攥得几乎捏出水的五毛钱交给母亲。以后接连几天里，他都高兴得又蹦又跳。

十五六岁，他就成了生产队的正式劳力了，劳动一天，给他记五分工，价值八分钱。他跟上那些大人兴修水利，去离家三十里地的庙湾公社修水库，到澄城煤矿挖煤，反正别人能干的活他都能干。可不管怎样干，家里总是紧紧巴巴，肚子好像永远填不饱。实在没办法，他就抽空上山挖药材，同时将山上撸来的连翘叶子用蒸笼蒸了加工成茶叶一路向西沿街叫卖，最远一直到青海、新疆，回去时又将当地的中药材回收些带回去卖。

1979 年改革开放的春风吹遍了大江南北，他觉得不能再这样穷下去了，更不甘心就这样祖祖辈辈地穷下去啊！他决心趁改革开放的大好时机走出这个穷乡僻壤，甩开膀子大干一番。

1980 年，他只身一人来到西安，睡地铺，啃干馍，吃挂面，硬是撑着摆起了药材摊。当时，他摆摊的中药材多数是自己从西北几个省的大山里，步行着翻山越岭从山山洼洼、沟沟岔岔挨家挨户收来的。至今让他记忆犹新的是有年秋季来陇县收药材，不巧阴雨连绵，道路泥泞，他一个人从峰山大桥往新集步行，还没到保家河，他脚上穿的那双家里手工做的布鞋就帮底分家了，面对寂静的山谷和空荡荡的羊肠小路，他只得丢掉鞋子，光着脚板硬忍着步行到新集川街道，买了双黄胶鞋，等穿鞋时才发现两脚底已经磨出十多个水泡了，有的还在渗血，鞋底一挨都是钻心的疼。

就这样，他一个人在西安坚持摆了三四年药材摊。等稍微有些积蓄后，他就把一家人都接到西安，风风火火做起了药材生意，他负责从全国各地购进原药材，回来再加工成饮片出售，渐渐地，他的药材生意越做越大了。他的生意很快红火起来的一个很主要原因就是他永远坚持“诚实做人，质量第一”的原则，这样他在顾客中就赢得了很好的声誉，在市场竞争中脱颖而出，生意也随着他的诚信而蒸蒸日上。

真没想到，在他正要撸起袖子加油干的最关键时刻，命运却和他开了一个这么大的玩笑！

2006 年 3 月，终于挺过五次化疗的他，迎来了厂子开业。开业那天，瘦得皮包骨头的他，向在场的各级领导汇报厂子从动工到开业的情况和未来的打算及发展方向时，看着他满头只剩下的几根头发和那随时都能被风吹倒的瘦弱身躯，在场的各级领导无不一次次眼圈湿润，一次次给予他热烈的掌声。

在以后的近十年里，他除了按照医生要求，每半年去西安的医院复查外，平时就是自己根据体会和理解，给自己开中药。中药的特殊疗效可是他亲自体会过的呢。1982 年，他得了急性支气管炎后，发展成肺气肿，胸膜粘连，经多家大医院治疗都没治好，他当时就根据自己体会，坚持自己开中药吃，几年后竟然慢慢痊愈了。所以，他一直相信中药那厚积薄发的力量。就这样，他一边吃自己的中药，一边忙着带领全厂职工搞生产，多数时间他忙得根本就忘了自己还是个癌症患者。

在他的辛勤努力下，不但身体渐渐好转了，厂子也在内涵建设不断提高的前提下，经济效益连创历史新高。同时他为了带动当地经济，还免费为群众提供药材种苗，保障回收群众药材，为群众提供销路，在广大人民群众中享有很好的口碑。他先后被评为陇县第十四届政协委员，宝鸡市第十一届政协委员，他的企业连年被评为“陕西省守合同重信用企业”“陕西省龙头企业”“陕西省质量信得过单位”等。

2015 年，在他术后满十年去医院复查时，给他当年手术主刀的医生猛然看见他，和他握手时半开玩笑说：“你咋还活着？不是鬼吧！”惹得在场的人无不哈哈大笑。

2016 年 8 月，已经六十四岁的他正准备退居二线，安度晚年，享受天伦时，无意中，他觉得几天来好像眼前老出现飞蚊现象，就来中医院找医生聊。医生说先做个 CT 看看有没有脑梗塞，结果头部一切正常，而扫描胸部时右侧肺部中叶竟然发现一个核桃大的肿物，他拿着片子让好几个医生看。这次，在场的医生都愣住了，因为大家都知道他的具体情况啊，医生只是说，你赶快到西安再复查吧，当时几个医生都推断是他十多年前的食道癌转移了，只是没明确告诉他罢了。可他倒好，笑着说，我本身就是癌症患者，怕啥，是癌咱就治，反正我多活了十年了，够本了。

在西安等病理检查结论一出来，在场的医生都震惊了，竟然是小细胞肺癌，和上次的食道癌没有任何关系，而十多年的食道癌可以说痊愈了。可这次的小细胞肺癌，恶性程度是属于肺癌之首啊！好多亲戚朋友都为他捏了一把汗，看来这次他是躲不过这一劫了。这么好的人，为啥命运要一次次这样折磨他，一个人连续得两个不同类型的癌症，在医学界也不多见呀！

这次，医生对他的身体状况进行了全面评估，认为小细胞肺癌最长生存也就两三年，不适合手术，手术弄不好会迅速转移。最后，医生给他订的治疗方案是：化疗五至六次，然后放射治疗五个周期，合计五十次，每个周期间隔不到二十天。

看到这个治疗方案，我们几个朋友的心一下子如掉到冰窟窿里，这样的治疗，他这样的身体能坚持得住吗？到底该做不该做啊？连我们都在犹豫中，李总却坚定地提出：做吧，先试试，我又不是第一次得癌症，我还有我的中药哩，我就不相信癌细胞这么喜欢我，这次我非要打得它落花流水，让它知道我的厉害不可。就这样，他在半开玩笑中，又开始了艰难的五次化疗。每次化疗都要住院进行，第一、二次还罢了，副作用不太厉害，可到第三次以后，每做一次，他都几天吃不下，面色黧黑，眼窝凹陷，毫无气力，有时连起床都要别人扶，花白的头发又掉得精光了，慢慢地体重又只剩八十多斤了。每当他觉得难受得实在不行的时候，他都会咬咬牙鼓励自己，坚持住，绝对不能倒下去，熬过一坎是一坎。就这样，瘦骨嶙峋的他在鼓励自己战胜病魔的同时还在病房里是活跃分子呢。记得在做第四次化疗期间，我们去看望他，当时他没在自己病房，竟然正在另一个病房给一个情绪低落的癌症患者现身说法着，只听他气力虚弱地给那个病友说：“别怕，就是化疗难受，坚持住，我都是第二次得癌症了，还一次比一次厉害呢，只要老天还让你有一口气，就要坚持，相信黑暗过后总是黎明。”他还说：“你看家人、亲戚、朋友都来看望你，你却挂着张猪肚子脸，像世界末日来了一样，谁高兴得起来啊。只要眼睛一睁还活着就开开心心，开心也一天，不开心也一天，干吗要不开心呢，那样如我们做生意一样就亏大了！”在他的疏导下，那位病友及其他病友的脸上终于露出了久违的笑容。

后来，听病房其他病友说，他为给病友开导，没少挨医生、护士的教训呢，因为他也是化疗病人，白细胞太低，医生护士怕他乱窜病房，发生交叉感染。可他还振振有词地对医生护士辩解说，他现身说法效果其实是最好的了，不鼓励让他们树立活下去的信心，那种既害怕又难受的感觉，会让他们一个个产生死了算了的念头的，他的说法让在场的病友无不拍手叫好。

接下来的五个周期五十次放射治疗，持续而缓慢的副作用让他一次次极度贫血，白细胞降低到了极限，乏困无力，起不了床。每间隔几天他就要打一次升白针，可在他极度消瘦的情况下，针往哪里打呀！两侧胳膊三角肌都打得发硬了，每打一次，医生护士都觉得心疼。可他依然坚持着，依然坚信过一道坎是一道坎，只要精神稍微好点，白细胞稍微一升高，他又会投入到忙碌的工作中。

就这样，他在每次去医院接受化疗、放疗的过程中，结交了好多同病相怜的病友，有工人、农民、干部、画家、作家，回来还隔三岔五联系他们，询问病情，鼓励他们。有好些外地的朋友被他的顽强精神和善良的人格所鼓舞，远道而来感谢他。

如今，离他查出小细胞肺癌又过去三年了。虽然人瘦了点，但精神又恢复到以前那个风尘仆仆的样子，看来他又创造医学奇迹了。他仍然成天开个面包车忙碌着。我每次见到他，都称呼他“钢铁战士”，他听了总是淡淡一笑。

前段时间遇见，他饶有信心地说，县上给他的药厂成立了党支部，厂房上还挂上了“不忘初心，牢记使命”八个鲜红的大字，每当夜幕降临，这个标志都会愈加熠熠生辉。

看着他远去的背影，回想他历经沧桑、坚韧不拔的奋斗历程，多少人被他顽强的生命力所感染啊！我想，这不正是他几十年用自己的实际行动谱写的一曲生命壮歌吗？

山城的灯盏

苦难没有击倒他，病魔没有打垮他，他是一盏黑夜里的灯盏，为无数个家庭送去了光明和温暖。

——题记

他不是万物赖以生存的太阳，也不是让人浮想联翩的月亮，更不是给人指点迷途的北斗星，他是小山城一位普普通通的老人，用他坚强的意志、微薄的力量，感染和鼓励着周围每一个癌症病人，为贫瘠的山村和无数暗夜里风雨飘摇的家庭送去了希望和信心。他，就是我三年前的文章《生命的壮歌》中的主人公——宝鸡西合中药饮片有限公司总经理李军虎。

掐指算来，这位看起来精神矍铄、和蔼可亲的老人已与食道癌抗争了近二十年，与那个让人一听都胆战心惊的小细胞肺癌整整顽强拼搏了六年时间。

如今的李总已年过古稀，把他企业管理上的重心和大量精力转移到了全县中药材种植和利用他的成功抗癌经验为癌症病人进行精神鼓舞和中药调理上了。

陇县自古在药材种植方面就有得天独厚的条件，李总为了更好地利用这一天然资源，大力推广中药材种植技术，自己添置桌椅板凳，设立培训场所，积极与西北农林科技大学、宝鸡市农技中心、陇县农宣中心联系合作，采取集中办班，以宝鸡西合中药饮片有限公司为龙头，开展以工代培，在民间开展中药材种植技术指导等方式方法，为全县培养药材种植技术员五百余人。同时，他严格落实陕西省中医药管理局“定制药园”的举措，将最适宜陇县气候、地里环境种植的柴胡、秦艽列为重点品种，将大黄、独活、黄芪、黄芩、丹参等五个常规品种列为陇县道地中药材种植主导品种，并且拓展思路，大胆创新，利用他们饮片厂有限的前院、后院空间，尝试种植商陆、苍术、黄精等在陇县本就产量很低的中药材二十余种，以便观察、总结种植经验。他为了保证药农大面积种植药材的种子质量，亲自跑到甘肃、宁夏、安徽等地率先投资购进柴胡、秦艽、丹参等药材种子，赊给中药材种植专业合作社和中药材种植大户，采取“借子还药”的模式，在陇县河北镇、李家河镇、城关镇、八渡镇等地推广种植柴胡二百多亩，黄芪一百五十多亩，秦艽一百多亩，独活一百多亩，丹参一百五十多亩，实现了全产业链发展，带动了全县八个乡镇一百八十户贫困户脱贫，解决了一百二十四个村子的剩余劳动力就业问题，使两万四千七百贫困人口增收，一千六百人致富，受到广大药农的一致好评。经他指导种植的陇县地产秦艽经国家药监部门鉴定，成分足、含量高，曾获得中国杨凌农业高新科技成果博览会“后稷奖”。2019 年他被陇县人民政府授予“中药材发展示范带头人”的光荣称号。

近两年，无论春夏秋冬、严寒酷暑，都能在陇县的北山或南山见到李总挽起裤腿马不停蹄奔波的身影。用李总自己的话说，每当他看到在自己精心指导下，那漫山遍野如星星闪烁似的紫色秦艽花、黄米粒一样的柴胡花在山风中载歌载舞摇摇曳曳，别提他心里有多高兴了。他总觉得那是一双双纯澈无比的眼睛在注视着他，向他致意，向他微笑，那一刻，他的一切烦恼、忧愁、痛苦都会烟消云散。

前段时间有事，我和爱人去了趟西合中药饮片公司，一进门就被办公楼一间房子墙面上，悬挂的那一大片红彤彤上面烫着金字的锦旗和那一块块朴素淡雅的牌匾惊呆了，眼前“术精岐黄”“良品仁心解病痛，医德高尚留日月”“怀悲悯祛病济世，施神药铸就大爱”“大难有您，无声除疾”“妙手回春治痼疾，医德高尚惠人间”等等赞美医者医德高尚、大爱无疆、医术精湛的话语熠熠生辉，署名有河南、西安、渭南、商洛、宝鸡、陇县等地的病人，而且有几个本地的癌症病人我都认识呢。哦！我才恍然大悟，原来，李总给病人看病了！我惊讶地指着锦旗半开玩笑着问李总：“你都成医生了？”没想到，李总苦笑了一下，拿出他那两大盒给病人开过药的处方和病人的治疗承诺书，说：“唉！没办法啊！这些锦旗和牌匾都是些和我一样被癌症折磨得死去活来的病人送的，我知道我没有行医证，看病也不合法，也怕有啥不安全，可病人实在要找我呀，有的还人托人求着要我给他开药。在实在不好推辞的情况下，我就想了这个下下之策，让病人给我签承诺书，反正，我都是结合自己近二十年两次抗癌经历中运用中药饮片的经验给开的，没想到，多数病人用药后效果还挺好的……”

“李总，李总在吗？”正当我们说话间，一辆出租车停到了饮片厂院子，车上下来一位年轻妇女和一个满头白发的老人，年轻妇女从车上搀扶下来一个不到四十岁、面无血色、枯瘦如柴的小伙，白发老人颤颤巍巍从他衣兜里摸出一盒烟，边掏着过来给李总说：“这是我儿子，就是刚才老王给你打电话的那个病人，三个月前查出肺癌骨转移，化疗了几次人就成这样了，我们实在没办法了，才托人求你来了，想结合你的中药给治治，你一定要给看看啊！”老人的眼里闪烁着的泪光。后来，我听厂子一位朋友说，李总这几年没少给那些贫困的癌症患者免费治疗哩！

回家的路上，我问同为医者的爱人：“你说，李总没有学过医，也没有医师执业证，他真的能看癌症吗？”爱人沉思片刻说：“祖国医学几千年来不就是这样一边实践，一边走过来的吗？能不能看病是用疗效衡量，既然那么多病人找，肯定是有一定疗效的呀！加之李总得过两次癌症都挺了过来，一来，他有他自己的治疗体会，二来，他也能给这些病人起到一个现身说法作用，让他们首先树起活下去的信心和勇气。不是常说，有好多癌症病人不是病害死的，而是被吓死的吗？”

昨天在朋友圈，我又看到饮片厂一朋友发的病人给李总送了一面“为人有德天长佑，行善无求福自来”的牌匾。原来，是前段时间一位宝鸡慕名而来的四十多岁卵巢癌患者专程领着一家六口给李总送牌匾来了，这位妇女自从吃了李总的中药后，贫血得到改善，体重增加了十二斤呢！看着照片上虽显清瘦，但依然精精神神的李总和病人及其家人带着微笑的合影，作为医者的我，不由得眼睛里渗出了一层热浪，内心一种无法言说的感动、感慨油然而生，脑海里浮现出不知何时在哪里看过的这么一句话：“这世间最酷的事，是用生命影响生命，用灵魂唤醒灵魂。”

我想，李总不就像一盏黑夜的灯盏，用他那微弱的光和热给身处黑暗和恐惧中的人带去光明，照亮和温暖了他们的心房，驱散了他们心中的阴霾，使他们充满喜悦，看到希望吗？

获奖感言

尊敬的各位老师、各位文友：

大家好！

虽然我因身在外地，未能赶到“陇州好故事”征文颁奖大会现场，但我的心时时刻刻和大家在一起，时时刻刻通过朋友的照片或视频关注着会场的所有动向。特别是在会议即将开始前的漫长等待中，我几乎是“身在曹营心在汉”，眼睛从未离开过手机，我在感到无比兴奋和激动的同时，觉得更多的是遗憾，好几次我都激动得眼眶发热！

作为一名医护人员，能获得“陇州好故事”有奖征文一等奖，我深感荣幸！首先让我向“陇州好故事”征文组所有老师的辛勤劳作表示衷心的感谢！对一直以来关心、支持和照顾我的老师、文友表示深深的祝福！我想大声说一声，有你们真好！

很早，我就想以一个医务工作者的身份将宝鸡西合中药饮片有限公司李总二十多年来顽强地两次与癌症抗争的罕见事迹书写下来，因为我和爱人都是医务工作者的同时，还和李总是二十多年的朋友，一点一滴见证了李总两次与癌症苦苦抗争的漫长足迹，有责任和义务将这种顽强拼搏的正能量传递给广大患者和奋斗的人们，可终因才疏学浅，未能如愿。直到二月看到“陇州好故事”征文通讯，经过再三斟酌，我抱着试试看的态度写了。当时只是一味地想着，一定要把这种正能量传递出去，没想到竟获奖了，真感谢评委老师们对我的厚爱！

颁奖时，我虽未到场，但我的心与各位老师、各位文友一直是在一起的，因为文字、文学让我们已心灵相通、彼此相识，这是苍天在茫茫人海中赐予我的缘分，我会倍加呵护和珍惜！

作为一个初出茅庐者，我将以此荣誉为动力，以各位老师为榜样，勤勤恳恳地在文字、文学道路上耕耘我这块贫瘠的土地，哪怕颗粒无收，我也绝不会放弃。我将虔诚地和各位老师、各位文友携起手来，一路前行。我深信，有你们一路陪伴，我的目光将会看得更远，情感将会得到进一步升华，用我饱含深情的拙笔为陇州文学的欣欣向荣做出应有的贡献。

最后，我要为关注、支持陇州文学的所有朋友送上最真挚的祝福，祝大家身体健康！双节快乐！万事如意！

给 小 美

小美，你还是匆匆地走了！

九月三十日中午一点半，我像往常一样打开“陇州文学”微信群，看见文友“左右”发的诗作《小美，你真的很美》时，瞬间泪崩了，我知道，你永远离开我们了！

从医三十多年的我，见惯了人世间太多太多的生离死别。你我虽素不相识，可不知咋的，你已离去的消息，犹如晴天霹雳，让我的心一下子如掉进冰窟窿里，我除了遗憾和对命运的愤愤不平外，只有默默流泪。

连日来，我的情绪低落到了极点，一次次看到群里文友怀念你的诗歌，泪水一次次模糊双眼。特别是昨天看到朋友圈转发的散文《此后人间无小美》，才得知你的小宝还那么小，小到他长大都无法想起妈妈曾经的存在，同为人母，我的眼泪不由得如洪水决了堤。

哦！我恍然明白，我和你虽未相识，但文字、文学已让我们心灵相通、惺惺相惜！

记得一年前，在一个雨后的黄昏，我安安静静地坐在沙发上看《陇县文苑》时，第一次看到你的文章，就被你那细腻的文笔和善良而充满爱心的人格所吸引了，当然，通过简介我也知道了你是位年轻的癌症患者。

细细欣赏着你面带笑容、恬静而优雅地站在一簇枝繁叶茂的竹林前的照片，白色和紫色搭配的套裙，配上你那白皙的肤色，是那样的和谐，那样的超凡脱俗。顿时，一种山间幽兰一样的幽香扑面而来，使那个雨后的黄昏也顷刻间清新了起来。我的心猛然间紧缩了，一种痛彻心扉的感觉油然而生。那一刻，我发誓，作为医者，我要用我微薄的力量，唤起你与疾病做斗争的信心和勇气。那天，我在你的文章末尾留了这样的话语：“多好的一篇散文！好好写，我想看到你十年、二十年后的文章！”

从那天起，我就一直关注着你，只要你的文章一出来，我都要聚精会神地拜读，细细地品味。从你的文章里，我了解到你有可爱的大宝、二宝、善良的婆婆、情投意合的丈夫，也知道了你看似柔弱，实则是一位好母亲、好妻子、好女儿、好儿媳，更知道你是位热爱生活、珍惜生活的好作家、好诗人。我一直乐观而幼稚地想，有那么多人爱你，你又那么爱这个世界，你一定会在与癌症拼搏的道路上坚强地走下去。

也就是从那天起，我发誓要将我身边亲眼所见的抗癌“明星”——李总的艰辛抗癌历程，用文字书写出来，激励你和更多的癌症患者，增强你们和癌症顽强抗争的勇气。

我的文章从微信平台一推出，我第一个就想到了你。我想，我的拙笔，哪怕能给你带去一点点活下去的信心和勇气，都是对我一种莫大的慰藉。我在所有的留言中寻找你的痕迹，我坚信你一定来过这里。

我还曾多次想象着，等忙过这阵子，我一定要和你相识，领着你去认识抗癌明星李总，让他现身说法鼓励你，我要像大姐姐领着小妹妹一样，领着你在布满泥泞的道路上坚强地走下去……

唉！我的判断还是失误了，我痛哭！我后悔！我真没想到可恨的病魔，并没有因“等忙过这阵子”而停止对你肆意残害，让你的躯体在无法忍受的剧痛下，永远地倒了下去，使我永远失去了与你——可爱的小妹妹相识的机会，你的匆匆离去，给我来了个措手不及，让我留下了无尽的遗憾和后悔！

小美，你就这样带着对亲人的无限依恋和对文学的美好憧憬匆匆离去，我相信，你的灵魂在天堂也会如你的诗歌和外表一样，安静、洒脱，清新、飘逸！

我的堂哥老师

我有位堂哥，大我六岁，曾给我当过老师。

那还是三十多年前的事。那会，我上初一，高中毕业不久的堂哥经县上民办教师招考，成了我们社办中学的老师，他给我们班上数学课。

虽然堂哥给我们上数学课仅仅只有一年时间，但他对我学习上的鼓励、启发，乃至做人的谆谆教诲，至今让我难以忘怀。

那年月，农村娃娃书包里的学习用品除了课本、作业本、写字笔等必需品外，几乎没有什么多余的东西。我记得我连文具盒都是从村上医疗站要的废弃注射剂盒。在那时，如果哪位同学买了新的文具盒、橡皮擦或尺子等学习用品，准会吸引来全班同学羡慕的目光。有天早上我准备到校时，发现家里柜盖上放着当时正在生产队当出纳的大哥一本绿色的记账夹，我就偷偷取下里面的账页，将夹子装进书包，我也想拿点同学们没见过的东西显摆显摆！一进教室，我就急不可耐地从书包将夹子掏出来，拿给周围几个同学看。那种嫩绿嫩绿的颜色实在太吸引人了，而且夹子大小也刚好和我们那时的课本一样大，在当时看起来确实是很精美的，起码我到现在都是这么认为。那时的我，见同学们那眼热得不得了的神情，别提心里有多自豪了。有几位同学小心翼翼地伸出手想轻轻摸摸，都被我制止了。那天早上，一连几堂课，我都心不在焉，像在守护一件宝物似，眼睛总盯着抽屉里的夹子，生怕它不翼而飞。

可到上午放学，当我准备将夹子装进书包背回家时，却发现夹子真的不翼而飞了。我头脑当即就“嗡”的一下，心几乎要从嘴里跳出来，“咦！不是刚才都在吗?”我自言自语，呀！我想起来了，我刚出去上厕所了。这下，我断定夹子被同学偷去了，我“哇”的一声，一边哭一边翻周围几个同学的抽屉，可连夹子的影子都没有。眼看教室里同学都走光了，我还在一个个挨着翻同学的抽屉，我几乎把全班同学的抽屉翻了个遍，就是不见夹子的踪影。我不敢回家了！我哭着一屁股坐到凳子上。空荡荡的教室里，只剩我一个人孤零零地哭泣。

大概过了将近一个多小时，堂哥手里拿个小布包进了教室，他一脸严肃地问我：“咋了，不按时回家吃饭?”边说着把两个热腾腾的蒸馍放到我面前。我低着头抽泣着回答：“我把夹子丢了。”“啥夹子?”“是我哥那个夹生产队账本的夹子。”堂哥一听，表情显得更生气了：“生产队的夹子你拿来干啥？与学习有关吗?拿个夹子就能念下书了？夹子丢了你就不回家吃饭了？你知道不按时回家，家里人有多着急吗？都这么大了一点事都不懂!”堂哥劈头盖脸的一席话，瞬间让我如梦初醒，我才忽然想起，娘这几天还生病着，连炕都下不了，眼泪再一次如断了线的珍珠顺着我的面颊滚落了下来。

还有一次数学课上，堂哥在黑板上把当天要讲的内容讲完，剩余时间让我们做课堂练习，我清楚地记得是解二元一次方程，我很快就把布置的练习题做完，顺手将数学书翻到后面一个单元。这一切刚好被挨个看同学作业的堂哥看见了，他立马一脸高兴地表扬我说：“很好！同学们都应该这样学习，每天把该学的知识掌握以外，再把第二天的课程预习一下。这样，天天就会带着问题听课，绝对会起到事半功倍的效果。”这一表扬，令我从此信心百倍。坚持每天将老师布置的作业一做完，就预习下一节课的学习内容。结果，我的学习成绩突飞猛进，直到初中毕业，我几乎稳坐全年级前三。

还有一件令我至今难忘的事，发生在我上初二那年。那时我们的课程已加上物理，但堂哥那时已不带我们班了。一个星期天的早晨，我和弟弟抬着水桶到我们生产队的水泉抬水，正好遇见堂哥也担着两个水桶给家里担水，只见堂哥正担不离肩，担着两个桶，轮换着给两个桶里接水，我和弟弟就站在旁边看堂哥将两桶水接满。担着担子转身准备离开时，堂哥看见我，笑眯眯地对我说：“金霞，你们今年不是学物理了吗？听你们老师说，你还学的可以，你给我说说，我担水是物理上的啥原理？”这一问，把我问懵住了，我顿时头脑一片空白。因为，虽然是堂哥，但毕竟曾经也是我的老师，老师突然这么一问，我紧张得都不知道说什么了，我想回答不知道，又怕堂哥笑话，回答知道吧，确实不知道。我硬着头皮，满脸通红，结结巴巴地说：“担、担水还和物理有关吗？”“当然有啊！你再想想你们学过的内容。”堂哥语气缓和地说。“密度”“重力”“速度”等等我学到的物理名词在我的脑海里统统过了一遍，就是想不起哪个确切与担水有关，我红着脸抓耳挠腮了好一阵，最后不好意思地摇了摇头说：“想不起。”“唉！学过了不能正确理解咋行？你看，担水不就是物理上的杠杆原理嘛，我都知道你们这几天正在学杠杆，支点就在我的肩膀上！”堂哥故意拉长声音。这下，我恍然大悟了。“哦！两个水桶到肩膀的距离就是动力臂和阻力臂呀！”我脱口而出，堂哥笑着给我竖起了大拇指。临走时，堂哥还叮嘱我：“学习不要死巴巴的，要举一反三，要学以致用。”堂哥担着水走出几步后，又转过身，风趣地对我说："回家再仔细琢磨琢磨，你和弟弟抬水是啥原理?"

如今，四十年过去，堂哥也已退休，也许堂哥早已忘记他给我当老师的这些点点滴滴，但我永远记着。每每看见堂哥，四十年前发生的一幕幕细节都会如电影一样浮现在眼前。我常常想，堂哥给我的启发、鼓励、教导，看似一件件微不足道的事情，但确确实实使我终身受益，使我在以后的工作中，永远勤于思考，有责任，有担当，有自信，更有做人的善良。

春天的声音

一阵阵铿锵有力的锣鼓家什声闹醒了熟睡中的春天。于是，春天伸了伸懒腰，揉了揉惺忪的眼睛，抖落了满身的雪花，满面笑容地从威武的社火中、从婉转悠扬的陇州小调里、从北坡公园炫丽的花丛间向我们款款走来，清澈的瞳孔里挤满了蓝蓝的天空、清清的湖水、绿绿的山峦。

有人说，春天是一位高明的画家，它可以将世界装扮得姹紫嫣红、五彩斑斓。而我却说，春天是一位神奇的音乐家，它的指挥棒轻轻舞动，便能弹奏出美妙的旋律和音符。不信，你听：

"噼里啪啦噼里啪啦"，那是勤劳的人们在用爆竹叩响春天的大门，呼唤羞羞答答的迎春花吹响喇叭，催促漫山遍野的小草快快发芽。

"沙沙沙"，那是春雨在轻轻地落下，它如母亲的乳汁滋润着大地，催促着禾苗快快长大，禾苗"咕咚咕咚"如饥似渴地畅饮着，春雨和着温暖的春风给广袤的大地揭去了厚厚的面纱，绿油油的禾苗在春风春雨里容光焕发。

"嘟嘟嘟"，那是河边柳树下一群顽皮的孩子在吹着柳笛玩耍，鹅黄的柳条如母亲的手指抚摸着他们的头发、面颊，胆大的孩子骑在柳树上扭着柳笛，胆小的在树下嘟嘟囔囔催促着，做好了给他。不同音符的柳笛声惊动了河里吹泡泡的鱼儿和慢悠悠的小鸭。

“咕呱咕呱”，那是一只只青蛙从冬眠中苏醒，大口大口呼吸着春天的气息。夜幕降临，满天星斗下的田野里空气清幽，蛙声一片，不然怎么会有“萤火一星沿岸草，蛙声十里出山泉”的美妙诗句。你看，一群群逗点似的小蝌蚪在妈妈的呵护下憨态可掬地在水里玩耍，几天后，它们将会不甘示弱地脱掉尾巴，学着妈妈的样子“呱呱呱”。那时，一浪高过一浪的蛙声将如潮水一样在池塘里、河边上奏响一曲悦耳的春之赞歌。

“叽叽叽喳喳喳”，那是屋檐下的小燕子在讨论怎样筑巢安家，它们忙碌的身影穿梭在田野里、小河汊，过不了几日，毛茸茸的小燕子就张着鹅黄的小嘴喊爸爸妈妈，爸爸妈妈将会早出晚归地为它们去抓虫摸虾，等到小燕子一个个长大，它们会跟着爸爸妈妈勇闯天涯。

“嘻嘻嘻哈哈哈”，那是院子里、草地上踢着球、打着滚、放风筝的娃娃，孩子们脱去厚厚的棉衣，毫无约束地在明媚的阳光下追逐嬉戏。蔚蓝的天空下，白云和风筝诉说着悄悄话，孩子们的心儿早已随着春风飞到了九霄云外和田野河坝。

“哞哞哞”，那是勤劳的农夫赶着耕牛在田间开地、播种，温暖的阳光下，他们的脚步是那么从容而坚定，希望和汗水记录在他们黝黑的面颊。

…………

啊！春天，此起彼伏的声音，犹如一支技艺高超的交响乐队，奏响了一曲曲无与伦比的乐章，催促着人们去拼搏、去奋发。

清　明

清明，是祭祀和思念的日子。

打我记事起，家乡的清明除了上坟祭祖外，还有一种习俗，就是给女孩儿剪头发，寓意清俊明亮，听老人说这天剪了头发，头发会长得又黑又长。

我想，这个节气剪头发也可能是取草木繁茂之意吧。

小时候每遇清明，母亲就会早早叮咛父亲把剪刀磨利，说我的头发太厚，剪刀钝了剪不齐。

清明一大早，父亲就早早起床，拿着纸钱、铁锨、竹笼上坟去了。母亲呢，把我从熟睡中叫醒，让我洗脸、梳头。我瞌睡得不想睁眼睛，磨磨蹭蹭到听见柜门“咯吱”一声，知道是母亲从柜里端出她的针线管篮准备取剪刀了，才很不情愿地跳下炕。弟弟也会闻声睁开惺忪的眼睛，爬起来准备看热闹。

我匆匆洗把脸，母亲已坐在炕边催促着我。我嘴里嘟嘟囔囔着，满脸不高兴地来到母亲跟前。母亲让我背对着她，轻轻地解开我那因睡了一夜而杂乱不堪的辫子，用梳子蘸上碗里的水，梳一次，蘸一下，梳一次，蘸一下——我知道，她是怕头发黏结梳不开拔疼我。梳子蘸上水，梳起来会畅通得多。不一会头发梳得整整齐齐，母亲让我又转过来面对着她，用梳子将额头的头发向下梳几缕，那是留作剪留海用的。然后，母亲再次让我转过去背对着她，用梳子从头顶到脑后将头发从中间左右分开一条缝。分匀后，再将一侧头发一边蘸水一边梳，待整齐后分成三股或者四股，编成辫子，用红头绳一圈一圈扎紧。然后又以同样的方式梳好另一侧的发辫。

清明剪发，讲究的就是“咔嚓”一剪，梳头、辫发等等程序皆属铺垫而已。

留海，陇州人叫“刷刷”，是女性年轻漂亮的象征。剪留海是剪发的关键。母亲让我转过身，面对着她，闭上眼睛，不许乱动，又叮咛在一旁看稀奇的弟弟：“乖乖看，离远点，别碰我和你姐姐，小心剪刀伤着姐姐！”弟弟就会懂事地往后一退，离开我们两三步，一动不动地睁大眼睛看着。母亲再次蘸水，梳发，右手的剪刀紧贴我的眉毛从左往右依次“咔嚓、咔嚓”走过，剪断的头发掉在她左手掌里，又转放在我掬起的小手里。

我睁开眼睛后，母亲又左右端详一翻，脸上露出了满意的笑容。那是母亲对自己手艺的肯定，更是对女儿的怜爱。

接着剪辫梢，这是剪发的最后一道工序。动剪刀前，母亲一定要再次仔细看看辫子左右高低是不是一样，头绳是不是扎在一样的高度。当她确认一切都恰到好处后，就一手握着剪刀、一手捏住我的辫子梢，“咔嚓”声响过，辫子梢梢就由参差不齐的“毛笔尖”变成齐齐的“锅刷刷”了。

然后，再剪第二个。我双手掬着刚剪下的头发，小鸟一样飞到屋后的小河边，将头发扔进河水里，任其打着旋儿漂向远方。

孩提时代的清明早上，家乡各家的女孩子都起得格外早。太阳刚刚从东山升起，女孩们就聚在一起，叽叽喳喳像小燕子一样，比谁的留海齐、谁的羊角齐、谁的辫子齐。一张张活泼的脸庞上，乌黑的留海像瀑布一样在额头流淌，黑色的瀑布下是一双双纯澈得像清泉一样的大眼睛；齐刷刷的发辫上花花绿绿的头绳像蝴蝶在飞舞。那留海，那发辫，那头绳，把乡下农家女孩淳朴的自然美演绎到了极致。

我上四年级那个清明早晨，母亲和往常一样拿起剪刀准备给我剪留海，顽皮的弟弟突然说尿憋不住了，他跳下炕时撞在了我身上，随着一声“咔嚓”，留海成了一边高一边低。我一照镜子，“哇”地大哭起来，随手抓起门后的烧炕杈杈。弟弟一看大事不妙，早已逃之夭夭。没追上弟弟，我一屁股坐在门槛上哭泣不止，任凭母亲怎样哄都无济于事。那天早上，我没去上学，哭哭停停，直到早饭时，母亲才用一片韭饼堵住了我的嘴。弟弟知道惹事了，吓得躲在院墙外偷偷观看，到我吃完早饭去上学都没见回来。

上初中后，我觉得儿时令我自豪了多年的那个发型原来一点也不美，呆板的像个瓜女子，就再也不让母亲给我剪发。母亲拗不过我，就只得按我的要求剪成毛抓抓长短不一的那种。剪下的头发，还是扔到屋后的小河里。

我已离开家乡三十余年，不知道家乡这种习俗是否还在延续，也没深究过这种习俗的出处。不过，你看“清明”一词不正是专供女孩享用的吗？不就是希望女孩个个长大清俊漂亮，明白事理吗？

家乡的端午

家乡的端午，艾叶青青，荷包飘香，伴随着温暖而馨香的童年记忆淡淡地氤氲开来，遍地芬芳，袅袅娜娜萦绕在长长的岁月里。

人常说，最美人间四月天。我不知道这里的四月指的是公历还是农历，我想应该是农历吧，因为在家乡陇州，一进入农历四月，端午的序幕就缓缓拉开了。

不信，你看，一进入农历四月，只要是良辰吉日，家乡的道路上随处都能见到提着竹篾笼笼里面装着鲜红的水萝卜和嫩得能掐出水的蒜薹等时令蔬菜送裹肚（送端午）的人们，他们有的是长辈给晚辈送，有的是舅舅家给外甥送，有的是公婆家给未过门的媳妇送。不过公婆家给未过门的媳妇送必须去两人，且笼笼里装的东西都要是双数的呢。

每年到了这个时节，孩子们就是最高兴的了，因为天天盼望着舅舅家或其他长辈给自己送裹肚呀。给孩子们送裹肚，送来的除蒜薹、水萝卜等时令蔬菜外，都是孩子最喜欢的凉帽、凉鞋、汗衫、短裤等夏季穿戴。孩子们看见这些，心儿早已飞到了河坝、树杈，想象着自己穿上长辈们送的裹肚将是何等的漂亮和凉爽，也就更急切地盼望骄阳似火的夏日快快到来。

家乡人给小娃娃送裹肚主要送的是裹肚和蛤蟆裤。裹肚和蛤蟆裤都是外婆用红布给外甥们精心缝制的呢，听说娃娃穿上能辟邪。裹肚是专门护娃娃胸腹的，胸前两条带子绑在娃娃脖子上，侧面两条带子围绑在娃娃腰间，穿上裹肚，娃娃整个胸腹部就护得严严的。裹肚上面还有小兜兜，能装吃食，兜兜上有外婆精心刺绣的飞禽走兽、花花草草，小娃娃穿上既美观又能避免胸腹受凉，可实惠了。

蛤蟆裤则像小娃娃的开档短裤但又不完全是开档短裤，前面也连着个能护胸腹的裹肚呢，胸部也有两个带子可以绑在娃娃脖子上，腰里有个宽宽的带子袢在小孩腰间，娃娃穿上它胸腹部也护得严严的。前面护胸腹的裹肚上是外婆精心刺绣的蟾蜍、蜈蚣、蝎子、壁虎、蛇等“五毒”，听老人们讲，穿上蛤蟆裤能避免夏天受到五毒侵害。而刺绣的五毒布局也是有讲究的，一般是一个大大的绿色的背上带彩色斑点的憨态可掬的蟾蜍居中，而各色蝎子、壁虎、蛇、蜈蚣围在一周，看上去活灵活现，栩栩如生。

每到三伏天，小娃娃们个个都只穿个裹肚或蛤蟆裤，那如莲藕一样的胳膊、腿，圆乎乎的屁股在鲜红的裹肚、蛤蟆裤陪衬下，更显得活泼可爱。那种既凉爽又避免娃娃胸腹部受凉的制作，完全彰显了老祖宗的聪明才智。

过去，没有塑料凉鞋，外婆给外甥们送的凉鞋可是手工一针一线精心制作的布凉鞋或麻鞋。布凉鞋一般给女孩送，麻鞋送给男孩，其鞋底和布鞋鞋底是一样的，都是一针一针用绳子纳的。但鞋帮就不一样了，女孩的布凉鞋帮面有精心设计的各种镂空图案，而男孩的麻鞋是将麻辫往鞋底上一针针缝上一圈，再将一根根线陀螺纺织的棉线绳固定在麻辫上做的，一双麻鞋做成要经过十多道工序呢。样子虽和大人的一样，但小孩子的麻鞋上有外婆用彩色丝线做的各种装饰。特别是鞋帮的脚腰处用彩色丝线挽的那个圆圆的镂空图案可漂亮了，常常听大人们叫它“老鼠拉鸡蛋麻鞋”。那时，每到二三月闲暇之余，常常能看见婶婶、大大、奶奶们这里一簇那里一堆坐在一起给小外甥们准备四月送裹肚的布凉鞋或“老鼠拉鸡蛋麻鞋”。我常常坐在她们跟前一边看她们手里那不知疲倦转动的线陀螺、拧车，看那白鞋底四周白生生的线绳子，看那如牛鼻子一样的彩色麻鞋鼻梁，一边听她们合计着要给哪家外甥送麻鞋，哪家外甥送凉帽，哪家外甥送蛤蟆裤。听着她们的絮叨，我的心儿也就飞到了舅舅家，期盼着外婆给我送裹肚了！

公婆家给未过门的媳妇送裹肚，除时令蔬菜外，是要给媳妇买一身夏天衣服或布料，家庭殷实的还送两身衣服呢，当然还得有雪花膏、袜子、手绢等日用品，不过这些日用品都得是成双成对的。那几日，未出嫁的姑娘虽然羞羞答答嘴上不说，但心里天天都在盼望着婆家来给自己送裹肚呢。如果哪家姑娘的婆家来送裹肚了，等不得亲戚离开，村里其他姑娘就迫不及待地跑去看新鲜了。

在家乡，招待送裹肚亲戚都是两顿饭的。早上是陇州人招待贵客的待遇，荷包蛋、油饼，再调上红绿搭配的水萝卜、蒜薹等，过去这可是再好不过的了。午饭是陇州特色臊子面。面条细长，厚薄均匀，臊子鲜香，红油浮面，漂菜鲜艳，香味扑鼻，即使不饿的人也会被那臊子面的香味刺激得食欲大增。只有来客们吃到满面红光，肚儿圆圆的，打着饱嗝儿，主家才肯让其离去。

到了农历四月二十几，家乡随处都能看见婶婶、大大、奶奶们又三五成群地坐在一起用各色丝线、麻还有花花绿绿的碎布片忙乎着为孩子们做五月初一戴的笤帚、扫帚、锅刷刷和五月初五端午节戴的绌绌（香包或荷包）及花花绳。那活可是体现她们手艺的最好时机呢！不然，你看她们怎么一个比一个做得专心致志？

那几丝丝麻和几根五颜六色的丝线在她们手中，几下子就变成了七彩的花花绳和小巧的笤帚、扫帚、锅刷刷了，一个个如真的一样，只是样子比真的更玲珑、更精美。笤帚、扫帚、锅刷刷上缠绕的一节节彩色丝线在白麻的陪衬下是那么靓丽，那么耀眼。各色碎布在她们手中一会又成了惟妙惟肖、形态各异的老鼠、蛇、桃子、石榴、柿子、猴子、冬瓜、羊、猪、马等绌绌了。看着婶婶、大大、奶奶们变戏法似的巧手，在一旁看热闹的孩子们心里也痒痒的，总想伸出黑乎乎的脏手去摸一摸，可婶婶、大大、奶奶们总会笑眯眯地说："别急，到时候有你的!"

盼星星盼月亮，五月初一姗姗而来了。一大早，孩子们还在睡梦中，母亲们就给他们衣服扭环上或者项圈上、凉帽上将准备好的彩色笤帚、扫帚、锅刷刷戴好了，等孩子们一睁开眼睛，定会高兴得赶紧穿好衣服跳下炕，跑出去给其他伙伴们显摆。当然，孩子们还有更高兴的事呢，那就是再过几天端午还要戴绌绌呢!

五月初五，端午节终于来了。这天，母亲们比平时起得更早，除了给门楣上、窗户上插上嫩绿的艾草外，还要炸油饼、煮鸡蛋，满院子香味吸引着馋嘴的孩子们也比往日起得要早。母亲们麻利地给孩子们洗干净手、脸和脚丫，取下初一戴的笤帚、扫帚、锅刷刷，又给他们手腕上、脚腕上戴上用七色彩线拧成的花花绳，再给扭环上、项圈上、凉帽上戴上各式各样的绌绌，有的绌绌在缝制时母亲们还特意在里面装有香草，老远都能闻见那香味。

这一天，村里孩子好像格外多，个个胸前挂着一嘟噜一串串五颜六色的绌绌，叽叽喳喳相互追逐着、比较着，孩子们有的戴着舅舅家给送的凉帽，有的穿着舅舅家给送的"老鼠拉鸡蛋麻鞋"，连刚学走路的小娃娃也穿着舅舅家送的蛤蟆裤、裹肚咿咿呀呀不甘示弱地穿梭在姐姐哥哥们中间。他们个个手里拿的不是鸡蛋就是油饼，一边吃一边互相欣赏着，还时不时伸出那白嫩、细腻的胳膊、腿比谁的花花绳好看。这天，孩子们的笑声和着艾草、鸡蛋、油饼的香味萦绕在村庄上空，惹得太阳也好像要眼巴巴和孩子们一起过端午，不情愿挪动它匆匆的脚步。

五月初五一过，伙伴们戴的绌绌就可以随时取掉了，但脚腕上、手腕上的花花绳是绝对不能取的。母亲们叮嘱孩子，花花绳一直要戴到六月六，才能取下扔到河水里，不然会被蛇等蚊虫叮咬的。听着母亲的话语，孩子们虽然将信将疑，但定会牢记住母亲的吩咐，一直将花花绳戴到农历六月初六。

农历六月六那天，小河边孩子可多了，他们互相解下脚腕、手腕上因戴了一月而变得脏兮兮的花花绳，郑重其事地将花花绳扔进河水里，看着它在河水里打着转儿慢慢悠悠漂向远方。这时花花绳虽随河水去了，可孩子们脚腕、手腕上戴过花花绳的地方留下的那格外白的圈圈还要好几天才能消退呢。那几日，只要看到那个白色手镯一样的痕迹，孩子们又会期盼明年的端午节。

就这样，家乡的孩子在一年年对端午的期盼中渐渐长大了，虽然不再像小时候那么期盼着戴绌绌、戴花花绳，但儿时过端午的景象却永远留在了记忆里。每年这个时节，儿时家乡的端午情景就犹如电影一样一幕幕在我脑海里浮现。

陇州乞巧节

七月初七是牛郎织女在银河鹊桥相会的日子。这凄美的爱情神话故事自古以来一直被广大人民群众所传颂。

在家乡陇州，七月初七除有“牛郎织女鹊桥相会”的动人故事外，在千河南岸的边家庄村还有一个古老而神圣的“乞巧庙会”。乞巧，顾名思义，就是乞求心灵手巧。乞巧庙会自古在陇州可是家喻户晓人人皆知的呢！

每年从七月初五、初六起，到千河南岸边家庄参加庙会的人就络绎不绝，来自四面八方的善男信女们个个手拿香表、献果，虔诚地奔向那个神圣而庄严的古庙。那几日，只要你从千陇南线路过边家庄，老远就能看见位于半坡上的古庙内人头攒动、彩旗飘扬，婉转悠扬的梵音和着阵阵鞭炮声在淡淡的香火青烟陪衬下慢慢悠悠飘向蔚蓝的天空，显得圣洁而又肃穆。

据老人们讲，边家庄乞巧庙会自古就是秦人后裔祭祀祖先织女（女修）的时令礼仪，所以，庙会的主神是织女（陇州人称巧娘娘）。勤劳善良的家乡人民把这一活动称为乞巧，它不仅是对秦人祖先的崇拜，更彰显了青春少女对美好生活的追求和向往。

老人们说，在过去，边家庄乞巧庙会活动参与人员众多，议程十分复杂，但多数已消失在历史的云烟中，现流传下来的只有“迎巧”“乞巧”“掐巧”“送巧”等活动了。

从古至今，对于千河南岸边家庄一带的妙龄姑娘们来说，最期盼的莫过于一年一度的乞巧节了。她们把这一天当作自己一生最隆重、最快乐、最神圣的节日。每年大年一过，平素那些看起来腼腆、害羞、中规中矩的少女们就急不可耐地掐指计算七月七的时日了。

盼啊盼，终于熬到六月初六了。

姑娘们天不亮就高高兴兴起床，精心洗漱打扮后，到古庙下面的泉里挑来甘甜可口的泉水，匆匆忙忙在家中设香台供桌，叩头祭拜，然后用陶瓷碗装上她们早早捡得干干净净的豌豆，浇上挑来的清水，开始为七月初七乞巧节“生巧芽”了！

她们按照祖上口口相传上千年的“生巧芽不能遭到灰尘污染或阳光照射、每日给巧芽换水不能让其他人看见”等说法，小心翼翼地将浇过水的陶碗放进一个干净瓮中秘藏。

以后的每天清晨，东方微亮，姑娘们就第一个蹑手蹑脚起床，精心洗漱、上香、叩拜，再给自己的巧芽换上新挑的泉水。给巧芽换水的整个过程都是她们一个人秘密进行的，不能让任何人看见，否则，听老人们说好不容易长出来的巧芽就会无缘无故腐烂。

就这样，在姑娘们一天天的精心呵护下，巧芽终于露出了白白胖胖的头角。姑娘们看到颗颗豌豆上如老鼠牙一样洁白的巧芽，甭提心里有多高兴了，她们每天都在心里默默祈祷，祈求自己的巧芽茁壮成长。

功夫不负有心人。巧芽一天天在姑娘们的热切期望和精心照料下长高了，为了防止长高的巧芽侧倒或折断，巧芽每长高一段，姑娘们就用红丝带将巧芽捆成一束，有的用二指宽的红纸条将巧芽拦腰束住。这样，随着巧芽的长高，白白嫩嫩的一束巧芽在一道道红腰带陪衬下竟出脱成了亭亭玉立、冰清玉洁的美少女了。

盼星星盼月亮，七月初七终于来临了。

古庙前的广场上彩旗飞舞、人山人海，殿门前的供桌上，一脸慈祥的巧娘娘神像前献满了西瓜、葡萄、桃子等时令水果。姑娘们个个身着节日盛装，打扮得眉清目秀、干净利落，她们在庄严的庙堂乐声中表情庄重而又虔诚地将各自精心呵护了一个月、杆白叶绿的巧芽双手轻轻献奉到供桌上。啊！每碗巧芽都足足有一尺多高，供桌上那一碗碗白嫩白嫩的巧芽个个紧束一道道大红腰带，在蓝天白云下宛如少女展颐摆腰、婀娜多姿，使得在场围观的人们顿生一种惜香怜玉之感！爷爷奶奶、大叔大婶七嘴八舌议论着谁家姑娘勤快，巧芽生得好；谁家姑娘生的巧芽长势欠佳。有些调皮的小伙子们则趁机说几句俏皮话，羞得姑娘们个个脸上泛起了朵朵红晕。

在庙会长者主持下，乞巧节活动开始了。

姑娘们列队来到古庙下的水泉边，在这里设立神台供案，供上巧娘娘神位。姑娘们齐刷刷跪在巧娘娘神位前抬头仰望蔚蓝的天空，拈香吟唱《迎巧歌》：

日明月朗群星繁，
千河泱泱飘云烟。
推开庙门拜三拜，
抬首高仰巧姐颜。
默诵经文把她唤，
一年只能见一面。
千呼万唤眼望穿，
快快下凡到人间。
巧姐天上望人间，
我把巧姐拜下天，
巧姐下凡到人间。

巧姐教我学针线，
学下针线缝衣衫。
巧姐教我养桑蚕，
桑蚕吐出金丝线，
织成人间好河山。

悠扬的歌声伴随着袅袅香烟飘向遥远的天际，哦！姑娘们那盼望而兴奋的眼神告诉人们，巧娘娘要下凡到人间了，她们要与巧娘娘共度乞巧佳节！

接着，姑娘们又兴高采烈地将巧娘娘神位移至提前选好的宽阔农家庭院与祖先神案同台供奉，再次跪在巧娘娘神位前，拈香反复吟诵《乞巧歌》：

春立夏，夏立秋，
年年有个六月六。
六月六，生巧来，
七月七，掐巧来。
跪在神龛拜三拜，
叩头作揖叫巧姐。
灯里油儿点干啦，
巧姐巧姐下来吧。
一碗水，两碗水，
巧姐下来洗红嘴。
一碗茶，两碗茶，
巧姐下来洗白牙。
一碗油，两碗油，
巧姐下来梳油头，
梳油头。

春立夏，夏立秋，
年年有个六月六。
六月六，生巧来，
七月七，掐巧来。
跪在神龛拜三拜，
叩头作揖叫巧姐。
天皇皇呀地皇皇，
巧姐驾云下天堂。
不图你的财和钱，
不图你的针和线，
光学你的好手段。
巧姐教我学针线，
学下女工千千万，
千千万。

姑娘们在长者的主持下，一边嘴里吟唱着《乞巧歌》，一边手里就开始她们的绣巧花、剪巧纸、扎巧针、做巧鞋等竞赛活动了，这可是姑娘们是否心灵手巧最直观的表演，是苦苦修炼了一年的针线活功夫的现场检验呀。别看她们平素个个羞羞答答，可这个时候是你追我赶毫不示弱呢。

你看，姑娘们个个虽然嘴里吟唱着，但目不转睛地盯着自己手里的活计，飞针走线，眉头一会儿紧锁、一会儿舒展；表情一会儿凝重，一会儿坦然。再细看她们手里，不是在绣莺歌燕舞，就是在剪鱼儿闹莲，有的姑娘急得手心都出了汗。

竞赛完毕，平时针线活一向受乡亲们推崇的长辈们还要对姑娘们的作品细细评判，惹得一旁围观的人们也时不时对她们精湛的技艺交头接耳、感发赞叹。评比后谁家姑娘技艺超群，就被封为当年的“巧姑娘”，这个殊荣对于家乡这一带姑娘们来说胜过黄金千千万！

乞巧完毕，就是乞巧节最重要的一项活动——掐巧了，这也是姑娘们占卜自己未来和前程的时候。她们个个手捧着自己的巧芽，表情紧张而又虔敬地缓缓走向巧娘娘神位前，将巧芽供奉在供桌上，开始拈香跪拜，反复吟唱《掐巧歌》：

巧芽芽来生的怪，
千年古风传下来。
碗中生来瓮中盖，
日日浇水天天拜。
巧姐保佑长出来，
白白嫩嫩身不歪。
脖颈长着绿叶叶，
朵朵花儿尖上开。
摆在神龛掐巧来，
摆在神龛掐巧来。
巧芽芽来生的怪，
千年古风传下来。
七月七日来摘采，
放在水中似花开。
姐姐妹妹照影来，
又像花儿又像菜。
姐姐掐巧乞貌才，
妹妹掐巧乞英杰。
看谁心灵手儿快，
看谁心灵手儿快！

掐巧预示着未来，所以歌曲中夹杂着姑娘们内心的犹豫和忐忑，将姑娘们对未来的一片迷茫、困惑和希冀表现得淋漓尽致。

歌声结束，掐巧开始了。在众目睽睽之下，姑娘们个个脸热心跳，她们小心翼翼地用自己葱白一样纤细的手指掐下巧芽顶端的绿色花瓣，轻轻投入挑来的泉水中，水面上立刻出现道道不同形状的波纹，她们通过仔细观察巧芽在水中的投影及波纹形状，预测自己将来是否心灵手巧、聪明幸福。惹得周围看热闹的人们也伸长脖子要看个究竟。当然，多数时间主持或长者也适时要根据水中波纹为姑娘们的预测美言一番。不信你看在长者们的美言下，姑娘们个个脸上都绽放出了美丽的笑颜，这笑颜衬着白嫩嫩的巧芽是那么的妩媚，那么的清纯，那么的恬静，那么的美好，让人看一眼都会产生无限的遐想。

直到傍晚时分，姑娘们又叽叽喳喳像小鸟一样聚集在一起举行送巧仪式了。她们又端起自己掐过的巧芽，来到村西沙河边的榆树下，面向浩瀚的夜空中不断眨眼的繁星和如钩的秋月叩拜，无比心疼地烧掉巧芽和巧娘娘神位，目光一齐投向璀璨的苍穹，依依惜别地目送巧娘娘上天，嘴里反复吟唱《送巧歌》：

巧姐天上望人间，望人间，我把巧姐拜下天。
巧姐教我学针线，学下手艺做衣衫，
巧姐下来一天半，没吃我家一碗饭，
只顾给我教手段，没有陪你转一转。
今晚要回银河畔，银河畔，
我把巧姐送一番，跪在河边把香点，
叩头作揖烧纸钱，河边青柳飘云烟，
我送巧姐飞上天，别时容易见时难，
要想再会等明年。

凄美的歌声在习习的微风吹拂下，和着河边野鸭和青蛙们此起彼伏的叫声传到很远很远……

前年，边家庄为了弘扬家乡这一民风民俗文化，根据民间老人们的回忆，在七月初七来临之际，举行了隆重的“乞巧节”庆典活动，使更多的年轻人对家乡乞巧节这种非物质文化遗产的历史渊源有了更清晰而深刻的了解。

如今，每到这个时节，想起家乡的乞巧节，我的心里总有种无名的悸动和感慨。我常想：家乡的乞巧节虽然带有一定的迷信色彩，但它在几千年烟波浩渺的历史长河中没有被淹没，不正是纯朴的乡民永远对美好生活的无限憧憬和追求心灵手巧、勤劳善良的美德见证吗?

我企望，随着现代社会的飞速发展，家乡乞巧节这种优秀的传统和朴素的民俗文化能受到积极保护，一如既往地在广大民众的推崇和呵护下得到永世传承。

儿时的中秋节

昨天去超市买菜，琳琅满目的月饼提醒我，一年一度的中秋佳节又来临了。

打开记忆的闸门，儿时家乡过中秋节的点点滴滴犹如朵朵浪花涌上心头。

记忆中，儿时家乡农村过中秋时，多数时间是庄稼人秋收、秋播的农忙季节。而且那年月，中秋吃月饼，对于农村人来说可是极奢侈的事。不过，那时的中秋节，农村孩子虽然很少吃月饼，但家家户户的母亲就是再忙，也要用自家地里产的水灵灵的大白萝卜和着鲜嫩的小葱、韭菜及核桃油，让全家美美吃一顿核桃煮角（饺子）。家乡自古就有八月十五吃煮角的习俗。

每年中秋节前一天，也就是农历八月十四，街坊邻居的母亲们就为明天中秋节的核桃煮角忙活开了。当然，我的母亲也不例外，她会让父亲去自留地拔几个白白胖胖的白萝卜，再割些鲜嫩得随时都能掐出水的韭菜或小葱。而母亲呢？则把山里舅舅家给的刚下来的核桃仁放进锅里，用文火慢慢焙黄，晾凉后用手轻轻搓去核桃仁外面的薄衣，然后撒上盐，倒进房檐台的石礓窝里，像捣蒜似的捣成黑黝黝的黏稠糊状核桃油。

记忆中，这一天，我家那个平时安安稳稳躲在角落无人问津的石礓窝就格外忙碌了。天一明，院子里就有等着捣核桃仁的婶婶、嫂子们，还有那些手里拿着馍站在礓窝周围，眼巴巴等着用大人捣完核桃仁的礓窝捣馍的孩子们。要是哪个孩子的馍在礓窝里捣成了核桃饼，其余孩子则会一哄而上，抢个不亦乐乎，常常惹得抢不上的孩子望着人家吃核桃馍而垂涎欲滴。那天，连小狗也像趁热闹似的跟在孩子们后面不停摇尾巴，等着尝新鲜。核桃仁在礓窝里被婶婶、嫂子们一点点捣成核桃油时，散发出的香味实在太有诱惑力了！

在礓窝里捣核桃馍，我当然是近水楼台先得月了。只要大人一捣完核桃，接下来由哪个孩子捣馍，都得由我说了算，因为那可是我家的礓窝啊。所以，我吃核桃馍是不用抢的，别的孩子会把捣好的馍争抢着拿给我，不然，我会不让他们进院子的。可母亲就不这样了。她明明把核桃仁都在锅里焙好了，就是要等排队的婶婶、嫂子们捣完，最后一个才轮到她。她有时还把自家馍拿给那些没带馍的孩子们。我常常为这嘟囔母亲，可母亲总是笑着说："你这女子，咋那么小气？礓窝在咱院子里，咱晚上可以用呀，先让婶婶、嫂子们用吧！"

中秋节这天，一吃过早饭，阵阵核桃油的香味就氤氲得满村子都是，家家户户灶房里叮叮咚咚的切菜声，咣当咣当的擀面声，犹如一曲曲节奏强劲的舞曲，在村子上空荡漾开来。

这天中午，只要不去上学，为了早早吃上核桃煮角，我都会跟在母亲后面不离左右。我看着母亲将煮熟的白萝卜丝捏去水分，一刀一刀切细，装进瓦盆里，再把事先准备好的一小股葱或韭菜切细放进去，最后再倒上那芳香四溢的核桃油。等母亲做完最后一道工序再撒点盐搅拌一番，将瓦盆放在一边揉面时，我就知道煮角馅和好了，准会偷偷趁母亲不注意，用调羹挖一疙瘩填进嘴里。顿时，一股油而不腻、清爽可口的香味立即从唇齿间窜入大脑，让人欲罢不能。

母亲将提前和好的面放在案板上，来回揉搓几个回合后，在案上擀成一张圆圆的大大的薄厚适中的面皮，再用小铁罐的盖子在面皮上一拓一个，一拓一个，圆圆的煮角皮就成了。母亲拿起一个面皮，在中央用筷子放上一疙瘩馅料，再将面皮对折，捏成一个中间隆起的半圆，然后将半圆的两端向下一拉，捏在一起。一个圆圆的酷似荷包又似耳朵的煮角就包成了。母亲在蒸笼的甑笆上铺上干笼布，再撒上面铺，把捏好的煮角一个个排得整整齐齐放到甑笆上。不一会，满满一甑笆煮角就包好了，远远看去如一圈圈或一排排整整齐齐白花花的元宝。

母亲包煮角时，我也会在一旁剥蒜、烧锅，忙得不亦乐乎。母亲每次下煮角前，都要给爱吃干煮角的哥哥和父亲用油呛些蒜水，给我和姐姐等爱吃汤煮角的，在后锅用鲜艳的红萝卜、丁丁菜调些汤。一切准备就绪，母亲就开始下煮角了，看着一个个小白兔似的煮角倒入翻滚的开水中，我就是最急不可耐的了，常常一手拿着筷子，一手端着盛有凉水的马勺，带着哭腔催促母亲："给我先捞一个，冰了尝一下!"母亲的耐心常常抵不过我的催促，总是一边叨叨："唉！这女子我看是饿死鬼转世的。"一边不耐烦地给我的马勺里捞一个滑溜溜的煮角。我呢，则不管生熟就用手捞起来塞进嘴里，那香鲜至极的味道，又迫使我再次带着哭腔要下一个……记忆中，儿时母亲每年中秋节做的核桃煮角，不管是干的，还是汤的，总会让我吃得打着饱嗝儿，才肯放下手中的碗筷。

傍晚时分，当月亮像个巨大无比的橙子挂上东边的天幕，玩了一下午的伙伴们又会想起母亲中午做的核桃煮角。月光下，孩子们一个个手里拿着香味四溢的核桃煮角一边大快朵颐，一边成群结伙遥望皎洁的明月呐喊："月亮月亮咣咣，跌着下来尝尝！月亮月亮咣咣，跌着下来尝尝！”当月亮挂上夜空，如巨大的银盘掉入深蓝的湖水中时，母亲们就拉着长长的声音呼唤自家的孩子，该回家了！那一夜，孩子们躺在母亲温暖的身旁，常常望着从木格窗户溜进来的月光陷入无限的遐想，他们会在月光的轻抚中，做一个甜甜的关于月亮和核桃煮角的梦。

长大后，我常常想，也许是因为家乡饺子这个特殊的造型，乡亲们才把它叫作煮角的吧！

如今，母亲已离我而去二十多年了，但每年中秋，我即使不吃月饼，也要学着母亲的做法，给孩子们做一顿核桃煮角，因为那是母亲的味道，是家乡的味道！

送花糕

一年一度的送花糕节又悄然而至了。

送花糕从农历九月初一开始，到重阳节前结束，一般都是长辈给晚辈送，舅舅给外甥送，婆家给未过门的媳妇送。给外甥们送的花糕一般都不大，也就二三斤面做的，而婆家给未过门的媳妇送的可就是大花糕了，每个足足有四斤多面哩。

我不知道这种习俗起于何时，我只知道过去老人们讲：这种习俗在古陇州也有地域性的。它大抵以“河”为界，这河叫“川口河”，河不大，说穿了只不过是千河南面的一泓溪流。别看川口河只是一渠淙淙溪水，它却给送花糕的民俗划出了一条分界线。河西人对送花糕十分讲究，河东就没有这种习俗了。

花糕是用发酵后的小麦面粉蒸制而成，样子颇有点像突兀的山丘。当然，用麦面蒸一座小山包状“糕糕馍”是不能叫花糕的，上面还必须有花有叶，有飞禽走兽，装饰点缀得栩栩如生、形态美观，富有观赏性。花糕制作工艺考究，做花糕也算是一项技术活儿哩。

记得小时候每到农历八月末，母亲就盘算着今年得给哪家外甥送花糕了。她就提前将做花糕用的新梳子、新篦子、小剪刀、刀子、粗细长短不一的扫帚棍、花椒仁、黑豆、辣椒、红枣及各色食用颜料等洗净备齐了，并叮嘱父亲磨面时专门收些二掺面，据说这样的面粉蒸出来的花糕又白又亮又劲道，看上去好看，吃起来爽口。

送花糕的日期到了。母亲提前一天就要蒸好花糕里面填充的大馒头，因为那馒头在第二天蒸花糕时必须晾凉定型，这样填充在花糕里面，花糕才易熟而且立落（意为挺拔）、圆泛。只是，那些用来做内垫的馒头面粉就不是二掺面了，而是一混子的普通面粉。那年头粮食紧张，麦子更稀罕，农家人没有那么多上好的白面馍垫在花糕里面呀！蒸好馒头，母亲就早早搅上酵子。待到夜半三更酵子发起，她便把磨面时收的二掺面揉进去，放在盆子里蒙上笼布、盖上锅盖发酵。面必须软硬合适，太硬做的花糕周身容易有裂纹，太软蒸出来就不立落了。

翌日，天刚蒙蒙亮的时候，面盆里的面就发得鼓圆，活脱脱像探出头的大白胖子一样，把盆子上的锅盖都顶起来了。凑近一闻，麦面淡淡的香甜气味沁人心脾。面发好了，母亲赶紧生火，烧水。她邀约的邻家婶婶、嫂子等“花把式”都来了，一场热闹的花糕制作随即开始。

母亲和婶婶、嫂子们先给发好的面兑碱，碱的比例可是很难掌握的，兑得多了蒸出来的花糕发黄、不亮；少了吃起来口感发酸。所以兑碱的时候婶婶们总是先少化些碱水一点点揉进面里，然后烧个“灰蛋蛋”，掰开看碱的轻重。接下来就揉面。几个人将面分成几块，揉长折回，反反复复，直到那面团被揉得服服帖帖、光光亮亮，才肯罢休。花糕白不白，揉面是关键。而后，花糕的制作正式开始。

切一块兑好碱的面揉圆后，擀成直径二三十厘米的圆形厚面叶，那算是花糕的底盘。母亲将提前准备好的大馒头放在底盘正中，接着再用一团面擀一个和前面那个底盘大小差不多的圆形面叶盖在馒头上，将两片面叶的边缘一点一点捏合在一起，细心地做成一寸多宽的沿子，花糕的第一层就做好了。

接下来，就该做花糕第二层了。只见母亲和她请来的帮手拿来一个馒头，用刀把它削得比底盘馒头略小后，放在第一层上面；再擀一个稍小一点的圆形面叶，用剪刀将它的边缘剪成树叶状，然后用细细的竹签划上树叶的纹理后，覆盖到馒头上面；又用一小团面擀成小圆形，用剪刀剪成四瓣或者五瓣花放在花糕的最上面；用一根约有三十来厘米长的扫帚棍，从花糕顶端一直插到底，上面还留出一寸来长的一截，那是留作插花糕头用的。花糕第二层起来了，大形基本成了。

花糕制作中最能体现巧妇们手艺的是缀饰。女人们灵巧还是笨拙，都在花糕上外露着哩。小时候常听长辈们说：女人灵巧不灵巧，一看花糕就知晓。大概也是因为有这么个俗语的缘故吧，母亲、婶婶和嫂子们做花糕那可是一门心思、格外认真，说把吃奶的劲都用上了绝非夸张。她们怕人耻笑，怕人说自己没本事。

花糕上的缀饰，是女人们“八仙过海，各显神通”的地方。母亲、婶婶和嫂子们要打扮花糕了。她们要用面疙瘩做成花草、禽兽，以浮雕式粘在花糕周身，让出自自己手里的花糕光彩亮丽、独具特色。你看，一疙瘩一疙瘩的小小面团，在嫂子、婶婶们的手中是那么乖巧听话，不一会工夫，花糕周身就粘满了树叶、花朵、老鼠、鸟儿、蝎子、蜈蚣等，花糕底盘边沿一圈面做的花朵和镶嵌的红色大枣格外显眼。她们还用花椒籽给动物们点上眼睛，用红辣椒给动物们做成嘴巴，用梳子、篦子给鸟儿的羽毛和树叶拓上纹理，用食用颜料染红花瓣、涂绿叶子……孩子们早在一旁看得心里直痒痒了，嘟囔着要面，也想露一手。母亲们实在没办法，只得很心疼地掐一小块面团塞给我们。那团面在我们的小手里，不一会儿就被玩弄成了脏兮兮的黑蛋蛋。

接下来，母亲和婶婶、嫂子们又开始做花糕头和花糕上面要插的各种饰物了。花糕头是用发面做成桃子、石榴、鸟儿、盘蛇等动植物，大小和小馒头差不了多少；装饰多是面捏成的小花朵、鸟儿、昆虫等，个个栩栩如生。你看，那个鸟儿似的花糕头连鸟嘴里的绿色虫子都是那么惟妙惟肖。你再看，那小面团在三嫂子手中一会就变成一条盘着的张大嘴吐着信子的蛇了，剪刀儿剪连蛇身上的鳞片都出来了，胆小的孩子以为是真的，都吓得不敢到跟前去。

锅里的水早已烧开，母亲、婶婶、嫂子们将花糕小心地放入笼中，又在蒸笼的空闲处摆上花糕头和各种饰物，花糕就上锅开蒸了。母亲说，开始时必须大火烧起，直到水沸开了，才能改为小火。若开始火太小，花糕面一软，蒸出来就不立落了。看来蒸花糕时烧火也得有技术哩。当然，比起馒头，花糕也算是个庞然大物，一笼顶多只能放置两三个花糕，大花糕只能放一个，蒸的时间也要比蒸馍长出许多，蒸一锅得费上近一个小时哩！

早饭时间，几个披红挂绿、憨态可掬的花糕出笼了。母亲把它们一个个晾在案板上，周围摆满小猪、小鸟、花朵、昆虫、老鼠等各种装饰和花糕头，并叮嘱我们，脏手不能动。不过，母亲每次蒸花糕都要多蒸一两个，她是怕花糕在笼中变形或者裂了口子，当然也有让我们姐妹一享口福的打算。

那个年代，能吃上白面可是很奢侈的呢。母亲每次蒸花糕，我都不离左右地守在锅边，一有她看不上的花糕，我就急不可耐地操刀动手了。一刀劈下，花糕里面垫的馒头和外皮黑白分明，好似葫芦白皮里包着黑色的瓤。我总先抢着吃外边的白皮，那种细绵里带着劲道的口感，如今回味起来仍让人垂涎。

中午时分，花糕凉了，到了送花糕的时间。母亲提来洗得干干净净的大竹篾笼笼，轻轻将花糕放进去，给花糕上用细竹棍插上用面蒸好的花儿、鸟儿等缀饰，再插上些从院子折来的芍药、菊花、月季花。啊！好漂亮的花糕，在鲜花的簇拥下宛如贵妃出浴！

那几天，家乡的道路上随处都能遇见送花糕的人。你看，那种用扁担一前一后挑着的上面插满鲜花的特大花糕，随着扁担一晃一晃，竹笼里的花儿也忽闪忽闪，像小姑娘翩翩起舞一样引来无数目光，那一定是婆家给未过门的媳妇送的花糕。

眼下，送花糕的习俗依然在家乡延续着。不过，自制花糕的人可不多了。市场经济已经让花糕变成了商品，蒸花糕成了产业。花糕的样式更加丰富，色彩更加斑斓，缀饰更加灵动。花糕的形体也比以前苗条了许多，填充的馒头也和外皮一样白了。

但我永远怀念从前那种丰腴无比、憨态可掬的农家自蒸花糕。

家乡的腊八

“过了腊八，天长一杈把”。腊八一到，漫长的冬天就要过去，鸟语花香的春天就不远了。

腊八节，吃腊八粥那是一定的。多数地方的腊八粥，就是用大米、小米及大枣、花生等干果放在一起，慢火熬煮而成的香甜可口、绵软味美的粥。而我家乡陇州的腊八粥却是个另类，那粥里多一样“雀儿头”，没有“雀儿头”的粥，在家乡是不能叫腊八粥的。

小时候，总盼望着过年，觉得一年时间好长啊，长得像母亲线陀螺纺的棉线一样遥无尽头，要在多少次梦见吃腊八粥，多少次梦见包“雀儿头”后，腊八节才会蹒跚而来。

记得那时候，每到腊月初七，家家户户就为腊八节清早吃的腊八粥忙活开了。我的母亲也不例外，她会早早准备半碗黄色的小米、红色的小豆、绿色的绿豆并淘洗干净，偶尔和些白色的大米就算是奢侈了。因为，我们村子不产水稻，农家人手头又都紧巴，瘪瘪的口袋掏不出买米的钱呀。

准备好这些，母亲就要和面包“雀儿头”了。其做法和饺子差不了多少，有皮、有陷儿，只是形状圆圆的，很像雀儿头，上面要捏一个尖尖的雀儿嘴。每当母亲做“雀儿头”时，我都跟前跟后看着母亲捏去白萝卜丝里的水分，又一刀一刀切细装进瓦盆，再把事先准备好的豆腐和葱切碎放进去，有时还放些核桃油。等母亲最后撒上盐时，我知道馅子和好了，便急不可耐地张大嘴，嚷嚷着："我先尝一口，我先尝一口！"母亲呢，则会一边笑眯眯地说："还生着哩！急啥？这女子！"一边给我张得像河马一样的大嘴巴里喂一口。我则不管三七二十一就狼吞虎咽了，等母亲问："味道咋样？盐尝着没？"我只是瞪大眼睛说："不知道，反正香着哩！"

接下来，母亲把和好的面在案上擀成一张圆圆的大大的薄厚适中的面皮，再用小铁筒盖子把面皮拓成一个个小圆片，包"雀儿头"面皮就算做好了。母亲在面皮中央放上馅子，麻利地将面皮折起捏实，一个圆身子上长着尖嘴巴的"雀儿头"就成了。母亲在蒸笼的甑笆上铺上干笼布，再撒上玉米面"面铺"，把"雀儿头"摆在上面，看上去如白花花的元宝，又像一大群雀儿在仰天鸣唱，让人一下子就会想到鸟语花香的春天，百鸟齐鸣的树林。

每当母亲包雀儿头时，站在一旁看热闹的我都会跃跃欲试，嘟囔着问母亲要面皮捏"雀儿头"。记得有一次，母亲很无奈地给了我一个面皮，上面放上馅子，随我捏。"看我捏的雀儿头！"我摆弄了一会后大声叫着。就在我为自己捏的"雀儿头"高兴得手舞足蹈时，菜陷撑破面皮露了出来，雀儿嘴也耷拉下来。在一旁拣菜的姐姐见我一脸沮丧，气呼呼地说："你不要糟蹋面了，你捏的雀儿嘴弯成那样，雀儿能吃食吗？"一旁玩耍的弟弟也哈哈大笑着跑过来朝我做鬼脸。我把手里的"雀儿头"扔在地上，"哇哇"大哭起来。母亲一看我使性子了，狠狠地训斥了姐姐和弟弟一顿，又递过一个面皮，放上馅子，手把手教我包了一个漂漂亮亮的"雀儿头"，我的脸上才露出了笑容。

"雀儿头"包好后，母亲就用个干净的干笼布盖在上面，说怕晾干了不好煮了。最后，她又把红萝卜、豆腐切成四四方方的丁丁放在碗里，那是翌日早上要煮在腊八粥里的。

腊八的前夜，是我觉得一年中最长的夜晚。入睡前，我想象着那五颜六色的腊八粥，想着那一咬满口香的“雀儿头”，口水都不由自主地流出来了。

一觉醒来，阵阵香气直钻鼻孔。哦，母亲把腊八粥熬好了。我赶紧第一个跳下炕，来不及穿好衣服就跑进灶房，大声喊着：“给我舀一碗‘雀儿头’！”母亲则会不紧不慢地说：“连衣服都没穿好，头不梳，脸不洗，咋吃饭哩。今天是腊八，一定要打扮干净，先给院子里的院墙上、窗台上、树上、碌碡上、石头上献了腊八粥才能动嘴吃，女娃娃要有女娃娃的样子，过腊八就是过小年哩！”

在母亲的指教下，我赶紧穿好衣服、洗净脸，抹上雪花膏，把头发梳理成两个长长的羊角辫，再用红绸子扎上蝴蝶结，打扮成过年的模样。

母亲看着我的打扮，满意地拿起碗，掀开锅盖，哇！锅里五彩斑斓的腊八粥在文火的慢慢熬煮下，冒着热气，还发出“咕嘟咕嘟”的声音，白胖胖的“雀儿头”伴着咕嘟声在锅里嘟噜嘟噜打着滚儿，香气早已经弥散得满院子都是了。我一边咽着口水一边端起盛着腊八粥的碗，用筷子去给院墙上、窗台上、苹果树杈上、石头上及院墙根的那几个碌碡上都抹了腊八粥。趁母亲不注意，我偷偷夹起一个“雀儿头”塞进嘴里。献完粥，我便急不可耐地端起母亲给我舀的那一碗满是雀儿头的腊八粥狼吞虎咽了。这时候，院子里有腊八粥的地方，早围起了一群群麻雀、鸽子，它们也要过腊八尝美味了。

腊八那天，庄户人家的院子里到处是雀儿上蹿下跳的身影。它们扑棱棱一会飞向这家，一会又飞向那家，叽叽喳喳的叫声和着孩子们的笑声，让这沉睡了大半个冬天的村子沸腾起来了，就连树上的喜鹊也老远喳喳叫着垂涎欲滴了。

哦，年来了！

故　乡　的　年

明天就是腊八节，离过年又不远了。

遥望深邃的夜空，我不得不感叹，生命的年轮已让步入中年的我，对过年有种无法言说的惶恐和无奈，唯有儿时故乡过年的点滴记忆，常在不经意间就温暖而鲜活地蹦了出来。

送　灶

小时候，腊月二十三可以说是孩子们继腊八之后最盼望的时日了，因为这一天的到来，预示着年的序幕终于拉开了。

这天后晌，家家户户的母亲们就忙活开了，灶房的烟囱里柴火的青烟在慢慢升腾，阵阵烙馍的香味氤氲得满村子都是，那是母亲们正在准备晚上送灶神回家的“灶干粮”呢。这天下午，母亲们可是最忙的了，他们要一边麻利地烙“灶干粮”，一边还得找寻她们那些在外疯玩而忘了回家的孩子们。因为在故乡，有“灶神回家前要清点家人”的说法。所以这天下午，母亲都是格外认真的，她们会一个一个将自己的孩子收回家里。孩子们呢？则不是坐在热炕上等吃母亲烙的“灶干粮”，就是在灶房跟前跟后看母亲烙“灶干粮”。我每次都是看母亲将提前发好的面，卷上核桃油，再切成面剂子压扁，擀成圆圆的面叶，有时还要用洗净的顶针或梳子拓上花纹。每到这个时候，母亲绝不允许我们说不吉利的话。等“灶干粮”烙完，母亲就会将那些看起来饱满的挑出来，放在一边，说是要等天黑献灶神用。

夜幕降临，母亲将挑好的“灶干粮”用碟子放在锅台上，再在灶神板上点上蜡烛、插上香。记忆中，我小的时候，家里灶房从没有贴过灶神，可母亲每年腊月二十三都要送灶，而且每次都会很虔诚地点蜡、上香、磕头，且每次嘴里还念念有词地给灶神说话：“灶神爷，您带上干粮，上天多说好事，保佑一家大小平平安安……”母亲每次说这话的时候，我都会一脸狐疑地问母亲：“娘，咱家灶神在哪里啊？”母亲总会示意我不要乱说，并回答我：“有锅的地方就有灶神。”每年送完灶神，我们一家大小才好像把一切不顺心的事都托付给了灶神一样，才踏踏实实、开开心心坐在炕上吃“灶干粮”。

每次吃“灶干粮”时，父亲都会给我们讲他那老掉牙的故事，以至于后来，父亲还没开口，我就会脱口说出：“一根白草一股烟，送你灶君上西天，上了西天言善事，降得吉祥到人间。”常常惹得父亲笑容满面。父亲的故事是说，北宋宰相吕蒙正发迹前，家贫如洗，到了腊月二十三送灶这天，连买香的钱都没有，就更别说吃“灶干粮”了，无奈之下，他在天黑送灶时，就到野外折了些茅草秆当香，边上香边给灶神嘱托：“一根白草一股烟，送你灶君上西天，上了西天言善事，降得吉祥到人间。”后来，吕蒙正发奋读书，当上了朝廷宰相。

如今，父亲已离开我们快三十年了，可每年到这一天，他的故事连同他的音容笑貌都会浮现在我的眼前。

杀 年 猪

每年一到腊月二十三，村里就陆续有人家杀年猪了。

寒冷的清晨，一阵声嘶力竭的猪叫声夹杂着一伙男人的吆喝声，将还在热炕上做梦的我惊醒了，娘告诉我说：“今天是腊月二十三，有人杀年猪了。”听了娘的话，我一骨碌爬起来，穿好衣服下了炕。

哦！下雪了，洁白的雪花慢悠悠地飘到我头上、脸上，有时还偷偷钻入我的领口里，凉得我打个寒战。

寻着猪的嚎叫声来到隔壁叔叔家的院门外，远远就看见一头浑身滚圆滚圆的黑色大肥猪，被几个男人摁在案板上了，肥猪拼命挣扎着，那粗犷、急促、绝望的嚎叫声吓得我赶紧捂住耳朵。漫天飞舞的雪花也被这嚎叫声惊慌得来不及改变方向，晃晃悠悠地落在挣扎的猪身上，落在寒光闪闪的杀猪刀上，落在一伙吵吵嚷嚷的男人身上，落在大箐桶里那滚烫的开水中。随着肥猪的嚎叫声越来越弱，直到最后只留下一声叹息似的哼哼声，我才放下已冻得冰凉的捂着耳朵的双手。这个时候，我才敢放心大胆地和隔着院墙看的几个女孩一起跑进叔叔家院子。几个贪玩的男孩早已围在箐桶跟前看男人们给大肥猪脱毛了。不一会工夫，白白胖胖的大肥猪就被一群男人倒挂在两树之间的横梁上，几个胆大的男孩子有的手脚麻利地在给男人们帮忙，有的则拿着吹得像气球一样圆鼓鼓的猪尿脬在旁边追逐打闹。灶房里婶婶们已经开始切菜了，说笑声传到了院子里。我们知道，叔叔家要按惯例用“猪项圈”（猪项部的肉）、猪血炒粉条白菜，犒劳帮忙的人了。这个时候，孩子们是绝对不肯远离的，因为，我们都期待着吃红萝卜白菜粉条炒“猪项圈”、猪血的那个时刻。

蒸 年 馍

腊月二十三一过，故乡三羊河畔就热闹起来了。从早到晚大大、婶婶、嫂嫂们洗衣服的、洗灶具的，一波接着一波，好多人家连蒸馍的蒸笼和笼布都会洗得干干净净，为明后天蒸年馍做好准备。

腊月二十七八，家家户户就相继蒸年馍了，蒸年馍对过年来说可算是一项浩大的工程呢。记得那时，母亲头一天吃过午饭就要搅上酵子，等天黑酵子发起再将面粉揉进去。我们姊妹多，母亲每次要揉三四盆面才够我们过个年，加之那时麦面稀缺，母亲每次揉面都要揉几样的，纯麦面的是准备过年招待亲戚和给亲戚作回盘的；掺和上玉米面的是留作自己吃的。母亲每次将面揉好后，都要放在炕上，盖上锅盖，再将被子蒙在上面，让面团尽快发酵。那一夜，面盆常常会将我挤在炕边上，一夜要冻醒好几次呢。天刚蒙蒙亮，面盆里的面就会发得像大白胖子一样了，鼻子凑近一闻，一股股香甜味沁人心脾。这时，母亲就会赶紧起床，去灶房生火、烧水。每年这天，我都是不能睡懒觉的，因为母亲将水烧开，准备蒸馍时绝对要叫我烧锅。可以说，这一天是我最发愁的了，因为不但睡不了懒觉，几乎整整一天都要拉那听起来枯燥乏味的风箱。每次母亲叫我起床，我都会假装睡得死死的，可再假装，最终都逃脱不了拉风箱这个艰巨任务。

这一天，从早上开始，三四盆面蒸下来，往往就快天黑了。在故乡，蒸年馍还有好多讲究呢，要求馍要蒸得小而立落，且必须是卷卷馍，加之母亲还揉的是两样面，就更费功夫了。记得母亲每做一锅卷卷馍，都要左看看、右瞧瞧，看卷卷是不是立落、舌头吐得是不是长。好不容易蒸出一锅馍，还要小心翼翼地一个一个放入提前擦洗干净的簸箕里晾。每到这时，我总会不耐烦地在一旁嚷嚷：“吃的么，那么认真干啥？蒸得再好不也就下肚了吗？赶紧，我还要玩去呢！”可母亲才不理会呢，还是一板一眼做她的，要是被我嘟囔得实在忍无可忍，母亲就会说：“这女子，蒸年馍不能说不吉利的话，年馍也体现女人的手艺哩，馍蒸得不好，过年来亲戚会笑话的。再说，出锅热馍不放好，外皮会粘掉，就像人没脸面一样。”不管母亲怎么说，我的脸都会吊得二尺长。从早到晚蒸一天馍下来，我的耳朵早都被那“扑啦扑啦”的风箱声吵得麻木了，拉风箱的手也会冻得紫红紫红。等天黑，馍晾凉，父亲会分门别类将馍整整齐齐一层一层放进盆里和瓮里。每次盆里放的都是白面且蒸得好看的，我知道这是准备招待亲戚或给亲戚作回盘用的，所以，每次我玩饿了跑回家，趁父母不注意，都是偷偷取上盆里的卷卷馍，拿到外面狼吞虎咽。

糊窗子贴年画

比起蒸年馍，糊窗子、贴年画是我过年最爱干的活计了。

那时，每年腊月二十八九，只要听姐姐说今天要糊窗子、贴年画，我都会早早起来撕破旧的窗户纸，常常冻得弟弟坐在炕上直喊冷。

可不管我怎样努力，家里每次过年糊窗子的主力还是姐姐，我充其量只是打打下手而已。每次糊窗子，姐姐都是认认真真用彩纸现场剪好窗花、烟格，再粘上去。不管啥颜色的彩纸在姐姐手里都会魔术般地变成牡丹花、菊花、兔子吃白菜、鱼儿闹莲、莺歌燕舞等窗花或烟格，有时姐姐高兴了还要在窗户最顶层那一排相对称地留出两个空格，先用彩纸剪出一个葫芦或绣球形的镂空，再在这两个窗格中间用细线绳挂上她用五颜六色的彩纸精心做的葫芦或者绣球。这样，葫芦或绣球在微风吹拂下就会骨碌碌骨碌碌转个不停，有时，如果没有风，我就会勇敢地上到窗台上，用手抓住窗框，用嘴吹着看葫芦或绣球转动。

窗户糊好后，父亲也就从县城将年画买回来了，我和姐姐就会迫不及待地打开。父亲买的年画多数是山水风景画，可每年不管家里其它墙面的年画如何变化，隔房枣红木柜上那面墙，父亲永远都买的是那种有四排小格子，且每个格子人物都不同，格子下面还都有一段文字解说的年画，故乡人将这种年画叫“四吊子”，我记得有“红灯记”“沙家浜”“智取威虎山”“白毛女”等。每次姐姐跪在柜盖上将“四吊子”贴好后，我都要站到柜上，不管看得懂看不懂，都要一格一格仔细端详年画上的人物变化。

那一天，只要窗户糊好，年画贴上后，屋子也好像人穿上新衣一样一下子精神起来，显得亮堂而干净，让人瞬间觉得年来了。

这天晚上睡觉时，我常常会一眼不眨地看着窗户上那骨碌碌骨碌碌不停转动的葫芦或绣球进入甜甜的梦乡。

年　夜

昨晚就听母亲说，今天就是大年三十了，我比平时哪天都起得早，洗了脸、梳了头，帮母亲将炕上收拾得整整齐齐，准备过年了！

按故乡习俗，三十早上要吃搅团的，叫“黏穷土”，可不管叫什么，有啥讲究，只要母亲做的是搅团，我都是只吃一点点，我要留着肚子吃中午的面条和晚上的年夜饭！

下午，母亲就早早准备萝卜片、豆腐片、葱、粉条、木耳等食材了，等食材备齐，母亲会端来那个装着片片肉的瓦罐。每年到这个时候，我都是不离母亲左右的，我是想跟着母亲，提前吃上那让我魂牵梦萦地盼望了一年的年夜菜啊！

我殷勤地给母亲帮忙烧锅，看着母亲用铲子往锅里放上提前炼好的猪油，油烧热后，将葱、生姜、萝卜片、豆腐片、木耳、粉条等一股脑儿倒进锅里，然后用锅铲从瓦罐里铲出一大块片片肉放进去，用锅铲翻搅均匀后，放上盐和其它调料，再用筷子蘸些汁上色，最后再往锅周围旋上水，盖上锅盖。这个时候母亲会叮嘱我不要再烧火了，要小火慢慢煨，不然味道进不去，年夜菜吃起来就不入味了。锅下的火调成小火后，母亲就会去干别的活计，过一会儿来将菜翻动几下。这期间，我是最急不可耐的了，我总是听着锅里发出的“吱吱”声，闻着那氤氲得满院子的香味，急得团团转，常常迫不及待地催促母亲。母亲则不慌不忙，直到年夜菜在慢火煨制下绵软可口，香味悠长。记得有次趁母亲不注意，我自己找来小凳子，站在凳子上将锅盖掀了个缝往里看，差点让锅里冲出的热气将手烫伤，我疼得哇哇大哭，母亲急忙过来用冷毛巾边给我敷，边用小碗给我舀了些肉菜，才将我哭泣的嘴堵住。

其实，母亲是要等年夜菜煨好后，先献给灶神，再铲出两盘子后，才肯让我们动嘴的。那时，听母亲常说，灶神三十晚上就从天上回来了，还会一再叮咛我们姊妹几个，过年不能讲不吉利的话，不能骂人，不然嘴会肿得吃不成肉菜和臊子面。听了母亲的话，过年那几天，我们都很听话。

傍晚时分，父亲就会领着哥哥弟弟去老阙上坟，我经常撵前撵后想跟着他们一块去，可父亲总说，女孩子不能去。为这事，我常常会哭鼻子，我真羡慕哥哥弟弟们。父亲从老阙回来，还会领着我们再跪到大门外烧些纸钱，父亲常说，人间过年时，阴间也过年的，这些纸钱是烧给亡人的。等这些活计干完，父亲就会端着母亲提前铲出的那两盘菜，先后去碾道我们家族辈分最高的二婆家和碎爷家，与本家的伯伯、叔叔、哥哥们陪二婆和碎爷过年夜。这个时候我们姊妹才能坐在热炕上，放开肚子吃年夜菜了。有几次父亲去二婆家和碎爷家时都领着我。我们先到二婆家坐坐，再到碎爷家。可不管到哪家，炕上都已早早坐满了伯伯、叔叔们，他们每人都端着自家做的菜盘，有热的年夜菜、凉的陇州凉盘，花花绿绿放了满满一炕。每年这个时候，二婆和碎爷看着满炕的小辈们，脸上总是带着幸福的笑容。他们满面红光地微笑着、聆听着，叔叔、伯伯们则边喝酒吃菜，边谈论今年的收成、明年的打算。而我们这些跟着凑热闹的孩子们除了趴在炕上埋头狂吃外，就是互相打闹嬉戏。当然，伯伯、叔叔们少不了给我们一毛或两毛的压岁钱。我们常常在酒足饭饱后，装着压岁钱，在大人们拉家常的热闹气氛中呼呼睡去，待天明睁开眼，连自己咋回家的都不知道。

如今，每每想起故乡的年夜，那种其乐融融的情景真让人怀念。

荡 秋 千

荡秋千是故乡过年最常见的一项娱乐活动。

大年初一，故乡人是不走亲戚、不串门子的，也就是说，忙碌了一年的乡亲们，终于可以在这一天享清闲了。

这天从凌晨开始，村子里鞭炮声就噼里啪啦此起彼伏。早饭过后，大槐树周围或大队院子里，一伙伙、一堆堆青壮年就开始缚秋千了。木椽、木柱、麻绳、秋圈、碌碡等用物备齐后，他们就一起上手了。在他们的精心设计下，不出一上午，那或高大的架梁秋千，或旋转的轮轮秋千，或中间一柱子、上面一横梁、四面用很粗的绳子拽着，两面可以同时荡的神仙秋千就缚成了。孩子们则是最高兴的了，前呼后拥看叔叔、哥哥们，眼巴巴期待秋千缚好了上去荡。每年的正月初一到正月十五，故乡的大槐树畔是最热闹的地方。成群结伙的青年男女会比赛谁荡秋千荡得高，姑娘们那乌黑的长发、花花绿绿的衣服在春风里来回荡漾，如彩蝶飞舞，引来无数羡慕的目光；帅气潇洒的小伙子更是不甘示弱，个个在秋千上玉树临风、英姿飒爽。我们这些胆小的娃娃只能如小鸭一样，伸长脖子来回张望，待到天黑或早晨秋千下没人时，才会成群结伙坐在秋千上解解馋。那几日，母亲找不见的娃娃，都会在秋千下。尤其是到了正月十四、十五、十六三个晚上，秋千下更是热闹得如会场。因为故乡自古就有“正月十五荡秋千，一年四季腰不疼”的说法，所以这几日，青年男女、中年叔叔婶婶，甚至有的爷爷奶奶都会聚集到秋千下，孩子们也会赶趟儿似的提着各式各样的灯笼趁热闹。皎洁的月光下，人们的说笑声犹如交响乐响彻天际，荡秋千的人儿，在耳畔呼呼的风声伴奏下，抬头间是明月，低头间是孩子们手里宛若星星一样忽明忽暗的灯笼，顷刻间会分不清是在天上，还是在人间。

现今，故乡的年轻人都外出打工去了，只剩老人和留守的孩子们依然在守望着这个曾经让人如痴如醉的地方。夜空下，遥望故乡的方向，不时传来几声狗叫，让寂静的夜越发显得寂静了，我知道很多东西已经改变，它们随着光阴走了，唯剩镶嵌在脑海里的遥远记忆，如陈年老酒让人回味。

游　灯　笼

“远远的街灯明了，好像闪着无数的明星。天上的明星现了，好像点着无数的街灯。我想那缥缈的空中，定然有美丽的街市……”每当读起郭沫若先生这首《天上的街市》，我的眼前总会浮现儿时游灯笼的场景，总想象着这首诗可能是郭老专门为孩子们夜晚游灯笼而作的吧！

儿时最盼望的就是过年了，可年总是那么匆匆忙忙让人拽也拽不住就溜走了。无奈之中，孩子们只有掐指计算，寄希望于元宵节夜晚游灯笼了。

家乡陇州人过元宵节有吃凉粉、吃包子、耍社火、游灯笼的习俗。当然对于孩子们来说，最感兴趣的就是正月十四、十五、十六三个夜晚游灯笼了。

不信你看，每年正月初七“人七”一过，直到正月十四，城里的街道上，乡下的各个镇点上，各式各样的灯笼就闪亮登场了。天蒙蒙亮，平川里、山洼里的大小路上赶集的人群中，随处都能看见或用竹竿挑一串串蟾儿灯笼、兔子灯笼、暖锅灯笼、小鼓灯笼的，或用架子车急急匆匆拉着竹篾和一大旋子红艳艳的火罐灯笼的，他们络绎不绝，从四面八方涌向灯笼市场，把陇州大地上条条道路都装扮成了彩色的长龙，家乡人称之为“赶灯笼集”。

每到中午时分，灯笼集上人头攒动、热闹非凡，叫卖声、说笑声、讨价还价声一下子让集市沸腾起来了。放眼望去，那色彩斑斓的灯笼将城镇和乡下的所有灯笼市场都装扮成了五彩缤纷的海洋。那一排排、一行行、一串串五颜六色、各式各样的灯笼，让人眼花缭乱、目不暇接。大人、小孩穿梭在灯笼的海洋里，各有各的职事，各有各的打算。大人们精心挑选着、合计着给外甥或没过门新媳妇送的灯笼以及给老祖先坟头挂的灯笼；孩子们则挨个挑选着自己喜爱的元宵节之夜要游的灯笼。

我们这些乡下女孩子也不例外。吃过早饭，我们不是成群结队去村子的秋千下荡秋千，就是去村口的灯笼集，而且一去就是一整天。特别是在灯笼集上，我们睁大眼睛从这家看到那家，又从那家瞧到这家，流连忘返，不忍离去。你看那蟾儿灯笼，宽宽的嘴巴伸出红红的舌头，舌头、尾巴、四肢在线绳的指挥下是那么活灵活现，宛如在大海里遨游一般；你再看那彩色花朵簇拥下的暖锅灯笼，四角的镂空飘带在微风吹拂下，飘飘荡荡，宛如天女下凡；还有那雪白的兔子灯笼冰清玉洁，犹如在月宫一般。那一串串、一堆堆、一簇簇火红的火罐灯笼跟前，艺人们正在现编现卖，苇篾在他们手中魔术般几下就成了灯笼的框架，然后他们麻利地刷糨糊、贴红纸，瞬间一个红彤彤的火罐灯笼就成了，那娴熟的动作让在场的人无不唏嘘、无不赞叹。而且火罐从大到小一应俱全，大者如水桶、小者如橘灯，在阳光的照射下似团团火焰，红得纯粹、红得耀眼、红得让人振奋，整个灯笼集都被它们渲染得红艳艳，我们在这红彤彤的世界里忘了回家、忘了吃饭。

终于盼到正月十四了。天一明，孩子们就提着灯笼在村里瞎转悠了，惹得家长们总是叨叨："我的爷，天还没黑哩，咋急成那样了，小心弄坏了！"每每这个时候，我就是孩子们中最失落的一个，因为舅舅家送的灯笼都让弟弟霸占了，我常常眼泪在眼睛里打着转儿去找父亲，父亲多数时间都是笑嘻嘻地指指房顶，说：

“别急，保证你今晚有灯笼游。”顺着父亲手指的方向，我总能看见屋顶上挂着去年游过的灯笼架子，或是兔子，或是小鼓。每次都是父亲领着我去供销社揭几张花花绿绿的彩纸，回来后我就不离左右地看父亲给我糊灯笼，一会儿是兔子身子，一会儿是兔子耳朵，一会儿是小鼓灯笼长长的穗儿，父亲总让我给兔子画眼睛、画眉毛，当一个洁白的兔子灯笼或一个花花绿绿的小鼓灯笼在父亲的精心雕琢下终于成功时，我总是高兴得手舞足蹈，大声呐喊：“我有灯笼了！”

等了一天的太阳终于下山了，那些急不可耐的孩子们就点着灯笼出游了，大人们则三三两两、陆陆续续提着火罐灯笼到水沟泉畔祖先的老阙去挂灯笼。此刻，沉寂的老阙也热闹起来了，一盏、两盏、三盏……很快，个个祖先们的坟头上，一簇簇火红火红的火罐灯笼都亮了起来，在一排排黑压压的柏树陪衬下，显得更加耀眼，更加璀璨，使平时寂静而阴森森的老阙瞬间变成红彤彤一片。

华灯初上时，一轮明月羞涩地在高高的墩台上露出它半个笑脸，故乡的巷道里，孩子们提着灯笼三五成群出门了。每每这个时候，父亲也会给我和弟弟点亮灯笼，然后把家里灯熄灭。我和弟弟则提着灯笼从这个房子照到那个房子，从这个墙角照到那个墙角。听父辈们讲，元宵节点亮灯笼照照，来年家里蝎子等五毒就少了，所以我和弟弟照得特认真，一个角落也不放过，等把家里所有角落照完，我们就提着灯笼直奔巷道。

巷道里已成了灯笼的海洋，孩子们的叫声、大人们的笑声，和着噼里啪啦的鞭炮声响成一片，一簇簇、一群群、一堆堆忽明忽暗的灯笼宛若星星在眨眼。快看，碾道里那么多孩子聚集在一起叽叽喳喳如小鸟一般，我和弟弟也提着灯笼加入，大人们围观着孩子们手中的灯笼不断发出赞叹："那个蟾儿灯笼点亮如金蟾，宽大的嘴巴能吐钱。""你再看那兔子灯笼点亮宛如玉兔一般，定能吸引嫦娥姐姐来下凡。""那通红的火罐灯笼如火蛋，把娃娃们的脸都照的红扑扑如化过妆一般……"连不会走路的小娃娃也高兴得在妈妈的帮助下，站在碾盘上挑个拳头大的火罐灯笼咿咿呀呀。一群群稍大的孩子组成灯笼队从上巷道游到下巷道，又从下巷道又游到上巷道，嘴里还不停歌唱着不知哪辈传下来的古老歌谣："游灯、躲灯，猴娃它娘冻脚疼。游灯、躲灯，白面馍馍夹葱。""二月二、三月三，猴娃它娘没鞋穿，拾了个鞋没尖尖，端个尿盆调干面。"歌谣声传到墩台，又从墩台传到遥远的天际，月亮也似乎被这欢乐祥和的气氛所感染，在天空中露出了整个笑脸，周围的星星眨巴着眼睛恰似与孩子们手中的灯笼遥相呼应、做着鬼脸。家家户户门上悬挂的如水桶大的火罐灯笼更是一道靓丽的风景线，它们如刚升出地平线的太阳照红了半边天。孩子们游饿了或者蜡烛快烧完了就赶紧提着灯笼跑回家，急匆匆地让母亲调凉粉、吃包子，或让父亲换上蜡，又跑出来继续从巷道这家游到那家，一浪接一浪的歌声荡漾在村子上空，久久不肯散去。直到半夜，大人催促，孩子们才会依依不舍地各自回家。

正月十六夜，也许孩子们清楚这是一年最后一晚游灯笼了吧，他们提着灯笼游得更早，人更多，歌声更加响亮。记得有次我随几个胆大的孩子提着灯笼上了故乡的制高点——墩台，放眼望去，啊，这是何等的仙境啊！头顶湛蓝的天空中一轮明月如明镜高悬，眼前一马平川的千河南岸村庄若隐若现，夜幕下的苍茫大地上，一簇簇、一堆堆灯笼远近不一如星星点点。祖先老阙上那一溜密密匝匝的红灯笼如火龙一般。村边的泉水在月光的照耀下犹如两条银色的绸带飘向更远。脚下的巷道里孩子们游来游去的灯笼如河流在跳跃滚翻，让人真分不清到底是在故乡还是在天界的银河畔。

故乡的元宵夜，儿时的游灯笼，永远烙在了我的脑海，印在了我的心间。

长大后，每每看到孩子们元宵节游灯笼，儿时故乡游灯笼的景象就浮现眼前，且随着年岁的增长愈加思念。在城里居住的几十年间，我好像从没有找到过儿时在故乡游灯笼的那种纯美之感，也许是城里人脚步匆匆，到处是灯光，到处是喧嚣，无暇顾及这滴滴点点。

城里几十年间，唯独不能忘的是十多年前一个元宵节夜晚。当时我正在医院值夜班，大约十一点左右，热闹了一天的街道安静了，只是还能听见零星的爆竹声，偶尔远远地看见深邃的夜空飘上去几朵五彩斑斓的烟花。站在值班室的窗户边，我无意中看到，在昏暗的路灯下，一对白发苍苍的老者，相互搀扶着，每人手里提着一个如小碗大的火罐灯笼，步履蹒跚地走着。那两个灯笼在昏暗的灯光下如火球一般灿烂，眼前这一幕，给了我莫大的震撼，我的心顿时咯噔一下被这温暖融化，眼圈不由得湿润了。这是一对多么浪漫的老者啊！在他们那满头银发里到底记载着多少感人的故事和苦辣酸甜？望着他们渐渐远去的背影，我的脑海再次响起郭老《天上的街市》里的句子：

你看，那浅浅的天河，定然是不甚宽广。那隔着河的牛郎织女，定能够骑着牛儿来往……

游　百　病

在家乡，正月十六有游百病的习俗。

十二岁那年正月十六，父亲领着我和弟弟到杜阳逛庙会游百病了。

那天，一吃过早饭，父亲就装了满满一架子车白萝卜，让弟弟坐在架子车前面，领着我们到杜阳去逛庙会。一路上，逛庙会的人车水马龙、络绎不绝，孩子们高兴得叽叽喳喳，姑嫂婆姨们则一路家长里短。就连八九十岁的爷爷奶奶也在儿孙们的簇拥下，坐在架子车里脸上乐开了花。远远望去，蜿蜒的宝平南线大路上，五颜六色的身影像一条长龙在慢慢蠕动，前不见头，后不见尾。我们嫌人太多、走不快，到磨儿塬后，就沿小路上了千河河堤。我记得，顺着河堤走了不远一段路，我们就看见河对岸杜阳会场黑压压一片，逛庙会的人山人海，大喇叭传出的秦腔唱段和各种摊位的叫卖声，在风的携带下不停钻入我们的耳朵，急得我和弟弟不停催促父亲快点，再快点！

在我们催促下，父亲也好像急不可耐似的把架子车沿小路拉到河滩里，准备沿着冬天人们为方便两岸来往，而在千河上用两根木头搭建的简易小桥过河。过桥时，父亲为了安全起见，将弟弟从架子车上抱下来，让我领着先过去，然后，父亲一个人将一架子车萝卜晃晃悠悠拉过了桥。我至今记得，那天千河水虽不算大，但看起来清清亮亮，在早晨太阳光照耀下波光粼粼。

会场上，逛庙会的人摩肩接踵，人声鼎沸，父亲拉着架子车实在挤不进去，就将架子车顺势放在会场边上，给了我和弟弟每人五毛钱，让我们先拿着去逛，并叮嘱我领好弟弟，记住他卖萝卜的地方。我领着弟弟从人群中窜来窜去，不一会就到了会场里边，戏台下看戏的人已围得水泄不通，会场周围卖吃食的小摊、布摊、小人书摊及卖铁锨、镢头、耙子、犁、扫帚、簸箕、案板、菜墩等农具的摊位把会场围得严严实实，各种商品琳琅满目，令人眼花缭乱。一时间，那此起彼伏的叫卖声，喇叭里传出的秦腔戏声，看戏人的喝彩声、说笑声，汇成了一曲震耳欲聋的交响乐回旋在会场上空，响彻千河北岸。随着阵阵扑鼻的香味钻入鼻孔，我和弟弟迫不及待地来到一家卖吃食的摊位前，一屁股坐在那窄窄的长凳子上，做好给嘴解馋的准备。吃饱喝足后，我又领着弟弟买了一根甘蔗，边吃着到一家小人书摊前花了五分钱匆匆看了本连环画。当我们把仅有的一元钱花得一分不剩后，我们又从人群中挤来挤去，来到父亲卖萝卜的地方。这时，父亲已将一架子车萝卜全卖光了，看着父亲满脸高兴的笑容，我大着胆子给父亲一一汇报了一元钱的用场，没想到，父亲非但没骂我，反而表扬说：“还挺会安排的！”

当我们出了会场准备坐上父亲的架子车回家时，看见一个卖笤帚的摊位。这时，父亲好像瞬间想起了什么似，拍了一下脑门，说：“唉！领着你们游百病呢，差点把个大事忘了。”说完，就把架子车拉到大路畔放下，让我和弟弟下来，他则去买了一把小小的高粱笤帚，看见父亲手中的笤帚，我一脸疑惑地问：“爸，买笤帚干啥，咱家笤帚不是还好着吗？”“你娘叮咛让给你弟弟去火星爷庙扫病呢，你看我这记性，差点忘了，你弟弟成天不好好吃饭，头大脖子细，像个小萝卜头。”父亲看了一下弟弟笑着说。听了父亲的话，我大声笑着摸了摸弟弟的头，冲弟弟做了个鬼脸。

我们蹦蹦跳跳跟着父亲向庙上走去，这一段路虽不长，可光卖笤帚的商贩就有好几家，有高粱秆做的、糜芒做的各种式样笤帚，而且个个摊位前都围满了人。还没到庙门前，阵阵噼里啪啦的鞭炮声就在一团团蓝色烟雾簇拥下向我们弥散过来，我和弟弟一路小跑着进了庙院。庙院里，人头攒动，烟雾缭绕，好多人手里拿着笤帚在排队等候，几个中年妇女正忙得不亦乐乎地给排队的人用笤帚从头到脚轻轻扫着，看她们的嘴型，好像还在念叨着什么，她们每扫完一个，就将手里的笤帚扔到院子中央正在燃烧的大香炉中，再紧接着扫下一个。轮到给弟弟时，妇女顺手从父亲手里接过笤帚，爱怜地摸了摸弟弟的头，笑着说："我娃今天一扫，就把所有疾病都扫去了！"弟弟则吓得连看都不敢看人家一眼，只是低着头看自己的双脚，惹得我在一旁不停偷笑，我看着那个妇女给弟弟仔仔细细从头到脚扫了几遍，最后将笤帚往香炉内扔时，还捏了一点盐扔进了火里，并随口说了句："撒些盐，娃娃以后就不得疮疮了。"话音未落，一阵蓝烟合着噼里啪啦的声音再次从香炉中升起。

从那天起，我才知道家乡自古说的杜阳正月十六会，就是专门游百病的，也知道了杜阳那个烧笤帚的庙叫"火星爷"庙。且随着年龄渐长，我也慢慢懂得，家乡人自古正月十六游百病、烧笤帚，是在过去那个缺医少药的年代里，乡亲们期盼消除病魔、祈求健康的一种美好愿望。

如今，家乡农村种植高粱、糜子的人少之又少了，哪来笤帚可烧？杜阳火星爷庙烧笤帚的场景只属于遥远的记忆了，但每年正月十六这天，人们无论驱车，还是步行，都要去杜阳游百病的。

燎　疳

在我的家乡陇州，腊八拉开了年的序幕，而燎疳又为年画上了圆满的句号。

每年正月二十三的“燎疳节”，可称得上是陇州人的“拜火节”，也是孩子们最盼望的节日。

在陇州，人们自古认为，火，能燎去身上的阴邪秽气、祛病消灾，保佑一家大小健康平安。

记得儿时，每年正月十六夜，伙伴们在最后一个晚上游灯笼时，就希望下一个节日——燎疳节早点来临。

正月二十三这天，天一明，伙伴们就为傍晚燎疳忙活开了。燎疳，尤其得早早准备柴火。那年月，不光吃穿紧缺，就连烧锅烧炕的柴火都是紧缺的，村庄周围田间地头的干枯树枝、蒿草等能做柴火的植物，早就被人们割得一干二净了，哪来柴火燎疳？所以，这天拾掇燎疳柴火就成了孩子们最爱干的活计。

吃过早饭，伙伴们就肩背背篓或手提镰刀、鋬笼，成群结伙奔赴村庄周围的鳖盖顶、干沟、水沟、新堡子等地收拾柴火了。不过，收拾柴火这样的粗活都是由哥哥等男孩子们干的，我们这些女孩多数时间只是跟着他们看热闹。我们到三羊河畔，远远地看着男孩们如猴子一样在新堡子的半崖上、鳖盖顶的崖畔、水沟泉周围割蒿草、折枯枝，他们的唱歌声、说笑声常被崖娃娃（方言，指回声）此起彼伏地荡漾开来，播散在空旷的田野里，给寂静的田野带去生机。

经过一上午努力，一捆捆柴火，被满身泥土、满面灰尘的男孩子们背的背、扛的扛拿回家，堆放到各家门口。此时的男孩子个个脸上那洋洋自得的表情，俨然一个个凯旋的将军。

记忆中，那天午饭后，母亲就拿起剪刀开始剪“痯娃娃”了，她将一块长长的黄纸，来回对折几下，小心翼翼地拿起剪刀，随着那黄黄的细碎纸屑纷纷从母亲手中滑落，一沓小小的纸人便在母亲手中成形了，看着母亲手中的纸人雏形，我常急不可耐地要从母亲手中夺过，可这个关键时刻，母亲是绝不允许我动纸人的，她小心谨慎地给纸人剪开嘴巴、眼睛，还要一点点将纸人手拉手的指头一根根剪得分开。最后，母亲将手中的纸人，顺着开始对折的方向，一层层撕开，哇！一串十几个手拉手的黄纸人便活灵活现地展现在眼前了。这时，母亲才会满脸自豪地笑着说：“不许乱动，这是晚上燎痯时烧的痯娃娃！”母亲边说着边将那一串手拉手的“痯娃娃”一点点压平，折好，夹进她常夹鞋样的废旧书中。

黄昏时分，母亲又会像取宝贝一样，从她的书中小心翼翼地取出那压得平平整整的“痯娃娃”，找来一根长长的竹棍，让我将那一串串“痯娃娃”挑到门外的柴火堆旁。在我的记忆里，母亲剪的“痯娃娃”是巷道里最长、最漂亮的了。那时，我常看着那随风飘舞的“痯娃娃”陷入遐想，我想象着那一串“痯娃娃”变成了一群活蹦乱跳的小伙伴，我想象着和“痯娃娃”手拉手在火焰上来回跳跃，我仿佛听见“痯娃娃”的欢声笑语，我甚至为即将化为灰烬的痯娃娃而悲伤过。

傍晚时分，家乡长长的巷道里，家家户户门口都堆好柴火、挑好“痯娃娃”，做好了燎痯的准备，一群群孩子像小鸟一样聚集在一起有说有笑、叽叽喳喳，就连有的大人也经不住诱惑，在孩子们的感染下，好像等待一份饕餮盛宴一样，盼着那个激动人心的燎疳时刻。

夜幕才微微落下，总有孩子的父亲，在孩子按捺不住的纠缠和催促中要点火了，围观的人们一下子鸦雀无声，他们屏气凝神地看着孩子父亲将手中的火柴“扑哧”一声划亮，当火苗迅速在柴火中蔓延时，父亲则会首先把那一串“疳娃娃”挑到火上。当“疳娃娃”瞬间在火焰中化为灰烬时，围观的孩子则会如看到飘飘战旗一样，大声吆喝：“燎疳了！燎疳了！”顿时，在柴火噼里啪啦的燃烧声中，胆大的孩子一拥而上，瞬间，橘黄色的火焰上，孩子们的身影就像鲤鱼跳龙门似的来回跳跃起来。此时，连远处看见火光的孩子，也会以百米冲刺的速度，聚集过来，加入燎疳人群当中，有的大人也会乘机夹裹在孩子们中间来回跳跃，惹得周围看热闹的姑嫂婆姨笑岔了气、笑弯了腰。火光映红了巷道，映红了人们快乐的容颜，就连跟着孩子们凑热闹的小狗也被火光映得满身喜气。而小一点的孩子和我们这些胆小的女孩，则会怯怯地躲在一边，直到火焰变弱，才在大人的鼓励下，鼓足勇气，铆足劲从火堆上一跃而过。等火堆只剩如豆之光，妈妈们还要抱着怀里的娃娃，来回在火堆上跳跃几下。火光熄灭，只剩一堆火渣时，大人们还要拿来铁锨，将红彤彤的火渣扬开，年纪大的爷爷奶奶则会仔细端详火渣的形状，意味深长地对围观人说：“今年小麦就成了！”当然，有时也说玉米或荞麦或高粱，那时，我常一脸狐疑地望着爷爷奶奶们，觉得他们真伟大啊，竟能通过燎疳的火渣预知庄稼的长势！现在想来，这只是乡亲们对美好生活的向往啊！

这天晚上，家乡的巷道里，从傍晚时分，成群的孩子们就追逐着火光从这家跑到那家，又从那家跑到这家，此起彼伏的叫声，柴火噼里啪啦的燃烧声，和着人们此起彼伏的笑声，在忽明忽暗的火光照耀下，汇成了一曲曲无与伦比的天籁，回旋在深邃的夜空，惹得天幕上如银钉似的星星也好像冲着我们眨巴眼睛。整整大半夜时间，村庄都笼罩在燎疳的欢乐气氛中，直到夜阑人静、寒露四起，孩子们才会在母亲的呼唤声中，恋恋不舍地回家。但这一晚，他们就是回去睡在母亲热腾腾的被窝里，也会意犹未尽地做个关于柴火、关于燎疳的梦。

如今，每到燎疳时节，看见家乡田间地头、路畔盖墚上那蓬蓬勃勃无人问津的柴火，儿时伙伴们收拾柴火燎疳的情景就如电影一样浮现眼前。我不止一次感叹，不知从何时起，家乡村庄的人口越来越少，曾经那么盼望燎疳的孩子也为追求高质量生活各奔东西了，只剩下一扇扇紧锁的房门和在寒风中摇曳的柴火，在一年年期盼着燎疳游子回家的喜讯。

梦见母亲

母亲离开我们整整二十三年了，我还常常梦见她，昨晚我又梦见母亲了，不知是她想我了，还是我想她了。

我梦见和母亲睡在老屋的土炕上，母亲仍然穿着她活着时洗得发白的灰青色大襟布衫，脸上带着慈祥的微笑。炕上没有铺褥子，连炕席的花纹都看得一清二楚，炕是温热的，我像小时候一样亲昵地睡在母亲身边，好舒心，好惬意！

在梦中，我一边流泪一边同母亲说了好多好多话。

娘，这么多年您去了哪里？咋走了那么久呀？让我找得好苦啊！打我很小的时候，您就常常给我讲，您八岁就离开了母亲，说您离开母亲的那段日子，常常不吃不喝领着年仅三岁的舅舅成天从这个墙根，挪到那个墙根，一坐就是一整天。您说娃娃过早没了娘，就是世上最可怜的孩子了。我当时对您说的话似懂非懂，只是忽闪着大眼睛看着您抹眼泪。

记得我十岁那年，您病了，病得不轻，整整五六天水米未进、卧床不起，父亲请来了咱村的医生，医生看后也只是说，您是严重营养不良，贫血很严重，只能先治治看吧！我当时真怕自己成了没娘的孩子。可三天后，当我放学无精打采地背着书包回家，看见您面色蜡黄，拖着虚弱的身子，硬撑着在灶房给我们做饭时，您知道我心里有多高兴吗？我当时真想大声喊：“我没有成为没娘的可怜孩子！”我知道，您肯定不会让我们姊妹几个成为世上最可怜的孩子的！

我二十七岁那年，您却毅然决然地走了。您可能认为我长大了、成人了吧，可您知道吗？在您走后的那段日子里，我常常一个人在深夜对着天空的星星发呆，我怕回咱老屋，怕揭开咱家的老柜，怕看见您用过的针线笸篮，怕触摸您用过的擀面杖……从那时起，我清楚，自己是个没有母亲的人了！从此，每当路遇那些大娘、大婶在女儿的陪同下逛街或散步，我都要驻足片刻，目送她们远去，我真羡慕那些有母亲的人！

娘，您走后，我和哥哥、姐姐在整理您的遗物时，我悄悄将您在世时做针线活戴的那枚顶针装进了我的衣兜里。至今那顶针都放在我的针线盒里。每当我缝缝补补时总会戴上它，没想到那么合适，就像量指定做的一样，每次戴上它，我的心里都像现在一样温暖！

娘，您还记得我很小的时候，您教我学唱的那些民间朗朗上口的歌谣吗？有的我至今都能完整地背下来。特别是那首四八婆讲的秀琴姑婆"学好狮子滚绣球，就能走到天尽头"的故事，我永远在心里记着。您说四八婆虽然眼睛看不见，但每次向他人说起秀琴姑婆，满脸都是自豪！我不知道狮子滚绣球是啥，也没有见过秀琴姑婆的面，常常要追着您问个究竟，您常给我解释说：狮子滚绣球是指念书、学文化，能写会算就有本事了，走到哪里都有口饭吃。四八婆把秀琴姑婆供着把书念成了，到很远很远的大地方工作去了……听了您的故事，小小的我就常常暗下决心："我一定要向秀琴姑婆学习，好好念书，到很远很远的地方去工作。"长大后，每当我在学习中倦怠或偷懒时，我都会想起这个故事。虽然我没有学会狮子滚绣球，也没有走到天尽头，但我永远都在努力着。娘，还有那个"扣箩借，仰箩还，添还姐姐十八年"

的故事，让我从小就懂得做人要诚实、不可刻薄，“滴水之恩，涌泉相报”的道理。

娘，我常常想，您很小就失去母亲，在山里长大，没念过一天书，可我上小学一年级前，那些简单的“人”“口”“大”“小”等汉字，您早就教我认识了，您是从哪里学的呀？严重的大骨节病，让您一辈子连走出村子都困难，更别说去县城和更大的地方了，可您心里咋就能装得下那么多啊！

哦，娘，说到这里，我还差点忘了，您现在腿还疼吗？您活着时经常腿疼，走路一瘸一拐，有时连下炕都成困难，您那时很自卑，怕被人笑话，不愿出门。特别家里要是来了陌生人或者我们的同学，你都不愿露面的。我知道，您是怕给我们丢脸。记得有一次，有几个淘气的小伙伴和我闹矛盾后，在我跟前说您的坏话，我当时差点气炸，一口气扑上去和她们拼了，把她们个个脸上抠得留下了指甲印，后来她们没一个敢在我跟前再说您不是了。那时候，每当放学回家，伙伴们的母亲不是去地里干活，就是走亲戚去了，他们回家不是啃冷馍就是吃剩饭。可我从来没有那样的体会，因为我只要一进门，娘都在！饭永远是热的！衣服虽然旧，但永远是整齐而干净的！我到校永远是最早的！

不过，娘，现在腿疼也不怕，农民个个都参加了合作医疗，再也不用愁看不起病了，现在大骨节病国家还给免费做手术呢。何况您的三个孙子都会开车，俩还有车哩，您想去哪儿就去哪儿。我知道您临走时最想的就是回趟娘家了，可您走得太匆忙了，我们没来得及准备，您就哪儿也去不了了……

娘，您再也不用点灯熬油给我们姊妹几个缝衣服、纳鞋底了，现在商场、超市到处是卖衣服的，从里到外都能买下现成的，各种型号比比皆是，现在根本没有人穿手工缝制的那些老式衣服了。

您再也不会像我小时候那样，穿的衣服没有多余换洗的。每遇天气变冷，父亲才会去供销社扯些布料，可只要布料一来，无论迟早，您都能保证我第二天上学穿上新棉袄、棉裤。来年春天，天气变暖，您又会抽一个天气晴好的日子，早早起来将我穿了一冬的脏棉袄、棉裤拆了，洗干净，磨坏的地方补上补丁。第二天，我又会穿上一套板板正正的夹袄、夹裤去上学了。您连夜缝制的衣服，我每次穿出去，没有人不夸您针线活的。我现在常常想，我们姊妹五个要穿衣、穿鞋、吃饭，您在那种身体状况下，到底是咋样把我们拉扯大的啊?!

娘，现在咱家都盖成大瓦房了，卫生间都在屋子里，院子全铺成水泥的了，您再也不用愁下雨天，腿脚不灵便，去一趟厕所都困难了。

娘，现在咱村子光蒸馍店就有好几家呢，您再也不用半夜起来和面，天不亮就要开始为我们一大家子蒸馍了。现在农村人不愁没吃的了，家家户户粮食不愁。您再也不用吃那些剩饭剩菜了，再也不用看着让我们狼吞虎咽地吃您刚蒸的新馍，您却用开水泡着吃剩下的陈馍了。那些陈馍有的都发霉了，您还舍不得喂猪，也要泡着吃，这样对身体不好!

娘，现在咱村子超市里，各种糕点应有尽有，您再也不用像从前一样，只要一年半载有亲戚送点糕点，您都眼看着要让我们吃个够，自己却舍不得尝一口，还常常以“不爱吃”为理由。

哦，娘，我还有件事想和您商量，明年清明我想给外婆外爷去上坟。我常常记得您活着时说过，您来我们家四十年多年，没回娘家给外婆外爷烧过一张纸，您每说起这话都会无可奈何地看看您那变了形的双腿，然后低头抹眼泪。我觉得这是您一辈子都没有完成的最大心愿了！现在您走了，我一定要替您去完成，可我怕去找不到外婆、外爷的坟头了，娘，到时候您得陪着我，给我领路哦！

娘……

“丁零零……”一阵闹铃声将我从睡梦中惊醒，把我还准备给娘说的一肚子话一下子惊得毫无踪影了，醒来泪水已打湿枕巾。我静静地望着天花板，多想再回到睡梦中啊，可惜回不去了！我期待着下次再与娘梦中相逢！

坟 会

“清明时节雨纷纷，路上行人欲断魂。”

明天又是清明节了。

今夜，年近八旬的老人辗转反侧，难以入眠。

儿时，家族过清明的情景如电影一样一幕幕在老人的脑海里浮现，随之进入脑海的还有儿时的大院、鸡鸣狗吠，以及爷爷的教诲、父亲的叮嘱、母亲在灶房升起的缕缕炊烟。

老人清楚记得，在他很小的时候，爷爷就指着他们陈氏家谱告诉他，陈氏家族是大清康熙年间，从山西西迁到陇州予村建家而耕的。爷爷还说，他们陈氏先祖，在陇州经过上百年的艰辛努力，到清朝中后期兴旺发达。当时随着家业的不断壮大和人口增多，现有村庄耕地及住宅已远远不能满足需要，为了使家业不断壮大，部分族人就先后迁徙到鸡家庄、后庄、桑园、大柳树、柳家山、二郎沟等地继续建家而耕。

打老人能记事起，他们予村陈家和鸡家庄、后庄、桑园、大柳树、柳家山、二郎沟等几个村的陈氏族人，就共同办了一个“坟会”。“坟会”由他们予村本家捐赠土地几十亩，租种给本族人，由租种多的大户组织收租，负责家族每年清明祭祀等大型活动开支。想到这里，老人算了算，他们家族如今来陇已有三百多年历史，大概已有十六七代人了。

老人记得，小时爷爷常给他说，他们最早来陇的两辈先祖坟墓在村庄河对面的松树阙，从他曾祖父辈起，另建的祖坟在小桑园，其余先辈坟墓都在鸡家庄。记忆中，他们在鸡家庄的祖坟，占地就有两亩左右，光石香炉、石供桌及石碑就有二三十座，一大片祖坟全在有合抱之粗的柏树笼罩下，显得庄严肃穆，站在对面的雷神山远眺，一年四季郁郁葱葱、生机勃勃。

老人记得，他儿时的清明节，可以说是他们家族孩子们继过年后最盼望的节日了，因为这天，家族除举行隆重的祭祖仪式外，还要摆席设宴，欢聚一堂，以求安居乐业、五谷丰登。

那时，每年的清明前几天，家族各家各户就在“坟会”的统一组织下，筹办清明家祭活动所有事宜了。清明前一天，几乎每家都要蒸十个大白馒头，准备纸钱和香表。特别是组织户还要杀猪、宰羊，备好猪、羊、鸡、鸭等三牲祭品。有的大户还要准备好俩人一抬、装有八碟八碗的食盒。同时，“坟会”还要早早推举好清明这天祭祀活动的主祭和宣祭。主祭一般都是由族长或本族有名望的文人担任，宣祭就是如今时兴话所称的“司仪”或“主持”。

老人十岁那年清明节，天刚麻麻亮，爷爷就将他们弟兄几个叫醒，隔壁各家各户院子也开始响动了，男人们洗净手脸，收拾祭祖用品；女人们则一边打扫屋里屋外卫生，一边叫起未出嫁的女孩们，催促她们洗漱，并给她们挨个剪头发。在老人的记忆中，一年之中，清明这天是他们家族最忙碌的时候了，他常一边打着哈欠，一边和哥哥、父亲、爷爷准备祭祀用物。不久，那些鸡家庄、桑园、大柳树、二郎沟等地的男性族人，都就先后赶到予村了。而且这些族人来时多数是赶着驴、马或骡子等牲口的，一时间，场院里满是身上驮着满满当当祭祀用品的牲口，从牲口那湿漉漉喷出热气的鼻子和孩子们冻得通红的小脸上，不用猜，就知道他们是一路匆匆赶来。

等所有祭祀用品准备停当，参加祭祀活动的男性到齐时，太阳也就从东边的山顶露出红彤彤的笑脸。这时，主祭和宣祭就按家族房分和辈分在场院里清查人员，人员清查完毕，大队人马就将祭祀用品抬的抬，背的背，一路浩浩荡荡向祖坟出发。

他们首先到达村子河对面的松树阙，清理先祖坟头杂草，清洗墓碑，献上贡品，按辈分大小跪地，由年长者在最前面焚烧纸钱后，大家一起三叩九拜。祭拜结束，燃放鞭炮，在噼里啪啦的鞭炮声中，祭祀队伍才向鸡家庄的祖坟出发。

松树阙距鸡家庄祖坟足足有七八里路，这一路上，大人们都是一边抬或背着祭祀用品，一边互相打问一年的收成、健康等家常琐碎。而这些好不容易聚集到一起的孩子们，则会像野兔一样在田野里撒起欢来，有的下河抓鱼摸虾，有的上到河畔的树上扭柳笛，有的还相互追逐到麦田里打起滚来，嘻嘻哈哈的笑声惊得山雀儿一边“咕咯咕咯”怪叫，一边如闪电扑棱棱向远处飞去。

到了鸡家庄祖坟，就由主祭和宣祭按议程安排祭祀活动了。那年的主祭是家族按辈分他叫太祖的一位老先生，听爷爷说，这个太祖，年轻时曾在晚清到民国初年带过乡勇，所以族人都称呼他“勇头”。这个太祖当时是他们家族辈分最高的老者。那时，他们家族他叫太祖的就有十来个人，叫曾祖的有四十多人，叫爷爷的达上百人呢。

祭祀活动第一项是扫墓，族人纷纷用笤帚、抹布清洗墓碑，用镰刀割除坟头杂草。扫墓完毕，往日杂草丛生的祖坟就立马显得精精神神，个个石碑雕刻精美，碑文字体苍劲有力，就连四季常青的合抱柏树，在蓝天的映衬下也显得傲骨峥嵘，微风吹来，摇摇摆摆，好像祖先在微笑着迎接他们这些子孙的到来。祭祀第二项是由各族系摆放祭祀用品，所有人员按大房、二房、三房等房分大小，从左向右排列，再按辈分大小，从前往后依次跪地，那天，他们家族光参加祭祖活动的就有二三百人，他们属第二房分，他的辈分当时最小，所以，他就和他们房分最小辈分的二三十个男娃一起跪在最后一排，其中就有他俩哥哥。祭祀第三项是由主祭宣读祭文，也许由于太祖当时年事已高、气力不足的缘故，念祭文时，好像痰咯在喉咙里，惹得他们跪在后排的孩子差点笑出声来。祭祀第四项是按大小房分，依次宣读祭文，他们第二房分的祭文是由他爷爷宣读的，他爷爷的祭文他亲眼见过，是爷爷亲手用毛笔书写的，他记得爷爷宣读祭文时，声音抑扬顿挫，好听极了。第五项是焚化纸钱，在陆陆续续宣读祭文声中，跪在最前排的长辈，就接连不断地用竹棍挑着焚烧纸钱，他跪在最后一排，远远地看着纸钱在火焰中化为灰烬，在空中轻轻飘舞、慢慢升腾，一种给天堂祖先送去温暖、送去祝福之感便油然而生。纸钱烧完，最后一项是所有家族成员在宣祭的口令声中，三叩九拜，这一项也是他们这些娃娃最急切盼望的了，因为终于可以站起了呀，不然膝盖都跪疼了！祭祀议程结束，各房分清查家谱小辈未续人员，报告族长，由族长回去再按辈分上家谱。最后，家族成员撤离时，再次燃放鞭炮，以告慰祖先在天之灵，顿时，噼里啪啦的鞭炮声在山谷中久久回荡。

整个祭祀活动结束后，各户带上自家的馒头到组织者家中入宴就餐。那天，是湾子河一本家设宴的，回来的路上，鸡家庄离湾子河还有好几里路，当大人还在慢慢悠悠边看庄稼长势，边家长里短时，他们几十个孩子则以百米冲刺的速度向湾子河跑去。湾子河组织者的庭院里收拾得干干净净、亮亮堂堂，他们到达时，院子里早就摆满了桌椅，每个桌子上，称作“九碗”的肉菜已热气腾腾地摆上了桌。

席间，大人们相互敬酒祝福，孩子们则一边叽叽喳喳，一边狼吞虎咽，一时间，满院子说不完的话语，道不完的亲情，一下子使大院显得其乐融融。就连场院核桃树下拴的牲口也时不时“啊吁，啊吁”引吭高歌，好似在为这一年一度的家族大团圆而助兴呐喊，为家族的欣欣向荣、枝繁叶茂大发赞叹。

想到这里，老人情不自禁地长叹了一声：“唉！五六十年了！”老人想，如今，他虽连同村好多同姓的年轻娃娃都不认识了，但他坚信，陈氏家族的后裔，无论在哪个地方、哪个行业，他们肯定会秉承先祖的优良传统和家风，在各自的工作岗位上兢兢业业、勤勤恳恳，为社会发展做着贡献。

天一明，老人就去给爷爷、奶奶、父亲、母亲上了坟，又骑车去了趟他十岁那年参加家族祭祀活动的鸡家庄老祖坟看了看。老祖坟已变成耕地，完全失去了他记忆中的肃穆，老人伫立良久，心中充满了无限的怀念和敬仰。老人想，虽然埋葬在这里的祖先，有的面都没见过，但他从小就从爷爷口中得知，他们作为迁徙家族，奋斗历程是艰辛而壮美的。

望着眼前寂静的山谷，老人仿佛听见祖先那铿锵有力的奋斗脚步声，仿佛看见祖先辛勤耕耘的背影，仿佛触摸到了祖先那布满沟壑的真实面容。

一切就像在昨天，一切就像在眼前，爷爷的教诲、奶奶的唠叨，统统萦绕在耳畔。年过古稀的老人，不由得眼眶发热、眼圈湿润，因为，清明，注定就是一种血脉里的敬慕和眷恋！

故乡的月夜

明天就是大哥三周年祭日了，今夜我又回到了故乡。

院子里帮忙的邻里都回家休息了，而我却辗转反侧，难以入眠。

起身来到堂屋，肃立一旁静静地看中堂大哥的遗像，恍惚间，我觉得大哥好像要同我说话，他眉宇间那急匆匆的神情好像又要下地，干他那永远干不完的活计。

三年前，和大哥一起去鳖盖顶看麦子是否黄透的情景依然历历在目，可话犹在耳，人却阴阳两隔三年了。

不忍久看，出了堂屋，月亮已挂上了东边的天幕，如水的月光洒向院子的角角落落，院墙根的树荫下如漏下一地闪闪烁烁的碎玉。也许是我的脚步惊动了正准备偷吃腥荤的猫儿，只听轻轻一声“喵”的同时，一个影子“嗖”的一下，健步如飞踩着优雅的步伐上墙去了。

出了院门，径直来到我从小长大的巷道。虽然，巷道还是我记忆中那么悠长，但却没了昔日土墙土房的影子，家家户户高大的砖瓦房错落有致，就连巷道路面都是用水泥重新铺就，平整宽敞，在月光和路灯的照耀下，犹如蛇形蜿蜒。此时的巷道安静极了！除了路灯下成群结伙不知疲倦飞舞的夏虫，看不到一个人影。一时间，我觉得，我曾经那么依恋、那么朝思暮想的故乡，怎么一下子变得陌生了，难道它深度睡眠了吗？怎么会那么安静而寂然？仔细一看，好多我曾经熟悉的院门都紧锁着，有的门锁早已锈迹斑斑。我的脑海不由得一遍遍浮现那些院子里曾经的主人，我不得不感叹，熟悉的人都老了，都走了，年轻人都外出谋生去了。零星院子的微弱灯光告诉我，曾经喧嚣的巷道只剩几个老人了。记忆中，巷道里，夏夜孩子们你追我赶的欢笑声，母亲找寻孩子的呼唤声，羊儿、牛儿、狗儿的叫声夹杂着拖拉机的嘟嘟声统统消失得无影无踪了。面对空空的巷道，我默默祈祷，祈祷故乡的后生在他乡拼搏的同时，不要忘了这个祖辈曾经生生不息的地方。

此刻的我，在感受着故乡月光下变迁的同时，心里有种莫名的悲凉。多好的月夜，多好的夏天啊！我的故乡怎么就变得如此寂寥？儿时和伙伴们在巷道发生的各种趣事，顷刻间都从脑海里涌了出来，那些亲切的声音、熟悉的面孔居然成了我此刻最奢侈的回忆。我不禁打了个寒战，猛然忆起前阵子读过的一篇文章《我站在山岗，为故乡招魂!》中写道：“故乡还在，村子的魂已渐渐死去。故乡还在，但古老的乡规民约宗族家训的血脉早空了……”我一边默念文章中的话语，一边感叹，难道我的故乡也需招魂吗？我不敢往下想。

今夜，即便故乡再寂寞，再荒芜，我都想在它的怀抱里做一个充满月光的梦。信步来到距家只有几十米的三羊河畔，昔日那丰腴的潺潺河水，也如骨感美人似的在月光下缓缓流淌。河边草丛中，蟋蟀们正在焦躁地低吟浅唱，窄窄的河面上，小桥连着蜿蜒的小路直通鳖盖顶。我从小就听父辈们讲这个地名的来历——站在原来村子那高高的墩台上，远远地向村西眺望，这里的地形恰似一只巨大的乌龟正伸出头饮三羊河的水。可惜，现在什么印记都没有了，只有鳖盖顶二台上是一个个亲人长眠的地方。月光下，远远望去，亲人们坟茔上那影影绰绰的柏树挨挨挤挤，如他们在回首翘望着故乡。要是在儿时，此刻我肯定会吓得拔腿跑回家。可现在，我却一点也不害怕。因为，伯伯、大大、婶婶、父亲、母亲、大哥，他们都是沿着这条小路去了那里，他们那慈祥的面孔、熟悉的话语，竟成了此时留在我心底最亲切的画面、最温暖的记忆，这条蜿蜒的小路竟成了此时连接我和他们的唯一纽带，我在这头，他们在那头。

不忍久久凝望，收回目光，看看周围黑黝黝的庄稼，听听蟋蟀不厌其烦地歌唱，猛然间，记忆的神经好像被什么触碰了一样。哦！我想起了儿时夏夜“呱呱呱”乱叫的青蛙，咦！青蛙去了哪里？我侧耳倾听，怎么儿时夏夜“听取蛙声一片”的情景都变得如此稀疏了呢？难道青蛙也要离我远去了吗？我愕然了！

我的自言自语，也许惊动了河边树上正在酣睡的鸟儿，“叽呗叽呗”几声鸟叫又将我的思绪打断了，“这不是‘揭被鸟’吗？它还在！”我兴奋得差点叫出声来。不是吗？儿时，父亲每天早上催我上学，总会拍拍我的脑袋，笑眯眯地说：“‘揭被鸟’都醒来了，赶快起床，不然，‘揭被鸟’就打屁股了……”父亲的话语又回响在耳畔。我不知道树上的“揭被鸟”是否还认识我，但我深深地感谢它，因为它，我又多了那么一段温馨的回忆。

仰望璀璨的星空，我感叹：“好久都没有这么专心地看过这深邃的夜空了！”因为在城里，是看不见星星的，天空永远是模糊的。而在故乡，星空永远好像一幅缀满银钉的画布，触手可及。

微风吹来，我的耳边仿佛听见母亲唤我回家的声音，月儿也到院子上空了，几丝白云如纱一样在月亮面前漂浮着，我想，莫不是此时，月亮也像我一样在孤寂中流下了伤心的眼泪？

不忍回眸

是的，我不忍回眸。

我不忍转身，再看一眼身后那个拼尽全身力气坐在炕上，从窗户目送我离开的老人，我怕回眸的瞬间，我泪眼蒙眬。

这个老人就是我的婶婶。

我的婶婶病了，而且病得不轻。婶婶虽年近九十高龄，但当我知道她这次得的是“食道癌”的那一刻，我依然顿感震惊和心痛。因为，两月前，我见婶婶时，她还是精精神神、硬硬朗朗的。想起以前与婶婶接触的过往，一种隐隐的心痛油然而生。

近两年，婶婶就住在县城的哥哥家，因离得近，我也多次去看望过婶婶。而且，我每次去，婶婶都格外开心。一进门，她总是满面笑容地紧紧拉住我的手，嘘寒问暖，忙不迭地为我泡茶，找出家里的各种小吃，劝我吃点再吃点；并询问我的工作、孩子和生活中的大小事，跟我讲她和我的父母那一辈人生活的艰辛和不易。当然，她偶尔也讲讲和我的母亲等几个妯娌在那艰难的岁月里发生的趣闻、趣事。谈笑间，我总觉得，婶婶好像永远充满活力，永远都是那么精明能干。

前年，我参加陇州传统民俗民间采风时，没少打扰婶婶，婶婶和她的老朋友们，凭借记忆给我提供了不少家乡传统风俗的资料呢。记得那时，婶婶思维可清晰了，只要一提起家乡的民间风俗，她都说得一套一套的呢，有时连那些民间口口相传的歌谣，都能连续不断地唱下来。也就是从那个时候，我从婶婶口中，知道了在过去缺医少药的年代，家乡人民对疾病的朴素认识和对美好生活的希冀；也多次从婶婶那闪闪的泪花中，更深切地体会到在那落后的年代，“女本柔弱，为母则刚”的真正内涵。

每次从婶婶家离开时，婶婶总要送我到楼下。我常因婶婶年纪大，上下楼不方便，万般阻拦她送我。几次，婶婶虽不下楼了，但当我到了院子，依然能看见她在阳台上向我招手，或大声叮嘱：“车开慢点！闲了过来！”且每次她都要远远地目送着我消失在她的视线中。说心里话，我真希望婶婶每次将我送出家门就好，但我又知道，婶婶一辈子都是这么个热心人，对她来说，这样送我，或许是一种幸福吧！因为，对于婶婶来说，这个世界上她又多了一个牵挂的人。而对我来说，怎会忍心拒绝一个慈祥而温和的老人的爱恋与不舍呢？但不知为什么，每次婶婶送我出门，我都不忍回头，因为，我不用回头，都能感觉到婶婶在阳台上正向我招手；我不用回头，都能听见婶婶远远地给我的叮咛和嘱咐……

我真不敢回眸。

我真怕一回头，我的眼泪会不争气地掉下来，我更怕婶婶也像我一样掉眼泪。所以，我宁愿让婶婶认为我没心没肺，也不愿走在婶婶久久凝望的目光里，走在我潸然泪下的心痛里。

婶婶和母亲是妯娌。我的父辈们大多都相继过世了，我的父母也离开我有二十多年了。所以，在我的心里，每次看到婶婶，仿佛就看到了母亲的影子，每次婶婶拉住我的手问寒问暖时，我都感觉是母亲在我身边。可是，婶婶这回真的病了，医生说，年龄太大做不了手术。我也清楚，只能姑息了。

前段时间，在婶婶的一再央求下，哥哥把婶婶送回了农村老家，一来农村春暖花开空气新鲜，二来老家有婶婶惦念的老伙伴，她们可以随时陪婶婶拉拉家常，叙叙旧。

昨天，我又去看望婶婶了，一进院子大门，婶婶隔着玻璃窗，一眼就认出了我，远远就给我打招呼。才一月没见面，婶婶已经瘦得皮包骨头了，但婶婶的思维依然很清晰，她对我说，她每天还能坚持下地走走，偶尔还能到大门口的碾盘上坐坐。虽然因疾病折磨，婶婶走路已踉踉跄跄，但我靠近她时，她还是紧紧地拉住了我的手，又问我好着没、吃饭了没、孩子乖着没……那时，我真不敢直视婶婶的眼睛。

和婶婶聊天间，她告诉我，农村就是好，还说等她这次病好了，就不去城里了，闷得慌。她说要在院子里种上韭菜、白菜、萝卜，还要种些指甲花、五色花等花花草草。听着婶婶的唠叨，我强忍住泪水，转过身，假装看她吃的药，才将眼泪硬憋回去。

临走时，婶婶又要下炕送我，我拉住她枯瘦如柴的手，坚决没让她下来。出门的瞬间，我知道，婶婶肯定又通过窗户的玻璃望着我，而我，正在一步一步踏着婶婶的目光离开。当时，我的心乱极了，我真不知道，我还能多少次听见婶婶那温暖的问候和叮嘱，还能这样在婶婶的目送中走多少次……

我多想回过头再看一眼坐在炕上目送我的婶婶啊！可一种巨大的痛再次袭来，我再也忍不住汹涌的泪水……我是多么不愿看到，我的长辈就这样一个个在我一次次不忍回眸中离我而去啊！

我还是离开，不忍回眸。

夕阳里的守望

太阳半掩着它那绯红的面颊离影影绰绰、绵延起伏的西山顶越来越近了，夕阳给田野和村庄涂上了一层金黄。

水泉畔的大树上，几只鸟儿从这个树枝跳到那个树枝相互追逐嬉戏着。远处的“算黄算割”（布谷鸟）告诉人们忙碌的夏收时节到了。

老人坐在水泉畔大树下的石头上多久了，太阳、大树、石头是知道的，它们也是一直陪着他的，但此刻太阳却要依依不舍地离开他了。

老人坐的大石头毫不吝啬地将它吸取到的温暖传递给了老人，阵阵暖流透过老人那松弛而干枯的皮肤传遍了全身。

老人身后的大树把岁月凝练得婆娑扭曲的枝条向周围伸展开来，似乎要把老人拥入它宽阔的怀抱。翠绿的树叶在微风吹拂下哗啦啦作响，老人努力竖起耳朵，他好像听见了孩童般的欢笑。老人伸手摸了摸大树那道道裂纹似的粗糙树皮，他不知道大树究竟有多大年岁了，他只记得自己很小很小的时候大树就是这般模样。

老人脚下的泉水仍然“哗哗哗”喷涌着，潺潺的流水声像在给老人不厌其烦地唱着歌，鱼儿、虾儿躲在清澈的泉水中游来游去、卿卿我我，恰似给老人跳舞。

眼前，一望无际的黄澄澄麦田沐浴在夕阳里，微风吹过，麦浪滚滚，散发着阵阵麦香。就连老人那布满沧桑的古铜色面颊、霜雪般的头发也在夕阳的渲染下如金色一样。

老人背靠大树，用颤抖的双手点了支烟，一口一口慢慢抽着，安静得如一座金色的雕像。老人看着这个自己守望了八十多年的村庄，陷入深思，没人知道他此刻在想着什么。

“汪！汪！汪！”是狗在叫。老人缓过神来，看见两只天真可爱的小花狗正在水泉边追逐打闹，蹦蹦跳跳不断变换着姿势，伴随着急促的叫声展现了各自的勇猛和威严。

有羊在叫，“咩咩”的声音从不远处的草丛中传来。不用看，老人都知道那是隔壁侄儿家的母羊，新鲜肥美的嫩草吃饱了，正用叫声告诉主人，它想回家，回家给它的孩子们哺喂它那甘甜的乳汁。

有孩子在哭，有母亲在哄。孩子用攒足的劲夸张着他的刁蛮，母亲则用和风细雨般的话语彰显着母性的慈爱与柔软。

有铁锨、镢头碰撞的声音，有男人、女人说笑的声音。那是劳作了一天的人们在泉水里清洗一天的疲惫，老人猛然觉得这声音是那么熟悉，那么悦耳，那么让人陶醉！

老人抽着烟，一点一点细细品味着眼前的一切。这情景在他生命的每个日子里再平常不过了。但今天，老人觉得这些情景温馨美妙得如画一样让他动容，让他怀念，让他留恋！

老人想，可能用不了多久，他就要从这幅守望了八十多年的画里走出去了！他怎么才发现这幅画原来是这般迷人，这般美丽，这般可爱。老人狠命揉了揉他那昏花的双眼，他真想睁大眼睛好好看看这幅他熟悉得几乎印在脑海里的美丽画卷！

老人猛抽了几口，透过那红红亮亮一闪一闪的火光，他仿佛看见年轻的自己正挥舞着磨得锃亮的镰刀，在火辣辣的太阳炙烤下收割麦子的情景，虽然太阳下的他挥汗如雨，但只要转身看见身后排得整整齐齐的一捆捆沉甸甸的麦子，心里就是踏实的；他仿佛看见二十几岁的自己吆喝着牲口播种的场景，肥沃的土地在他的犁下翻腾着向后退去，那种征服一切的力量鼓舞着他在困难面前昂首挺胸、勇往直前；他仿佛看见自己和心爱的妻子领着儿女们恩恩爱爱、相互鼓励、团结一致度过那段饥饿难耐的岁月，那种温馨的天伦给了他源源不断的动力、责任和勇气。想到这里，一种汹涌澎湃的力量像要从老人那干瘪的身体里爆发。老人挪了挪沉重的双腿，摸了摸放在手边的拐杖，无奈地垂下了头！

唉！老人叹了口气，远远望了望身后老伴及父辈们长眠的地方，一座座坟茔如不朽的丰碑矗立，每座坟茔在老人眼里都是一段故事、一段历史、一段记忆。老人脸上露出了久违的笑容，他与坟茔主人的故事一幕幕如电影一样在眼前浮现。

几个孩子提着竹笼跳着、笑着从老人身边跑了过去，此时的夕阳也变得如山花烂漫的春天一样活泼可爱了。老人眼前浮现出了并不遥远的过去……

一群顽皮的伙伴在大树下，仰头对着正在树上“喳喳喳”唱歌的喜鹊唱起了那古老的童谣：

麻野雀，架架高，
骑白马带锁刀，
锁刀长，跌着下来杀死狼，
狼没血，杀了个鳖，
鳖没肉，杀了个蚂蚱地蝼蝼。
…………

于是老人就蹦蹦跳跳赶着牛儿走回了那个明媚的春天。他的衣服虽打着补丁，娘亲手做的布鞋也烂了，脚指头都露在外面，可田野是碧绿的，水泉畔各种叫不出名的花花草草姹紫嫣红如洗过一般，湛蓝的天空几丝白云悠闲地漫步，画卷中那随处可见的泉水纯澈得如小娃娃的双眼。顿时，那个春天也明朗、碧绿、欢快地鲜活了起来。

老人抬眼望了望，夕阳好像更红了，红得恰似用娘给他做裹肚的红布裹着的电灯一样透亮起来，眼前的麦田、村庄也好像又由黄变成了大片的红了。

老人又跑回到了七八岁那个夏天，他脱掉衣服，只穿个红布裹肚和一群伙伴在泉水里抓鱼摸虾。清凉的泉水沁人心脾，小鱼儿在他的腿间游来游去，一群小虾钻进他的脚趾间，痒得他不管三七二十一，一屁股坐到水里，惹得岸上伙伴一个个笑得前仰后合，那种痒痒酥酥的感觉不由得让他浑身打了个颤。

夕阳如柿子一样红透了，红得连它周围的大片云彩都染成了红色。“火烧云！”老人想。“早烧不出门，晚烧千里行。”他听到了老父亲的声音。看来明天又是一个好天气了！老人望了望眼前金灿灿的麦田，脸上露出一丝不易觉察的笑容。看来乡亲们得尽快赶天气收割了，不然遇着连阴雨又得饿肚子了，老人又想起与父母、兄妹们一起度过那些饥饿的日子，就连发霉、出芽的麦子吃起来都是那么香甜！

“叽叽叽”“啾啾啾”，身后树上的鸟儿打断了老人的遐想，老人又仿佛看见十岁的他穿着麻鞋在树枝间掏白鹭窝，白鹭妈妈在他周围急切地俯冲、盘旋，“咕呱咕呱”的叫声吓得他手一抖，打破了一枚白鹭蛋。是娘同情白鹭妈妈，扛着烧炕杈杈将他从树上赶下，揪住他的耳朵痛骂了一顿，现在还觉得耳朵阵阵烧疼呢！

老人再次叹了口气，看了看那通红的面颊已贴住西山顶的太阳，好像在追问，往日那宛如仙子一样可爱的白鹭去了哪里？水泉边密密匝匝的树木去了哪里？“咕咚咚，咕咚咚”不停冒水的泉眼怎么也好像一夜之间变得如此瘦弱无力，莫不是泉水也要和他一样离开这幅画吗？

不经意间，一片翩然飘落的树叶闯入老人的眼帘，是蝴蝶吗？是当年他和那个小姑娘一起追逐过的花蝴蝶吗？他记得那只花蝴蝶眼看要被他们抓住了，却从小姑娘的指缝间溜走了，莫不是这蝴蝶也疲惫了，要休息？

“爸爸，爸爸，等等我！”有孩子追着大人奔跑着，老人再次竖起耳朵仔细聆听，他好像听到了儿子叫自己的声音。那是儿子五岁那年跟着他第一次进城，儿子走不动了，他年轻气盛非但没抱儿子，还一气之下把儿子拉下一大截，儿子跟在他身后哭着、跑着、叫着。老人的心猛地紧缩了一下，“我咋那么狠心啊！竟然和一个五岁的孩子较劲。”老人后悔了，他真想抱抱可爱的儿子，哪怕用尽全身的力气，可惜没有机会了。

“叽叽叽”，老人看清楚了，是对岸两只还在草丛中觅食的燕子，燕子妈妈正将一条还在蠕动的虫子往一只浑身毛茸茸的小燕子嘴里喂，那张得老大的鹅黄色嘴巴毫不留情地一口就将整条虫子吞了下去。这一幕让老人温暖极了，老人的眼圈湿润了，他想起了娘，虽然娘离开他近七十年了，可他此刻觉得娘就在身边，他感觉到娘那温暖的手在抚摸着自己麻木的双手、发凉的脊背！

夕阳用它最后一缕余晖恋恋不舍地向老人挥手做了告别。

老人伸手拿起他靠在石头上的拐杖，艰难地起身。怀里他时常擦鼻涕、眼泪的手帕掉到地上了，老人又吃力地慢慢弯下腰捡起，手帕还是老伴在世时给他买的，可现在连啥颜色也看不清了。老伴虽已走了，但他知道他和老伴还会见面的，还会团聚的，就像那次因老伴省吃俭用，穿上打着补丁的衣服走亲戚，他嫌老伴没给他争上面子，发生争吵，老伴一气之下回了娘家，最后是他给老伴买了一件花布衫，厚着脸皮才把老伴叫回家一样。他一定会再厚着脸皮去找她的，他相信，她一定在某个地方等着他，就像那年她在“七夕”庙会上等他一样。他还要领着她看戏、逛庙会、吃面皮、吃凉粉、吃粽子！

“爷爷，爷爷”有稚嫩的声音在呼唤爷爷。老人仿佛看见自己戴着嫩绿的柳条帽在春风中跑了回来；仿佛看见自己提着一笼麦穗从一片金黄的麦田里跑了回来；仿佛看见自己提着红宝石一样的辣椒，从天高云淡的秋阳里跑了回来；仿佛看见自己戴着老虎帽，穿着猫娃棉鞋从棉被似的白雪中抱着雪球跑了回来！

“爷爷——爷爷——，你咋还在这里呀？回家吧！”

“咯咯咯，咯咯咯……”一串笑声在水泉周围荡漾开来。

又有女人呼唤孩子回家的声音，好像很远，又好像很近。老人在小孙子的搀扶下微笑着拄好拐杖，站稳脚步，慢慢转身，晚风带着丝丝凉意轻轻触摸着老人木讷的身躯。

村子上空的袅袅炊烟如一层薄薄的轻纱慢慢升腾起来，老人仿佛听见娘在呼唤他的乳名，脸上笑容顿时如菊花一样灿烂，老人赶紧加快步伐轻声应答着踏上了回家的路。

邂　逅

去年冬天，一个百无聊赖的下午，我漫步在南河岸。忽然，你矫健的身影闯入我的眼帘，你潇洒的气质、高挑的身躯和那往日我常见的胖嘟嘟野鸭相比，简直是鹤立鸡群。啊！你是从天而降的黑色精灵，我为你感叹，被你震撼！

你曼妙的身材，大方而优雅的舞姿，瞬间将我征服了。特别是你那毛茸茸的黑色外衣，穿一双红色长筒靴的修长双腿，飘逸的红色贝雷帽，长长脖颈下潇洒的白色领结，让人看一眼就知道你是翩翩的舞者。

眼前的你，一会儿张开双翼优雅而舒缓地掠过水面，黑色的大衣在夕阳照耀下泛出微绿的亮光；一会儿站在水中抬起一只长腿仰首眺望远方，好像在等待奏响悠扬的圆舞曲；一会儿驻足水中，两眼静静盯住水面，好像在专心欣赏着自己的倒影；一会儿和伙伴们三五成群、交头接耳，好像在谈笑嬉戏。看着你美丽的容颜和修长的身姿，我久久不肯离去。我掏出手机，想留下你这美丽的一瞬，可当我调焦距的刹那，你也许害羞了吧，竟展开翅膀如仙女一样悠悠飘去。我在失落中慌忙寻找你的身影，直到天黑都没有找见你。

从那天起，你就印入我的脑海，嵌入我的记忆。

回家途中，我才偶听散步人说，你，就是这几天政府呼吁要保护的、全世界仅存几十只的珍稀鸟类——黑鹳。淳朴善良的百姓们不知道你从哪里来，要到哪里去。他们却知道这里肯定是你喜欢的栖息地，他们怕你受到伤害，就建立组织保护你，向南来北往的人们发放关于你的传单，宣传你的名贵和珍稀，呼吁人们保护你！听到这些，我激动得差点流眼泪。从看到你的第一眼，我就知道你不是平庸之辈，那晚，我毫无睡意。我发誓，明天一定要再去南河邂逅你！

天一明，我就早早起床，将闲置已久的照相机充好电，调好焦距，做好了为你留下清晰而美丽倩影的所有准备。

可当我推开门的瞬间，只见大片大片的雪花，从昏暗的天空中纷纷扬地飘落下来。山川、田野、村庄，全都笼罩在白茫茫的大雪之中。我加快脚步，直奔南河。我想象着，在一片苍茫的白色世界里，你的舞姿将是何等的圣洁和高雅，你的倩影将是何等的潇洒和妩媚。

我三步并作两步来到南河岸，在我们昨天邂逅的地方站定，啊！眼前白茫茫的一片，鹅毛般的雪花还在轻轻盈盈飘落。河床已盖上了一层厚厚的白色绒毯，一淙清溪在白色的河床上画出了蜿蜒的曲线。我赶紧将照相机对准你昨天舞蹈过的地方，可镜头里只有几只野鸭无精打采地在河水中觅食，任我怎样在镜头中寻找，都不见你的踪影，难道是我走错了地方？我失落地放下照相机，到处张望，只见天地间白茫茫一片，哪有你的踪迹！我的心一下子凉透了，你到底去了哪里？大雪覆盖了一切，你能觅到食物吗？难道你因下雪回家了吗？可你的家又在哪里？

河堤厚厚的积雪中留下我长长的一串足迹。

以后几天里，我连续到我们邂逅过的地方找你，河水里除了那几只野鸭在不知疲倦地觅食，就只有凛冽的寒风了。我失望得想流泪，我真想知道你去了哪里，你的生命是否还在延续？我想象着也许我今生永不会再见到你！

时间过得真快啊！转眼又到了去年我们的邂逅季。就在前天，我路过北河桥时，无意间向河心望去，啊！那不是你的倩影吗？我的头脑霎时“嗡”的一下，激动得我差点叫出声来。你在河心的冰面上依然优雅而自如地舞蹈着，你那魔术棒一样的修长双腿，令我眼花缭乱，思绪翻飞。你一会儿张开双翼低飞；一会儿如滑翔伞一样滑向高空；一会儿安静地站在水中双目凝望远方，好像在侧耳倾听；一会儿单腿立在水中，像是在闭目养神。

啊！你竟安然无恙地回来了！你还记着这里！记着这里淳朴善良、热情好客的人们。我的眼圈湿润了，真想大声问候你：喂！老朋友，你还认识我吗？还记得我们去年南河岸的邂逅吗？我真想知道那天你去了哪里？

你好像听懂了我的问候，猜准了我的心思，伸长脖子，穿着红靴子的双腿向后一蹬，展开双翼优雅地向我飞来，黑色的外衣在太阳照耀下熠熠生辉，哦！我真想拥抱你，你的倩影已撞入我的相机。

啊！黑鹳，我心中的黑色精灵，我将永久珍藏你！

山村之夜

当太阳急急忙忙收起它最后一缕余晖，夜幕就急不可耐地登场了。站在山坡上遥望，整个山村都被笼罩上了一层薄薄的灰蓝色纱幔，那纱幔是那样的空灵而又缥缈，人在其中有种飘飘欲仙之感。几声不知名的鸟叫声，在山谷中回荡，好像要穿透这无边无际的纱幔。

月亮不知什么时候已偷偷爬上了对面的山顶，调皮地露出半个笑脸，给整个山村又涂上了一层淡淡的银色。在月亮的点缀下，天空深蓝，犹如刚洗过一般。

无意间仰望这深蓝色的夜空，啊！不光是单调的深蓝色啊，还有那么多金灿灿的星星俯瞰着大地，不信你看，它们还眨巴着眼睛朝你做着鬼脸！

远山绵延起伏犹如巨龙盘旋，又像烟波浩渺的舒缓海浪，让人浮想联翩。

一簇簇、一串串山洼里人家影影绰绰、忽明忽暗的灯光恰似星星一般，让人分不清在天上还是在人间。

阴坡里、屋顶上残存的斑斑点点积雪在月光照射下更显得冰清玉洁。牛铃的叮当声提示，劳作了一天的牛儿又在安静地反刍美味了。不知谁家院子里狗“汪、汪、汪”的叫声打破了周围的宁静，让人一下子想起了刘长卿“柴门闻犬吠，风雪夜归人”的诗句，向往起家的温暖。

远远望去，村委会二层楼上那鲜红而发光的“不忘初心，牢记使命”八个大字在深蓝色夜空的陪衬下更是熠熠生辉，给这夜晚的山村增添了一道温暖而靓丽的风景。它犹如一团温暖的火焰，一下子使小山村不再显得那么幽暗而冰冷。它宛如大海的航标，让人在这无边无际的深邃夜空下有了目标和归属，一种家的安全感油然而生！

走进村子，皎洁的路灯照耀下水泥路面更显得干净而平坦。仔细倾听，耳边除了“呼呼”的风声，好像还有遥远的音乐声。顺着音乐寻去，哦！是村委会门前那个不大的广场上妇女们在跳广场舞，她们虽然人数不多，但从舞姿到动作绝不亚于专业队员的婀娜与矫健。你看，还有好多小孩子也学着大人的样子跳着、扭着、笑着，笑声和着悠扬的音乐声飘向深邃而遥远的夜空。

啊！好一个安静而祥和的山村之夜。

商州印象

作为陕甘交界处的陇州人，我之前从未到过商州。

在我的印象中，商州一直是我小说中看到的那样，偏僻、闭塞。

今年“五一”休假，因朋友盛情相邀，我和家乡几位朋友专程去了趟商州，在与商州山山水水零距离邂逅中，才彻彻底底改变了我脑海里对商州固有的偏见。

商州，山清水秀，风景如画。自从我们踏上商州的土地，就被商州那溪水潺潺、山色空蒙的美景陶醉了，我实在连眨眼的瞬间都不忍心耽搁。不信你看，商州的天怎么那么蓝！蓝得就像刚用水洗过一般，把云朵映衬得如洁白的羊群自在悠闲。商州的山怎么那么多、那么大、那么绿！简直是一山连着一山、一山高过一山，那漫山遍野翠绿得就像随时都能拧出水来。商州的水那么多、那么清！除了地面上那时隐时现的河流外，在山山相连的庞大绿色皱褶里，随处都能见到或大或小、或高或低的瀑布，如银龙、如丝带，从半山腰或直泻或飘扬，近听或震耳欲聋，或如鸣佩环。而如珍珠般隐藏在绿树环绕中那白墙灰瓦、风格朴实、结构紧凑的商州民居，更是被蓝天、白云、绿草映衬得雅逸舒适，清新自然。

商州人热情好客，说话轻言细语，犹如天籁。在商州游玩的几天里，无论我们走到哪里，都有热情好客的商州朋友寸步不离地陪伴。我最爱听商州朋友那轻言细语的说话声了，也许是我听惯了西北人那硬而直的声音吧，我觉得听商州人那如缕缕春风吹拂湖面似的声音，简直就是一种精神享受。刚到商州，初次与商州人说话，我总要刻意地放慢语速、调低音量。若不这样，我觉得好像会打破那种柔美与和谐。我至今认为，商州人那种如轻拂琴弦似的说话声，是商州那如诗如画的美景赋予的，是和商州的自然美相协调的。

商州的吃食咸淡适中，让人回味无穷。那几日，不论我们到农村还是城市，不管肚子饿与不饿，只要稍做停留歇息，都有朋友为我们早早准备好那具有商州特色的美味佳肴，什么商州豆腐、商州烩菜、商州腊肉、商州柿子糖、商州糍粑、商州麦饭、商芝肉等等一应俱全。虽然，我们只停留了短短三天时间，但商州别具风味的吃食却在我的舌尖上留下了难以忘却的记忆。特别是那清香四溢的“商州杂面”、软嫩可口的“商州豆腐”、群英荟萃式的“商州大烩菜”，至今一想起都不由得满口生津。我一直称“商州杂面”为小家碧玉，因为商州杂面是商州农家一种很普通的吃食。听朋友说，杂面是过去商州人粮食紧张时，将玉米、黄豆、荞麦、小麦等粮食混合磨成的面粉。但如今在我看来，它营养全面，极符合现代营养学的理念，特别是用“商州杂面”做的面条和着玉米糁子，在农家铁锅里用慢火煎熬时满院子散发出的那种五谷杂粮的香味，是任何食物都无法比拟的。而商州豆腐又是另一种美味了，也许是我从小就爱吃豆腐的缘故吧，我觉得，如果把陇州固关的铁板豆腐比作英武的西北汉子，那么商州豆腐就属温婉可人的陕南女子了。商州豆腐不但外观看起来小巧玲珑、光滑细腻，就连经过或煎或炸或煮等烹饪制作后，吃在嘴里仍然是软糯清香，丝样顺滑。比起商州杂面和豆腐，商州大烩菜当属既实惠又好吃的饕餮大餐了，当那一大盆正冒着热气，带着浓郁香味的大烩菜被服务员稳稳当当端上桌时，又有谁能经得住诱惑呢？你瞧，盆上面盖着的那厚厚一层酱色的、或肥或瘦的红烧肉，在绿蒜苗或葱花的点缀下，轻轻抖动，油光发亮，早已让人蠢蠢欲动了。你会不由自主地拿起筷子，夹一块瘦肉放进嘴，绵香可口；夹一块肥肉放进嘴，肥而不腻，软烂如泥。当你大快朵颐到红光满面时，盆下面五颜六色的蔬菜又显山露水了，红的是萝卜，绿的是卷心菜，白的是豆腐，褐的是肉丸子、红苕粉条，还有商州本地产的黑木耳、香菇等等，花花绿绿，种类繁多。商州大烩菜不仅色香味俱全、营养丰富，而且兼容了南北菜的口味和特点，可以满足不同人的口味。

商州道路阡陌纵横，四通八达。我没有详细清点，我们去往商州的一路上，车子到底经过了多少或长或短的隧道，但在我印象中，我们是在太阳光和灯光不停变换中到达商州的。这不，在灯光和太阳光不断变换的刹那，稍一留意，就能发现道路两旁，或左或右的半山腰上，有火车或高铁在绿树丛中、在崇山峻岭间若隐若现，如蛇形蜿蜒。特别让我震撼的是，当我们在柞水溶洞游玩时，迎着习习凉风，站在观景台眺望，洞外石峰罗列，谷底绿水环抱；铁路、公路尽收眼底，如针线穿过崇山峻岭，蔚为壮观；南北客货川流不息，让人眩晕；农房茅舍，青山绿水，云蒸霞蔚，美不胜收。

总之，商州留给我的印象，无处不彰显着柔静、自然、大气而祥和之美。

今又入秋了，当我看见家乡山上那片片变黄变红的树叶时，我又想起了商州，想起商州那满眼的绿，想象如今的商州，肯定又是五彩斑斓、层林尽染了吧！

啊！商州，第一次走进你，我就深深爱上了你！

天边的茶园

前段时间休假，因朋友盛情相邀，我们专程驱车去了趟商南，领略了一次双山茶叶观光园的大美风光。

对于我们这些一直在陕西西北边陲土生土长的人来说，那么近距离亲近陕南、亲近茶园还是头一次。

那天太阳偏西时分，我们的车子经商南县城，沿 312 国道来到富水镇，在路标指引下，一驶入通往双山茶园的乡间公路，阵阵凉爽清新的空气就从车窗缝隙急不可耐地挤了进来，让舟车劳顿的我们，瞬间如吸了氧似的来了精神。我们伸伸懒腰，隔窗远望，湛蓝的天幕下，如银丝带般的山路在一座座绿得能拧出水的大山间蜿蜒盘旋，无数或大或小郁郁葱葱的山头、树木从眼前一晃而过。道路两旁各种不知名的花花草草簇簇拥拥、闹闹哄哄。青翠欲滴的山洼里，三三两两独具陕南特色的民居如白色珍珠镶嵌在翡翠间，让人不由得想起陶渊明笔下的世外桃源。热情高涨的我们不由自主地将车窗玻璃压到最低。瞬间，一股湿漉漉的气息迎面扑来，几声空灵而悠长的鸟鸣从遥远的山谷钻进耳朵，啊！好一个山清水秀、如诗如画的陕南山水田园。

正当车子在半山腰慢慢悠悠盘旋间，目之所及处，“万绿丛中一点红”吸引了我们的眼球。定睛一看，原来是远处一座被绿色严严实实包裹的山头上，一个巨大无比的红色“茶”字，好似在遥遥向我们招手，蓝天下那鲜艳夺目的中国红给一碧千里的崇山峻岭来了一个恰到好处的点缀。同车的我们异口同声惊呼：“哇，太震撼了!”正当我们为这个“茶”字独具匠心的设计啧啧称赞时，眼前的瞬间变化又让我们目瞪口呆了。视野内，一座座远近高低不同的山体由原来的一体翠色，变戏法似的变成了一层层巨大无比的梯田，一直向远方蔓延开去，那密密麻麻的波纹让人震惊、使人眩晕。以棕褐色土壤为底色的梯田内一波波、一圈圈或深绿或浅绿或黑的波纹，犹如大姑娘用梳子刚梳理过的秀发般整整齐齐，连梳理过的纹路都清晰可见，细细密密的纹路中还夹杂着纵横交错的白色不规则线条，恰似发卡牢牢卡住缕缕秀发，使一座座山体显得干练整齐、温婉大气。明代著名文学家杨慎的《出郊》中“高田如楼梯，平田如棋局。白鹭忽飞来，点破秧针绿”的诗句霎时从我的记忆里蹦了出来。

车子到达山顶，车门一打开，眼前的一切更让人震撼。极目远眺，群山环绕中，我的前面、后面、左面、右面，无数山头的阳坡、阴坡、沟沟壑壑、山山洼洼全是茶树！它们借着山势、地形，从山顶到山腰如波纹般生长着、排列着，让人心旷神怡、目不暇接，微风吹来如碧波荡漾，如绿水微澜。

“这就是双山茶叶观光园!”茶园管理人的话语打断了我的思绪。我收回目光，静静聆听管理员的讲解，才知梯田内深绿色是前两年栽种的茶树；浅绿是近两年栽种的；黑色是今年才栽的，怕影响成活，茶苗上有一层防晒网；而那纵横交错如发卡似的白色线条就是梯田内的排水渠。据管理员说，双山茶叶观光园是2016 年开始建设的，总投资六千万元，准备分三期建设，现已建成上万亩。他们的建设思路是，以“产业绿色化、茶园区域化、加工清洁化”为目标，立足商南富水镇良好的土地和生态资源，引进吉安白茶、黄茶、龙井 43 等无性系良种，并高标准建设生产道路、滴灌、动力电等设施。他们计划五年后建成景观小品、游步道、休憩平台、茶展厅、共享茶吧等配套服务设施，走出以茶兴旅、以旅促茶的“茶旅融合”新路子，让游客亲近自然，走近自然，欣赏自然。他还说，近两年他们项目区已有 80%贫困户实现了增收脱贫。听了管理员那如数家珍般的解说，看着山脚下那一户户安静祥和的茶农小院，我真心地羡慕居于如此神清气爽、幽静自然中的茶农们。

一步步小心翼翼走进茶园，一排排齐刷刷嫩绿的茶苗在微风中摇摇曳曳，像在微笑着迎接我们这些远道而来的客人。蹲下身子，轻轻抚摸一棵棵茶树碧绿的叶片，我们惊奇地发现，一排排茶树的行间，一根根拇指粗的黑色橡胶管如蛇形蜿蜒，乍看橡胶管完好无损，但仔细观察才发现，管子上对准每个茶苗根部的位置，都有水滴在慢慢悠悠如珍珠滑落，这一惊人发现，让我们再次震撼！抬头间，天幕下，夕阳的脸庞已贴近西山顶，清晰的轮廓已经消失，天空似乎触手可及。居高远望，一山连一山、一岭连一岭的茶园一直延伸到天边，意犹未尽的我们站在这群山之巅，望着远处逶迤起伏的如黛远山，不由得心潮澎湃，思绪万千。我们指着远方茫茫薄雾中，山头上那个若隐若现如踩着祥云下凡的白色雕塑问管理员，才知是茶仙子矗立于万亩茶园之间，我们虽看不清茶仙子的俊秀面容，但隐隐约约从那曼妙的身姿、飘逸的长袖和手中精致的竹篮，我敢断定她一脸安详、气若幽兰。此刻，从不喝茶的我，仿佛闻到了双山茶的芬芳，仿佛看到了双山茶在杯中翩跹起舞、慢慢舒展，仿佛听见了双山采茶姑娘的朗朗笑声和细语呢喃。

回家后，意犹未尽的我搜索了一下“商南”才知道，原来商南自古就是中国西部地区最北的茶叶生长区，被誉为“北茶故里”。由于北有秦岭天然屏障，阻挡寒潮侵入，这里的气候温暖，雨量充沛，冬无严寒，夏无酷暑，为茶树的生长提供了得天独厚的天然条件。而且这里的茶叶生长周期长，日照时间长，具有“香高、味浓、回甜、耐泡”等特点。

虽然，这次商南之旅只那么短短一天半，但双山茶园的奇秀俊美却定格在了我这个黄土高原人的记忆中。每每心情郁闷、身心疲惫时，我都会想起商南那漫山遍野的绿，想起双山茶园的清晰自然。

啊！双山茶园，天边的茶园！

走进固关

秦陇要冲，诗意固关。

在陇州西部的莽莽陇山脚下，有一千年古镇，名曰固关。它背靠陇山，面朝千河，自古就是抵御外敌，保卫关中的天然屏障，也是古丝绸之路出陕入甘的必经之路，更是关中通往西域的第一个关隘，自古就有“关陕锁钥”之称。

在我很小的时候，就常听村里老人在茶余饭后给孩子们津津乐道“固关战斗”的故事，我记得老人们说的最多的话就是：“王震的部队没花一天工夫，就把马鸿逵的队伍歼灭到固关沟里了，血水染红了固关河……”那时，我常想，固关可能在一个很远的地方，“固关战斗”肯定就像我看过的《飞夺泸定桥》《大渡河》等电影一样，千军万马，枪林弹雨。

记得我第一次去固关是一个夏日的午后，车子一到固关镇，拉开车门的刹那，一股清凉的空气就扑面而来。放眼望去，远处翠绿的崇山峻岭如波涛绵延起伏，一个依山傍水、玲珑紧凑的小镇，犹如一位历经沧桑的老人，安详地醉卧在山脚下，正沐浴着夕阳的余晖。

我们漫步在那极富民族特色的街道上，那青砖铺就的路面、那古色古香的建筑、低矮的门面、房檐黑黑的门楣，无不彰显着小镇的古老神韵。就连坐在街道两旁的老人都显得那么和蔼可亲，从姑娘、媳妇们那白里透红的面颊上根本看不出有任何修饰，一切都是那么自然，那么纯澈。那一刻，我仿佛穿越了千年时光，看到了大漠楼兰的风光。正当我被眼前美景陶醉时，一阵天然的醇香钻入鼻孔，随之映入眼帘的就是那黄灿灿还冒着热气的油饼，问及商家，才知它是用一种脂肪含量极低的“胡麻油”煎炸而成的。而当我们一边大口咀嚼那香酥的油饼，一边大加赞赏时，转身间，一个木架板上，一块四四方方、白白嫩嫩的豆腐又挡住了视线，还没靠近便闻到一阵豆香，“这豆腐咋看起来那么瓷实?”我脱口道。“这是固关独有的石板豆腐，它因摔不烂、钩不断、纯手工、无污染、豆香味浓而享誉陕甘。早在清朝，乾隆皇帝派钦差西巡甘肃，途经固关，钦差专门品尝过，且赞不绝口呢。如今，逢年过节，总有很多外地人慕名前来，纷纷抢购我们的石板豆腐呢!”老板自豪地说。我将信将疑地让老板切了一小块，放进嘴里，哇！确实和平常吃的豆腐不大一样呀，那种纯正的豆香、细腻劲道的口感着实让人吃了还想吃。

从那以后，固关这个如诗如画的小镇就如一幅美丽的图画镶嵌在了我的脑海里。一有闲暇，我就去固关，买豆腐，吃油饼，而且还通过多种渠道，了解和关注起了这个令我神往的小镇的来龙去脉。

原来，我打小就听老人讲的“固关战斗”遗址在固关镇的三桥村。解放战争中，中国人民解放军第一野战军取得扶眉大捷后，西进兰州。国民党西北军妄图凭借固关险要，阻止解放军挺进的步伐。就在 1949 年 7 月 28 日拂晓，固关战斗打响了。第一野战军第一兵团司令员王震，命第一军第一师主攻，第七军第二十师侧翼配合，共同撕裂敌军防线。此战役历时十一小时，歼敌三千余众，为解放兰州扫清了障碍。当年，解放军的指挥部就设在固关镇的制高点、远近闻名的道教圣地玄寿山。

而在固关的陇山顶，还有一个大震关，又称陇关、故关，有

“一夫当关，万夫莫开”之势。据史料记载，大震关始建于汉代，因关口地处陇山顶，故名陇关。汉元鼎五年（前 112），因武帝刘彻登山至此遇雷震而得名大震关。唐大中六年（852），废除大震关，新设安戎关。因而，人们将大震关称为故关，而称安戎关为新关。站立于大震关，可北望崆峒，西视张（家川）清（水），南观陇县，东见秦川。西汉江都王刘建的女儿刘细君出大震关，与新疆伊犁河流域的乌孙王成婚；唐代杜甫、岑参、卢照邻、王勃、皮日休等许多文人学士经陇关道过大震关；著名高僧玄奘过大震关去天竺取经；文成公主出大震关远嫁吐蕃。

不过，我虽多次到过固关镇，但从没有进过固关沟。

前两天，有幸接到陇县作家协会通知，今天要在固关战斗遗址和大震关进行采风活动，我昨晚激动得一夜未眠。

今天一大早，我就随采风团向固关进发了。过了固关街后，我们沿固关河进入固关沟，十来分钟就到了三桥的“固关战斗遗址”。眼前，一尊巍然屹立的赤红色纪念碑在湛蓝如洗的天幕映衬下，显得那样高大雄伟、庄严肃穆，让人感到一阵扑面而来的浩然正气。面对阳光下闪着光辉的“固关战斗烈士纪念碑”烫金大字，我心潮澎湃，思绪万千。在中国共产党领导下的解放军战士，他们英勇无畏的身影如电影一样一幕幕浮现在眼前。采风团所有人不约而同地来到纪念碑前，摘下帽子，庄严地深深三鞠躬，默默向长眠在这里，来自五湖四海的英雄们致以崇高的敬意！轻轻抚摸纪念碑上每一个名字，我仿佛走进了那段硝烟弥漫的峥嵘岁月，仿佛触摸到了那一张张坚毅而年轻的面容。放眼巍巍陇山，我坚信，英雄们为民族解放、国家繁荣而奋斗的浩气将会与莽莽陇山共存。

瞻仰完英雄纪念碑，我们又沿着迂回盘旋的山路，经安戎关到老爷岭，去寻找古丝绸之路上大震关的遗风。这一路上，道路环山沿水如蛇状盘旋迂回，给人一种蛇形龙游的灵动之美。道路两边不时传来鸟儿清丽的鸣叫，让人顿觉时光之空远。映入眼帘的还有满目洁白的槐花，成群蜜蜂嘤嘤嗡嗡在花丛中翩翩起舞，给人一种无法言说的喜悦。

到了老爷岭，以“东方阿尔卑斯”著称的高寒川地貌尽收眼底，蓝天白云下一簇簇牛马如珍珠在广袤的草地上滚动，叮叮当当的牛铃声荡漾在山涧丛林，放飞的心灵一下子如脱缰的野马纵横驰骋。

虽然大震关已不见昔日的雄风，但站在古丝绸之路仅存的磨得发亮的石板路面上，依然可以想象出它昔日的辉煌和荣耀。此时，空旷的天幕下，唯有耳畔呼呼的风声，像在诉说着大震关的前世今生。轻轻抚摸那发亮的青石路面，与大震关零距离接触，身体和灵魂都穿越了历史的时空。我们在这里漫步，感受到的不仅仅是不一样的高寒川风光，更多的是历史云烟和启迪。面对眼前的成群牛羊，我仿佛触摸到了汉唐那炫丽缤纷、薄如蝉翼的绫罗绸缎，仿佛听见了那来自西域悠扬的声声驼铃。

“啾啾啾”“咴儿咴儿咴儿”一阵马儿的嘶鸣打断了我的遐想。蔚蓝的天空下，莽莽苍翠的群山之巅，不计其数的风力发电机犹如银白色的巨人在挥臂向我们招手。此情此景，让我不由得想起毛泽东《沁园春·雪》中的诗句：

江山如此多娇，引无数英雄竞折腰。
惜秦皇汉武，略输文采；
唐宗宋祖，稍逊风骚。
一代天骄，成吉思汗，只识弯弓射大雕。
俱往矣，数风流人物，还看今朝。

娘

大蛮要跟着村里的堂哥、堂弟外出打工去了，年迈的娘既高兴又不放心。

大蛮娘提前几天就领着大蛮到村上的药店，给长这么大还从未出过远门的大蛮买了些治头疼脑热的药，她想让大蛮外出时带上，这样娘也就放心了。可大蛮就是执意不肯，瘦弱的娘使出浑身力气拽着大蛮，像哄七八岁的娃娃一样，拉着手硬将大蛮领到了药店。娘几乎将大蛮平时所犯的大小毛病，从头到脚给医生说了一遍，什么一着凉就头疼、一吃生冷就胃疼、稍微吃得不合适就拉肚子等等，反正都是些鸡毛蒜皮的小毛病。

拿着医生给大蛮配的常用药，娘才舒心地将大蛮拉着手领回家，她要回去给大蛮再一样一样将药物的用法叮嘱一番，不然，她怕大蛮转眼间就忘了呀！

别看大蛮都四十多的人了，可他的智商最多超不过七八岁的娃娃。听说，那是大蛮四五岁时发了一场烧，迷迷糊糊睡了几天几夜，烧退后，娘发现大蛮远不如以前机灵了。大蛮虽然也上过一两年学，可没识下几个字，而且多数时间根本不去学校。从那时起，娘也没办法，不管干啥活都把大蛮领着。大蛮虽然长到二十多岁了，可连钱多少都不知道。不过，大蛮倒很听话，从不胡乱跑，也不胡打闹，娘指挥他干啥，就干啥，娘教他种地、喂猪、洗衣服、做饭，他都能在指导下完成。可一旦离开娘，他啥也就不会干了。

有次，娘因急事到大蛮舅家去了一趟，走时想着快去快回，就没给大蛮留饭，也未说做饭的事，结果因事耽搁到天黑才回来。一进院门，娘见嘴皮干裂、又饥又渴的大蛮坐在房檐台上依然等着她，一下子心疼得眼泪在眼眶直打转。她一边责备自己，咋就这么马虎，一边赶紧生火给大蛮做饭。看着大蛮端着满满一碗干面狼吞虎咽的样子，娘的泪水再也不能自已了，她背过身去用围裙擦了擦满脸的泪水。而大蛮呢？只是愣头愣脑地看了看娘红红的眼圈，还是风卷残云似的吃他的饭，好像八辈子没吃过一样。那晚，娘失眠了，她想，如果真的哪天她突然去了，大蛮咋办啊？

特别是近几年，娘老觉得自己一天不如一天了，时不时头晕、心慌、乏力，做起活来行动迟缓，腿脚也不听使唤，说话常常丢三落四。娘知道，自己陪大蛮的时日不多了。她考虑好久，觉得应该让大蛮在离开她的日子里，多少有些积蓄，甚至学些技术或者手艺，这样她才能安心地走啊！娘经过深思熟虑后，决定趁春节外出打工的隔壁俩邻侄儿们都回来，就去求求他们，让他们过完年外出打工时也把大蛮带上，一来让大蛮出去见见世面，二来也多少挣俩钱，改善一下生活。而且最近大蛮老嘟囔着问娘要手机，可能因为大蛮看人家都拿手机打电话或听歌吧。娘想，就算大蛮不会打电话，或者也根本没人给大蛮打电话也罢，就让大蛮拿着听听歌也算不枉来人世一遭啊！

大蛮娘这次狠下心了。腊月二十几，她就领着大蛮给邻家侄儿的孩子买了些好吃的拿上，去求侄儿过完年出去一定要带上大蛮。起初，侄儿们根本不愿带，人家怕拖累。可大蛮娘苦口婆心、好说歹说非要带上大蛮。她说，就是去工地搬砖也行，反正大蛮有的是力气，也听话，不乱跑，只要有人点拨就行。在满头白发的婶婶百般祈求下，侄儿最后无可奈何地答应了。这下，可把大蛮娘高兴坏了，她赶紧给侄儿掏烟，并嘱咐大蛮叫哥哥，大蛮也赶紧憨笑着瓮声瓮气叫了声“哥哥”！

外出这天一大早，娘就给大蛮调了一碗干面，因为刚过完年，瓦罐里的肉臊子还有一大截呢，娘特意给大蛮多剜了些。看着大蛮吃得津津有味的样子，娘心里酸酸的，眼圈一下子又红了，她赶紧起身，去给大蛮收拾出门要带的行李。

准备好行李，娘早早就领着大蛮到村口等堂哥他们了。今天，娘特意为大蛮穿了一身新运动服，脚上娘给做的那双毛底黑条绒布鞋格外惹眼，在场的人开着玩笑问大蛮，干啥去呀，大蛮都是憨笑着说：“跟我哥打工挣钱去呀。”娘也瞬间觉得大蛮今天好像格外懂事了一样。

堂哥、堂弟都差点认不出大蛮来，都夸大蛮这样一打扮比以前精神多了，大蛮娘听了侄儿们的夸奖，心里也乐滋滋的。看着大蛮和堂哥、堂弟上了汽车，娘猛然觉得心里空荡荡的，她真不知道让大蛮出去打工是福还是祸。大蛮呢，一上车就怯生生地望着玻璃窗外的娘，他多想下车拉住娘的手不走了啊，可这时的他，不敢下车了，只得眼看着汽车启动，娘那满头白发、瘦骨嶙峋的影子消失在烟尘中。

送走大蛮，娘正准备转身回家，猛然感觉眼前一黑，一阵眩晕，她不知道自己最近到底咋了，反正这种症状这一段时间老出现，好像一次比一次严重了。她赶紧坐在村口的大石头上歇了歇，等缓过神来，才步履蹒跚地回家。

大蛮走后的日子里，娘感觉自己身体越来越虚弱了，饭也不想吃，活也不想干，晚上老是做噩梦，梦见大蛮总是被人欺负，饭也吃不饱，跟她经常要馍，娘醒来总是惊出一身冷汗。她常夜里一个人想：大蛮在外吃饭习惯吗？人家没打骂吧？活不知重不？胃病没犯吧？想着想着又会一夜夜失眠。

那天，大蛮刚坐上汽车还一眼不眨地望着娘，可当娘的影子退出视线后，他的脸上就满是新奇了，眼睛不停地东张西望着，就是嘴里不说一句话，不离堂哥半步。到了工地上，堂哥让他干啥，他就干啥，也从不惜力气，还是堂哥的好帮手呢，就是做活没眼色，所以人家老板给他的工资总是比其他人少一大截。他的工资由堂哥每月给存着，准备回家交给大蛮娘。

时间过得真快啊，转眼间，大蛮已经来工地快三个月了，也基本适应了工地的环境，活也干顺了，只要有人领着，啥活都能干，就是很少说话。这几天，堂哥发现大蛮最近干活好像心不在焉，晚上睡觉也好像老醒着，堂哥就半开玩笑地问大蛮，是想娘了，还是想要媳妇了？问了几次，大蛮才吞吞吐吐地说："我想娘了，我想回去。"堂哥听了大蛮的话，骂了大蛮一顿，说："都四十岁的大男人了，还说这话，不怕脸红。"挨了堂哥一顿骂，大蛮再也不说想娘了。可大蛮神情依然和往常不一样，晚上好像就根本不睡觉。就在工友都纳闷大蛮最近到底咋了时，堂哥突然接到老家打来电话，大蛮娘昨晚突然去世了！接到电话的堂哥惊愕得嘴都合不拢了，这噩耗，他咋向大蛮说啊？怪不得大蛮这段时间看起来心神不宁，原来是人不知道心知道啊！堂哥强忍住悲痛，装作若无其事的样子来到大蛮干活的地方，他只叫了一声大蛮，大蛮转过头看他的瞬间，眼泪就刷刷刷如断了线的珍珠从那满是灰尘的面颊滚落了下来，啊！大蛮的心知道娘走了！堂哥一把将大蛮搂在怀里和大蛮一起哭了。没办法，堂哥只得领着大蛮连夜往老家赶，无论如何，他都要让大蛮见上娘最后一面呀！

回家途中，大蛮不吃不喝，也不说一句话，只是一味地跟着堂哥赶路。当汽车停到村口娘送他走的地方，车门一打开，大蛮就像脱缰的野马一样向家的方向冲去。一进院门，看见满院穿白戴孝的人，大蛮“哇”的一声哭着扑进上房，他先跑到娘平时睡的炕上一看，不见娘，就哭得更厉害了，干裂的嘴唇留下几道鲜红的血痕。院子里，眼软的人红着眼给大蛮指了指，示意娘就在那白色的纸帘后面，大蛮好像一下子变聪明了似的，“扑通”一下跪在地上，掀起纸帘，连滚带爬到娘跟前，可这次，任凭大蛮怎样哭喊，娘都没有任何反应了，都不会像以前那样赶紧起来挽起袖子给他做饭了。在场的婶婶、嫂子们边抹眼泪边哄劝大蛮，在众人的一再哄劝下，大蛮才停止了哭声。可大蛮哭倒是不哭了，却就地坐在娘的遗体跟前，哪儿也不去了，他的手一直拉着娘那冰冷如铁的手，仍然是不吃不喝，他好像一直在等待睡去的娘醒来。下午，入殓时辰到了，大蛮仍然拉着娘的手不松，实在没办法，在场的几个年轻人硬是将大蛮的手掰开，将他拉到邻家院子，才将娘入棺装殓。

打那后，大蛮也不哭不闹了，可依然不吃不喝，坐在家门口的石头上，一句话也不说，目光比以前更呆滞，表情比以前更木讷了。眼看着院子里出出进进的人，大蛮都置若罔闻，不管谁跟他说啥，他都只说一句：“我等我娘!”

就在安葬了大蛮娘，大大、婶婶整理娘的遗物时，发现大蛮娘在世时，常常使用的那个不知啥年月的旧木箱子仍然上着锁，这个钥匙只由大蛮拿着。就在人们准备打开箱子看个究竟时，大蛮使出浑身力气一把抱住箱子，怎么也不让人打开，这下让在场的人都惊疑了，难道大蛮娘还留下啥值钱的东西？就在人们七嘴八舌纷纷议论时，那个旧木箱因大蛮抱的力量过大，后面的合页因年久失修脱落了，箱子盖从后面开来了。顿时，几十双目光齐刷刷投进箱子里。啊！箱子里除了十几双手工缝制的黑色布鞋和七八件棉衣、棉裤外，别无他物。顷刻，在场的人哑然了，人们瞬间好像明白了什么，无不抬起手擦拭自己夺眶而出的泪水……

寂静的村庄

“嘀嘀”汽车的喇叭声将一群正在山坡核桃树上嬉戏的鸟儿惊得一下子扑棱棱飞向远方，蜿蜒的山路上升腾起一溜子烟尘。

太阳已经老高了，蔚蓝的天空没有一丝丝云，老兰懒洋洋地斜斜靠在山坡草地上晒着太阳，他想让这温暖的阳光晒晒他因起早割草而被露水打湿的裤腿。他那被岁月刻满沟沟壑壑的古铜色面颊，在太阳的照射下更显得僵硬而沧桑，过度的劳作使刚六十出头的他看起来要比同龄人苍老许多！

远远望去，山洼洼里他生活了六十多年的村庄，在蓝天绿草的陪衬下犹如风景如画的彩色照片，只是少了那曾经的袅袅炊烟。“咕咕”一两声山鸡的叫声在这寂静的山谷中显得格外空灵而悠长。

他有些累了，真想美美地在山坡上睡一觉。跟前，他的老黄牛正在津津有味地啃食着野草，时不时还“哞哞”地叫，好像在给他说着话儿，背篓里他已经为家里那头折了一条前腿的小黄牛割满了嫩草。唉！要不是前几天小黄牛不小心摔折前腿，它准会撒着欢儿跟在老黄牛身后，给他和老黄牛之间增添几分生机。想到这儿，老兰无可奈何地叹了口气，他该回家喂小黄牛了！

老兰慢慢起身，拍了拍背上的杂草，活动活动了自己那因大骨节病而变得僵硬的膝关节和踝关节，一瘸一拐地来到背篓跟前，蹲下身去，将背篓挎在背上。由于草装得太满、太沉，他第一次鼓足劲都没有站起来，他靠在背篓上喘了喘气，这次，他猛吸一口气，屏住呼吸，右手紧紧抓住眼前几根很粗的野草根，猛一使劲，站起来了！背篓在他的背上犹如大山压得他必须佝偻着身子努力地向前，“嘚嘚”两声吆喝，老黄牛乖乖走在他前面上路了，太阳将老兰和老黄牛的影子短短地投射在路面上。

村庄里，水泥路面清扫得干干净净，老黄牛和老兰走在上面发出“哒哒”的响声。道路两边白生生的文化墙上耕读传家、尊老爱幼、村规村约等各种各样的图案给村庄增添了一道靓丽的风景。小小的广场上各种活动器材静静地守候在那里，有的上面还盖上了一层厚厚的尘土，七八个表情木讷的老人正坐在乒乓球案子前一边晒着太阳，一边拉着家常，几只小狗在空旷的广场上相互追逐着。“老兰，咋放牛才回来?”“噢，今天是回来迟了!”老兰和那几个老人吃力地打着招呼。

老兰家在村子的东头，他每天都要赶着老黄牛从村子东头穿过整个村庄到村西的山坡上放牛。全村子谁家院子是啥样子他都在心里装着呢，只是近些年院墙内多数房门紧锁着，有些房屋因年久失修，看上去已经破败不堪，甚至有的只剩残垣断壁了，但从仅存的镂空的门窗、雕刻的柱子、砖铺的地面，老兰都会回忆起过去村子家家户户人丁兴旺、人欢马叫的繁荣景象，就连和那些小伙伴们你追我赶捉迷藏的场景他都历历在目。所以，每天经过村子这段路时，老兰的思绪都是最繁忙的，连背上的沉背篓都觉得一下子轻飘飘了，他的步履变得异常轻盈，古铜色的脸上绽放出老菊花一样的笑容!

“哞哞”两声小黄牛稚嫩的叫声，将老兰的思绪一下子从遥远的回忆中拽了回来。哦！是小黄牛远远就听见主人的脚步声了，老兰一瘸一拐加快了步伐。

一进院门，他赶紧将草背篓放到房檐台上，松开背篓顶上的绳子，抱起一捆草，一瘸一拐走向正耷拉着一条腿撒着欢儿的小黄牛，看到鲜草的小黄牛像个孩子一样连自己的腿疼都不顾了，亲昵地径直冲到老兰面前，要不是缰绳拴着，还差点把老兰撞个面朝天，老兰笑着一边心疼地抚摸小黄牛的头，一边像哄孩子似的说："别急！全是你的，小心噎着！"小黄牛也一边狼吞虎咽一边"哞哞"地随声附和着。

趁小黄牛吃草的当儿，老兰将在一旁吃得饱饱不停反刍的老黄牛拉进牛圈，拍拍老黄牛吃得鼓圆的肚子说："老伙计！我知道你也累了，好好休息休息吧！"老黄牛也好像听懂了他的话似的，一边"哞哞"地回应，一边慢悠悠地卧下来继续回味它的美味了。

安顿好牛儿们，老兰觉得自己的肚子也咕咕叫了。他推开灶房门，看见灶房墙壁及屋顶被柴火熏得黑乎乎的，冰锅冷灶，案上只有一把自己昨天放牛时掐的野山菜，猛然间，他觉得啥也不想吃了，他多怀念老伴在世的时候啊！那时每每放牛回来，锅里总有热腾腾的可口饭菜，总有老伴接过他的草背篓、拍去他身上的尘土……可如今，女儿出嫁远方，儿子婚后去南方打工三年都未回家，连老伴也狠心地于前年撇下他走了！陪伴他的只有那一老一小两头黄牛了，牛贩子多次上门来要买走那头断了腿的小黄牛去杀肉，可他实在不忍心啊！要是小黄牛再走了，家里就剩他和老黄牛相依为命了！想到这些，两行眼泪从老兰那布满沟沟壑壑的脸上滚落了下来。

"唉！饭还得吃啊！不然，我要是再走了，老黄牛、小黄牛谁照应啊？这个存在了上百年的家谁来支撑啊？"老兰这样想了想，看了看上房那四扇古老的镂空门窗和妻子在世时用过的锅碗瓢盆，他还是挽起了袖子。他给自己用小麦面粉做了些疙瘩，煮上案上那把野菜，再放上盐、醋和油泼辣子，别说，还真好吃呢！他整整吃了两大碗。

吃饱后，老兰也觉得有点乏了，他没有洗锅，干脆往锅里倒了些水把碗泡上，盖上锅盖，轻轻闭上灶房门，来到上房炕上，他要好好睡一觉了！刚一倒下去，山墙上挂的那个大大的相框就映入眼帘，虽然相框看起来有些年月了，但镶嵌在里面的黑白的、彩色的照片还是很清晰的。他看见挂着旱烟袋的爷爷、裹着小脚的奶奶、穿着对襟白布衫的父亲、围着黑头巾的母亲、扎着红领巾的儿子、梳着俩羊角辫的女儿。当然，最引人注目的还是前年老伴病逝前的那张照片，任凭他从哪个角度看，都觉得老伴正冲着他微笑呢！迷迷糊糊中他睡着了，他梦见小时候爷爷奶奶过年给他包的核桃饺子，他梦见父亲、母亲正笑盈盈地在院子里喂猪、喂牛，他还梦见戴着红领巾的儿子、梳着辫子的女儿跟他要钱买过年放的花炮，老伴正端着一碗香喷喷的臊子面满面笑容地朝他走来，阵阵香气飘进他的鼻孔里，好香啊！睡梦中，他的嘴唇不由自主地蠕动了几下，脸上露出了幸福的笑容！

“丁零零……”一阵电话铃声将老兰从梦中惊醒，好久都没接到电话了，他猛地睁开眼睛，定了定神。环顾四周，屋里光线已经昏暗了，他颤颤巍巍起身，从窗台上拿起他的老年机，眯着眼睛仔细一看，哦！是儿子的电话，他激动得腔调都变了，不由自主地叫了一声儿子的乳名，只听电话那头说：“爸，我今年中秋节就回来看您来了！”他不敢相信自己的耳朵，还特意问了句：“你看爸老糊涂了，不知道今儿初几了？”电话那头还是儿子那浑厚而可爱的声音，只是腔调已经不是本土的了。“爸，今天已经农历八月十二了，后天，我就动身带着媳妇和您的孙子回来了，您孙子都两岁了，会叫爷爷了！”听着儿子的声音，两行热泪从老兰那深深的眼窝里滚落了下来。

接完儿子的电话，老兰赶紧擦掉眼泪，下了炕，夜幕已经降临了，他把屋里三个灯都开亮，准备去灶房舀水，收拾屋子，打扫卫生。

出了上房门，湛蓝色的天空中，大半个月亮已如金黄色的灯笼挂在东边山顶上，小黄牛看见主人出来，又高兴得奋拉着一条腿蹦蹦跳跳了几下，老兰笑着走到小黄牛跟前，亲昵地拍了拍小黄牛，说：“再过两天，家里就热闹了，还有一个和你一样调皮的孩子也要回来了，你可得乖乖听话哦!”听了他的话，小黄牛“哞哞”叫了两声，好似听懂了他的话意。

老兰又去背篓里给小黄牛抱了些草添上，月光将他和小黄牛的影子拉得老长老长。

目　送

儿子明天下午四点要乘去西安的汽车返校了，妈妈整整一夜都好像没睡。

天一明妈妈就早早起床，趁儿子还在梦乡中，她就去羊肉馆提回了儿子最爱吃的羊肉泡馍。

她怕羊肉里馍烩得太早，吃起来不劲道，就特意让师傅将肉、馍、汤分开装。

提回羊肉，妈妈坐在客厅沙发上安静地一边看手机新闻，一边竖起耳朵听着儿子的动静。

八点了，儿子睡意蒙眬地从卧室出来，直奔卫生间。妈妈断定儿子这下要起床了，赶紧撂下手机，进了灶房。

羊肉烩好了，阵阵香味扑鼻而来，氤氲得满屋子都是。

妈妈小心翼翼地将一大碗烫手的羊肉泡馍端到饭桌上，给儿子晾下，又细心地剥了些蒜瓣，她想起儿子往日狼吞虎咽吃羊肉泡馍的样子，脸上露出了幸福的微笑。

“大宝！大宝！快来吃早饭吧，你看老妈给你做的啥？是你最爱吃的羊肉泡馍！”她兴高采烈地呐喊。

“咦！咋没人回答？这么长时间了，咋还没洗漱完？”她一边往儿子的卧室门口走一边自言自语。

“哎！门啥时又关上了？”原来儿子上完厕所又去睡了。“这可咋办？饭要凉了！”她犹豫了一下，还是决定叫儿子起床。

“大宝！快起来吃饭，羊肉都做好了，凉了就不好吃了！”她边敲门边大声喊。

“妈！你大清早烦不烦，嚷嚷啥？让人睡个安稳觉都不行吗？”儿子门也没开就在里面嘟囔，看来儿子生气了。

妈妈又将一大碗羊肉泡端进灶房，坐在锅里的热水里，“唉！这娃娃，馍泡的时间一长就不好吃了。”她边盖锅盖，边自言自语。

约莫半个小时后，儿子终于出来了，手里拿着手机，耳朵上挂着耳机，一脸不高兴的样子。

见儿子出来，她又赶紧进灶房端出那一大碗热腾腾的羊肉泡馍，一脸慈祥地坐在儿子身边看儿子吃。

儿子只吃了半碗就放下筷子，说：“不吃了！”她诧异地看着儿子，好像不相信自己的耳朵。

“是不是汤太咸了？老妈给你再掺些水，你不是在学校天天说想吃家乡羊肉吗？咋吃那么点？”

“不好吃！不想吃了！”儿子头也没回，又边看手机边回卧室，门“呯”的一声关上了。

妈妈看着儿子紧闭的房门，心里凉凉的，乱乱的。

她没精打采地一个人在沙发上坐了会，看了看钟表，快十点了。她一想，儿子下午四点就要走了，又赶紧起身进灶房和面，她想给儿子做一顿家乡的扯面。她想起儿子上高中那会，只要一进门看见她做的扯面，就头也不抬地端起大碗吃个底朝天。

和好面，妈妈利用醒面的当儿，麻利地炒了儿子最爱吃的西红柿炒鸡蛋，还打电话叮嘱正在上班的爱人，下班顺路给儿子买两个老马家烧鸡，一个要抽真空的，让儿子拿到学校和同学吃，一个要现煮的，让儿子在火车上吃。

打完电话，她蓦然想起儿子每次要从西安换乘火车二三十个小时才能到学校，她心疼极了！她不断指责自己：“唉！当初就不应该选那么远的学校。”她想起，儿子这几年只有寒暑假才能回来，其他节假日只能眼巴巴看着人家离家近的同学回家，她的眼圈湿润了。

妈妈为儿子精心做的扯面好劲道啊！下在锅里如银龙一般，一根就能捞一大碗，她给儿子的碗里多舀了些西红柿鸡蛋，还在锅里煮了几根绿绿的小青菜，这红、白、黄、绿的色彩搭配，让人看一眼都会产生饥肠辘辘之感。她一边给儿子搅动面条，一边大声喊儿子：“大宝，快来吃你最爱吃的扯面！”

这下儿子很快就出来了，二话没说端起碗，呼噜呼噜几下就把一大碗扯面吃得精光，她高兴得合不拢嘴，拿起儿子的空碗说：“老妈再给你做碗汤的，出门得吃饱，这下就给你调香汤！”

“不吃了，吃饱了！”儿子一边看手机，一边说。

“你上高中那会不是经常要吃一碗干的一碗汤的呀，吃不饱，坐车饿了咋办？要三十多个小时呢，外面买的吃着不放心！听话，再吃一小碗吧！”她唠唠叨叨恳求儿子。

“你咋光知道让人吃、吃、吃！人家现在减肥着呢！”话一说完，儿子又低头看着手机回房间了。

爱人提着两个烧鸡满头大汗进门了，她赶紧接过烧鸡放进冰箱，她想让烧鸡再凉会，她怕天气热，现煮的烧鸡儿子拿在路上坏了。

放下烧鸡，她催促爱人赶快吃饭，轻手轻脚，不许发出响声，让儿子午休一会，并叮嘱爱人下午别上班去了，帮儿子收拾行李，她怕儿子自己丢三落四把啥东西忘了。

爱人匆匆忙忙吃完饭，他俩就一起蹑手蹑脚地给儿子收拾行李。夏天的短袖、秋天的长袖、冬天的棉衣、治感冒的药、治拉肚子的药、治消化不良的药、吃的零食等等应有尽有，整整装了一大箱子。最后她还特意用一个手提袋把那个现煮的烧鸡装上，里面放了两瓶水、水果、饼干等，这个袋子她是让儿子放在手边随时吃的，取起来方便。

三点，儿子午休起来了，一看老爸老妈给他把那么多东西都收拾好了，问："咋让我带那么多东西？"她笑着说："没啥多的，就给你多装了两个烧鸡，抽真空的装箱子了，拿去和同学吃，现煮的这个放手边路上吃。"儿子一听不耐烦地说："我不拿路上吃的那个，你就不想想，在火车上，那么多人，我拿那么大个烧鸡咋吃啊？太老土了！"儿子一边嘟囔一边掏出手提袋里的烧鸡。看着儿子掏出的烧鸡，她无奈地摇了摇头。她想给儿子再装进袋子，可她知道儿子的脾气，决定了的事，十头牛都拉不回来。

三点半了，儿子该出发了。爱人说天热，他一个人把儿子送到车站就回来，可她偏要跟着去，一路上她给儿子反复叮嘱：出门不要跟陌生人说话，不要吃陌生人东西，不要一个人去人少的地方……反正她能想到的各种不安全因素都给儿子叮嘱到了，可儿子听了半天，只回了句："不放心，就跟我走啊！"她笑着拍了拍儿子那结实的胳膊。

到车站还有十多分钟才检票，她又坐在儿子跟前开始叮咛刚才那一套了，儿子一句也没回答，只是顺手取出耳机塞进耳朵，又低头看起手机。

儿子过检票口了，转过身对他们说了声："爸、妈，再见！你们回吧！"就匆匆拐进停车的地方。刹那间，妈妈觉得眼睛又热又酸，一种无法控制的感觉驱使着不争气的眼泪溢满她的眼眶，她怕别人看见笑话，就假装抬起头看天花板，硬是将眼泪逼住没让流出来。

她跑到候车室的大玻璃窗前，想看着儿子上车，可在这个方向啥都看不见呀，她又往另一个玻璃窗前跑了几步，还是看不见。她想，可能到二楼候车室才能看见儿子的车，就二话没说，发疯似的跑上二楼，空旷的楼梯上留下了她一串急促而响亮的脚步声。

上了二楼，她从这个玻璃窗往下看，看不见，又从那个玻璃窗往下看，还是看不见。她急得满头大汗。

她干脆三步并作两步冲出候车室，径直跑到汽车出站口，这下，她断定，在这里能再看儿子一眼。

炎炎烈日下，她满脸通红，豆大的汗珠从面颊滚了下来。果不其然，远远的她就看见汽车出站了，她一眼就看见儿子坐在左边的车窗跟前，她满眼慈爱地冲儿子微笑，可儿子一直低着头，好像在看手机，根本就没有注意到她，她真想大声喊一声儿子，可话到嘴边又咽了回去。她眼看着儿子坐的汽车从自己眼前经过，目送着儿子的汽车越走越远，直到从她的视线里一点点消失，她的心也一点点被掏得空空的！

医院百态

有人说，“医院是最能体现人性的地方”这话说得很好。

一

检验科窗口排了七八个等待抽血化验的人，其中有俩三岁多的男孩，一个妈妈领着，一个爸爸领着。俩男孩都屏气凝神、目不转睛地看着排在他们前面的人。只见他们一个个挽起袖子，将胳膊伸给工作人员，工作人员麻利地扎止血带、扎针、抽血、拔针、压针眼。男孩们每看到工作人员将针扎进前面人皮肤，都不约而同地眉头紧锁，满脸惊恐。

轮到妈妈领的男孩了，妈妈刚准备给他挽袖子，男孩就“哇”的一声哭了，并倔强地抽回胳膊，哭喊：“我不抽！我不抽！”并挣脱了妈妈的手，向楼梯口跑去，妈妈追上去将哭闹的孩子领到楼道端无人的地方去劝说。这一切，爸爸领的男孩一直看着，也吓得不轻，他还没挽袖子就“哇哇”大哭起来，而且做着同样逃跑的姿势。爸爸则一把抓住男孩的肩膀，将男孩狠狠地提到凳子上，“抽个血能疼死你不?”爸爸边骂着朝男孩屁股上扇了两巴掌，边强行将男孩袖子挽起，两只大手像虎钳似的牢牢将男孩的胳膊按到操作台上。这下，血是抽了，但孩子哭得撕心裂肺，嘴脸乌青。

而楼道端那位妈妈则对男孩从多个角度劝说着，又是鼓励，又是给孩子许愿。有几次，眼看孩子都鼓起勇气了，可一向那个窗口走，又反悔了，就这样，反反复复大概折腾了近半个小时。最后，男孩终于在买一把玩具手枪的条件下，在母亲的怀抱里，伸出了胳膊。抽血时，男孩眼里虽含着泪水，但没闹。抽完后，母亲在孩子额头亲了一口，竖起大拇指说："我儿子是最勇敢的了！"

二

病床上，大娘肚子饿得咕咕叫了，就是不见提饭的大爷回来。

大娘看了看她身边的老年机，都下午三点了，"唉！这老死鬼，不知到哪里提饭去了，十二点就走的，说到医院灶上提饭，怎么到现在都不见人？""唉！娃们还指望这老死鬼伺候我，你看能伺候个啥！"大娘一边坐在病床上唠叨一边向门外看了看。

这时，正巧主管大娘的护士小刘来巡回病房，大娘就把大爷提饭到现在未归的事儿给小刘说了说，小刘安慰大娘说："别急，我帮您去找找大爷。"

医院灶房门早锁了，用餐时间已过。小刘刚准备转身上楼，见一楼窗台上放着一个塑料袋，透过袋子看，好像是一份饸饹，问一楼正在打扫卫生的护工，护工说，她见是一个瘦瘦的老人放的。

小刘找遍了医院角角落落，就是不见大爷面，情急下给主管医生打电话，最后科室主任动员全科室人员，兵分两路到院外去找大爷，正当他们准备出医院大门时，大爷没精打采地从大门走了进来。护士问大爷："这么长时间哪里去了？"大爷满脸沮丧地说：“我在河堤上站了三个多小时！”

原来，大爷提着饸饹，出了灶房，发现脚下一个包得严严实实的小包。正要拾起，一个小伙过来把大爷肩膀拍了一下，说：“老伯，咱俩同时看见的，你不能一个人独吞，得平分的。”小伙边说着边从大爷手里夺过包，“大伯，走，咱到没人处看看里面是啥。”

大爷就顺手把给老太太提的饸饹放到窗台上，给护工打了个招呼，跟着小伙来到医院对面的河堤，小伙假装很慎重地把包打开，里面是一条很粗的金项链，在太阳光的照耀下熠熠生辉，小伙高兴地说：“大伯，咱俩今天发大财了，这金项链足足价值五六千呢。”“大伯，咱俩一人一半吧。”小伙向周围看了看，急匆匆地说。“这东西又不是钱，咋个一人一半？”大爷问。小伙说：“这个咱俩也没办法锯开，干脆咱估个价，拿货的人掏钱。”“那咋个估法？”大爷问。

小伙挠了挠脑门，说：“我有个熟人很有钱，咱卖给他吧。你把项链拿上在这等我，我去叫他。”小伙欲转身走，又好似瞬间醒悟似的转过来对大爷说：“咦！这么值钱的东西，你拿上跑了怎么办？这样，五六千元的东西哩，你先给我一千，我把人叫来，咱卖上五六千元了再平分，不然，我还不放心呢。”大爷想了想，反正东西在自己手里，就掏出自己身上仅有的八百元交给小伙，小伙嫌少，不愿接，但大爷示意身上实在没钱了，小伙才不情愿地接过钱，又向大爷叮嘱了几遍：“就在这里，一定等我！”大爷在河堤上等啊等，一直等了三个多小时，都不见小伙人影，大爷这才意识到上当了。

听了大爷的话，嘴急的小刘责备大爷说：“唉！天天给你叮咛，医院啥人都有，要防上当受骗，你咋就是不听呀？”医生接着问大爷：“咦！让你交一千元住院费，你说身上一分多余钱都没有啊，咋又有了？”大爷叹了口气说：“都是我老糊涂了，我怕给医院交的多，花的多，所以就给你们撒谎了。”

三

康复科先后轮椅推来俩病人，一位大爷，一位大娘，他们都患“脑中风”，半边身子活动不便。推大爷的陪人，不知是儿子还是女婿，一脸慈眉善目。而大娘由一家三口推着，是一对年龄相当的男女，并带着一个八九岁的女孩。不知是儿子、儿媳和孙女，还是女儿、女婿和外孙女，不过，那个年轻女人看上去一脸的不高兴。

康复医师先让大爷躺在床上，做起了下肢训练，边做着边同大爷的陪人说：“你来跟我学，掌握训练要领，等老爷子出院了，你也可以在家里给他训练。”陪人跟着医师认真学了起来。最后，医师指导陪人在大爷身上实际操作了几遍。这个陪人每次操作时都小心翼翼接过大爷那不听使唤的腿，学着医师的样子一下、两下……并不时问大爷：“爸，感觉怎么样？疼不？”一会又问：“爸，小便不？要小便了给我说哦，我把尿壶给你提着哩。”陪人话音刚落，“尿，尿……”就听床上的大爷嘴里含糊不清地说。“好，稍等！”陪人转过身从轮椅扶手上的塑料袋里取出尿壶，赶紧给大爷接上。

这时，医师又过来给老太太及陪人指导手及胳膊的训练方法，医师先给老太太做了几组肩关节、肘关节、腕关节及手指关节训练动作后，让陪人把老太太推到隔壁上肢康复训练器材前，鼓励老太太用不听使唤的那只手旋转那个轮式训练器材，并给三个陪人叮咛了相关训练要领，让家属陪着一起完成。老太太开始还配合得不错，可慢慢不是抓不住轮子，就是干脆不抬手了。这时，站在老太太旁边本就一脸不高兴的年轻女人大声嚷嚷：“赶紧训练，我把钱掏上不是让你来看热闹的。”听了女人的唠叨，老太太好像受到惊吓似的抬起手又旋转了起来，不过只转了几下，又慢慢停下了。这下，这个女人彻底爆发了：“你不训练，就只能等着回去死了，你想让我回去管你，没门!”她嘴里一边骂着，一边抬起手朝老太太那个本就不灵活的胳膊打了几下，男人站在一旁，只是小声嘟囔：“别骂了，人家笑话呢!”八九岁的女孩面无表情地看看老太太，又看看女人，嘴里不停地砸巴着她的棒棒糖。而老太太一句话也不说，只是默默流泪。

四

儿子陪母亲来医院看病，门诊大夫给母亲进行了详细的检查，初步诊断是“冠心病”发作，必须住院观察，就给母亲开了住院证，让儿子去办住院手续。儿子边接住院证边对医生说：“别急，别急，等等我姐!”

不一会工夫，一个满头大汗的女人跌跌撞撞跑进医生诊室，女人脚跟还没站稳，儿子就把住院证往女人手里一塞，说：“姐，医生让咋娘住院，你赶紧去办住院手续吧。”女人二话没说，从弟弟手里接过住院证，又从手提包内掏了一沓钱，去办住院手续去了，临走时还叮嘱弟弟：“你把娘看好!”

五

医院花坛边上，一位妈妈正领着孩子玩耍，孩子看上去大约三四岁，右手上贴着输液贴，看来孩子才打完吊瓶。

妈妈坐在花坛边的石凳上，孩子跑来跑去，一会喊妈妈看蝴蝶，一会又喊看蜜蜂，玩得很开心。

当孩子看见一个蝴蝶正停留在一朵黄色的玫瑰花上时，孩子跑过来叫妈妈：“妈妈，我要折那朵黄花，它上面有个花蝴蝶。”

妈妈过来摸了摸孩子的头，笑眯眯地说：“花怎么可以随便折呀？护士阿姨给你扎一针，你都哭着喊着说疼，要是花被折断，就像人把手指折断一样，你想，那该有多疼呀？”

孩子看着妈妈，忽闪着大眼睛似懂非懂地点了点头，又蹦蹦跳跳追赶蝴蝶去了。

六

病房里，一位老太太正打开一个提饭的保温瓶，往床头柜上的小碗里倒粥，病床上坐着一位老爷爷。一股淡淡的清香氤氲得满病房都是。

老太太把小碗递给老爷爷说：“快趁热吃，不然就凉了。”老爷爷转过脸去，生气地说：“我不吃，提回去!”老太太笑着说：“看这老犟驴，今天又不吃饭了，我今早还特意给你熬的山药粥呢。”“没味道，我不吃，提回去!”老爷爷像吵架似的声音更高了。

护士闻讯赶来，问明情况后，一边笑眯眯地说：“我看看奶奶给爷爷做的啥好吃的啊？”一边凑近看了看爷爷的碗，“哇，这么好的山药粥，里面还有枸杞、银耳，简直就像红宝石镶嵌在白玉里。”听了护士的夸奖，老太太得意地说：“这山药还是儿子从山东寄回来的呢。”这时，也许是老爷爷听见是儿子寄回的山药，脸上表情很快由阴转晴，端起小碗美滋滋地喝了起来。

七

救护车急促地驶进医院，医生、护士从车上抬下一个满脸是土、不断呻吟的病人。

躺在担架上的病人一边呻吟，一边嘴里含糊不清反复絮叨："我是贫困户！我是贫困户！"

抬担架的医生护士一边急匆匆将病人往CT室抬，一边给病人回答："好好好！知道了！您保持冷静，尽量忍一忍，现在就给您做检查去。"

八

刚新来几天的小王护士端着药液进了6号病室，准备给18号床的患儿输液，当她把一切准备就绪，正准备扎针时，孩子的奶奶进病室来了。

奶奶见要给小孙孙扎针，心疼地对小王叮嘱："你可得一针扎上哦！不然看把我狗娃疼的咋处呀，要是不行就叫你护士长来扎吧。"这时，孩子的妈妈说："妈，你别说了，这两天都是这个护士一针扎上的。"

老太太上下打量了一下小王，对儿媳妇说："这是新来的，这里的护士长是我的熟人，针扎得可好了，我找找，让她扎。"

小王听了孩子奶奶的意思，是不让自己扎，就边逗孩子玩着，等待护士长到来。

不一会工夫，孩子奶奶就将护士长请进门了，小王帮护士长给孩子消毒了皮肤，固定好孩子的头，结果，护士长一针下去，没回血。这个奶奶非但一句埋怨话也没说，反而还对护士长说："扎吧，不要紧，这娃血管难扎。"

九

CT室候诊椅上坐着一老一小两个等待做检查的女人。年纪大的对年纪小的说："要是检查结果出来和医生怀疑的一样，是脑梗，需要住院咱也不住，跑门诊治治算了，反正胳膊腿都好着，只是头昏得厉害。"

老人话音一落，年龄小的女人一脸惊讶地说："唉！娘，你咋那么糊涂啊？你和我爸是贫困户，你知道吗？贫困户住院比一般人报销的多！自己只掏一点钱。我还想着，就是检查出来医生不让住，我也要让你住院哩。"

老人转过身对女儿说："唉！你以为住院是好事？要是我住下了，你爸的饭谁做？家里的鸡猪狗谁管？就是国家给你把住院费全掏了，起码吃饭等花销也是自己掏吧。"

年轻女人见老人不想住，故意笑着拉长声音说："好好好！咱都别犟了，听医生的。"

十

星期天，王大夫值班，当他看完最后一个病人正准备下班时，一位年轻小伙蹑手蹑脚进了诊室。

小伙一进门，见四下没人，就小声对王大夫说："你好大夫！麻烦给我开个证明。"

“开啥证明?”王大夫问，

“就开个我没有生育能力的证明。”小伙说。

“这个证明我开不了，这要经过一系列检查的。再说，我医院目前设备还检查不了这些项目。”王大夫一脸平静地回答。

这下，小伙诡秘地笑着给王大夫掏了一根“芙蓉王”，说：“您都是副主任医师呢，咋连这个都开不了？肯定能行。”

王大夫抬手向小伙示意他不抽烟，并一边关电脑一边说：“看你这人，给你我说开不了，就开不了，话咋能这样说，没有检查结果，哪个医生也不敢开的。”

小伙见王大夫刀枪不入，便将烟装进盒子里，扭头走出诊室还一边骂道：“还是副主任医师呢，连这证明都开不了，我看是个锤子医生。”

王大夫感到一阵莫名其妙，无奈地摇了摇头。

蒸年馍

清晨，太阳像刚睡醒似的懒懒地爬上了东边的山顶，光秃秃褪去绿色的山梁萧索而沉寂，虽已过了立春，但阴坡里斑斑驳驳的积雪仍然展示着早春的寒意，蜿蜒曲折的山路上，一点鲜亮的红色正在慢慢向前移动，给这萧寒的山野平添了些许喜气和生机。

风吹在脸上，还有些隐隐作痛，她不由得将脑后红色羽绒服的帽子拉过来扣在头上，加快了行路的脚步。

她对这段路再熟悉不过了。小时候，她领着弟弟、妹妹从这条路去外婆家、去学校、去县城，也多次领着弟弟、妹妹在路畔的田野里打猪草、采野花、追蝴蝶，这条路承载了她太多太多童年的希望和幻想。

而此刻，已步入不惑之年的她，对眼前的一切，已经没有了童年的好奇，生活已将她打磨成一个心里只装着柴米油盐的中年妇女了。

她手里提的白色塑料袋里，是一罐核桃油，她要回娘家帮年近七旬的母亲蒸年馍，给千里之外不能回家过年的妹妹做陇州油旋。

她记得，小时候每到腊月二十七八，母亲都会蒸那小小的具有家乡特色的卷卷年馍，蒸好后，用瓦盆一层层储存起来，她和弟弟、妹妹想吃的时候，就揭开盆盖取来吃，即使卷卷馍冻得发硬，她们也能一口气吃它四五个。特别让她记忆犹新的是，儿时母亲每年蒸年馍，她和妹妹都会为“咣当咣当”拉一天风箱而发愁，常常从大清早直到夜幕降临，一整天下来，小手早冻得紫红紫红的了。

她还记得有年过年，父亲去县城赶年集，回来时顺便买了两个油旋，一个给了弟弟，一个让她和妹妹每人一半。可她当时由于正帮母亲干活，忘了吃，结果等她活干完，记起吃时，妹妹早把她的那一半油旋吃光了，为这，她还哭着打了妹妹几拳呢。从那天起，她发誓长大后一定要学会做陇州油旋。

后来，没想到她还真学会了做油旋，且一做就是二十多年。因为她是家中老大，为了让弟弟、妹妹好好读书，她早早就辍学了，十来岁就照父母的安排，跟县城食堂一位做油旋的师傅学起了做油旋的手艺。

一声熟悉的呼唤她乳名的声音打断了她的思绪，早已在家门口等她的母亲笑盈盈地接过她手里的塑料袋，心疼地说：“冻坏了吧，赶紧上炕暖一暖。”她正要脱鞋上炕时，看见墙上父亲生前的照片，鼻子一酸，眼泪在眼眶里打起了转，“唉！要是父亲能活到现在，该多好啊！现在烧锅、烧炕都不用柴火了，既快又干净，哪像过去那个年代，每年冬天都为柴火发愁。”她想。

热炕上，母亲发的两盆白面已将盆盖顶了起来，俨然两个大白胖子。“蒸馍水准备好了吗？我给咱挑去。”“早烧好了！你忘了吗？咱村子接自来水了。唉！都是我这老胳膊老腿，揉面使不上劲，等你来揉面哩！不然，我早开始做了。”母亲笑着回答。“哦！看我这记性，还记着小时候每年蒸年馍，我爸都要挑着水桶到沟底，一回回将水瓮挑满的事呢，唉！我爸就是下雪天，为了到沟底挑蒸年馍的水，才滑到沟里，差点搭救不过来，落下了一辈子的残疾！”她眼睛红红地看了看墙上正向她微笑的父亲，叹息道。

几个小时后，热气腾腾、白白胖胖、乐呵呵吐着舌头对她做鬼脸的卷卷馍出锅了。她小心翼翼地将馍一个个挪到母亲提前准备好的簸箕里，这可是个关键步骤，若不小心粘去馍皮或碰掉卷卷馍舌头，馍就立马显得邋里邋遢了。所以，她趁热迅速将馍一个个先挪个地方，才能避免粘掉馍皮。她忍受着刚出锅的热馍对手指的蒸烫，认认真真一个个将卷卷馍挪动到簸箕的凉处，并摆放整齐，看着簸箕里一个个胖嘟嘟的卷卷馍，她甭提心里有多高兴了。

接下来，她打开核桃油罐，准备烙油旋了。她麻利地揉面、擀面、卷核桃油，不一会工夫，一朵朵盛开的菊花似的油旋就烙了一摞，核桃油的香味飘出灶房，氤氲得满院子都是。她兴高采烈地对母亲说："唉！现在条件确实好了，不愁吃，不愁穿，不像我们小时候，还为吃一个油旋打架呢！"

看着眼前满簸箕、满案板都是的年馍和油旋，她掐指算了算，今天腊月二十七，最多三天时间，也就是大年三十，她的油旋和年馍，就会带着浓浓的思念，翻山越岭来到妹妹身边。她想象着，当妹妹一家吃上远在千里之外的母亲和姐姐亲手做的家乡油旋和年馍时，将是何等激动啊！

回 望

前段时间，在县政协主编的《史话陇州》一书中看到《陇县卫生机构的奠基》和《五十年代的陇县爱国卫生运动》两篇文章后，作为“卫生人”的我，内心十分感慨和震撼，心情久久不能平静。好几个深夜，我都不由得一次次想起我县卫生事业从无到有那段艰难的发展历程；想起父亲在世时说起二爷那声长长的叹息；想起自己从事卫生工作三十五个春秋的亲眼所见和亲身经历。

一

20 世纪 30 年代，陇县医药界处于无组织无领导的状态，城区只有三十多家中药铺，仅个别有“坐堂”大夫，自由开业的中医不过十人，而西医只有两个小诊所，设备根本谈不上。1933 年，关中流行霍乱疫情，据前陕西省卫生处统计，死亡人数达十万以上。1934 年，国民党政府派几位专家成立了西北防疫处，陕西省政府也相继成立了卫生处和卫生员训练所。我县高崚村的郭文元先生就是经县上推荐辞去小学教师工作，首批去省里培训的学员之一。1935 年郭先生学成归来后，被任命为陇县卫生助理员，开始做地方病调查及防疫卫生知识宣传等工作。1936 年，县上又成立戒烟所，专门调查有鸦片嗜好的人，令其在戒烟所戒烟。当时戒烟所只有所长、医生、调剂、会计、文书五人。1937 年夏，一〇五后方医院移驻陇县，才将原有的戒烟所更名为“陇县卫生所”，陇县有史以来第一个公办卫生保健机构才算正式成立，院长、医生、护士、调剂、事务员及各区卫生员共计仅十一人，且西医医护人员全是外地人。而1949年陇县解放后，人民群众的思想观念得到更新，新中国第一个卫生举措就是大力开展爱国卫生运动。20世纪50年代初，在县委县政府领导下，陇县卫生工作者协会、陇县爱国卫生运动委员会成立，广泛发动群众，积极开展一年一度的挖蛆灭蝇、环境卫生大整治大检查、全县所有水井加盖、传染病普查与防治等爱国卫生运动，首先引来神泉村磨渠水直灌县城街道南北阳沟，严禁住户倾倒垃圾污水，大大改善了县城的环境卫生，提高了全民卫生健康意识。

二

从小我就听父亲说，二爷在世时人高马大，是村里少有的壮汉，一顿饭光馒头就能吃八九个，一个人可以将两百多斤麻袋扛上楼。可二爷这样一个身强力壮的人却四五十岁就去世了。原因是二爷给牲口铡草时不慎将胳膊割了条口子，伤口化脓感染，一家人眼睁睁看着二爷在伤口流脓、烧得昏迷不醒中离开了人世。记得父亲每次说到二爷，都是满脸凝重，长长地叹息一声：“唉！像钢铁一样的大男人，就因一个伤口把命要了！”我每次听父亲说起二爷，都要愤愤不平：“那时咋那么落后？这么简单的病都看不了，不就用抗生素消炎吗？二爷肯定是伤口感染，出现败血症才殁的。”听了我的话，父亲总要沉默片刻，一脸茫然地自言自语：“要放在现在该多好啊！那时候，能抓几副中药喝喝，都算是殷实家庭呢。”父亲的话，常常让我觉得真不可思议。

三

我永远忘不了1987年7月28日这个特殊的日子。那天一大早，我高高兴兴拿着派遣证，步行去牙科地段医院报到。当时的牙科地段医院在全县来说，都是比较大的几个地段医院之一呢！医院占地面积也挺大，院墙周围种着各种树木，院子总体分医疗区和生活区，两区之间用一面镂空的砖砌墙隔开，门是圆形的，看起来古色古香。

那天报到完，会计领着我介绍医院环境时，我才仔细观察了这里。生活区是三座七八间砖木结构的平房，布局跟四合院相似，后院有灶房和水井。当我进了给我分的宿舍时，看见窗户前放着一张三斗桌，再往里就是一个单人炕，房子地面是没有经过任何处理的土地，坑坑洼洼，我一脚踏进去，打了个趔趄。记得会计告诉我，冬天冷，要自己烧炕时，我惊讶极了，因为我虽从小在农村长大，可烧炕这活还从来没干过呢，心里难免有些担忧。

医疗区是三排八九间砖混结构的平房。前排是门诊，中间一排是化验室、透视室、库房，最后一排是病房，病房后面是两间简陋的土坯小房，小房门上有个脏兮兮的木牌，上面写着产房和高压消毒间。两间小房窗户是农家小方格样式，上面没有玻璃，也没有窗户纸。高压消毒间隔窗望去，里面砖块垒砌的灶台下放着一个满是灰尘的鼓风机，灶台上放着一个锅底被烟熏得黑乎乎的手提式高压消毒锅；产房里的产床看起来有些年月了，墙角用三四块砖头支着个生铁火炉子，跟前放着一把麦草，看起来是随时生火用的。会计告诉我，医院只有一名护士，我来了就是两个了，每人一月病房一月门诊轮换。上病房这月，不得休假，产房、病房、消毒都自己干，门诊、病房用过的玻璃针管、医疗器械、产包等也要自己清洗后，用那个手提式高压锅消毒，当然消毒用的煤火也要自己生。说话间，我无意间向土坯房侧面一转，发现还有几间盖房地基裸露着，我好奇地问会计：“是不是医院还准备盖新房?”听了我的话，会计的脸色一下子阴沉下来，用低低的语调告诉我，这几间房是去年夏天一连几天连阴雨倒塌了，还说，当时里面还住着几个病人，幸亏是早上倒塌的，病人都出去吃饭了，没有人员伤亡。听了会计那欲哭无泪的解说，我的心凉了一大截，一种前所未有的迷茫袭上心头。

报到第三天，院长就安排我和俩同事下乡去搞巡回医疗。我们用液体箱子把要带的常用药品装了整整四箱，同事每人用自行车推两箱，我没有自行车，当然，有也不会骑。我们一个村子挨着一个村子轮流着为群众看病，由于农村人白天要干活，看病多数都是在下午或天黑，遇到比较偏远的村子，晚上就住在村上。已记不清我们第一晚上是住在哪个村，只记得村主任安排我们住在村委会，俩同事住一间，我一个人住在不远处的另一间。那晚，我几乎一夜未合眼，可能是我住的那间房子长时间没住人，炕上的被褥有股霉味，报纸糊的顶棚也有好几个大洞。我刚在炕上迷糊了一会，浑身就奇痒难忍，仔细一看，胳膊、腿出了好多红色的小点，越挠越痒，睡意一下子全无了。半夜，几声不知名的鸟叫更让我毛骨悚然，我目不转睛地盯着房门，心一下子提到嗓子眼，连手心都在出汗。我颤颤巍巍跳下炕把房间仅有的一把椅子拿过去牢牢顶在房门上，然后，坐在炕角一边流泪，一边盯着房门熬到天亮。第二天晚上，说什么，我也不住村委会了，没办法，村主任安排我住到一个村民家里。

十一月，轮到我上病房。有一晚上，我刚进入梦乡，一阵急促的敲门声将我从梦中惊醒。我知道是来病人了，赶紧跳下炕，开门一看，架子车上一位年轻妇女正疼得龇牙咧嘴，男人正扶着妇女的肩膀在安慰，跟前一位中年妇女气喘吁吁地给我说："快，儿媳妇快生了。"我赶快跑到生活区叫了值班大夫，过来夹了几块炭火去产房生火。在我生火间，大夫也将产妇检查完，急促地对我呐喊："快，马上生了！"我赶紧帮大夫把产包拿到产房，把产妇扶到产床上，没多长时间，一个大胖小子就出生了，中年妇女高兴得赶紧把孙子包好，解开自己的棉袄大襟揣在怀里。我和医生也高兴地说，今晚还算顺利，这下胎盘出来，就万事大吉了。

可二十多分钟过去，胎盘没下来。我想，还是再等等吧！可直到等了一个多小时后，胎盘还没有动静，产妇也躺在产床上冻得瑟瑟发抖了。我这下慌了，咋办？检查产妇一切生命体征正常呀，我不知所措地望望大夫，大夫也望望我。不知大夫当时咋想，反正我觉得他肯定心里也没底。因为大夫虽从事临床多年，可他是学中医的啊！我虽也在学校学过妇产科，但这种现象我确实也是第一次遇见，真不知道该咋办了。情急之下，我俩毫不犹豫地对产妇及家人说："赶紧转院，不然子宫收缩不良，引起大出血就麻烦了。"无奈之下，家属半夜用架子车又将产妇送去了县上医院。

送走产妇后一连好几天，我都在想着，这个产妇去县城到底咋样了？明明是顺产，可胎盘为啥滞留不下？直到过了七八天，我从来院看病的人口中得知，那晚，县妇幼保健院的值班医生只是给产妇进行了导尿，胎盘就顺顺利利下来了。凌晨六点多，家属又将产妇平安拉了回来。听了患者的描述，我觉得自己的脸一下子红到了耳根。我恍然大悟，胎盘滞留的一个很重要的原因不就是膀胱过度充盈吗？我咋就没想到呢？我愧疚到了极点。

1998 年，我已调入中医医院工作近十年，也可以说积累了一定的临床经验。当时虽说医疗卫生已步入改革，但仍如摸着石头过河，医院的发展仍是举步维艰。医院为了送部分职工出去培训，又要保障业务正常运行，便将原来的内科、儿科合并，二楼、三楼六十多张床，设一个护理单元，配备七名护士，没有护工。护士每天为病人做完治疗，还要打扫病区卫生。那时，我担任内儿科护士长，到了业务旺季，两层楼病人住得满满的，护士们忙得连饭都吃不上，常常到下午四五点才吃中午饭，这样的工作我们整整坚持了三年。

如今，每每回望这一幕幕曾经的过往，总让人不由得感慨万千。近几天，我因公卫工作督导，又跑遍了全县各个医疗单位，每当看到通往村村寨寨平坦的水泥路面、人们脸上幸福的笑容及各个医疗单位舒适的医疗环境和同行们那一丝不苟的工作身影，特别是一想起新冠肺炎疫情以来，为护佑全县人民平安健康，全县医务人员不畏艰难、上下一心、众志成城的感人场面，我的内心总有种无名的感动，眼圈总会不由得湿润。今夜，我又失眠了，眼前县人民医院那拔地而起的三栋大楼，全县以公共卫生为第一要务的乡镇卫生院和标准化的村卫生室，整体搬入新址的中医医院和妇女儿童医院，如电影一样一幕幕浮现，些许感动、些许骄傲、些许感慨一下子在内心升腾。我感动于广大人民群众终于不再看不起病、吃不起药，眼睁睁看着亲人离散！我骄傲自己用人生精华三十五年，一步步见证了我县卫生事业的飞速发展！我感慨新中国成立以来，卫生事业在中国共产党领导下的沧桑巨变！

窗外，几声鸟儿清丽婉转的叫声打断了我的思绪，天幕下，一轮红日已从东边的山顶喷薄而出，我坚信，我县医疗卫生事业在中共中央“十四五”规划的宏伟蓝图指引下，道路会更加宽广，前景会更加辉煌灿烂。

不负使命中医人

时间如梭，光阴似箭。不知不觉，我们中医人已为县域及周边地区人民健康保驾护航三十七载。三十七年来，占地面积不足几亩，只有几间平房、十余名工作人员，只配有脉枕、听诊器、血压计等常规诊疗器械的中医门诊，如今已发展成占地面积三十亩，总建筑面积二万二千平方米，开放床位三百张，职工总人数三百余人，开设内一科、内二科、内三科、普外科、妇产科、儿科、骨科、专科、急诊科、手术室等临床科室，集门诊、住院、医技、药剂、预防保健、教学于一体的二级甲等中医医院。

每每走进医院大门，轻轻触摸那六根笔直的大理石柱子，仰望那以银杏叶为主题、象征中医药事业源远流长、生生不息的院徽，我的心情就如大海的波涛一样久久不能平静。三十七年来，中医人励精图治、迎难而上、勇于创新的一幕幕感人场景就如电影浮现在眼前。

我永远记得，1996 年，医院首次“达标上等”，那是全院职工上下一心付出的辛勤努力和滴滴汗水换来的。那时，我们夜以继日、废寝忘食为提高医院内涵质量，突出中医特色，开展中医基础知识、基本技能培训、考核，对全院所有住院病人开展中医辨证施治、辨证施护，严格按规范要求书写中医病历和中医护理病历，扎实训练基本功，一举顺利通过陕西省首次二级甲等中医医院等级评审。

我永远记得，1999年，医院在发展最困难的时期，为了既培养人才，又开源节流，在既要送部分职工脱产学习，又要保障业务正常开展的前提下，将原来的内科、儿科合并，住院部二楼、三楼六十多张床，设一个护理单元，配备七名护士，没有护工，每天还要有一名护士打扫病区卫生，到了业务旺季，两层楼病人住得满满的，护士们忙得连饭都吃不上，常常到下午四五点才吃中午饭，这样的工作，我们整整坚持了三年。

我永远记得，2000年腊月一个风雪交加的黄昏，我正在值班，一位蓬头垢面的张家川男人抱着年仅两岁的儿子住进了内儿科。孩子患有“肾病综合征”，由于家境贫寒，来院时已全身高度浮肿、无尿，要用中药灌肠降低尿素氮，可灌肠后孩子有时会大便到床上，为了保证床铺干燥，皮肤清洁，科室医护人员拿来自己孩子的衣服、尿布，并买来卫生纸，为孩子垫在屁股下，孩子的父亲舍不得花钱，每天只靠啃干馒头度日，我们全科室人员争先恐后为其送水端饭。就这样，一直维持到住院第八天，孩子仍昏迷不醒，病情不见好转，没办法，我们建议孩子尽快到大医院透析治疗，可孩子的父亲已身无分文。此时，我们全科室医护人员又毫不犹豫地东拼西凑了六百多元钱，当我们把带着体温的六百多元塞给孩子父亲时，孩子的父亲泪流满面。

我永远记得，2003年5月12日护士节，医院举行“假如我是患者”演讲比赛时，全会场那感人肺腑、催人泪下的场面。

我永远记得，从2004年起，我们就积极响应省、市、县有关号召，先后积极下派临床、中医、护理、医技等不同类别的业务骨干对口支援陇县部分乡镇卫生院，并免费接收乡镇卫生院来院学习进修人员，为陇县乡镇卫生院医疗质量和管理质量的提高做出了不可磨灭的贡献。

我永远记得，2010 年陇县创建全国农村中医药先进单位，我们率先承担起全县传承、发展中医药事业的重任，专门抽调中医专家加班加点开设镇村医生中医适宜技术培训班，并不定时下乡对全县乡镇卫生院和村卫生室中医药工作开展情况检查指导，使陇县中医先进单位创建一举顺利过关。从那以后，十余年来，我们始终如一，坚持每年抽调中医专家义务对全县镇村医生开展中医适宜技术培训考核，对全县乡镇卫生院和村卫生室中医药工作开展情况进行督导检查和技术指导。十余年来，我们的足迹踏遍了陇县的山山水水、村村寨寨，用我们微薄的力量春风化雨般促进了陇县中医药服务能力的不断提高，用中医药简、便、验、廉的特点，更大程度地解决了人民群众看病贵、看病难问题。

我永远记得，2017 年医院新一轮等级评审，全体职工凝心聚力，扎实准备，最终以高分通过的喜悦和振奋。

我永远记得，患者说的中医医院人朴实，工作踏实、认真，对病人态度好、负责任等等这些质朴的话语。因为，它完全体现了我们中医人对自己工作的热爱和无悔无怨。

我永远记得……

如今，陇县中医医院经过一代又一代中医人前赴后继的不懈付出和三十七年的传承、磨炼，终于成长为一棵枝繁叶茂的参天大树。脾胃病专科、风湿病专科、肛肠科、针灸理疗特色专科、骨伤科、儿科等省级重点专科和肝病、糖尿病、肿瘤等专病门诊如芝麻开花——节节高，六十种非药物疗法的开展，完全彰显了中医疗法的独特魅力。作为中医人，我们感到无比骄傲和自豪。因为我们永远铭记救死扶伤、全心全意为人民健康服务的初心，永远奉行“医者仁心”“大医精诚”，永远早出晚归、披星戴月、默默无闻地坚守在工作岗位，从不烦躁，不陶醉，不以功劳自居。

面对被病魔折磨的病人，无数个日日夜夜，我们的医护人员奋战在第一线，翻阅着一本本病历，精心护理着每一位患者，以严谨求实的工作态度，不断学习，不断总结经验，为患者驱散了一个又一个病魔，给无数个家庭带来了幸福和温暖。每当看到经过我们亲手精心辨证施治而换来的一张张笑脸，我们的心里就充满了无限的慰藉；每当看到在我们为龙头带领下，全县中医药事业蓬勃发展和广大人民群众日益增长的中医药服务需求得到满足时，我们的苦和累都烟消云散。

三十七年的风雨洗礼，三十七年的艰苦奋斗，我们更加清楚自己的定位，更加明确“努力做好中医传承和发展工作，充分发挥中医药优势”才是中医人永恒的神圣职责。我们将永远遵循“崇尚医德，追求卓越”的奋斗目标，在党中央“十四五”宏伟蓝图指引下，以创建三级乙等中医医院为契机，凝心聚力，攻坚克难，为陇县中医药事业的发展做出更大贡献。

公 卫 人

在祖国大地上，有这样一群医务人员——他们虽没有在与疾病搏斗的临床一线挥汗如雨，没有在手术室无影灯下聚精会神，更少有在人前享受鲜花和掌声，但是，这群人一直脚踏实地、穿梭在基层广大人民群众中间，他们的足迹遍布乡村的山山水水，遍布城市的角角落落。他们无论春夏秋冬、酷暑严寒，都在为广大人民群众的健康奔波着、忙碌着。他们日复一日，年复一年，努力修筑着全国最大的基本公共卫生服务网络。他们，就是勤勤恳恳、兢兢业业、默默无闻、无私奉献的“公卫人”！

记得在临床一线工作时，我常羡慕干公共卫生工作的人员，总以为他们工作轻松，不上夜班，最起码不和患者打交道，不用看那一张张痛苦的面容。可自从 2017 年自己接管公共卫生中医药服务项目管理工作后，随着对公卫工作慢慢地熟悉和了解，以及一次次下乡督导检查项目落实情况，我才彻底改变了以往对公共卫生工作的偏见。我也才彻底明白，目前全民享受的居民健康管理、健康教育、预防接种、儿童健康管理、孕产妇健康管理、老年人健康管理、慢性病患者健康管理、严重精神障碍患者管理、结核病健康管理、中医药健康管理、传染病和突发事件报告处理、卫生计生监督协管、免费提供避孕药具、健康素养促进行动等十四项公卫服务项目的实施，无不渗透着广大“公卫人”的心血和汗水。

公共卫生中医药健康管理项目，主要是利用中医“简”“便”“验”“廉”的特点，开展65岁以上老年人中医体质辨识和0~36月龄儿童中医健康指导，以改善我国老年人的健康状况，促进儿童健康茁壮成长。这个项目可以说是十四项公卫项目中比较简单的，但要切切实实做好，真真实实贯彻落实可不是一件容易的事。它首先要给老年人进行体检，然后根据体检结果，进行体质辨识，最后依据体质从情志调摄、饮食调养、起居调摄、运动保健、穴位保健等几个方面进行健康指导。这个工作看似不难，但要让老年人记住可真不容易，因为考核指标最关键的一项就是老年人对健康知识的知晓率要达到90%以上，且辨识和指导内容要一一上系统，这就需要主管人员一一录入、反复强调、反复指导。可见，作为“公卫人”，没有细心、耐心、踏实、认真的工作态度是绝对干不好这项工作的。

记得第一次和妇幼保健院、卫生监督所、疾控中心等几个项目办的十余名同志，一起进行为期十余天的全县医疗机构公卫项目工作督导考核时，我就被亲眼所见的公共卫生那琐碎而繁复的工作震撼了。

当我听到同车的妇幼保健院同仁谈及他们要督导考核的项目为孕早期健康管理、孕中期健康管理、孕晚期健康管理、产后访视、产后42天健康检查、新生儿家庭访视、新生儿满月健康管理、婴幼儿健康管理、学龄前儿童健康管理等名目繁多的内容时，我连听都不想听了，头昏脑涨，云里雾里。

至今让我记忆犹新的是，到曹家湾中心卫生院检查中医药服务项目时，见到了主管65岁以上老年人体质辨识的王东庆老师和主管0~36月龄儿童中医健康指导的郑小梅老师，他们那细致的项目管理基础资料，一下子就让我佩服得五体投地。那时，中医药项目管理还未上系统，全凭手工记录数据。我记得当我问及王老师，辖区每个村子65岁以上老年人体检人数时，王老师从档案盒里拿出的那一沓纸张，几乎每张纸上都密密麻麻用笔标记着体检人数、未体检人数，而且连每个村谁体检、谁没体检的老人姓名都标记着，让人看了一目了然。而郑老师的0~36月龄儿童中医健康指导资料更是简单易懂、图文并茂、签字清楚。我当时就对他们的工作很满意地肯定说："很好，可见你们是真正下功夫了，最起码有正规的宣传资料，连不识字的人，光看图都能看懂。""那没办法啊！农村孩子现在大多都是爷爷奶奶看管着，而爷爷奶奶大多上了年纪，不识字，不用图片说明部位、穴位，他们根本记不住!"郑老师的回答，让作为项目管理人的我，心里全是感慨、感谢。

到固关卫生院时，那天刚好下雨，我们的车刚停到医院门口，就遇见两位工作人员落汤鸡似的骑着摩托回来了，我随口问他们："干啥去了?"他们停下车，边擦脸上雨水边说："水质监测去了。"听到"水质监测"几个字，我一脸惊奇地又问："医院还管水质？咋个监测法?""就是监测各村集中供水点，也就是水源的水质取样。"一个工作人员解释。"那像你们乡镇，好多村子都在山里，水源在哪里?"我又问。"水源当然也在山里啊，川道里有自来水的村子还好，可山里面的村子，有的水源不是在山梁上，就是在山沟里，摩托车有的都去不了，就得步行呢，所以我们每次取样，最少都是俩人。""那你们在别的地方取些样，不也一样就交差了吗?"我半开玩笑地说。我的话让这个满脸雨水的工作人员很不高兴地怼了过来："你说得轻巧的，根本不是你想象的那样，我们每次去取水质样本，不但要有俩人，而且手机信号要上传，要开通卫星定位系统呢。再说，这工作一点也不能马虎，不然就害人不浅了。”听了他的话，我真为自己的小聪明感到无地自容。

去牙科医院那天，天气特别炎热，我们到时已是下午两点半了，按理说作为基层医院，这个时间，也快要下班了。可我们见医院的工作人员，有的已经整整齐齐穿好工作服，有的正在急急忙忙准备用物，好像正要出发。看到这些，我们一行几个人几乎异口同声地问：“你们这是干啥去?”“到村上给老年人体检去。”几个工作人员回答。“那你们啥时下班啊?”我们更惊讶了。“唉!基层医院的公卫项目实施工作，不像医院临床，按时上下班，公卫工作的实施几乎都要走街串巷才能完成的。”“你像老年人体检，我们是专赶下午去呢，不然好多老年人早上、中午都到地里干活去了，我们去连人都找不到。”听了他们的话语，我才明白过来，他们是要趁下午人都从地里回来，赶去给老年人体检，内心一种敬佩之情油然而生。

还有一次，我因其它事到河北镇兰家堡村去了一趟，去时，太阳已经快落山了，天色也暗了下来，可几个河北镇卫生院的工作人员还怀抱档案袋，手拿听诊器、血压计挨家挨户给高血压、糖尿病等慢性病病人进行家庭随访着。我认识他们中间一个，就问：“你们随访完都啥时候了？兰家堡离你们医院还有好五六里路吧。”“兰家堡还算离得近、路也好走的村子呢，你像我们镇有的村子，开车走，一个单程都要近一个小时呢，而且全是那窄窄的山路。我们赶夜幕来随访，主要是想趁晚上人都在家，能给病人面对面开展健康教育呢。”这位工作人员笑着对我说。直到我办完事，离开兰家堡时，一弯新月已挂上湛蓝的天幕，河北镇卫生院的工作人员仍然在村子里挨家挨户走访着，他们的脚步声伴随几声狗叫，被月光传到了更远更远。

自从我的眼里记录下众多不同镜头下基层公共卫生工作人员工作的感人场景，真真切切地体会到作为一名基层“公卫人”的不易和艰辛后，做一名合格“公卫人”的责任和担当就在我的内心深深地扎下了根。

如今，每当我看到幼儿园那些活蹦乱跳的孩子、广场上慢慢悠悠散步享受清闲的老人、道路上那些骄傲地挺起大肚子的孕妇，以及城市、农村人们那一幕幕欣欣向荣、安居乐业的场景，我总会不由得想起那些始终为认真贯彻执行国家“预防为主”的疾病防控政策，为广大人民群众健康而默默奉献的“公卫人”，内心总会有一种无发言说的感激、感慨和感动慢慢升腾，总会不由自主地哼唱起那首耳熟能详的歌曲《小草》：

没有花香
没有树高
我是一棵无人知道的小草
从不寂寞
从不烦恼
你看我的伙伴遍布天涯海角
…………

他们让我如此美丽

风让蒲公英舞起来，让它如此美丽；大海让波浪舞动乐章，让它如此美丽；夕阳让天空满是绚丽，让它如此美丽。我和他们在同一战线，敬仰他们的风采，感受他们的事迹，感悟他们的精神，他们让我如此美丽！

视病人如亲人——美丽

1987 年 7 月，我刚毕业被分配到牙科地段医院工作。上班第二天，院长就安排我和何大夫一行三人到马家山村去进行妇女病普查，我当时觉得很新鲜，认为下村可以散散心，还可以看看风景，所以高兴极了。第二天一大早，我们三人就备好物品器械，骑着自行车出发了。刚出医院路还平坦，可慢慢成了上坡路，自行车根本骑不动，只得下来推着前行，累得我满头大汗，越走越生气。到了马家山村委会，就看见院子里已等了不少妇女，她们三个一团五个一堆在拉家常，何大夫见等的人已多，就赶快放下自行车说："快收拾，马上开始检查。"

我满脸不高兴地说："累死了，歇会吧！"说完就趴在桌子上休息起来。何大夫和另一位同事收拾好场地，直到开始叫姓名检查，我才不紧不慢地过来帮忙，我们将所有妇女检查完，已是中午两点多了，肚子也早饿得咕咕叫了。正当我们准备收拾场地时，出门一看，院子怎么还有一位穿得脏兮兮满脸污垢的妇女在那里等着，我白了她一眼，近乎呵斥道：“刚才叫你，咋没听见？”妇女怯生生地看着我，没说一句话。我更加生气了，扯着嗓子喊：“回家去，检查结束了。”何大夫听到外面的动静，出来了，她和蔼地拍了拍妇女的肩膀说：“你咋才来？离得远吗？”妇女仍然没有说话，只是木讷地点了点头。何大夫顺手扶起妇女说：“她是个哑巴，给她检查一下，山里女人能来不容易！”听了何大夫的话语，我仔细观察了一下，那妇女走路一瘸一拐，腿脚极不利索。何大夫把妇女搀扶进去，可妇女连个检查床都上不去，何大夫就用眼神示意我，帮一下忙，扶她上去，我很不乐意，但也没办法，就戴上口罩勉强去帮了忙，随后赶紧躲到一边。我看着何大夫慢慢为她脱去裤子一条腿，细心地为她消毒、检查，然后又扶她下床、给她开药，药取好后，何大夫又怕妇女记不住用法，就写在一张纸上，装进药盒里。当何大夫将妇女扶出门时，那妇女虽始终未说一句话，但她紧紧拉住何大夫的手，示意我们一定要到她家吃饭。面对眼前的一切，我恍然明白了什么，这不就是“医者仁心、医者仁术、医者仁爱、医者仁德”的最好诠释吗？这件事让我终身受益，使我永远用一颗同情心和热爱工作的心，微笑面对生活，面对每一位患者，也带领我的护士姐妹们视病人如亲人，为病人送温暖。她让我如此美丽！

工作一丝不苟——美丽

“老院长工作太认真了！”这是熟悉他的朋友给他最恰当的评价。那是1992年夏天的一个晚上，我在值夜班，凌晨三点左右，“咚咚咚”一阵急促的敲门声将我从梦中惊醒，我心想：“谁半夜这么讨厌，让人连个安稳觉都睡不成?”我揉着惺忪的眼睛，慢慢腾腾去开护办室的门，“哦！是院长。”我顿时清醒了许多，心想，“这下坏了！是院长来查岗。”我赶快穿好工作服。院长问我，病区有多少住院病人，危重病人几个，我虽然结巴，但都基本搪塞过去了。当我正为我的随机应变庆幸时，一位住院患儿的家长快步跑到护办室说：“护士，我孩子发烧呢，全身很烫，都哭闹多时了，你快过去看看。”我很快从抽屉取了一支体温计，甩了甩递给家长说：“你去给孩子测个体温，5 分钟后拿过来我看。”这时，院长也没有要走的样子，坐下来看我们科室的交班报告了。五分钟后，家长拿来体温计给我，我一看，“37.5℃，不太烧嘛。”我随口道。我心想，多亏不烧，不然院长又会说我没有细心观察病人呢。这时，院长看了看我，只说了句：“你亲自过去给再测下体温!”我嘴上虽没说，心里很不高兴地跟着患儿家长来到病房，将体温表甩好，夹在孩子腋下，并用手按住孩子胳膊，整整夹了五分钟后，取出体温表一看，傻眼了：“妈呀！39.8℃。”我二话没说，赶快跑去叫来值班医生，并迅速回到护办室准备酒精擦浴的物品。此时，我再没敢看院长的眼睛，我知道，院长已明白了什么。临走时，院长语重心长地只说了句：“你还年轻，医学是科学的，来不得半点马虎!”那天晚上，多亏重新测量了体温，经值班医生及时处理后，患儿体温很快平稳了，不然可能会高烧抽风，因为那患儿以前就有高烧惊厥史呢!

这件事虽然已经过去二十多年了，院长也已年过古稀，满头白发，早不是我们的院长了，但每当我在工作中想马马虎虎、敷衍了事时，我都会想起他那语重心长的话语。他使我真正领悟了什么是责任、什么是精益求精，也使我真正理解了老院长诊室每天为啥有那么多病人。他让我如此美丽!

默默奉献——美丽

药箱伴着泥土香，摩托载满生命重托。2004年夏，我和几个朋友到关山八龙潭游玩，我们为那里的优美风景和甘甜的泉水感叹。路过大山深处几户人家时，一个孩子的哭声将我们吸引了过去，那是一个没有围墙的院子，院子里放着一辆摩托车，几个人好像抱着一个孩子在干什么。好奇心驱使着我们也凑了过去，原来是一个皮肤黝黑的老村医正给一个孩子接种疫苗，看到这种情况，几个城市来的朋友唏嘘了，这么偏僻的山村，竟然还有……那位村医太认真了，根本没有觉察到我们的到来，等他接种完，娴熟地收拾物品时，才看见我们几个外来人，他羞涩地笑了笑，并向我们点头问好，几个朋友惊奇地问他："你们这里咋这样接种疫苗?"村医不假思索地说："关山山大沟深，村子零散，距离村卫生室太远，接种疫苗都是村医背着药箱找孩子。"说话间，我看到他正把药箱的冰排放好，准备走，一个朋友又问他："打针的孩子多吗？一天能跑完吗？你不打别人也不会知道呀！"听了朋友的话，村医眉头紧锁了一下说："你说的啥话，医生干的就是个良心活，人人享有初级公共卫生保健，不能落下一个人。这里孩子不多，人住得也分散，有时打一个针要跑几十公里，夏天还得抓紧时间，不然天气炎热，冰排融化，疫苗会失效。现在条件好了，路好走，有摩托，以前要步行的。"说完，他骑上摩托，一溜烟消失在蜿蜒崎岖的山路上。看着他远去的背影，我明白了什么叫医者的坚守，什么是医者的拳拳之心。他对本职工作的热爱和高度的责任心，始终鼓舞着我，让我以身作则，勇往直前，让我无怨无悔，永不放弃。他让我如此美丽！

品读他们的故事，感悟他们的精神，敬仰他们的风采，他们让我感动，他们让我用微笑同情患者，用自信面对困难，用无私去帮助他人，他们让我如此美丽！

细节成就完美

——读《细节决定成败》后感

读完汪中求先生的《细节决定成败》，我感触良多，受益匪浅。书中从各个方面，由浅入深，从思想观念出发，到细节产生的差距，由细节的本质到细节的积累，清清楚楚，淋漓尽致地向读者展现了一个全新的观念——从做人、做事、做管理，处处体现了细节的重要性。作者虽然讲的是企业营销的经验与教训，但其理论与观点对指导医务人员做人做事同样具有非常重要的作用。

古语说：不积跬步无以至千里，不积小流无以成江海。这句话精辟地指出了我们要成就一番大事业，要有所作为，要获得硕大的胜利果实，就要从我们身边的小事做起，把一个小小的成果汇聚起来，才能获得更大的成果。然而在我们医院乃至我们国家，想做大事的人很多，但愿意把小事做细的人很少；雄韬武略的战略家很多，而精益求精的执行者很少；各类管理规章制度很多，而不折不扣执行的很少。汪先生在一次讲学中说道："栽种思想，成就行为；栽种行为，成就习惯；栽种习惯，成就性格；栽种性格，成就命运。"

可见细节是一种习惯，是一种积累，也是一种眼光，一种智慧，一种长期的处心积虑。我们医务人员也必须改变心浮气躁、浅尝辄止的毛病，提倡细节意识，把握细节，享受成功。

记得看过这样一个报道：1993 年，一家医院在给两个小孩做扁桃体摘除手术和心内修补手术时，由于医生和护士没有严格执行三查七对，导致该做扁桃体摘除的被开胸做了心脏手术，而该做心脏手术的却摘除了扁桃体……如果当时参与手术的任何一个人能注重一下细节，查对一下，两个无辜的孩子快乐的童年就不会暗淡无光，两个幸福的家庭就不会风雨飘摇；如果当时任何一个人认真一下，两个天真烂漫的孩子的人生就不会从此残缺不全，两个幸福的家庭就不会从此失去欢声笑语；如果……这里有多少个如果可以想象，可是没有人这样做。同志们！这样的事例发生在我们身边的还少吗？

如今，“细节”已成为全社会普遍关注的问题。特别是在医疗卫生系统，通过开展医疗管理年、百姓问政和创建“平安医院”等活动，各家医院基本上已经建立健全了规章制度、诊疗规范及各种应急预案，改进了服务流程，提高了服务意识，转变了服务作风，加强了医德医风建设，但是，患者不满意的现象仍时有发生，这就要求我们在工作中从细节入手。老子有句名言：“天下难事必作于易，天下大事必作于细。”意思就是做难事必须从容易的做起，做大事必须从小事开始。医疗行业本身就是一种特殊、高风险的服务行业，与人的生命息息相关，医务工作者工作中的每一个环节、每一个细节，每出一个医嘱、每进行一次操作、每做一次治疗、每一言行都关乎生命。因此，我们更应该注重细节，从小事和细节着手不断提高医疗服务水平和质量。著名医学专家、北京军区总医院（今中国人民解放军总医院第七医学中心）原普外科主任华益慰，从医五十六年来，始终以党和人民的利益为重，心系官兵，服务人民，把毕生精力奉献给了党和军队的医疗事业，特别可贵的是他从医五十六年坚持用“心”为病人治病，处处尊重病人，为病人着想。每天早晨上班，他总是提前半小时赶到，查看病房、准备医嘱；每次查房，他都稳稳地站在病床前，微笑着与病人交谈；冬天为病人查体，他总要先搓热双手、捂热听诊器；手术前他会提前到手术室等候病人，帮助摆体位，让病人在麻醉前看到医生；手术中，他都要亲自开腹关腹，直到缝好最后一针；手术后，他总是和护士一起将病人抬上车，送回病房，交代注意事项……华主任养成的这些良好的职业习惯，是他一直把细节当作医生应该完成的重大任务来做。这一点华主任做到了，我们中医医院党支部书记兼儿科主任边文会也做到了，边书记到儿科工作三十年多来，每天都坚持一日早晚两次查房，三十多年来从未间断过，每遇到新入院病人，他就是再忙也要亲自检查，指导治疗方案。遇有危重病人，无论刮风下雨、严寒酷暑，他都要亲临现场指挥抢救，直到病人转危为安。几十年如一日的兢兢业业，使他得到了患者的信赖和爱戴，也诠释了“医者仁心”的真正内涵。当今还有小部分医生，总是对小事和事情的细节不屑一顾，盲目地追求个人利益，殊不知能把自己所在岗位的每一件事做到位就很不简单了。

随着物质水平的不断提高，老百姓对医疗的要求也在不断提高，患者不仅关注医院的医疗水平，而且对医院的一些服务细则也更加关注。医务人员的一个微笑、一句话、一举手、一投足都是极小的细节，但这每一个细节做不到位都会对患者或家属产生不良影响，可以说医疗活动中的每一个细节都关系着病人的生命健康和家庭幸福，都代表着医院员工的素质和形象，他们的口口相传比任何广告都有作用。因此我们每一个医务人员都应树立细节决定成败的意识，落实优质护理，提供亲情服务，从每一个动作、每一项操作、每一句用语做起，加强制度建设，完善环节管理，坚决克服凭经验、凭感觉的轻率行为，始终坚持高标准、严要求，在细节上精益求精，努力养成注重细节的好习惯。只有这样，我们才能成就一番完美的事业，享受一段完美的人生。

党徽照耀下的人生

每当在山川秀美的陇州大地上，听到这首朗朗上口、婉转悠扬的曲子《十唱共产党》，我的心情就犹如大海的波涛一样汹涌澎湃，曲子的词作者张存科老人那一桩桩感人的事迹和动人的故事就犹如电影一样一幕幕在我眼前浮现，令我百感交集，使我思绪万千！

张存科老人是高堎村一位年过古稀的退休老党员，他自幼喜欢文学写作。退休十六年来，他一直默默坚持履行着一个共产党员的神圣职责，他利用大量的时间组织村上七十岁以上老年人歌唱祖国，歌唱中国共产党，学习党报、党刊，并及时把党的各种路线、方针、政策及群众身边的好人好事，编写成人们喜闻乐见的诗歌、快板、秧歌调等文体形式，以方便人们口口传唱，时时处处传播生活中的正能量，深受广大人民群众的拥护和爱戴。

他编写的《十唱共产党》《老人夸社会》《十学张富清》等助力构建和谐社会的曲子，已在陇州这片广袤的土地上被人们广为传唱。特别是他利用近十年时间搜集、整理、出版的《陇州俗言絮语》更是填补了陇州方言文字化的空白，为陇州方言的研究奠定了坚实的基础。他的口头禅是：生命不息，创作不止。他常对人说："农村是片广阔的天地，我的创作离不开农民，离不开生我养我的这片土地。"

听村民说，老人几年前痛失一子，经历了白发人送黑发人的锥心之痛。可从前年起，已七十四岁高龄的老张还为村上一名叫张宝换的六十多岁脑出血患者义务当起了“服务员”。因患者儿子、儿媳都在外打工，老张每天都要到患者家中陪其说说话，问寒问暖，并常常帮患者洗头、洗脸、买药，有时患者吃的药，村上医疗站找不到，老张还要骑自行车到十多里地的县城去购买，且多数时间，买回来的药是分文不收的。他常对人说：“现在社会这么好，不愁吃，不愁穿，我又不抽烟、不喝酒，国家给我的退休工资够用了！”

张存科老人从五六十年代初中一毕业，就担任大队会计，且一干就是三年。那时年轻的他工作就特认真，肯吃苦，村里谁家有啥困难他都尽力去帮。1966 年，他因劳动积极，不怕苦，不怕累，经社员推荐、组织审查后，光荣加入了中国共产党。自从举起拳头在党旗下宣誓的那一刻起，他就发誓要以党章为准绳，时时处处以一个合格党员的标准严格要求自己，永远以大局为重，积极用自己的力量为社会主义建设添砖加瓦。在那个抓革命、促生产、促工作、促战备的年代，他担任高堎村民兵连长，他始终践行一个党员的使命与担当，带领广大青年民兵大搞农田基本建设，平整土地，修筑梯田。在全县人民齐心协力修筑段家峡水库、陇马公路、千河河堤时，他不但积极投入到生产劳动中，还利用闲暇时间将身边发现的好人好事编写成快板或诗歌大力宣传，极大地鼓舞了士气，调动了社员们的积极性，在群众中享有很好的口碑。

至今，让人们仍然记忆犹新的是，在六七十年代举国上下都学习英雄王杰时，老张编写了一段快板，他编写出来后，先给村上社员诵读，结果大家听了都认为写得好，且觉悟高，就一致建议他把稿子投到县上，他当时就抱着试试看的态度，冒着严寒徒步连夜将稿件送到县广播站。没想到，第二天还真的上广播了！当村上听了广播的社员把这个消息告诉正在田间劳作的老张时，别提他心里有多高兴了。那几日他高兴得进进出出都哼着歌，有时连肚子饿都忘了，干活也好像特别有力气。那篇文章虽然稿费只有五毛钱，可从那时起，写作，在他的心里扎根发芽了！

后来，因工作需要他被招工到县陶瓷厂，后又被调到县林业系统，成为一名林警。不管在哪个单位、哪个系统，老张都没有搁下手中的笔，他永远记着创作，永远记着要用文字唤醒人们善良的灵魂。特别是到了林业这样的大系统后，他一下子觉得有了用武之地。他在干好本职工作的同时，更是竭尽全力地发挥他的长处，没日没夜地写作。他写身边的好人好事，写他的单位，写关山草原，写家乡的特产，写家乡的好地方，反正他只要睁眼能看见的，他都写，他好像是为写作而生，为写作而活一样。用他的话说，他觉得脚下这片土地是那么值得他去描绘，去赞美，去热爱，哪怕倾尽一生也挡不住他对家乡的那纯真、纯正的依恋情怀！

他在偏远的关山、固关林场工作时，写好的稿子都是利用下班时间徒步几十里送到县广播站，当时广播站的好多同志都被他这种执着而忘我的创作精神所感染。为这，他没少受过同事们的讥笑，可他从没有把这些放在心上，只要他写的赞美家乡人和事的文章一上广播，他都会乐滋滋好长一段时间。1978 年，他写的《关山草原》《赞玉兰》《玄寿山》《关山五宝》等诗歌、快板在县域内好多大队文艺宣传队编排、上演，受到全县人民广为传唱和好评。

听说，他在固关、关山林场当林警期间，曾协助县公安机关破获了几起大案，其中一起杀人案，是他一人制服了凶手后，将凶手的胳膊和他的胳膊用手铐铐在一起，连夜翻山越岭带到派出所的，他因英勇和机智被县公安局授予了三等功。

他在干好林警工作的同时，还时时处处用他的锋笔，为正义而写，为不平鸣冤。还听说，那个年月，给林警的子女没有农转非户口名额，老张为了引起市公安局局长重视此事，冒着被开除公职的危险，直接给宝鸡市公安局局长写了一段顺口溜，反映情况，结果引起了当时领导的强烈不满，将其转到县公安局。倔强的老张非但没有罢休，反而在顺口溜后面又加了一段和市局的批复一并寄往省公安厅，这一举动，引起省公安厅的高度重视，最后给全省林警子女开批了户口农转非的政策。

听说，老张还用笔为林警争取过工资待遇呢。当时，公安干警每人每月 90 元工资，而他们林警辛辛苦苦，风餐露宿一月下来，一分钱工资没有，他觉得这样实在不公平。他就想，如果长期下去，林警这个工作会没人愿意干的，面对家乡那么大面积的原始森林，他陷入了沉思，他想，如果没有林警防止滥砍滥伐，扑救火灾等护林工作谁来做？在激烈的思想斗争下，他再次提起了笔，他相信党和政府绝不会置若罔闻的，他再次以顺口溜的形式向省公安厅反映了林警工作的艰辛和不易。结果，林警的工资待遇很快就批了下来，且在全省范围内执行，发工资的第一个月，好多同事都为他竖起了大拇指。

近些年来，他先后被县里授予“优秀共产党员”“自立自强老人”“正气明星”“仁义明星”等光荣称号。

前天，我有幸随朋友去了趟老张家，一进院子，就被满院子婀娜多姿的各色菊花吸引住了。正当我在满院菊花丛中流连忘返时，老张回来了，不经朋友介绍，我还真不知道他就是大名鼎鼎的张存科老人，他普通得不能再普通了，我怎么也不能把他和作家及人们爱戴的“明星”联系在一起。他是那么的朴实、那么的憨厚，从他那满脸沟沟壑壑的皱纹和深邃的双眸里，我读懂了他的饱经沧桑和坚韧不拔。老张看见我们，纯朴的笑容顿如菊花一样灿烂，他说，他一生除了爱好写作，就是爱好养花。他还说，菊花是他家的家花，他要求他的后辈儿孙，做人要像菊花一样不畏严寒、独立寒秋。

说话间，我信步在老人的家里转了一圈，他的房间简单得不能再简单了，中堂一张不大的方桌上，一张黑白的有些发黄的四五寸大孙中山先生的照片和一幅纯白陶瓷毛主席半身像显得格外醒目。他的卧室除了收拾的干净而整洁的土炕外，一张桌子上一台不知啥年月的电视机连按钮都没了，另一张桌子上全摞的是书籍，几个大袋子里整整齐齐全装的是老人从六十年代到现在的手稿。看到这些，我一阵阵眼眶发热！

临出门时，我们和老人一一握手告别，当我的手紧紧握住老人那枯瘦而布满老茧的手时，我猛然看见，老人胸前的党徽像一团熊熊燃烧的火焰在秋阳的照耀下熠熠生辉。

我恍然明白了，在当今这个物欲横流的社会，能够支撑这位普通的老人四五十年如一日，一心向善、弘扬正气、笔耕不辍的，不就是老人胸前这枚永远让人为之陶醉，为之振奋的红艳艳的党徽吗？

女长工张翠水的辛酸经历

张翠水，二十世纪陇州山区一个普通的农村妇女，她的苦难经历不仅被编成戏剧《女长工》，还被编入陕西省 1970 年初中语文教材，她的一生到底经历了怎样难以想象的苦难与辛酸啊？

苦难无奈的童年岁月

张翠水，1918 年生于宝鸡县上王乡南关村（今属宝鸡市陈仓区），自幼家境十分贫寒，可以说是成天吃了上顿没下顿，穿的多为别人接济的衣服且常常衣衫褴褛。在这种状况下，父母硬是将她一天天拉扯活了，不知是她从一出生就是一个倔强的孩子，还是知道家里很穷、体贴父母的艰辛，翠水也很争气，反正比那些有钱人家的孩子好养活多了，她好像从来都不生病，长得也比别的孩子要结实得多。可屋漏偏逢连阴雨，在她五岁那年，家里唯一的顶梁柱父亲病倒了，整整两年卧床不起，瘦弱的小脚母亲领着她种地、给人家打临工。幼小的她好像比别的同龄孩子也懂事得多，早早地承担起了养家糊口的责任。娘俩为了给父亲治病，把家里能变卖的家当都变卖了，总算救回了父亲一条命，才使这个家徒四壁的家在风雨飘摇中得以完整。

可好景不长。那时，军阀割据，社会动荡不安，张翠水家乡那一带土匪经常出没，闹得人心惶惶，加之民团横行，常常为互相争夺地盘而厮杀不断，民不聊生，老百姓苦不堪言。有一次，一群土匪夜袭了驻扎在车辙（今宝鸡市金台区六川河车辙村）的民团，抢走了大量财物，民团连夜到南关村搜人，有人站出来诬告张翠水的父亲与土匪有瓜葛。于是大病初愈、身体羸弱的父亲被民团绑架，严刑拷打。结果，民团从张父口里掏不出任何有价值的消息，一气之下，竟将张父拉到宝鸡活活打死了。

父亲死了，家里穷得连搬尸首的钱都拿不出，使父亲永远流落成了他乡的孤魂野鬼。父亲走了，母女俩哭得死去活来，母亲几次想悬梁自尽，但每次都看看身边稚气未脱的女儿，心如刀绞。死容易，可从此女儿无依无靠在这个世上咋活啊！每每想到这里，母亲都会强忍着咽下泪水，又重新鼓起活下去的勇气。

没办法，为了活下去，小脚母亲只能没日没夜地给人家纺线、缝衣换些钱两。七八岁的翠水也给村里的地主当了放牛娃。每天早上她要早早起来，给地主打水、扫地、倒尿盆，侍候人家起床、洗漱后，地主婆就给她扔两块馍，让她赶快放羊去。她拿着鞭子赶着羊群艰难地走在羊肠小道上，远远看去根本找不见她小小的身躯。面对高高的狮子山，崎岖的羊肠小道如大山的泪痕一样悠长。春天还罢了，幼小的她赶着羊群饿了可以吃野果，渴了可以喝泉水，可以听百鸟鸣唱，可以看山花烂漫，看羊儿撒欢，每每这个时候，虽然穿得破烂，但她会忘了暂时的烦恼，忘了失去父亲的痛苦，可以和羊儿一起撒欢。可最让她难以忍受的是每到冬天，刺骨的寒风刮在脸上如刀割一般，衣衫单薄，脚上的破鞋子常常将她的脚趾头都露在外面，她脚手常常被冻烂。渴了含冰吃雪，饿了啃冻得连咬起来都硌牙的黑馍，实在冷得瑟瑟发抖时她总依偎在羊群里取暖，可爱的羊儿也好像知道小女孩需要温暖一样争相为她取暖，“咩咩”的叫声有时惹得她咯咯发笑，让她暂且忘了饥饿和严寒。每天放羊回来，她还要给地主家担水、劈柴。有一天正下着雨，地主让她到河边去挑水，由于人小、桶大，坡路又滑，她不小心滑倒在泥里，回来两桶只剩半桶水，地主就破口大骂，还用一根竹条子在她身上打了几下，顿时一道道红印在她的胳膊上、腿上肿胀了起来。就这样，她先后给三家地主放了四年羊，没有得到一分工钱，这种生活，翠水和娘整整坚持了四年。

受尽折磨的童养媳生活

1929年，也就是翠水十一岁那年，百年不遇的“民国十八年年馑”如浑水猛兽降临关中。人们为了活命连地里的树皮草根都吃光了，饿殍遍野，不少人家逼得卖儿卖女，翠水娘俩更是难上加难，成天在饥饿中艰难度日。眼看着一天天面黄肌瘦下去的女儿，母亲生怕哪天女儿在饥饿难耐中永远睡去，这样她百年后咋向翠水的爹交代呀！实在没有法子的情况下，母亲一狠心便把年仅十一岁的女儿卖给三棱山一户人家当了童养媳，她多希望女儿能逃个活命，这样就是自己饿死也瞑目了。可谁能想到这户人家日子也过得紧紧巴巴，十分拮据，这个时日更是缺吃少穿，没去多久，人家又把翠水给退了回来。从此，母女二人便开始了手拄打狗棍，肩挎破竹篮，四处流浪、沿门乞讨的日子。

她们开始到甘肃南部的徽县、成县一带逃荒要饭，其实甘肃比陕西也好不到哪里去。穷人也是衣不遮体，食不果腹，更别说她们娘俩外地人了。无奈之下，到了年腊月二十九日，母亲给当地一家大户王占基家当了仆人，就剩翠水一人继续沿门乞讨。一个十一岁的女孩要饭，根本连狗都打不退，反而常常被狗咬得遍体鳞伤。一天，翠水找到母亲，哭哭啼啼依偎在母亲身边，死活不去要饭了。王占基一看，这姑娘十一二岁了，虽然瘦弱了点，但个头还可以，是个能干活的料。姓王的嘴上说得很甜，可心里比狼还狠。他用花言巧语骗过翠水母亲，趁机又将翠水卖到了通洞峪，给地主王鸿魁的大儿子当了童养媳。

王鸿魁是“罩庄树”，没人敢惹，尤其他老婆满脸凶相，是远近闻名的“母老虎”。王鸿魁老婆见翠水长得五大三粗，不好看，便常常拧住翠水耳朵戏弄：“宁捉大家的狗娃，不买小家的女娃。”每次见翠水端碗，她总是要用白眼珠子瞪几眼，唯恐翠水吃多了。干活稍不如意，她就拳打脚踢，甚至有时连饭也不给翠水吃。特别是王家嫌翠水脚大不体面，就让几个媳妇把翠水压住，将翠水的两只脚划破，用布包上破瓷碗渣缠紧，然后，手里拿着一根棍子赶着翠水在院里跑圈圈。翠水疼得一步一把泪，血把布都湿透了，把一双鞋染成了红色。晚上睡觉时，疼得根本无法合眼，她就偷偷放开缠脚布，夜深人静时躲在没人的地方一个人偷偷哭泣。她想念母亲，想念父亲。她实在无法再忍受这种虐待和屈辱，决定豁出命也要逃离虎口。

一天夜里，电闪雷鸣，风雨交加，翠水趁别人熟睡的时候，悄悄推开后门，在狂风暴雨中拼命奔跑，一直跑到天麻麻亮实在跑不动了才停下来。可跑出来后，却人生地不熟，上哪里去啊？她还是想到了母亲，她一边沿路乞讨，一边寻找母亲，最后几经周折，终于找到了母亲。可母亲呢，也在她走后的日子里受尽虐待和凌辱，回想起自己丈夫冤死，母女二人沿街乞讨、颠沛流离的生活，觉得唯一欣慰的是起码女儿现已逃走活命了，这个世上她再也无牵无挂了。在万念俱灰、心灰意冷、生无可恋中母亲选择了出家当尼姑。在破庙里，母亲看着浑身被打得青一块紫一块的女儿，强忍住内心的无奈与痛苦，只说了句：“娘不能陪你了，你自己生活吧!”

翠水确实不愿离开娘啊！可娘当尼姑的地方，山大沟深，离村庄人家很远，她沿门乞讨一天，想见母亲一面都很难。而且她发现母亲自从当了尼姑后对她也没有以前那么关心体贴了，母亲确实已经因绝望而了却一切尘缘了。万般无奈下，举目无亲的翠水还是依依不舍地乞讨着去最后一次看了母亲一眼，又一路乞讨着逃回宝鸡老家。

可回到老家又能怎样？翠水仍然无依无靠。面对空旷的茅屋寒舍，她更多的是回忆五岁前跟父亲、母亲一家其乐融融的那段时光。可成天沉浸在回忆中不是办法呀，她得吃饭，她得活下去啊！不然怎么对得起冤死的父亲、出家得母亲？她还是下定决心，硬着头皮去向乡邻们找活。经过相邻说合，她到县功镇桃园村杨生林家里做活计。杨掌柜看翠水长得蛮结实，人也憨厚，断定她做活肯定不惜力气，是个能干的好帮手，就把担水、砍柴、犁地、驮土等重活、粗活都让她干，她也确实样样活能干得利利索索、漂漂亮亮。

女扮男装给财主当长工

转眼间，翠水长到十四岁了，个子也长高了不少，皮肤黝黑，身体也更加结实，俨然活脱脱一个假小子一样的大姑娘了。有一天，正当翠水在地里犁地时，她的三叔找到她，对她说：“我娃呀，女娃娃要生活，终归要找个婆家啊，这样成天像个小伙子一样给人家当长工，不是法子啊。”三叔说他决定让翠水给苏生林当童养媳。翠水早已饱尝了当童养媳的滋味，一听又是给人家当童养媳，头脑“嗡”的一下，头发都差点竖起来。她太怕当童养媳了，她恨透了当童养媳，听了三叔的话，她七窍生烟，一句话也没回答，拔腿就跑了。她一口气跑到新街，坐在河边的石头上喘了喘粗气，然后静静地望着哗哗远去的河水，她陷入了沉思。她该怎么办啊？爹死了，娘也不管她了，世上那么多女孩子，可偏偏她的命咋就这么苦啊？难道一个女孩子只有结婚才是唯一的出路吗？她想着想着，不由得泪如泉涌，她真想痛痛快快依偎在娘的怀里大哭一场啊！哭着哭着，她无意中看见大路上一个和自己年龄相仿的男孩正赶着一头骡子驮着粮食去贩卖。翠水突然眼前一亮，咦！我和他高低、胖瘦看上去差不多，他能干的活我也能干啊，不就我是女娃吗，我何不来个女扮男装呢？这样我不就永远可以像男娃一样自由自在、不用当童养媳受折磨了吗？想到这里，翠水的脸上终于露出了久违的笑容，她用袖子两下把眼泪擦干，赶快跑到街道求爷爷告奶奶让人给她把头发剃掉，找了一身男人的衣服穿上。可别说，这一打扮，还蛮像一个结结实实的汉子哩，她给自己改名张得水。从此，她便以一个男子的身份到新街一个姓王的财东家请求当长工。王财东看她长得蛮结实顺溜，问她叫啥，她特意放粗喉咙，用瓮声瓮气的声音回答：“我叫张得水。”王财东看眼前这位身材顺溜、结实，皮肤紧致、黝黑的小伙还挺满意，就留她在家当长工了。可翠水万万没有想到，她的小计策虽然让她脱离了当童养媳的苦海，却又钻进了当长工的地狱。

在王家当长工时，翠水为了万无一失地隐藏好自己的女性身份，她啥活都抢着干，小伙子们能干的她都能干，啥力气她都能出，除了和那些小伙子们一起扛装子、犁地、收种庄稼外，还常常一个人赶两头骡子进山砍柴。柴火砍好做成垛子，可柴垛要套到骡子身上那可是一件艰难的事啊，小伙子一个人套一下都相当费力，她抬不动咋办啊？倔强的她灵机一动，先把垛子一头担在盖堎上，自己用肩膀扛起另一头，再吆喝着赶骡子往进钻。一次失败了再来二次、三次，直到柴垛稳稳当当驮在骡子身上，才肯罢休。每天晚上回来已经累得腰酸背疼了，可她总要等别的长工睡了以后才去睡觉，可半夜还得起来喂牲口，有时她就在牲口槽下蹲到天亮，天亮又照常上工。超极限的苦力，也使正处于青春期的她饭量增加，即使她这样没日没夜地干着，也没有换来财东的满意，常常因为吃得多而遭到财东的白眼、谩骂、甚至毒打，结果还是被赶出了门。

第二年大年初一，她又到地主李万成家当长工，犁地、放牛、推磨、割草，什么活都干，白天在地里干活，晚上还得去背木头，肉皮磨破了，肩膀压肿了，出的牛马力，吃的猪狗食。一天，李万成家吃长面，给翠水和另一个长工却熬的杏仁糊汤，喝完后肚子疼得在地上直打滚，多亏村上一位穷苦的老婆婆看见，端了碗自家的浆水才给俩长工解了毒。

第三年开春放牛时，因冬季雨雪多，坡上滑，两头牛抵仗，大牛把小牛抵到崖下摔死了。这下可闯了大祸。地主不分青红皂白，让他俩长工赔牛，可拿啥赔啊，结果工没满，他们就被赶出门，工钱都抵了牛价。为了活下去，她又到地主王家，她样样活和男长工一起干，尤其是每年夏收，从场里往回扛粮食，长工们都有些发愁呢。有一天下午，翠水一连扛了十八装麦子，最后一趟上楼时，头上豆大的汗珠往下淌，压得两腿直打战，上一层梯子就像上一座山那么艰难。等上到顶层时，她突然眼前一黑，头晕目眩，“扑通”一声连人带麦装从一丈多高的楼梯上摔了下来，口吐鲜血，不省人事。地主不但不同情，还嘲笑她说：“你没那金刚钻，就不要揽那瓷器活。还想让我家给你赔人命吗？”她再也忍受不了这种非人的待遇了，加之这里距离老家只有三十多里路，她怕终有一天纸包不住火，自己的身份败露，又惹出一场麻烦。她左思右想，认为这里不是久留之地，必须尽快离开。于是她就利用每天赶着骡子砍柴的当儿，向伙伴们打听周边地区生产、生活状况，她听说陇县北山一带人待人诚实、厚道，她就决定往陇县逃，这样离老家远一点，对于她的身份隐瞒或许能好些。

辛酸艰难的受苦活路

当时正值深秋季节，阴雨连绵，道路泥泞，翠水翻山越岭，沿路乞讨逃到了千阳，她实在走不动了，便在千阳西关一家骡马店找了个差事，给人家专门喂牲口。干了三个月，掌柜看这小伙子起早贪黑、老实本分，还特别能吃苦，而且自从这个伙计来后骡马个个喂得膘肥体壮，让掌柜省了不少心，掌柜打心眼里喜欢这个年轻力壮的好帮手，所以掌柜就劝翠水留在骡马店长期干。翠水当时心里好矛盾，到底何去何从，她也不知道，掌柜看她犹豫不决，以为是嫌工钱少，就决定再加一些，可她还是支支吾吾，没有答应。她当时想，这住店的地方人杂，不是安稳地，东南西北，人来人往，不计其数，咱一个十七八的大姑娘女扮男装，万一哪天露出蛛丝马迹，可就惹下大祸，因此，她最后毅然决然离开了这个是非之地。

最后，她又经过几天几夜地沿途逃难，终于到了陇县北山的白石村，她看这里地形复杂，沟沟壑壑，土地广袤，人烟稀少，认为这里是绝对放心的隐身之地。这次她决定就留在这里，她给一家张姓的地主当起了长工，这次她为了让大家不要觉察到自己是女人，她把自己完完全全、彻彻底底装扮成男人了，而且是实实在在的青壮年男人。她除了说话、走路像青壮年男人，干活也和青壮年男人一样拼命。男人干啥她就干啥，男人干多累的活她就干多累的活，她还学会了抽那长长的旱烟锅，学会了像男人一样说脏话、粗话，学会了像男人一样对年轻媳妇讲一些打情骂俏的话，偶尔遇见年轻漂亮的媳妇还动手动脚，不是捏一下脸蛋就是拍一下屁股出出洋相。有一次，地主家媳妇怀孕了，想吃酸的，她三下五除二爬到一棵老杏树上给人家摘酸杏吃，还问是不是可口，给村里人留下了好长时间的议论和笑柄。她的这些举动有时连她自己都觉得哭笑不得。当时，她已经是十八九的大姑娘了，由于长期从事重体力劳动，不幸患上了子宫脱坠等妇科疾病，每次犯病她都强忍着掏空五脏六腑一样的坠疼，照样犁地、砍柴、扛粮食。遇着冷天，衣服虽破旧，但穿的厚还罢了，到了夏天，遇着酷暑难耐时，又干的重体力活，常常热得汗流浃背。别的男人都脱了上衣，光着个膀子干活、吃饭、乘凉，可她即使身上捂出痱子，都不敢露出一点点女性特征。最难熬的是遇着那几天生理特殊期，她更是小心谨慎，生怕露出一点点破绽。

张翠水的愤怒、觉醒与反抗

就这样，翠水费尽心机、起早贪黑，玩着命苦干、蛮干也没有赢得地主的满意，反而常常得到地主的白眼和责骂。有一次，晚上喂牲口时，她因劳累过度昏倒在槽根底下，地主看见后，骂她偷懒睡觉，拿起笤帚就打。这次，她觉得再苦再累也不能忍受这种凌辱了，她顺手拿起门背后的炕杈打过去，惊醒了其他熟睡的长工，他们也齐声呼喊：“打得好！打得好！”从那以后，她认识到，长工也是人，不能成天随意受地主的侮辱和欺凌，要反抗，要斗争。

一天，天下大雨，地里干不了活，她和几个长工正在边抽旱烟边闲谈，可地主哪能让他们白吃白喝歇息一天啊，就进来恶狠狠地对他们说：“快去剥麻去，你们几个比猪还懒，干活总是慢慢吞吞，柔丝八斤。”其实他们几个刚喂完牲口，准备抽袋烟再干，可地主神气十足地手叉腰仍然骂个不停，她当时被骂急了，气得怒火中烧、七窍生烟，她一把抡起自己手里的烟锅向地主头上打去，地主也拿起炕上的木枕头朝她砸来，她躲闪了一下，木枕头落空了，可地主头上留下个口子，鲜血直流。她觉得一口怨气总算出了，可换来的却是地主红着眼恶狠狠地说：“你竟敢打我？你一年的工钱被你一烟锅打没了！”

女扮男装并不能解除她内心压抑已久的痛苦和忧愁，每到夜深人静时，她都一个人跑到屋后的碌碡上坐下，看寂静的夜空，数天上的星星。她常常望着天空一看就是好几个小时，她想念父亲、母亲，父亲年纪轻轻就死了，也不知道母亲现在是否依然在人世，她的眼里空洞而迷茫，她不知道自己今后的路在何方。

时间一长，她的身份终于被长工们看出破绽了，一时间整个白石村乃至整个河北镇都沸腾了，人们茶余饭后都议论着她，她一时间成了陇县北山的新闻人物。长工这活她在这里永远干不成了，她一个大姑娘从地主家出来又能到哪里去啊？后来，经好心人撮合，她和自己一起当长工的穷小子李银祥结婚了，这消息一下子像炸开了锅一样传遍了陇州整个北山。

结婚时她终于脱下男装换上女装，蓄起长发堂堂正地做女人了，也终于可以大大方方地公开她的姓名“张翠水”了。从此，她不但重新拾起了做女人的尊严，还有了家的温暖和依靠。可谁知，美好的东西对于她来说总是昙花一现，就在她终于可以安安稳稳过日子时，国民党政府征壮丁名单又出来了，她生怕丈夫走了剩自己一人，可偏偏名单上就有丈夫的名字，她眼前发黑、心凉透了，顿时觉得天旋地转，真是欲哭无泪啊！她恨自己，她恨自己命咋就那么苦，她真想一死了之啊。可丈夫走了，这个家她得撑起来呀！她还是一个人种地，操持家务，在无数个不眠之夜中煎熬，在相思之苦中一个人默默艰难度日，等待丈夫回还。可每次如盼星星盼月亮般盼回丈夫，两人团聚不了多长时间，政府又要征壮丁了，且每次都有丈夫李银祥的名字。她绝望了，她觉得这是命运在和她作对，可她一个女人家能有啥办法啊。就这样，她的丈夫反反复复被拉去当了五回壮丁，每次丈夫走后一家人的生活、生产重担都就落在了翠水肩上。她已经习惯了一个人默默地承受一切，她把自己所遭遇的一切都归于命，她认了！

新社会翻身做主人

新中国成立前，张翠水就这样在艰难困苦中整整生活了三十一年。三十一年对于一个女人来说是何等重要啊，它是黄金三十一年，是青春的三十一年，是人生精华三十一年，是一个女人最美丽的三十一年啊！可对于张翠水来说却是受尽屈辱和折磨的三十一年，是水深火热的三十一年，是人生最苍白的三十一年，是她尝尽了世态炎凉的三十一年啊！

1949 年 7 月，春雷一声震天响，来了救星共产党，陇县解放了。千千万万劳苦大众终于站起来了，张翠水终于从苦海里爬上岸了，她的苦日子终于熬到头了，她由一个乞丐、女长工变成了社会主义新人，成了社会主义建设者，成了国家的主人。土改中，她积极参加中国共产党领导的政治运动和农业生产，当上了积极分子。1952 年，她当选为河北乡妇女代表，1964 年加入中国共产党，同年被选为省贫协委员。20 世纪 60 年代，张翠水苦难、传奇式的人生经历被报刊、广播大力宣传，在社会主义教育运动中，一度成了全省忆苦思甜、教育下一代最典型的人物之一。她的形象被塑进陕西省阶级斗争展览馆。从 1962 年起，她多次给学生、干部、群众做忆苦思甜报告。1963 年，她的事迹被省戏剧院编成戏剧《女长工》，在她曾当长工的白石村上演，反响甚大。陇县人民剧团将《女长工》编排成秦腔在本县及周边地区轮流上演。她的经历还被编入 1970 年陕西省初中语文课本，并被绘成连环画出版。

后来，张翠水还担任了白石村大队副党支部书记，积极领导广大人民群众进行社会主义建设。1972 年她因患脑出血去世，终年五十四岁，没有留下子女。她去世前几天仍保持当长工时的老样子，领导当地群众进行农业生产。这个一生受尽苦难的普通而不平凡的女人用她的传奇经历告诉后人：只有社会稳定，经济发展，人民才能安居乐业，幸福美满。

深情倾注三羊河（代跋）

张宝林

辛丑年菊月，金霞和爱人将整理好的散文集送给我，让我抽空看看，提些意见，看能否写几句话。

金霞是陇县近年来涌现出的实力派作家。她虽然从事医疗工作，耕种着与文学创作不同的田块，在文苑里敲击键盘的创作经历也算不得长，但因了聪颖好学、勤读不辍和对生活的独到积累感悟，加上“老中专生”的扎实功底，散文一出手就平地见山，让人耳目一新，在以我们这个县为中心的一方地域里产生了影响。

这是一部被叫作《三羊河畔》的散文集。名字朴实得毫无矫揉造作，甚至连缀饰都没有，但搭眼一瞥即有让人怦然心动、罢看不休的引力。

三羊河谁听过？我是生于斯、长于斯，大半辈子都奔波于陇山千水之间，还在金霞家乡所在的村子里教过书，又编过两部《陇县志》的“老陇县”，都不知道这块地面上还有这么一条河，何况他人。书名够吸引人的了吧？

三羊河很小，小得压根儿就称不上河，只能算是一脉溪流。甭说在共和国的地图上寻不着它的影迹，就是在我们这个小县的地图上也找不到它的细线。可它确实不依赖于人们的意识而独立存在着。那是一泓从陇县南塬母腹里流出，不以细小而自卑、不以无名而自弃的地母乳汁，亘古及今，淙淙奔涌，哺养农夫，滋润田园，把“养马河”一带浇灌得物华天宝、钟灵毓秀。金霞的老家就在三羊河畔的杨家坡村。

哦！我恍然大悟，她原来是要把发生在三羊河畔的事儿记下来，给家乡杨家坡、也给陇县立传。当然，这感觉是我在读完《三羊河畔》后才生出的。

金霞原本是让我写序的。我硬是请在《宝鸡日报》当过文艺部主任的主任编辑，宝鸡市作家协会副主席李涛先生接下了这个差事，我答应写一篇随笔式的读后感代作书后的跋。

我是在编辑《关山》文艺季刊之余，花了两三周工夫读完《三羊河畔》的，这大抵也可以算得上是一口气读完。我被书稿吸引了。

说不清是因了写“跋”的急功近利，还是多年形成的读书习惯，抑或是编辑《关山》培养的职业“毛病”，我是戴着思想和艺术标准两坨“有色眼镜”阅读《三羊河畔》的。掩卷沉思，我以为，《三羊河畔》是一部“两性”结合得相当不错的作品集。

这是一部“大爱”充盈，人民性洋溢的散文集。

“看书看皮，看报看题”，本是国人讥讽那些读书不求甚解，走马观花，浮而不入者的贬语。然而，看“皮”看“题”，有时候也能瞥见书报里的眉眼乃至要害。金霞的《三羊河畔》，书皮上就弥散着她对故土的深情厚爱。书中记事，大部分都是发生在三羊河畔或者陇县的。

《三羊河记忆》是金霞写家乡的代表性散文。在这篇二千余言的作品里，作者挖掘了杨家坡地处秦非子在“养马河一带”为周室牧马的悠久历史，工笔重彩般描绘了村子里“五泉”汇流的画卷，记述了三羊河近百年来的沧桑变迁，写出了“三代人”对这条溪水的不同记忆和情感，抒发了作者对小河、家乡的眷恋之情。

在金霞笔下，这里杨柳遮天、清流奔涌、水磨成行、鸟凫水面、鱼翔浅底、孩童嬉戏、妇人梳洗、牛羊撒欢的景色，宛若一幅接一幅的四季幻灯片，而那飘荡在流水边的童谣、柳笛、欢声、笑语、鸟鸣和水磨发出的水击声、吱咛声，又给这风光片配上了绝妙的画外音。它们相得益彰，看着叫人痴迷，听着养人耳膜，离开让人回味，怎能不令作者心心念念、魂牵梦萦，大发感慨呢！

金霞的集子里，写家乡的散文并非这么一篇，《儿时的冬天》《远去的房檐水》《掐苜蓿》《指甲花》《剜荠儿菜》《家乡的端午》《送花糕》《家乡的腊八》《你好，华严寺》等等都是。《儿时的百草园》里的“百草园”，是作者一位远房叔叔家的院落。散文以“杨大医”家的宅院为引子，记述了陇州中医世家杨续庆家族的医术、医德、医风传承，家乡的民居、家乡的名人、家乡的趣事，尽在字里行间。《剪窗花》里，她用写真的手法，记录了自己、姐姐与窗花的童年往事，赞美了陕西省“非遗”保护项目“陇州染色窗花”。《耳畔的礓窝声》艺术地再现了家乡人用原始工具礓窝舂麦仁、砸大糁、粉辣面、捣核桃仁的情景，堪称是昔年农村生活的风俗画。在《故乡的年》这篇称得上是多集“纪录片”的散文里，金霞又不惜笔墨，分送灶、杀年猪、蒸年馍、糊窗子贴年画、年夜、荡秋千六个部分，全景式记录了家乡人年俗年味，“剪辑”精妙，情景交融。

作家，是众生中胸怀宽广、目光深邃、具有博爱情怀和思想穿透力的群体。虽然说不热爱家庭、家乡的人，很难谈得上爱国；但是，如果一个作家的视界、思维只囿于自己生活的小天地，文学成就则会大打折扣。金霞即是一位具备泛爱之心的作家。她赋大爱以翅膀，让它从杨家坡放飞，飞出陇县，飞向祖国大地……

其爱陇县、爱祖国的情怀，既有专文抒发，也流淌在集子里所有散文的字里行间。

在《三羊河畔》里，杨家坡是作者故乡的圆心，牙科乡是第一个同心圆，陇县是第二个同心圆。牙科乡和陇县，是金霞散文里故乡的拓展。牙科乡是作者青年初期以前生活了二十多年的地方，她用一篇《你好，牙科乡》勾勒了这里的乡情轮廓，重点展示了千河、华严寺、魁星楼、杏抱槐、皮影戏、血社火等光彩夺目的亮点，宣泄了她对故土的痴爱。她又用《陇州的秋天》《您好，陇州》等倾注了大量心血的作品，咏颂了更大的故乡陇县。在《您好，陇州》里，作者俯瞰陇州山川、河流、森林、草原、名胜，窥探丝路古道、大震雄关、州城迁址，细腻表现了陇州人游草原、逛古洞、品油旋、吃暖锅的休闲生活，表达了女儿对“母亲”浓浓爱意。在家乡母亲面前，她似乎永远就是一个长不大的孩子，永远都离不开母亲的怀抱。她说：“每次查看地图，我都会不由自主地找家乡陇州的位置……睁眼闭眼都是家乡的山山水水、一草一木。”“每次出差去外地，我都会整夜失眠，直到回到家乡，踏上家乡的土地，才会踏踏实实睡个天昏地暗……家乡已根植在我的生命里。”她饱含激情地呐喊道：“啊！陇州家乡，您那优美的身躯怎能不让我魂牵梦萦、如痴如醉！”“让我衷心地问候一声，您好，陇州！”实可谓言由心生、语出惊人！这篇美文被陕西作家网刊出后，引发了强烈的共鸣。我粗略地估算过，金霞手下写杨家坡、牙科乡、陇县的散文大约占了《三羊河畔》的一半。

爱是一种能够穿越时空的情感。金霞出生在贫困年代的农村，是在艰苦的环境里靠国家提供的学习条件成长为护士，并走上管理岗位的，爱家爱国的情结浸润进了她的骨子肌体，又渗入她的散文字符。《商州印象》和《天边的茶园》是她游过陕南之后的散文力作。

在《商州印象》里，她写商州与家乡迥异的山水、民俗、物产与美食，大写了“商州道路阡陌纵横，四通八达……我们去往商州的一路上，车子到底经过了多少或长或短的隧道……我们是在太阳光和灯光不停变换中到达商州的……铁路、公路……如针线穿过崇山峻岭，蔚为壮观……”那一声“啊！商州，第一次走进你，我就深深爱上了你！”是她寄情于景于事，对祖国山河、异域人文发出的灼热肺腑之言。

《天边的茶园》是她的陕南茶园游记。作品中不仅描绘了商南双山茶园“如诗如画”的“世外桃源”景致，更是挖掘了隐匿其后的时代意蕴。

“据管理员说，双山茶叶观光园是 2016 年开始建设的，总投资六千万元，准备分三期建设，现已建成上万亩……引进吉安白茶、黄茶、龙井等 43 种无性系良种……走出以茶兴旅、以旅促茶的‘茶旅融合’新路子……”

文章里一句“近两年他们项目区已有 80%的贫困户实现了增收脱贫”，直奔主题，再说啥都是画蛇添足。这茶园，是党的脱贫攻坚政策催生的啊！

《回家的路》是金霞讴歌新中国沧桑巨变的散文。作品巧妙地写出了公公与自己两代人对交通变化的感受，“新中国七十年斗转星移、七十年历尽崎岖、七十年砥砺前行、七十年日新月异，已使沧桑酸楚、满目疮痍永远成为过去，美丽的家乡已华丽转身，将幸福、美满、祥和永久留在了这片富饶的土地”的衷肠脱口而出。

这些，还只能算是作家爱国情怀的冰山一角，她对祖国的无尽之爱在散文集里无处不有。

文学是一面镜子，是生活的艺术再现。金霞是一位仁者，她热爱生活、工作，热爱亲人、同事……《三羊河畔》里，就有不少记述她日常生活、工作和亲情、友情的散文。

她的记忆里，时常《怀念柳笛声声》的少年时代，铭记《童年印象》里的第一次照相、第一次穿裙子、第一本连环画、第一次进食堂、第一次买雨鞋，镌刻着上凤师、当教师的《梦》想，萦回着“咯吱”的开柜声、“豆腐——噢”的叫卖声、“箍瓮——嘞——箍盆”的揽客声、“当——当——当”的上下课铃声等等《远去的声音》，念念不忘《清明》节剪头发、正月十五《游灯笼》、正月十六《游百病》、正月二十三《燎疳》等陈年趣事。作者的散文，篇篇都充斥着她对生活的热爱，其中也包括那些艰辛岁月；因为在她看来，困苦也是生活和成长经历的一部分，能从苦难熬到幸福本身就是一种胜利，亦是一笔难得的精神财富。

金霞对工作精益求精，极端负责，极端热忱。身为卫生人，写医疗卫生工作既是她的强项，也是担当。《回望》《他们让我如此美丽》两篇作品，是作者反映陇县医疗卫生事业发展变化和个人成长的散文。她充分挖掘历史资料，梳理自己的所见所闻和成长轨迹，再现了往昔陇民缺医少药、疾病缠绕、命如草芥的困境，而今“县人民医院那拔地而起的三栋大楼，全县以公共卫生为第一要务的乡镇卫生院和标准化的村卫生室，整体搬入新址的中医医院和妇女儿童医院”的谷岸之变，以及她从农村基层医院一名卫生“新兵”成长为县级医院管理者走过的历程，倾吐了她对本职工作的真挚情感和对帮助过自己的先辈同行的感激之情。《医院百态》《不负使命中医人》《公卫人》是她撰写的一组塑造和褒赞卫生人形象的作品。在作者笔下，自己和同行们恪守职责、任劳任怨、钻研医技、救死扶伤、不辱使命的人性之美跃然纸上。

思想感情是人类区别于其他生物的显著标志之一。作家比一般人具有更强烈的尊崇、悲悯、敬畏与感恩之心。金霞崇敬老师，在《三羊河畔》里，她把对老师的敬仰，还有当年“上凤师，当老师”的梦想，毫不掩饰地述说给读者。在《我的堂哥老师》里，一个“位卑未敢忘忧国”的民办教师形象，矗立纸上。

她的这种尊师情感，在《水坑巷有座德教碑》里再度升华。散文里，金霞发掘了陇县城区水坑巷宋氏家族里的宋承郊、宋云生两代人教书育人、传道授业的功德。秀才宋承郊酷爱书画，主攻花鸟、山水、人物，跻身清末民初陇地“丹青四大家”之首，被誉称为“宋山水”。宋承郊之子宋云生一生“设帐训蒙”，辛勤执教四十载，学子数以千计，民国时期陇县的朱静斋、马俊程、李亨通、张维岳、张茂德、李觉民、马公辅、闫秉钧、高耀斗、尹光佐等名流，均受过其启蒙教育。先生仙逝后，弟子们出钱出力，相约为恩师竖起一尊“清廪生宋云生先生德教碑”，以表达对恩师感念之情。她在作品中高度赞扬了宋先生的敬业、守职、探索精神，倡导人们弘扬好家风、传承正能量。

金霞崇拜先烈，参加陇县作家协会的采风活动后，她不顾跋山涉水之累，奋笔疾书了《走进固关》，缅怀在固关战斗里为“砸开西进大门”英勇牺牲的革命先烈。她钦佩那些让生命绽放出光彩的平凡人。《生命的壮歌》和《给小美》，分别写的是两位与癌症顽强抗争的“民间保尔”。前篇的企业家李军虎用顽强毅力战胜病魔，创办了在陕甘宁交汇地带具有影响力的宝鸡西合中药饮片公司；后篇里的年轻教师小美，身患绝症依然自强不息写诗著文，让短暂的生命放出了光华。作者深情地告慰那位英年早逝的作家：“小美，你就这样带着对亲人的无限依恋和对文学的美好憧憬匆匆离去，我相信，你的灵魂在天堂也会如你的诗歌和外表一样，安静、洒脱，清新、飘逸!”两篇作品情真意浓，读来感人至深、催人落泪。

作者的爱心还表现在她对遭难患病者的仁爱同情。《不忍回眸》堪称她此类散文的代表之作。作者的婶婶，虽然年近九十，说起来也算是福寿之人了，但在作者知道老人罹患食道癌时，“依然顿感震惊和心痛。因为两月前我见婶婶时，她还是精精神神、硬硬朗朗的。想起以前与婶婶接触的过往瞬间，一种隐隐的心痛油然而生”。在病人面前，她记忆里有关婶婶的往事翻江倒海、历历在目。离开时，“我多想回过头再看一眼坐在炕上目送我的婶婶啊！可一种巨大的心痛再次袭来，我再也忍不住汹涌的泪水……我是多么不愿看到，我的长辈就这样一个个在我一次次不忍回眸中离我而去啊!”那种生离死别的情感，即便是铁石心肠的人，读后也会潸然泪下。

人间的情感交织，莫过于父母、子女、兄妹深浓。那是一种血浓于水、打断骨头还连着筋、打虎要靠亲兄弟、打仗要靠父子兵，割舍不断的骨肉之情。人人都爱父亲母亲，爱兄弟姐妹，在《三羊河畔》中的许多作品里，金霞情不自禁，随处都有对亲情的插叙。她似乎嫌这种弥散式的记写，还不足以表达自己对亲人的感恩与缅怀，又写了《麦子情》《梦见母亲》《大哥》《怀念婆婆》等散文，向读者述说了她与亲人之间即便是阴阳相隔也无法阻断的血肉情深。

《麦子情》看上去是写麦子的，其实可以称得上是她写给父亲的一篇祭文。在文中，金霞从小时候家里缺粮写起，写二三月青黄不接时“父亲没少拿着口袋去亲戚家借粮食”，写父亲把儿女们掉到地上的馍渣吹净土后吃到嘴里；又写父亲秋季种麦、冬季施肥、春季浇水，夏收时在烈日下割麦、碾场、晒麦；写他在生命的最后时刻，也是强撑着身子帮儿子把晒干的麦子装进包里，才安心离去。散文里的麦子，只不过是承载父亲功德的一种载体，她是在给勤劳的农民父亲立传，其文风大有太史公人物传之韵味。

父爱如山，深沉厚实，是粗犷的爱；母爱如水，细雨润物，是温柔的爱。道不明是同性禀赋的使然，还是母亲体贴入微的抚育对其滋润更为饱满，或者是母亲吃苦受累更多的缘故，金霞对母亲爱得入骨入髓、魂牵梦萦。《梦见母亲》写的是她在梦中与母亲的对话。娘俩还是在老屋的土炕上，“母亲仍然穿着她活着时洗得发白的灰青色大襟布衫，脸上带着慈祥的微笑……我像小时候一样亲昵地睡在母亲身边，好舒心，好惬意!”“对话”从作者“找娘”开始，写母亲八岁就成了“没娘的孩子”，和三岁的舅舅姐弟俩不堪回首的悲惨际遇；又写自己十岁时，母亲身患重病，她生怕自己又成了“世界上最可怜的孩子”的心境；再写了作者二十七岁时母亲离开人世，没有母亲的感受；以及自己至今保留着母亲遗物“顶针”，记着母亲让她学文化的教诲、母亲灯下缝补的艰辛、自己维护母亲尊严时“拼命”的情景；表白了她将在来年清明要给外婆外爷坟头烧纸，了却娘出嫁后没能回家给父母烧纸的“最大心愿”。文章不断插入如今家里的生活现状，让今昔之间形成鲜明对比，强化了“娘”一生的困苦境况。梦境中母女俩穿越生死的情感交流，其实是多年来蓄积在她大脑中的“母亲印象”，受某种诱因激活后像火山一样迸发，折腾得她睡不安生，才托梦泣诉独白出来的。

长兄如父，金霞对大哥尊敬爱戴有加。大哥猝死后，她写《大哥》一文，记述了兄长五年级辍学养家、十三岁进山修路、稍长后学做木活、赴营沟修建粮仓、挺作者复读考学等历历往事，抓住了“大哥”不善言谈、淳朴善良、吃苦耐劳、庄稼能手、呵护妹子的鲜明特征，为读者塑造了一个血肉丰满的关中西部农家汉子形象。“我默默祈祷：大哥！安息吧！如有来世，我们依然做兄妹!”一句在本文中，担当了点睛之笔的作用，让作者和大哥的兄妹之爱陡然升华。

公公婆婆是儿媳没有血缘关系的父母。在几千年的中国封建社会里，长辈几乎主导着儿媳的命运。但这种绵延数千年的传统遗风，在当代社会几近被颠覆，男方父母难得儿媳尊重在许多家庭屡见不鲜，“好媳妇”也因此而成为广受人称颂的社会形象。金霞生在农村长在农村，从小就受到尊老的民族优良传统和家风的沐浴濡染。和爱人结婚后，婆家老人视她如己出，她把二老当作亲生父母。八十四岁的婆婆突然离世，她接受不了这突如其来的打击，在“七七”届满时，用一篇《怀念婆婆》回顾了“她活着时默默无闻，离去时悄无声息，一生虽无辉煌的业绩和轰轰烈烈的创举……”的一生，高度评价她“永远是我们做儿女的学习榜样”，并“默默祈祷：婆婆，安息吧！您放心，我们一定照顾好父亲！您留给我们勤俭节约、忠厚善良、吃苦耐劳的美德，我作为儿媳一定会传承下去!”

《三羊河畔》的散文里，作者爱家乡、爱祖国、爱人民的正能量喷薄激荡，蒸腾弥漫。

这是一部“魅力”诱人，艺术性上乘的散文集。

思想性是衡量文艺作品价值高低的首要标准，但艺术性是文艺作品的基本属性。只要是文艺作品，显然仅有思想性还远远不够，必须具有艺术性，富于感染力。好的文艺作品，一定是思想性与艺术性完美结合的作品。《三羊河畔》在这方面做了诸多探索。

特点一：构思精巧。

《三羊河畔》里的许多散文，都是作者经过精心设计、巧妙构思著成的。

《麦子情》就是一篇匠心独具的散文。在这篇作品中，作者的本意是要追忆自幼家境贫寒的父亲辛劳躬耕、珍惜粮食的一生。但她没有直白地给文章起名“回忆父亲”之类，也没有落俗地直述家境困难、食不果腹和劳顿苦累，而是以麦子从种到收的时间顺序为“经”，以不同时段父亲与麦子相关的事件为“纬”，搭建了“经”为躯干、“纬”枝交柯、错落有序、立体布局的结构，把往昔一家人年年靠父亲借粮苦度春荒，包产到户后父亲在麦子生产周期里历经的千辛万苦，全方位铺陈于纸上，展示给读者，雕塑出一尊外表栩栩如生、神魂灵动生辉的中国普通农民形象。这种新颖奇妙的创意，融主题于意象之中，充“磁力”于文字深处，框架形体拔地耸起，艺术张力超然顿生，鹤立于同类平庸作品之群。

《梦见母亲》亦是一篇构思独辟蹊径的好文。金霞借助一场梦，让自己和逝世二十三年的娘亲从阳世阴间共聚于老屋土炕，娓娓述说娘一生的坎坷经历。难能可贵的是作品虽说写的是她与娘之间的“梦话”，但金霞对所述事件进行了精心采撷剪裁，娘和舅幼年丧母的孤苦伶仃，娘重病缠身时自己对“没娘的孩子”的恐惧，娘教孩子好好学习诚实做人的故事，娘常吃孩子剩饭的生活细节……肯定不全是“梦”出来的，“梦”最多也许只是“梦出”了一堆乱七八糟的材料，甚至只是“梦”出由头罢了，其余的一定是作者“后期制作”的结果。但是，一个农村妇女平淡琐碎的一生，经如此这般的精妙编辑，大大扩展了作者的抒情时空，给予了作品极强的现场感，把母女间的骨肉情深表现得淋漓尽致。

作者对散文创作的探索远不止此，而是在《夕阳里的守望》《邂逅》《寂静的村庄》《娘》《目送》《蒸年馍》等作品中都能看到。“吃蟹”探路，守本求变，为金霞的作品不断地提供着营养、增加着“活性”。

特点二：立意高远。

立意是作品确立的文意，是主题内容和写作动机等思想高度的总和，鲜明集中、深刻新颖、积极向上的立意，是决定文学作品高度的根本。金霞写散文起步较晚，但“尺有所短，寸有所长”，半路出家固然是短板，但年长了又具有思想成熟的长处，加上作者在未动笔前几十年阅读、观察、思考练就的内功，她在散文创作起步时就十分重视立意。用她的话说：“要写就写别人没写过，或者写了但没写到位的事；说别人没想到没说过，或者说了、写了但没达到我想说、想写那个高度、那个完整意思的话。”所以，她的散文创作过程省去了“孩子作文式”的蹒跚学步阶段，是真正从“创作”启程的。《三羊河畔》中不少篇什里，都灌满了金霞的真知灼见。

在《麦子情》里，她用一连串的发问——“那些看起来其貌不扬的小小麦粒，以一种看似卑微的巨大力量，让家乡人世世代代顽强地生息在千年光阴中，它不正是辛勤耕耘这片土地的庄稼人，包括我的父亲、我的爷爷、我爷爷的爷爷的一种精神写照吗？人的生命不就如同麦子一样，一茬茬生生不息吗？我的父亲在他生命的最后时刻……帮弟弟将麦子晒干，装进包里，才心无牵挂安安稳稳地离开，永远躺在了他种植了一辈子的麦地里。这何尝不是一种生命对另一种生命的交接？那一望无际的金色麦田，又何尝不是我们祖祖辈辈生命的最好底色？”道出了麦子和庄稼人生生不息的生命接力，写出了她独到的感悟。

“德教碑”告诉人们：一个人的能力有大小之别，工作亦有差别，但只要勤奋敬业、恪尽职守、勇于探索，都能干出成绩，人民都会铭记他们；一种好家风，只要代代相传，且与时俱进，就不但能使一个家族兴旺昌盛、俊彦辈出，而且会发挥示范效应，为社会注入正能量！《水坑巷有座德教碑》里，作者用简洁明了的结束语，高屋建瓴地指明了一个人、一个家族生命价值的长宽高度，彰明昭著地道出了她写“德教碑”，旨在鼓励人们勤奋敬业、踏实干事、服务社会、释放生命光热的立意。

清明时节，作者回老家上坟祭奠先祖，与家乡杨家坡的水泉又一次邂逅，写下了《家乡的泉水》一文，记述泉水的前世今生，还有发生在水泉边的往事，以及自己与泉水的不解之缘。但是，金霞没有把作品的内涵囿锢于此，而是确立在“站在水沟泉西边的梯田二台上亲人们长眠的地方，回头瞭望，村子里青砖红瓦的房子错落有致，脚下是清澈的泉水缓缓流过，水泉周围是一望无际的绿色麦浪。哦！我恍然明白了亲人们在世时千叮咛万嘱咐，等他们走后要长眠于此的缘由了。那是因为，他们深深眷恋着这片生养过自己的热土啊！”金霞眷念着家乡的泉水，老人们临死也留恋着泉水，那泉水是他们的生命之源呀！泉水对他们不离不弃，他们更舍不得离开泉水，一下子就把浓浓的爱乡意境提升到了很高的层次。

特点三：细节丰满。

细节是文学作品中对人物动作、语言、神态、心理、外貌，以及自然景观、场面气氛等细小环节或情节的描写，它是架构文学作品的基本材料和艺术真实的基本元素，文章的抒情、议论、主题都是由此生发并受此支撑的。故有人曾言，文学作品是细节堆砌起来的。受长期的阅读熏陶诱导，金霞观察体验生活的触角相当锐敏，她捕捉并储存了许多稍纵即逝、不为常人注意的生活的细微瞬间。她的散文，就是这些积存在脑海中的生活资料，经年深日久地酝酿发酵后的艺术佳酿。散文集《三羊河畔》，堪称陇县民俗小百科。书中记述的民间生活，让人不仅有身临其境的现场感，而且可以根据记述重做还原，完全是一种艺术化了的真实生活。

在《野菊花》里，作者在叙述她与野菊花的不解之缘时，插叙了自己在放羊时与羊羔争夺野菊花的故事。她和伙伴们折来一堆野菊花，“准备坐在一起编织花环，一只调皮的羊羔竟肆无忌惮地跑过来衔了一大口野菊花，任凭我们几个左赶右赶，它就是捉迷藏一样不肯放下，眼看我们的‘战利品’就要被它糟蹋殆尽，我急中生智，拾起崖畔一个石子打在了羊羔的肚子上”。被打疼了的羊羔，逃跑时仍飞快地叼了一口野菊花。眼看着嫩生生、金灿灿的野菊花被羊羔无情地糟蹋，金霞火冒三丈，上演了“羊口夺花”的一幕：“捡起石头朝那讨厌的羊羔跑去，可机警的羊羔，一个跨步从崖畔上飞也似的跳到另一个盖塄上去了。而我，却一脚踩空从二台摔到了一台。”崖不高，作者虽然伤得不重，但还是疼得“哇哇”大哭！闻讯赶来的父亲发现她没骨折，“拿起镰刀，上到半崖上给我割了一大堆野菊花，将我和野菊花一起背回了家。那几日，我在家里编了好多花环，母亲还用野菊花捣成泥，天天给我敷受伤的脚腕，不出几日我的脚又能蹦蹦跳跳了”。故事里，一连串的动作活灵活现，让读者感同身受。

陇县是陕西省有名的核桃之乡，中秋节吃核桃仁“煮角”是这里的乡俗。《儿时的中秋节》，是金霞自己小时候过中秋的记忆。她用细腻的文笔，从节前准备白菜、小葱、韭菜，写到娘婶们用礓窝砸核桃仁；又从娃娃们争先恐后在礓窝里捣核桃馍，写到大人和面、切菜、拌馅、炒丁丁菜；再从擀面、包“煮角”，写到调汤、和蒜水；最后写到煮“煮角”、吃“煮角”。核桃仁“煮角”吃起来嘴角流油、香气醉人，包“煮角”的过程快乐无比，节味浓郁。这样细致入微的描写，在金霞的散文里比比皆是，篇篇都能看到。

在上述三个特点之外，感情真切与文风朴实也是金霞散文的显著特征。

前些年，文学界曾有过散文能不能虚构的争论。按照传统的观点，散文是不能虚构的，至少要保持基本真实。但也有人认为，散文可以虚构，那种散文不能虚构的观点是陈腐的，阻碍了散文的创新发展。笔者维护散文真实，我以为“虚构说”至少模糊了散文与传统虚构文学的边际，使其与小说之类的作品没有了辨识度；同时，虚构也与“散文是一种抒发作者真情实感、写作方式灵活的记叙类文学体裁”的主旨相悖，叙述都是“假的”，“真情”和“实感”从何而来？这种争论，虽然没有撼动“真实说”的地位，但还是引起了散文理论与实践上的混乱，造成了一些作者和作品浮于生活、凭空臆想、乱发议论、装腔作势、无病呻吟的乱象。金霞坚守“真实说”，又有丰厚的生活经验为支撑，她的散文工于细节素描，赢于事实真实。于是乎，她便收获了感情真切的特点。叙事是散文寄托情感、引发抒情、阐述议论的母体，由于作者写的是亲历、亲见、亲闻的“三亲”事件，又经过了去粗取精、去伪存真的酿制和蒸馏，其情感胸臆、观点判断是在书写中和事件水乳交融中一起流淌出来的，感情真挚、议论风发便成了自然而然的事。

中国自古有“文如其人”之说。金霞做人低调淳朴，做事扎实认真，在散文创作中，她追求的是一种朴质平实、徐徐述说的文风，叙事过程就像与人面对面讲故事一样，其中还夹杂着不少方言俗语和地方词汇。这些，也给她的散文平添了真实感、生动感、亲和感和地域感，成为她散文的“加分项”。

当然，《三羊河畔》也还有很大的提升空间，譬如有的作品尚有平铺直叙之嫌，又如有的作品加工还失之精细，再如散文语言的驾驭也有待继续“熟化”……这些，当然只是玉中的瑕疵，对阅读审美并无大碍。

《三羊河畔》是一幅画，画出了河畔乃至华夏大地的雄秀山河、风土人情；《三羊河畔》是一部纪录片，记录了河畔乃至神州沃土的浑厚历史、绚烂文化；《三羊河畔》是一首歌，唱出了河畔乃至华夏儿女的奋斗气象、创造精神。

朋友，你如果爱好文学艺术，有享受高雅文化陶冶的欲望，愿意在阅读中提升品位魅力，你不妨读读《三羊河畔》。

2022 年 1 月 28 日

（作者系中国散文学会会员，陕西省作家协会会员，陇县作家协会主席，《关山》文艺季刊执行主编）